特殊警備隊　ブラックホーク

目次

——西暦二〇XX年。

世相の悪化に伴う凶悪犯罪の多発と組織化、及び犯罪者が所有する武器・兵器の多様化に伴い、日本国政府は警備業法第十七条（護身用具）の大幅な見直しを行い、改正警備業法が制定された。

世に言う、スーパー・ガード法の施行である。

第一章

1

地下二階の廊下は静まりかえっている。

非常口の照明すら消えていた。

人の気配もしない。少なくとも、無遠慮に音をたてて動き回る人間はいない。

最上光一《もがみこういち》は、ヘッドギアに装着したナイトビジョンをスライドさせ、目の位置に合わせて調整した。ニューコン・オプティック社の、世界最小・最軽量を誇る暗視ゴーグルだ。

ゴーグルを通すと、濃密な暗闇でしかなかったフロアの細部までが、鮮明に見えるようになった。

地下二階は倉庫で、中央に伸びる廊下の左右に三つずつ扉がある。緑色の分厚い扉には、第一倉庫から第六倉庫までのゴシック文字が、白いペンキで書かれている。

小さく舌打ち。

——無駄に馬鹿でかい建物だ。このサイズの建築物を、五人の警備員で巡回しろとは、無茶もいいところだ。どうせ銀行口座には唸《うな》るほど金があるに違いない。ケチケチせずに何十人か雇えばいいのだ。

『最上。対象は第三倉庫にいる』

唐突に、イヤフォンから若い女の声が聞こえた。外に漏れないよう、イヤフォンには音漏れ防止機能が完備されている。

――やっぱり、まだ残ってるのか。

『現在位置から見て、右手の一番奥にある倉庫よ』

感情を交えない声は、オペレーターの安西《あんざい》のものだった。フルネームは安西ヒロミ。顔は知らないが、馴染みの声だ。

「了解」

短く応答し、腰からテーザー銃を抜いて構える。見た目には、黄色と黒のプラスチックでできた、ごついおもちゃのようだ。ひと昔前の戦隊もののヒーローが持つようなタイプ。親指の先で、安全装置のロックを解除する。三か月前に日本に戻り、初めてこんなものを持たされた。訓練のおかげで、今では最上の手にも馴染んでいる。

およそ三分前、当ビルの天井に設置されたドームカメラが、異常を検知した。形状とサイズなどから侵入者と判断され、ただちにネットワークを通じて監視センターに画像と位置情報などが送られた。オペレーターが、ビル管理事務所で待機中の警備チームに通報したのが二分前だ。

最上が、すぐさま地下に降りることになった。地下倉庫への侵入者は一名。外に仲間がいる可能性もあるので、地下に降りるのは最上だけだ。別のふたりが、侵入口の確認と、ビル内部や周辺の安全確認に走った。

安西には、侵入者も、廊下のカメラに映る最上の姿も見えているはずだった。

最上が履いているワークブーツは、衝撃や音を吸収する素材で作られている。足音を忍ばせる必要もなく、奥の扉に向かう。

『待って。出てくる』

安西が鋭く言った。扉の下にある隙間から、明るい光が一瞬漏れた。懐中電灯の光。はっとして、最上は廊下の壁面に身を寄せた。隠れる場所はない。

扉が開く。相手の身体《からだ》が完全に出てくるのを待つ。

「そこまでだ！」

テーザーを構え、叫ぶ。

「両手を上げて、そこに立て。妙な考えを起こすと撃つ」

一瞬の間が空いた。

「警察か？――わかった。わかったから、撃たないでくれ」

しわがれた男性の声だった。かなりの年配だ。最上はさらに壁際に寄った。

カチリ、という金属音が聞こえてすぐ、肩すれすれの位置を何かがかすめて過ぎ、続いて軽い射撃音が何発か聞こえた。

息を潜める最上の横を、男がイタチのようにすばしこく逃げ出そうとする。反射的に足が出そうになった。

（おっと――だめだ）

かろうじて思いとどまる。最上のキックを受ければ、相手は死んでしまうかもしれない。

男の背中に向けて、テーザー銃のデュアルレーザーポインターを当てる。深紅のレーザーが男の背中を捕捉した。

トリガーを絞る。ヒュン、というかすかな振動音とともに、二本の探針《プローブ》が飛び出した。

男はあっと短く悲鳴をあげ、背中に手をやろうとして、そのままの姿勢で硬直した。棒きれのようにまっすぐ前に倒れこむ。パルスが流れるのは五秒間。二本の針は人体に刺さり、放電する。テーザーの電撃は、通常のスタンガンと異なり、針を通じて流れたパルスが筋肉の制御を奪う。撃たれた相手は、その間、自分の身体を自分の意志で動かすことができなくなる。声も出せず、まったくの「でくの坊」になるわけだ。

最上はゆっくり男に近づいた。

男は銃を握ったまま硬直している。その右手を踵《かかと》で踏みにじり、指から離れた銃を廊下の逆サイドに蹴り飛ばす。

「制服に穴が空いちまったじゃないか。新品なんだぞ」

濃紺のジャケットの左袖に、銃弾がかすめてできた焼け焦げがふたつあった。黒い鷹のエンブレムの、すぐ下だ。思わず舌打ちする。ちょっとばかり、このエンブレムが気に入っていた。

「――おまえ」

五秒が過ぎ、ようやく筋肉の制御を取り戻した男が、茫然自失から立ち直ろうとするように喚いた。六十代前半。身長は百七十前後。さほど大柄ではない。最上の暗視ゴーグルは、男の顔写真をオペレーターに自動的に送信する。今ごろ安西がコンピュータで男の正体を検索しているはずだ。

「おまえ、おまわりじゃないな！　ただの警備員だろ。警備員のくせに、そんな物騒なもの持っていいのかよ！」

最上は、男が握り締めているボストンバッグを拾い上げた。慌てて閉めようとしたのか、ファスナーが半分開いている。隙間から、ぎゅうぎゅうに押しこんだ薬品のボトルが見えた。医薬品会社のサンプルを納めた倉庫だ。男が盗みに入ったのは、使い方によっては麻薬としても利用できる、エフェドリンなどだろう。誰かに転売すれば、いい稼ぎになる。

「おまえ、社会情勢ってやつを、ちっとも勉強してないだろ」

最上は、男を階上に連れていくために腕を掴んだ。針は刺さったままだ。こうしておけば、途中で男が暴れても、何度でも電撃を繰り返すことができる。

「ほら、立て！」

顔を近づけると、男からは強い酒の臭いがした。ろくに風呂にも入っていないのか、シャツの首回りが垢《あか》じみている。

「こちら最上。対象を確保した」

『安西、了解。侵入経路は一階男子トイレの窓。ガラスが切り取られてる。仲間はいない模様』

安西のクールな声がイヤフォンから流れる。この女、俺がさっきの銃弾で撃たれていても、やっぱりこんな涼しい声でチームに報《しら》せるんだろうか、と最上は舌打ちしかけて思いとどまった。

「了解。これから一階に連れて上がる」

『それから、最上。須藤《すどう》課長が呼んでいる。勤務時間終了の後、本部へ出頭のこと』

「俺はこの夜勤が明けたら、非番なんだぞ」

『私は指示の内容にまで立ち入れません。オペレーターですから』

しれっとした声で安西が応じ、通話を終了させた。今度こそ、遠慮なく舌打ちを響かせる。

最上はナイトビジョンをヘッドギアの頭上にスライドさせ、男とともにエレベーターに乗り込んだ。暗視ゴーグルをつけたままうっかり明るい場所に出ると、照明弾で自爆するようなものだ。

エレベーターの内部には、木目のうるわしい化粧板と磨きぬいた鏡のような黒御影石が張られている。最上は、御影石に映った自分の制服姿を見た。警備員の濃紺の上下。白いヘッドギア、革のワークブーツ。小柄な最上には、ジャケットの短い丈がちょうどいい。三十二歳、色が浅黒いので国籍不明だとよく言われる。

「おい。おまえにやるよ。読んどけ」

急に明るい場所に出て目をしょぼつかせている男に、胸ポケットから小冊子を取り出して押し付けた。「改正警備業法の手引き」――そのタイトルを、男がうさんくさそうに眺めて鼻を鳴らした。

「後学のために、ちょっとは勉強しとくんだな。どうせしばらく拘置所暮らしだ。時間はたっぷりある」

拘置所の中は暇だぞ、と最上はうすら笑った。男が寒気を感じたような視線を投げかけてきた。

新宿から、台場まで。

オートバイで、首都高速中央環状新宿線から、中央環状品川線に乗った。

風が思いきり吹き付ける。高速の上は風が激しい。朝日が照りつけ始めると、五月の日差しが肌を焼く。首都高速の脇に並ぶ高層ビルの窓が、眩しく輝く。

平成二十五年に開通した高速道路は、比較的新しいだけあって、壁面パネルもまだそれほど落書きなどで汚されていない。照明などに使われる太陽電池のパネルも、故障中のものは他と比べて少ない。

首都高速でも、渋谷線あたりはひどいものだ。一時期、ペンキのスプレー缶を握った連中が、車やバイクで高速道路を駆け抜けながら壁に落書きする腕を競った。そのうちエスカレートした奴らが車の屋根に上り、アクロバティックな動きを取り入れながら絵を描く技術を競ったものだから、たまらない。車から落ちたり、見とれてハンドルを切りそこねたりする事故が相次いだ。今でも、汚らしい落書きが山のように残っている。首都高速を管轄する首都高速道路株式会社も、落書きを消す費用を捻出する余裕がないのだ。

（前の車、とろとろ走ってやがるな）

最上のバイク、シルバーウイングは高速道路も走れる六百ｃｃ。ホンダのシルバーウイングをベースに、警備会社が独自仕様を追加して機能アップしたカスタムバイクだ。

最上の目の前に、鴉《からす》の羽よりもつややかに黒い高級車ヒュンダイの尻《ケツ》がある。トヨタやホンダなど日本車の数はめっきり減った。代わりに韓国のヒュンダイと、中国の比亜迪《BYD》、インドのタタが幅を利かせている。中でもヒュンダイは、比較的手頃な価格で手に入る高級車として、ウォーターフロントのマンションに住む〈中産階級〉の連中には評判がいい。

ウォーターフロントの汐留一帯や、台場周辺などを徘徊する輩《やから》は、きっちり二種類の人種に分けられる。

金のある奴と、金のない奴。

その差は、住む場所に歴然と現れる。高速道路を走っていると、壁の向こうにぬっと姿を見せる数十階建ての高級マンション。高い月額料金を支払って、セキュリティ・ガードを雇う価値がある連中が住んでいる。

　ちょっと視線を転じてみると、数十年前に建てられた後、耐震設計基準を満たしていないことが判明した高層マンションがある。金持ち連中はクモの子を散らすように逃げ出して取り壊される運命だったが、建設会社が倒産したため、取り壊しの費用を負担する者がなく放置されている。メンテナンスをする者もなく、壁は長年の風雨でどす黒く汚れたまま、周囲の景観を濁している。立ち入り禁止の札がかかったそのマンションには、ジャンキーや街娼、外国人犯罪者などがネズミと一緒に潜んでいる。灯油による自家発電を行い、たまにその火がゴミに燃え移って火事を出す。こちらはセキュリティ・ガードを雇う必要がない。

　前のヒュンダイは、スピードを上げる気配がなかった。最上は舌打ちし、横幅の広いヒュンダイと中央分離帯の隙間を縫うように、バイクの鼻先を突っ込んだ。オートバイはこの機動性がいい。当節本物の大金持ちは、車で移動したりしないものだ。高速道路など危険なうえに汚らしいと言って敬遠するのだ。彼らは高層マンションの屋上に設置されたヘリポートから、専用のタウン・ヘリコプターを利用して移動する。

　ピーピーと、ヘルメット内の骨伝導イヤフォンから電子音が鳴った。無線連絡だ。

「――はい。最上」

『須藤だ』

　涼しい男の声が流れてきた。

『今どのあたりだ』

「もうじき台場です。本社ビルまで、二分とかからない」

『待っている』

通話はそれだけで切れた。

(せっかちめ。最初から黙って待ってろよ)

わずかに苛立つ。気持ちがささくれ立つ理由はわかっていた。さっきの侵入盗が撃った銃弾だ。ジャケットの袖を焦がした、一発の弾だった。ほんの五ミリ、最上が左に寄っていれば、確実に左腕をかすめただろう。

——午前八時半。

胃の底が冷え冷えとしている。ビールでも流し込んで、さっさと寝てしまいたい。そんな気分だった。


「やあ、最上。夜勤明けにすまない」

高速エレベーターで十二階のフロアまで上がる。ジャケットに埋め込まれたICチップと最上の顔を読み取って、自動ドアが次々に開いていく。これには、ちょっとした優越感を覚える。最先端の顔認証技術を駆使し、本人認識率は九十九・九九パーセント、他人受け入れ率はコンマの下にゼロが五つつくパーセンテージだ。うっかり他人を入れてしまう可能性は、ほとんどない。

最上は毛足の長い絨毯をワークブーツで踏みつけて、部屋の主を傲岸《ごうがん》に見つめた。

どっしりと幅の広いオークのデスクを前に、ひとりの男が腰掛けている。北欧製デザイナーズブランドのデスクもチェアも、最上には見当もつかないほど費用がかかっているはずだ。だが、会社にとって家具など及びもつかない値打ちがあるのが、この男だ。

須藤英司《えいじ》。

イスラエル資本の警備会社〈ブラックホーク〉社の日本法人である、〈ブラックホーク・ジャパン〉。その警備課長というのが、須藤の肩書きだ。社長は本国イスラエルの部長を兼務しているので、実質的には副社長の杣谷《そまや》女史が会社経営の舵取りをしている。副社長の下に、人事・総務部、警備部、資材部があり、それぞれの部長は警察庁からの天下りで、体のいいお飾りだった。ブラックホーク・ジャパンの警備に関する実質的なナンバー1は、この須藤課長だ。

細面の端整な顔立ちに、嫌みなほど似合う銀縁のメガネ。皺《しわ》ひとつない顔に黒々と豊かな髪を見れば、まったくの年齢不詳だ。常識的に見れば四十代ではないかと思われるが、時として五十代の老獪《ろうかい》さも垣間見えることがある。

――つまり、須藤という男は〈食えない男〉なのだった。

「どうして俺たちは、実銃を支給されてないんだ？」

ヘルメットを小脇に抱えたまま、つかつかと須藤のデスクに近寄り、わざと耳障りな音をたててヘルメットをデスクに載せた。先制攻撃だ。最上は、まともに企業に就職して働くのはこの会社が初めてだった。ヘッドハンティングされた時から、上司だろうが先輩だろうが仲間内ではため口で通している。最初に配属されたビル警備のチームリーダーがちょっと妙な顔をしたくらいで、須藤などまったく気にするそぶりもないから、このまま押し通すつもりだ。

最上が現れても、デスクに置いた銀色のノートパソコンに何やら入力していた須藤が、ようやくこちらを見てすっと眉を上げた。

「昨夜《ゆうべ》はご活躍だったらしいな」

須藤の口元に浮かぶ微笑を、額面どおりに受け止める奴なら、そもそもこの会社には入れていない。

須藤は最上がこれほど至近距離にいても、まったく脅威とは感じていない。そっちのほうがよほど問題だ。しもじもの者には報せないが、この部屋には、来客中の安全監視はもちろんのこと、ボタンひとつで侵入者を排除できるような装置が、備え付けられているのだろう。

なにしろ——世界最強と謳われるブラックホークの日本法人本社で、社員が害されるようなことが万が一にもあってはならない。

「こいつを見てくれ」

最上は左肩に残る焼け焦げを、ぐいと須藤の鼻先に突きつけた。

「あと少しで、俺の左腕がおしゃかになるところだ。相手は拳銃を持ってた。闇で転がされてる改造銃だ」

「なるほど。それで実銃を支給してくれと言うんだね」

須藤はパソコンから手を離し、最上の言葉に耳を傾けようとするかのように、かすかに首を傾《かし》げた。須藤お馴染みの、〈傾聴〉のポーズだ。こいつのはフリだけだが。

「実銃相手に、テーザーじゃ限界があるとは思わないか。この物騒な世の中じゃ、相手が銃より危険な武器を持っている可能性だってある。現実に、この前は手榴弾をビルにぶちこんだ馬鹿がいたじゃないか」

「ああ、あれね」

須藤がため息をついた。

「あれはひどい事件だった。米軍の手榴弾を横流しした奴がいてね。わが社の警備員が三人、全治二か月の重傷を負った。死者が出なかったのが不幸中の幸いだった」

「だろう？　そんな連中と対峙するのに、スタンガンはないだろう！」

最上は空いた手を振り回した。須藤の手が、なめらかに固定電話機に差し伸べられる。いつの間にか、ボタンを押したらしい。

「コーヒーをふたつ頼む」

『かしこまりました』

電話ひとつで秘書が飲み物を運んでくるあたりも、いわゆる課長の待遇ではない。

「まあ、そこにかけてくれ」

須藤はデスクの斜め前にある、背もたれの高い革張りのチェアを指差した。この男は、他人の呼吸をコントロールする術《すべ》を心得ている。一瞬、頭に上った血のやり場に困った最上は、仏頂面をして椅子に腰を下ろした。ヘルメットはそっとサイドテーブルに載せ直す。

ブラックホーク社は、台場にある高層ビルの十二階にオフィスを置いている。窓からは東京湾に浮かぶ小型漁船が見えた。一万人を超える社員数に比べてオフィスが小さいのは、管理部門しか入る必要がないからだ。警備員は契約先の企業に常駐する。

「実銃を支給しないのは、会社はもとより、君たち警備員を守るためでもある」

最上はうさんくさそうに須藤を見た。いかにも詭弁《きべん》を弄しそうなツラだ。須藤は最上の視線など意にも介さない様子で話し続ける。

「最上。スーパー・ガード法の条文を覚えているだろう」

「十七条のメインか。『治安維持、防犯、警護等の目的で使用する護身用具は、相手が持ちうる武器・兵器の程度を飛躍的に超えるものでない限りにおいて、その上限を設けない』という」

「そうだ」

須藤が頷いた時、ノックの音とともに扉が開いて、トレイにコーヒーカップをふたつ載せた秘書が入ってきた。身体の線がきれいに出る濃紺のワンピースに、黄色と白のスカーフ。須藤と最上に、流れるような動作でコーヒーをサービスすると、音もなく部屋を出て行く。彼女がいる間は、須藤も話を続けようとしなかった。

「相手が持っている可能性がある武器よりも、とんでもなく強いものでなければ、何を持ってもいいってことだろう？」

「そこが解釈の分かれるところでね。スーパー・ガード法案が可決され施行されてから、およそ半年になる。その間に、実銃を持った警備員が、ナイフやモデルガンを持った犯罪者を撃って死なせてしまう事件が、全国で数十例も発生した。警備員は、たまたま出くわした犯罪者がどんな武器を持っているかなど、あらかじめ知っているわけじゃない。実銃を持ち歩いていて、ナイフしか持たない犯罪者と対峙したらどうすればいいのか——。人権団体や弁護士の一部などからは、とんでもない悪法だと言われているよ。その数十例のうちには、警備員の過剰防衛だとされて実刑判決を受けたケースもある。上告中だがね」

最上はぴくりと指が震えるのを気取《けど》られないよう、コーヒーカップを持ち上げた。コーヒーの良し悪しなどよくわからない。それでも、須藤の秘書が淹れてくれたコーヒーは、最上が自宅のマンションで飲むインスタントとは格段に違う香りがする。

須藤が言葉を切ってこちらを観察している。最上が何を嫌うか、隅々まで知り尽くしているのだ。須藤の目に、舌舐めずりするような喜色がある。――このサディストめ、と内心で唸りながら、最上は平静な見かけを保つよう腐心した。

「つまり、わが社は君たち警備員を守るために、過度に危険な武器は支給しないことにしている。理解してもらえたかな？」

最上は軽く舌打ちした。警備員を守るためというよりは、会社を守るためだろう。警備員が過剰防衛の判決を受けた場合、警備会社に対する訴訟問題にも発展しかねないし、会社の信用に関わる可能性がある。

「俺たちにはテーザーで充分だってか」

「通常警備の仕事ならね。テーザーは、海外では警察官にも実銃の代わりに支給されている。犯罪者を殺してしまう危険性が、ほとんどないからね」

「もしも俺たちが撃たれたら、どうしてくれるんだ？」

しつこく食い下がると、須藤はにこやかに微笑《ほほえ》んだ。

「大丈夫だよ、君の反射神経ならね。〈クラッスン〉コーイチ――そう呼ばれていたはずだ」

最上は顔をしかめた。悪い冗談だ。確かに最上のあだ名は〈クラッスン〉――タイ語で弾丸という意味だが、だからといって本物の銃弾を相手に反射神経で逃げられると思うほど、能天気ではない。胴体は防弾チョッキで覆われていても、手足は傷つく。

須藤相手に、言葉で反論を試みたのが失敗だった。

「それで。俺を呼んだのは、何の用だったんだ」

「忘れていたよ」

須藤が明るい笑い声をあげた。してやったり、という表情を隠さない。

パソコンのキーボードをひとしきり叩くと、デスクの脇にあるプリンタから、A5判の紙が印刷されて出てきた。

「異動だ」

朗らかな表情で、須藤が用紙をこちらに滑らせる。一瞬呆気にとられ、最上はコーヒーを飲み干した。

——異動？

ブラックホークに入社して三か月。研修を受け、今のビル警備に配属されて、わずかひと月だ。まだ半年の試用期間が終了していないとはいえ、こんなに簡単に配属先を変えられるものなのだろうか。立ち上がって用紙を手に取り、ざっと読み下した。最上もよく知っている、国内有数のロボットメーカーの名前が書かれている。

「明日から頼む。君の新しい仕事は、そこの研究者のボディガードだ」

須藤がにっこり微笑んだ。

2

「今回の警護は二十四時間態勢だ。四チームの八時間交代でシフトを組んだ」

指定された午前九時ちょうどに、築地にある研究所の門をくぐり駐車場にバイクをつけると、黒光りのする社用車の横で、ブラックホークの制服を着た三人が待っていた。築地魚市場の跡地には大企業の研究所やオフィスが引っ越してきて、今では有数のビジネス街の様相を呈している。

「先方の依頼を受けて臨機応変に対応したので、今日はイレギュラーな時間割だが、私と尹《イン》のふたりはこれで勤務終了だ。斉藤《さいとう》と最上は、今から午後八時までの勤務となる」

ひとつのチームはふたり体制というわけだ。

リーダーは、その場を仕切っている女性だった。もっとも、妹尾《せのお》容子《ようこ》というフルネームを聞くまでは、女性だとは思わなかった。男のように短くカットした髪を、ワックスでハリネズミのように固めている。声は太く、口調も男のようだし、身長はぎりぎり百七十の最上よりも、頭ひとつ分高い。大柄なうえに上腕の太いパワフルな体型で、女性プロレスラーだと言われると深く納得するだろう。表情はあくまでも硬く、刺すような目つきで人を見る女だ。隣に並んだ尹という中国系の青年のほうが、はるかに女性らしく見えるほどだ。尹はと言えば、役者にしたいくらい色気のある美貌の若者だった。このふたりがAチームだ。

「Bチームは、斉藤がリーダーシップをとってくれ。最上は試用期間だ」

「了解。よろしく」

斉藤が、ちらりと最上に視線を走らせる。最上も斉藤をさりげなく観察した。妹尾に比べると細身だが、やはり背が高い。制服のきっちりした着こなしといい、櫛目を通した髪型といい、いかにも優等生風の外見や態度が鼻についた。一瞬目を細めたのは、小柄で瘦せ型の最上をくみしやすい相手だと見てとったかららしい。斉藤が握手を求めるように右手を差し出したが、最上は気づかないふりで無視した。堅苦しいのも、堅苦しさを押し付けられるのも、大嫌いだ。

「警護対象は車の中」

妹尾が車のルーフを手のひらで軽く叩いた。大きく肉厚な手のひらだ。社用車の前後、ナンバープレートの上部には、ひと目でブラックホーク社の警備用自動車だとわかるよう、鷹のエンブレムが取り付けられている。個人の住宅が、契約している警備会社のステッカーを貼り付けることで〈泥棒よけ〉にするのと同様に、このエンブレムで無用のトラブルを避けることができる、と最上は研修で聞かされた。

エンブレムの上に白く浮き彫りにされた数字は、一台ごとにつけられたナンバーだ。この案件に回された車は、十号車──コードナンバーは〈ホーク・テン〉というわけだ。

「質問はあるか」

「俺はまだ、詳しい話を聞いてない」

簡単すぎる引き継ぎに最上が苦情を言うと、妹尾が尊大に腕を組んだ。

「斉藤に教えてもらうといい。最上はこれがＯＪＴらしいから」

「ああ。俺が聞いてる」

なんてそっけない連中だ。最上は斉藤の合図で車の後部座席に乗り込みながら、ため息をついた。

運転席に斉藤。後部座席には、しばらく太陽の光に当たったことがなさそうな、青白い肌の男が先に乗り込んでいる。

「ここからは、自分らがガードを引き継ぎます。自分は斉藤、そちらは最上です」

バックミラーを覗いて斉藤が言う。後部座席の男は、浮かぬ表情で頷いた。

「山野辺《やまのべ》だ。──まずは、工場にやってくれ」

工場と聞いただけで道がわかるのか、斉藤はふたつ返事でホーク・テンを出した。

顔を見ただけでは、山野辺博士は若い男のように見えた。今どき珍しく、メガネをかけている。声を聞くと、三十代どころか、五十代に近いことがわかる。医学や薬学の発達によりアンチエイジングが進み、金さえかければ外見はなかなか年を取らなくなった。もちろん、それは見た目だけの話であって、中身はしっかり年を取る。人間の英知は「不老」を少しずつものにしつつあるが、「不死」の実現はまだ見込みすら立っていない。

山野辺恭一《きょういち》、四十六歳。

グッドフェロー工業、ロボット開発部に所属するロボット研究の第一人者だと聞いている。研究者のアイデンティティを証明するためか、山野辺はワイシャツの上に白衣を着用している。洗濯やアイロンがけにはあまり興味がないらしく、袖口や肘のあたりが黒ずんでいた。

「昨夜は研究所に泊まられたんですか」

ずいぶん人使いの荒い会社だ。そんな軽口を叩くつもりで尋ねると、山野辺の口元がぴくりと短く痙攣《けいれん》した。

「いつもは自宅から出勤している。昨日は特別だ。しかたなく」

はっと、山野辺が目を見開いた。車が傾くほど、斉藤が急にハンドルを切った。

「くそっ！」

前方から逆走する大型トラック。避けて急ブレーキを踏み、路肩に停める。トラックはそのまま中央分離帯を乗り越えた。何もなかったかのように逃げるつもりらしい。

「何だあれは！」

さすがに最上も呆気にとられた。こちらの車に正面からぶつけるために、逆走してきたとしか思えない。

「まただ！」

山野辺が両手で頭を抱えこんだ。丸めた白衣の背中が、震えているのがはっきりわかる。

「まただ――くそ！　誰かが私を狙っている。私を殺そうとしてる！」

斉藤が運転席に座ったまま、探るような視線を山野辺に投げた。最上も斉藤も、慌てて車を降りたり、トラックを追ったりはしない。降りた瞬間に次のトラップが待っているかもしれないし、この特別仕様車にはいろいろな仕掛けがしてある。たとえば、トラックのナンバーは、一瞬の遭遇のうちに写真を撮影して本部に転送されているはずだ。ナンバーから国土交通省に登録されている所有者を割り出す。ただし、今のようなケースで、犯人が判明する可能性はゼロに近い。盗まれた車かもしれないし、そうでなければ犯人はナンバープレートを偽造しているだろう。ナンバープレートの上に貼り付けるだけで、ナンバーを撮影できなくしてしまう特殊な効果を持つフィルムも闇で販売されている。

「つまり、そういうことだ」

斉藤がぼそりと最上に向かって呟いた。

「俺たちが呼ばれた理由はな」

数日前、グッドフェロー工業の経営陣宛に、差出人不明の怪文書が送りつけられた。

『山野辺恭一博士は、グッドフェロー工業にふさわしくない人物だ。すぐに解雇しなければ、博士が危険な目に遭うだろう』

山野辺博士は、目下のところ、グッドフェロー工業が社運を賭けて開発を進めている、新型作業用ロボットの開発責任者だ。ロボットアームや制御プログラムの研究については世界的な権威と言われており、上層部は何者かが山野辺博士を会社から引き離そうとする策略ではないかと考えたそうだ。

「昨日の朝、博士が自宅のマンションを出たところ、狙いすましたように乗用車が向かってきた。慌ててマンションの入り口に駆け込まなければ、轢《ひ》かれていただろうという勢いだった」

埼玉の工場に向かいながら、斉藤が説明している。山野辺は昨夜ほとんど眠ることができなかったらしい。車に揺られて眠気が出たのか、最上の隣で眠りに落ちた。話を聞くには好都合だ。最上は声を潜めた。

「博士には、犯人の心当たりはないのか」

「具体的な心当たりはないそうだ。もちろん、会社側にも心当たりはない。業界では、開発中のロボットが完成すれば、向こう三十年間グッドフェローの優位は揺るがないだろうと噂されている。ライバル企業が、グッドフェローを追い落とすために開発責任者の博士を狙うというのは、ありうる話だ」

最上は後部座席で腕組みをした。運転は斉藤任せだから、この車に乗っている間は、車窓から隣に並ぶ車や、通り過ぎる建物の窓を注意して見る程度のことしかできない。ブラックホーク社の警備車輛には、狙撃検知システムがついており、狙撃者が持つライフルのスコープに自動的に反応して警報を発信する。今どきの警備は、最新型の機械をフルに活用する。

「それはあまりに露骨な話だな。警察がすぐに犯人にたどり着きそうなものだ」

「さあ——どうかな。露骨すぎて、警察も戸惑うかもしれない。怪文書は警察に証拠として提供され、科学的に分析を受けたが、差出人を特定するには至っていない」

斉藤の説明を聞きながら、車窓に映るのどかな風景を最上は眺めていた。東京とずいぶん違う。形良く整えられた水田には豊かに水が張られ、水稲の苗が規則的に植わり、鏡のように輝いている。田園都市と呼びたい絵になる光景だ。

ここには、最上が日本を飛び出す前と、何も変わらない風景が残っていた。

「工場が見えてきた」

埼玉県春日部市。江戸川のほとりに、白い大きな翼をゆったりと広げたような建築物が見えてくる。

「前にこのへんに来た時は、あんなものはなかったが」

最上は口に出した。前と言っても、もう十年近く昔の話だ。隣で山野辺がもぞもぞと座り直す気配がした。目をこすりながら口を開く。

「——できたのは三年前だ。グッドフェローが工業用ロボットの大量生産に入るため、工場用地を探していたんだ。ここにはまだほとんど手付かずの土地があり、江戸川の豊かな水があったからね。国道十六号線に沿って、首都圏外郭放水路が地下に作られたため、周辺の土地が水害に遭う恐れもなくなった。そんな理由で、選ばれたんだ」

まだ眠そうだったが、山野辺の口調はしっかりしていた。斉藤が建物の正面玄関に車をつけると、礼も言わずに真っ先に車を降りようとする。

「待ってください」

最上が腕を押さえて止めた。

「私が先に降りて、安全を確認します。博士はその後で降りてください」

「ふん――」

山野辺は不満そうに吐息を漏らし、座席の背に深く凭《もた》れかかった。

「何か行動される時は、自分たちに確認してからにしてください。でないと、安全を保証しかねます」

彼のご機嫌を気にかけている暇はない。車が玄関前に停車する際、近くに人影がないことは確認済だ。最上は後部座席を滑り出て、周辺に害意を持つ人間が存在しないか、危険物の類《たぐい》が仕掛けられていないかを、手早く確認する。

「OK。降りていいですよ」

山野辺側の扉を開けてやる。博士はいかにも大儀そうに車を降りた。動作だけを観察すると、実年齢よりもむしろ老けて見える。

「待て、最上」

斉藤が呼んだ。彼は運転席を出るところだった。

「こいつをおまえに渡してくれと言われている」

手渡されたものを見て、最上は眉をひそめた。革のホルスターに納められた、ずっしりと重量感のあるそれは、どう見ても本物の拳銃だ。

「――どういうことだ」

昨日、テーザーで充分だと須藤に言われたばかりだ。——通常警備につく分には。

「この任務はテーザーでは間に合わない」

斉藤が言った。

「しかし、マシンガンは必要ないそうだ」

いかつい口元に、微笑が浮かんでいる。鼻を鳴らし、最上はホルスターを肩に装着した。恐れをなしたとは、死んでも思われたくない。

——須藤め。

これは絶対、須藤の嫌みに違いない。

「そこのエレベーターで、三階に上がる」

拳銃を目《ま》の当たりにして最上の指示を実践する気になったのか、山野辺が玄関を入ってすぐの銀色の扉を指差した。

「俺が見てこよう」

斉藤が軽いフットワークで先に行った。体格の割に、彼の動きは軽やかで速い。レスリングより、アメフトの経験者かもしれない。

「それにしても、でかい工場だ」

三階建ての工場を見回して、思わず声に出た独り言に、山野辺が頷く。

「国内最大級の工場だ」

グッドフェローは、国内有数の「モンスター」企業だ。いや、最後の「モンスター」のひとつ、と呼ぶべきかもしれない。

中国の台頭とともに、日本の自動車産業は、その優位を中国や韓国などのアジア系新興国家に譲り渡すことになった。繊維産業は、とうの昔に世界中が中国に依存する状況になっている。ＩＴはそもそも米国のお家芸だったが、徐々に中国が支配力を高めており、日本はその隙間に入りこむことができていない。ファッションの歴史を誇る欧州は、観光やブランド力にものを言わせて生き残ったが、日本はその線でも苦しい戦いを続けている。

国際的な競争で優位に立つことができたのは、ロボット工学や宇宙産業、バイオテクノロジーなど、ごく一部の先端産業のみだった。現在では、それらひと握りの先端企業が、瀕死の日本経済をかろうじて支えているというわけだ。

逆に、そこまで衰弱した日本経済を支えられるほどの企業は、国際市場でモンスターと呼ばれるほどのグローバル企業と化している。グッドフェローなど、産業用ロボットの分野では、全世界で四割というシェアを誇っている。シェア五割超も夢ではないと言われているが、四割前後を常に保持しているのは、寡占状態が進むことによって、世界的なボイコットが発生するのを恐れているのだという、穿《うが》った見方があるほどだ。

「博士が開発しているロボットが完成すれば、グッドフェローのシェアはどうなるんですか？」

最上の素朴な問いに、山野辺は目を瞬《しばたた》いた。

「さあな、知らんよ。私は技術屋だ。営業には興味がない」

本気で関心がなさそうにあくびを嚙み殺している。研究者というのは、そんなものなのだろうか。なんとなくおかしみを禁じえず、最上も苦笑を隠した。

「エレベーター、オールクリーン。行くぞ」

斉藤が呼んでいる。ごたいそうだな、と思いながら山野辺を連れてエレベーターに乗り込んだ。

「おい——まさか、研究室まで君たちがついてくるわけじゃあるまいな」

両脇を固めるようにふたりが乗り込むと、山野辺が心底嫌そうに顔をしかめる。

「任務ですから」

利いた風な言葉を吐くと、山野辺が苦虫を嚙み潰したような顔をした。向こう側で斉藤が笑いをこらえている。案外、悪い奴ではないかもしれない。

「自分たちのことは、空気だと思ってください。これからは、発表会が終了してグッドフェロー社との契約が解除されるまで、二十四時間ずっとブラックホークの警備員があなたにへばりつきます。いちいち気にしていたら、神経が持ちませんよ」

斉藤が諭す。山野辺がこちらに聞こえるように舌打ちをした。最上は斉藤を見やった。警護対象《プリンシパル》に気づかれないよう、顔半分だけで微妙なウインクをしているのが見えた。まったく、奴はプロだ。

「おまえ、タイにいたところをスカウトされたんだって?」

斉藤が興味津々で尋ねるのを聞いて、社内で自分の噂が広まっていることがわかった。

「そうだ。デーモン須藤課長じきじきにな」

さっそく、須藤のあだ名を教えてくれたのも彼だった。この状況では、無駄口でも叩くしか、時間の潰しようがない。

他人がそばにいては研究に集中できないと、山野辺が主張して譲らなかった。研究室の内部をくまなくチェックした後は、目の届く範囲に山野辺がいる限り、好きにさせておくことにした。そもそも、山野辺がパソコンを睨んで何をしていようと、最上たちにはそれがどういう意味なのか理解することは不可能だ。

研究室を出る時は、たとえトイレであっても張り付いていく。山野辺がひとりきりになるのは、トイレの個室にこもる時くらいだろう。身辺警護とプライバシーの侵害は紙一重だ。

研究室には扉がなく、入り口の内側に斉藤が立ち、廊下側に最上が立った。研究室に誰かが入る時には、最上が所属や顔をチェックする。さぞかし大人数が押しかけてくるに違いないと考えていたが、朝から現れたのはふたりだけだった。工場のほとんどの工程が機械化されており、技術者も数えるほどしか必要としないらしい。工場勤務者の写真入り名簿は入手済だったが、二回見直すだけで全員覚えてしまったほどだ。

「タイで何をやってたんだ」

「――ムエタイ、かな」

しぶしぶと最上は答えた。斉藤は軽く興味を引かれたように、目を細める。

「クラスは？　ランキングは？」

矢継ぎ早の質問に、しかたなく笑う。

「そんなごたいそうなもんじゃない」

ひゅう、と斉藤が低く口笛を吹く。

「タイじゃムエタイは賭けの対象らしい。賭けキックボクシングだな」

「そのとおりだ。良く言ってストリートの王者ってところかな。あんたはアメフトか？」

「アメリカに留学して、ＵＣＬＡのリーグでは優勝に貢献したクォーターバックだ」

それを口にした時の斉藤は、さほど自慢そうでもなく淡々とした口ぶりだった。なるほど、優等生でお坊っちゃまだと感じた第一印象は、まんざら間違いでもないらしい。しかし、今はいっかいの警備員。何か事情があるのかもしれないし、ないのかもしれない。単に、危険な仕事に情熱を燃やすタイプなのかもしれない。深くは聞かないことにした。人生には事情がつきものだ。

斉藤がごそごそとポケットから何かを取り出す。

「見ろよ」

覗きこむと、樹脂で固めたカード状の写真だった。ラテン系の美女と、愛らしい少女がこちらを向いて写っている。

「可愛いだろう」

得意げに言って、出し惜しみするようにまたポケットに戻した。

「あんたの家族？」

「おうよ。留学最大の成果だぜ」

生真面目そうに見えて、意外と軽い男なのかもしれない。

「可愛いね」

「最上——おまえ、下の名前は何だっけ」

答えようとして、山野辺が部屋を出ようと近づいてくることに気づいた。無駄口はお預けだ。

「ついてくるかね」

珍しく、山野辺が彼らに嫌そうな表情を見せなかった。むしろ上機嫌だ。文庫本サイズほどのモバイルコンピュータ〈オペロン〉を、白衣のポケットに放り込む。半年前に発売され、世界中が飛びついたという小型コンピュータだ。

「カイザーX——新型ロボットの試作品製作現場に行く」

斉藤が先に立ち、最上が山野辺の横に立つ。工場の中で襲撃されたことはないそうだが、何が起きるかわからない。気を抜けない。エレベーターで一階に降りて、足早に歩く山野辺を追った。

——ストリートの王者か。

最上はふと、唇を震わせた。我ながら、妙にうまいことを言ったものだ。

ここ十年近く、タイの下町にいた。観光客が世界中から押しかけるバンコクのルンピニー・スタジアムのような、一流の場所で興行していたわけではない。夜になると倉庫の一角などを仕切り、即席のリングを引っ張り出してムエタイの試合が始まる。酒を飲んで真っ赤な顔をした日雇い労働者たちが、わずかな金を握り締め、選手に賭ける。

〈クラッスン〉コーイチ——それが、最上のあだ名だった。小柄だが、速い。弾丸のようにキックが飛ぶ。そんな意味の名前だ。

八百長はしない。それが、最上のたったひとつのルールだった。食うのがやっとの大事な稼ぎを、自分に賭けようという連中のために決意したのだ。下町の顔役がどれだけ脅しをかけようと、ムエタイを指導してくれた道場の師匠に頼まれようと、その決心だけは変えなかった。

（いずれ、弾丸《クラッスン》の餌《え》食《じき》になる——）

あだ名にかけて、そんな噂も囁《ささや》かれていたことは知っている。自分でもそういう生活に嫌気がさしていたのかもしれない。

そんな時に、あいつが目の前に現れた。須藤だ。

（君、警備会社のヘッドハンティングを受けてみないかね）

下町で、上等な仕立てのスーツを着た男など、そう見かけるものじゃない。前夜の殴り合いで片目がふさがり、口が切れた最上の顔をものともせず、須藤はとぼけた表情で切り出したのだった。イスラエル資本の警備会社が、日本法人の強化にあたり、アジア系の警備員を大量に採用する予定だ。ついては、ぜひ最上にも入社試験を受けてもらいたい――。

（甘い魂胆だったな）

――結局、飛んでくるんじゃないか、弾丸が。

グッドフェローの工場も、ブラックホークの本社と同じように、ＩＤカードや生体認証と自動ドアが連動しているらしい。彼らが近づくと、前方の自動ドアがどんどん開いていく。離れた場所からドアを開くことができるので、ボディガードとしてはやりやすい。

「――博士」

最後の扉が左右に分かれて壁に吸い込まれると、広々とした体育館のような場所に出た。その場にいた白衣姿の数名の男女が、山野辺の姿を認めてぱっと左右に散った。山野辺を避けているようにも見える。最上は、そこにいる人々が工場の勤務者リストに掲載されていた技術者だと確認した。

――部屋の中央に、巨人がいた。

シルバーメタリックの曲線的なボディ。両腕をゆったりと身体の横に垂らして、姿勢良く立っている。頭部はカメラとセンサー類の集合体で、カバーを外しているため内部の機械がむき出しになっている。もちろん、ロボットだ。

普通の人間の、およそ二倍のサイズ。

どれだけ身体を鍛えても、ひとりの人間が出せるスピード、持ち上げることができる重量には限界がある。ロボットのボディを装着することにより、人力ではありえないパワーを身につけることができる。それが作業用ロボットだ。現在では、主として港湾や高層ビルなどの工事現場で活用されている。奴らは、これまでクレーンで引き揚げていた重量鉄骨を、軽々とかついで運ぶことができる。

「カイザーXだ。試作品は、Xナンバーがつくことになっていてね。今後販売ルートに乗れば、このモデルがカイザーI型と呼ばれることになるだろう」

山野辺の声には得意げな響きがあった。最上たちにロボットについて話すのも初めてだ。

ポケットからオペロンを取り出した山野辺が、無造作にロボットの足元に近づいてケーブルの一本を取り上げ、ロボットと小型コンピュータを接続した。データを転送している。

「よし、改良版のプログラムで試運転だ」

「それじゃ、僕が乗ります」

データ転送が終わり、ケーブルを引き抜くと、グレーの作業服を着た若い男が、名乗りを上げるように手を挙げた。

「岡崎《おかざき》くんか。いいだろう」

よく見ると、ロボットの胸から昇降台が降りている。岡崎が昇降台に上ると、山野辺がロボットの腰のあたりで制御盤を操作した。ウインチの音とともに、昇降台がするすると上がり、吸い込まれるように岡崎ごとロボットの胸郭に潜りこんだ。ロボットの胸にあたる部分が窓になっていて、岡崎の胸から上が覗いている。

「聞こえるか、岡崎くん」

『聞こえます』

ロボットの頭部には高性能集音マイクとスピーカーもついているらしく、外で普通に喋っている山野辺の声に、即座に反応がある。

「よし。そのへんを少し歩いてみてくれ」

『了解』

指示に答えて、ロボットが体育館のような部屋の中をゆっくり歩き始めた。意外なほどなめらかな動作と、人間らしい関節の動きに最上も驚く。

「これまでの作業用ロボットは操作性が良くなく、熟練オペレーターを育成する必要があった。カイザーXは、直感的な操作画面と、オペレーター本人の動きをほぼ忠実にロボットの動作に反映させる仕組みを向上させたので、ご覧のとおり、慣れないオペレーターでも簡単に動かせるというわけだ。ちなみに、あの岡崎はカイザーに乗ってまだ一週間ほどだよ。これは画期的なことだ」

最上と斉藤の驚いた顔に満足したのか、山野辺がそんな解説まで加える。

『居住性がとてもいいです。前のプログラムより、振動が少なくなりました』

岡崎の声がスピーカーから流れる。山野辺がいかにもご満悦の態《てい》で何度も頷くのが印象的だった。

「そのオペロンに入っているプログラムが、ロボットを動かしているわけですか」

ロボットの制御については、斉藤も最上も門外漢だ。よくわからないままに最上が質問すると、山野辺がこちらを振り向いて頷いた。

「そうだ。カイザーXのハードウェアは、これまで当社から発売されたロボットの製品ラインを改良したものだが、既存ラインと大きく性能が異なるわけではない。ロボットの操作性をいっきに向上させたのは、私が開発したソフトウェアだ」

「それじゃ、そのソフトを盗まれたりしないように、手は打ってあるんですか」

産業スパイが横行する世の中だ。コンピュータに侵入を試みるクラッカーがいれば、そのソフトウェアは安全とは言えない。むしろ、山野辺の身辺警護よりも、コンピュータを守るほうが急務ではないかと思うほどだ。

「それは心配ないね。ここの研究所は、外部からの侵入を防ぐために完全に閉じたネットワークを敷いている。それに、プログラムを外部に持ち出すことができないように、ここで働く人間ですらプログラムのコピーができないよう設定されているのだ。コピーできるのは、私のこのオペロンに対してだけだ」

最上は、山野辺のポケットに入っている小型コンピュータをまっすぐ指差した。

「それが盗まれれば、終わりじゃないですか」

山野辺がにやりと笑う。

「いい指摘だが、これはこの研究所から持ち出せない。オペロン自体にGPS機能が組み込まれ、研究所の外に持ち出そうとすれば警報が鳴る。電源を切ってもGPSだけは働くように、特殊な回路が組み込まれている」

なるほど、と最上はようやく納得した。さすがグッドフェロー社だ。過去に何度かの産業スパイ事件を経験し、その対策に知恵を絞ったあげく、これだけのセキュリティ対策を考え出して実行しているのだろう。

「カイザーのコピーを外部で製造するのは、無理というものだよ」

山野辺が満足そうにロボットを見上げた。


「ご自宅にお送りします。そこで次のチームに引き継ぎますので」

山野辺はまだ仕事をしたいと文句を言っていたが、午後六時を過ぎるとすぐに、斉藤と最上がふたりがかりで彼を抱えるようにして、車に放り込んだ。次の警護チームは、まっすぐ山野辺のマンションに向かう予定だ。本来は八時間勤務で交代のところ、今日は初日なのでイレギュラーに長時間勤務を行っている。集中力が途切れて、事故を起こしたくない。

「君たちがいると、仕事にならん」

後部座席におさまると、山野辺がひとしきりぼやいた。聞き流したが、文句があるならグッドフェローの経営陣に言えと言ってやりたいところだ。

山野辺の自宅は、汐留ウォーターフロントの高層マンションだった。いっかいの研究者にそんなマンションが買えるのかと驚いたが、グッドフェロー社が上級職員に提供している社宅らしい。斉藤の運転はスムーズで、渋滞にも引っかかることなく、首都高速に乗る。

「おい――あれは何だ？」

周辺の車輛におかしな動きをするものがないかチェックしていた最上は、後ろから近づいてくる二台の大型バイクに目を細めた。バイクより、フルフェイスの真っ黒なヘルメットと黒革のツナギという、黒ずくめの服装が不気味だ。年齢・性別ともに不詳。ただ走っているだけなら気にしないが、こちらを尾行するかのように、少し距離を置いて走り続けるのが気になった。

斉藤の舌打ちが聞こえた。

「嫌な連中に見つかったな」

無線のスイッチを入れ、本部を呼び出そうと試みている。隣の席で、山野辺がみっともないほどうろたえて、逃げ場を探そうとするかのように前後の道路を見回した。

「こちらホーク・テン。警護対象の自宅に向かう途中で、オートバイ二台の尾行を受けている。どうやら空牙《クーガ》の連中らしい」

「クーガだと」

山野辺が震え上がった。さすがに、国内随一のテロリストと名高い組織の名前くらいは知っているらしい。

「静かに。無線が聞こえないと困る」

肩に手を置いてたしなめようとした最上の手を振り払い、山野辺はこちらを睨みつけた。

「ちゃんと仕事をしてくれ。私を無事にマンションに届けてもらわないと――」

「いいから、静かに」

宥《なだ》めながら、最上はバックミラーで大型バイクを観察した。あれがクーガか。研修を受けて話には聞いているが、実物を見るのは初めてだ。ブラックホーク社のエンブレムがついた車を堂々と尾行するとは、いい度胸だ。

左側のバイクに乗った奴が、右手をハンドルから離して黒いものを持ち上げるのが見えた。リアウインドウに、ぴしりと弾《はじ》けるような音がした。

何て連中だ。撃ってきやがった。

「博士、頭を下げて」

山野辺の身体を後部座席に押し倒し、その上に覆いかぶさるように最上も身体を伏せる。何が起きたのか、とっさに気づかなかったようだが、山野辺はひとまず最上の指示を受け入れた。

ブラックホーク社の警備車輌は、全車とも防弾ガラスを完備している。普通の拳銃で撃たれた程度では、ひびも入らない。

「銃撃を受けた」

斉藤の声が冷静に報告した。

『こちら本部。次の出入り口でホーク・イレブンが合流します』

「了解」

そのやりとりが聞こえたかのように、背後にぴたりとつけていた二台のオートバイが急にスピードを上げた。二手に分かれ、ホーク・テンを左右から追い越して、去り際にまた振り向いて左側の奴が前方から一度銃を撃った。

フロントガラスはぴしりという硬い音を発しただけで、びくともしない。

それを確認すると、二台の大型バイクは、さらにスピードを上げて首都高速を走り去った。

「ホーク・テン。クーガは去った。繰り返す。クーガは去った」

『本部、了解。イレブンは念のためマンションまで後続として走ります』

青ざめている山野辺の身体を起こした。彼には言えないことだが、クーガは山野辺を狙ったわけではないかもしれない。

空の牙、と書いてクーガと読ませるテロ組織は、主に国内で企業テロを行っている。スローガンは、『金持ちどもから奪い返せ』。当然のごとく、貧しい連中が集まる街では人気が高い。敵対するブラックホーク社を、目の敵にしているそうだ。長く日本を去っていた最上は、研修を受けて知った。今の二台は、高速を走っているうちにたまたまブラックホーク社の車を見つけ、あわよくばと手を出してきたのかもしれない。こちらが尾行に気づけば、応援を呼ぶに決まっている。高速道路で銃撃戦となれば、警察もやってくる。ヒット・エンド・ランではないが、軽く叩いてさっと逃げる。最初からそのつもりだったのだろう。

「もう大丈夫か」

山野辺が尋ねた。

斉藤が応じる。

「ろくでもない連中だが、二度はやってこないはずです。もう大丈夫でしょう」

本部の連絡どおり、ホーク・イレブンの黒い車体が次の出入り口で合流し、背後についた。汐留のマンションまで追尾するつもりのようだ。

最上は唇を歪めた。彼が日本を出た時は、これほどではなかった。日本はいつからこんな物騒な国になったのか。

「いくら命があっても足りないな」

最上が呟くと、斉藤がバックミラー越しにじろりと睨んだ。余計なことを言うなという意味だ。

汐留ジャンクションで高速道路を降り、マンションの地下にある駐車場に滑りこむ。イレブンはマンションのスロープを降りる前に、ライトを点滅させて分かれていった。応援はここまで。

グッドフェローが上級職員のために借りているという、超高層マンションを見上げた。駐車場に入るにも、ＩＤカードをリーダーに通さなければ門扉が開かない。警備員の姿は見えないが、監視カメラのレンズがあちこちに覗いている。厳しいセキュリティ対策によって、安全が守られることを謳い文句にしているのだろう。

見るからに新しいシルバーグレーの国産高級車の隣に、車を並べる。そっちは山野辺の自家用車だ。決められたエリアに車を停めたとたん、ほっと気を緩めた山野辺が降りようとした。

「待った。俺が先に降りて、外をチェックしてからですよ。説明したでしょう」

「しかし、ここまで来れば——。このマンションは大丈夫だ」

不服そうに口を尖らせる山野辺を無視して、最上は車のドアを開いた。とてつもなく広い駐車場だ。五十階建て、二百戸を超えるマンションの住人が、それぞれ二台ずつ車を駐めることができるよう、計算された広さなのだという。

車の近くに、怪しい人影はない。最上は念入りに、周辺の車と車の間に誰かが隠れていないか、確認して回る。特に問題はない。

山野辺が座っている側に回り、ドアを開こうと手をかけた。

——かちり。

かすかな金属音を聞いた。耳に馴染む音だ。リボルバーを回転させる音だった。最上は身体の動きを止めた。腕だけ上着の中に滑りこませる。肩のホルスターに、銃がある。

「そのまま動くなよ、兄ちゃん」

くぐもった声がした。

「両手をゆっくり上げて、後ろ向きで立ちな」

ぴかぴかに磨かれた黒い車体を鏡の代わりにして、背後を映し見た。背の高い男。ひとりだ。銃身の短いリボルバーを握っている。このマンションに出入りするにしては、服装があまりにもカジュアルだ。顎の無精ひげも伸びている。

背が高い、と考えたのは勘違いだと気づいた。車のトランクの中に立っているのだ。四台離れたヒュンダイのトランクが開いている。

引き金に指が入っていない、と最上は目をすがめた。――どうやら、素人らしい。

「そいつはどこかで拾ったのか？」

尋ねると、男が黙った。そろそろと両手を上げるふりをしながら、右手に銃を握る。

「その銃だよ。どこかに落ちてたのかなと思って」

「金、出しな。おまえさんじゃない。ホークの奴らなんか、たいしてもらってないんだろ。おまえさんが護衛してる、偉い奴さ」

「このおじさんは、金なんか持ってないと思うぜ。さてはおまえ、車のトランクに隠れて入ってきたな」

誰かの車のトランクに潜りこみ、ここに駐車するまで潜んでいたのに違いない。車を見て、金の匂いを嗅ぎつけたのだろう。

「うるさい。さっさと手を――」

振り向きざまに銃を抜き、男の肩を狙った。問答無用だ。

はっと目を見開いた男が引き金に指をかけるより早く、右肩を撃ちぬく。男は倒れなかったが、銃を取り落とした。そのまま逃げるかと思えば、トランクから飛び降り、こちらに向かってきた。

もう一度撃つべきか、一瞬迷った。

須藤のセリフが耳に残っている。

(警備員の過剰防衛だとされて実刑判決を受けたケースもある——)

職務を遂行したために、実刑など受けてたまるか。

銃をホルスターに戻した。

男は膂力《りょりょく》に自信があるのだろう。最上が銃を下ろすのを見て、黄色い歯を剝き出しながら太い腕を振り回した。最上は車を背にしている。逃げられない。

最上は軽くしゃがみ、肘で弾いた。続く動作で男の顎に、アッパーを叩き込む。無駄のない一連の動作で、男は一瞬目を見開き、そのますとんと腰から地面に落ちた。軽い脳震盪《のうしんとう》を起こしたのだ。

何が起きたのか、彼自身にもよくわからないようだった。立ち上がろうとしたが、足が思うように動かないらしく、朦朧《もうろう》とした視線を最上に向けた。

男の右腕を取り、手錠をかけた。現行犯逮捕は民間人にもできる。ブラックホークの社員には、現行犯を確保した際に、警察に引き渡すまでの間、犯人をおとなしく捕まえておけるよう手錠が貸与されている。

「しばらく立てないだろうから、目をつむって静かにしてろ。素人が今へたに動くと、目が回るぞ」

後ろで運転席のドアが開く音がした。

振り向くと、斉藤が車から足を降ろすところだった。目は最上に釘付けになり、薄く唇が開いたままになっている。

「おまえ、最上だな」

唸るように、斉藤が声を絞り出した。

「最上光一。喧嘩で死人を出してライセンスを剝奪された、元ボクサーの」

ふん――と、最上は唇をひん曲げた。くだらないことをいつまでも覚えている奴がいるものだと思った。

3

狭い倉庫に、歓声が割れるように響く。

「ワイ、ワイ、ワイ!」

賭け屋と小額紙幣をやりとりしながら、時に男たちが顔を歪めて叫ぶ。ワイとは早いという意味で、日本語にすれば、早くやっちまえとでもいうところか。

バンコクから三十キロほど離れたスワンナプーム国際空港に降り立った時から、強烈な香草の匂いがどこにでもまとわりついてくる。パクチーやレモングラスなどの香辛料が混じった匂いだ。最初はむっと鼻についたその匂いも、数日間も滞在すれば気にならなくなり、そのうち言い寄ってきた女と試みに寝てみると、自分の身体からも同じ匂いがすることに気がついた。いつの間にか、異国の香りが自分の身体に染みついている。自分の肉も汗も、異国に染まったと思うと、なぜか少し愉快だった。

倉庫の天井で、シーリングファンがゆったり回転して淀んだぬるい空気をかき混ぜている。バンコクは常夏の街で、真冬でも最高気温が三十度近くまで上がる。ただし冬場は乾季にあたり、湿気はない。最上はリングの上で、赤いトランクスを穿《は》いた対戦相手を睨みつける。下町のスタジアムだ。ラチャダムノンやルンピニーなどの、大きな一流スタジアムからはお呼びがかからない。最上が呼ばれるのは、地元の人間が小銭を握り締め、しきりに唾を飛ばしながら応援する場末のリングだった。

ラウンドが終了するたびに、賭け屋が指でレートを掲げて賭けを募る。数百人の観客が、小さな即席のリングをひしめくように取り囲み、必死になって怒鳴る。試合の結果によっては乱闘だ。シンハービールの売り子が会場を周回している。アルコールが入った男たちは、さらにアグレッシブに腕を突き出し、汗を飛ばして叫ぶ。

「ワイ！　ワイ！　ワイ！」

キックが決まると、客席が「オーイ！」と大きくどよめく。

試合を盛り上げるのは、鐘と笛でラウンドの開始から終了まで途切れなく演奏される急テンポの曲だ。ピー・ムエと呼ばれる小楽団がどこからともなく現れて演奏する。聞くと否応なく興奮が高まる。

最上はマウスピースをしっかりとはめながら、リングサイドから刺すような視線がこちらを睨んでいることに気づいた。視線の主は、わざわざ見なくてもわかっている。道場の師匠が、最上を睨み上げているのだ。

(俺は八百長なんかしねえって)

タイ民族は賭け事が三度のメシより好きだ。日常的に、カードゲームやスポーツ競技を対象に小銭を賭ける。小銭のために血が流れることもある。ムエタイは格好の賭けの種で、ルンピニーなどの高級スタジアムですら、地元民は試合を賭けの対象にする。

試合に負ければ、金をやると言われた。

冗談じゃない。何度も頼まれ、その都度断った。負け知らずの〈クラッスン〉コーイチ。自分が対戦者として入る試合でレートがどうなるか聞くまでもない。

(そろそろ、やばいかね)

このままいつまでも突っ張っていると、いずれは寝込みを襲われて、利腕《ききうで》と足の一本も折られたあげく海に放り込まれることにでもなりそうだ。そうなる前に、ずらかるか。

バンコクは居心地が良かっただけに残念だったが、なんならパタヤあたりにしけこんで、ムエタイの試合を続けてもいい。まだまだ、腕一本で稼がせてもらえる国だ。

逆サイドに、別の顔を見つけた。

(あいつ、また来やがった)

数日前に控え室を訪れた日本人。須藤と名乗り、名刺を残していった。ブラックホークという警備会社の課長だそうだ。日本法人の強化のために、アジア系の警備員をスカウトして回っているのだとか。警備員など、ある程度腕が立てばなんでもいいのだろうに、ご苦労な話だと思った。

その男が、再びリングサイドに来ている。濃紺地に細い銀色ストライプのスーツ。こんな場所で三つ揃いのスーツなど着ている人間はいないから、ひどく場違いだ。

子どものように興味深そうにリングを見上げている須藤を見ていると、その場違いなスーツさえ、ひょっとすると計算のうちではないのかと思えてきた。

ベル――。

また、試合が始まる。

*

やかましいベルの音が、ムエタイのゴングではなく、目覚まし時計だと気づくまでしばらく時間が必要だった。

手のひらをぶつけるように目覚ましのスイッチを押し、くしゃくしゃと髪をかき回す。

(えい、くそ――)

寝起きはいいほうだと思っていた。

二十四時間、三交代の警備体制というのは、睡眠時間が不規則になるために、身体に負担をかける。体力には自信のある最上も、寝不足は苦手だ。

午後六時だった。八時から、山野辺の警護を交代することになっている。

会社が紹介してくれたワンルームマンションは、田町にあった。ブラックホーク社の金払いはいいが、警備員に贅沢な暮らしを許すほどではない。日本に戻ったばかりの最上を慮《おもんぱか》ってくれたのか、須藤があらかじめ中古の家具などを安価に用意してくれていた。でなければ、ものぐさな最上のことだから、今でも段ボール箱とボストンバッグひとつで生活していたかもしれない。

テレビのニュースを聞きながら身支度を整える。山野辺を狙った強盗やクーガのオートバイ事件については、まったく触れていない。グッドフェローかブラックホークが抑えているのに違いない。

携帯電話に留守録が一件入っていた。

『おはようございます、オペレーター安西です。昨日、最上さんが現行犯逮捕した強盗について、お知らせします』

無表情な声の安西だ。本部には彼女のようなオペレーターが何人かいて、モニターを交替で監視している。警備員との連絡業務を担うのも彼女たちだった。

昨夜、マンションの駐車場で捕まえた男は、三分後に連絡を受けて駆けつけた警察官に引き渡した。真っ青になって震えている山野辺のお守《も》りを、張《チャン》と浅井《あさい》の警護チームにバトンタッチし、最上たちは数時間にわたって事情聴取を受けるはめになった。

『強盗の氏名は村山重樹《むらやましげき》、四十三歳。デパートの駐車場に停めてある外車をピッキングし、トランクに潜りこんでマンション地下駐車場に侵入したそうです。山野辺氏を狙っていたわけではなく、駐車場に現れた金のありそうな車だから狙ったと自白しています。ブラックホーク社の車だと気づいたのは最上さんを銃で脅した後のことで、そうでなければ近づかなかったと言っているようです』

——とんだ偶然。

最上は安西の声を最後まで聞いて、留守番電話の録音を消した。山野辺という男もついていない。高速道路を逆走する大型トラックに車ごと踏み潰されかけ、テロリストの銃撃から逃れたかと思えば、締めくくりに拳銃を持った強盗に襲われるとは。

いくら日本の治安が悪化しているとはいえ、偶然とはとても思えない。

ブラックホークの二十四時間警護は、最低でも八名の警備員を必要とする。警備員にも休みは必要だし、護衛が一名ではトイレにも行けないから、警護にあたる期間が長くなるほど、警備員の人数は多くなる。二十四時間、二名の警備員を対象に張り付かせると、たった一日で数十万円の費用が吹っ飛ぶことは間違いない。それだけの費用をかけても、グッドフェローは山野辺の警備が必要だと考えたわけだ。

山野辺が震え上がるのも、無理はない。誰かが彼を狙っている。

冷蔵庫にあったピザの残りを、レンジで温めて食べた。ボクサーの体重制限に慣れているからか、あまり食べない。

制服に着替えて部屋を出た。ヘルメットをかぶり、シルバーウイングにまたがる。今夜は昨日とは逆に、最上たちが汐留のマンションで山野辺を受け取る手はずだ。

無線が鳴った。ヘルメットにマイクと骨伝導イヤフォンが仕込まれている。スイッチは手元で切り替えられる。

「こちら最上」

『本部より連絡。山野辺氏を乗せたホーク・テンが何者かの襲撃を受け、芝浦埠頭の倉庫街を迷走中。至急応援を願います』

即座に脳裏に道路マップを思い描いた。湾岸から汐留に向かう途中、襲撃を受けたのか。芝浦なら近い。詳しい位置を尋ねた。

「最上、了解。無線をホーク・テンに接続してくれ。後は位置情報をナビにくれ」

『了解』

オペレーターの声は安西ではなかった。もっと落ち着いた年配の女性だ。最上のシルバーウイングにはナビゲーションシステムがついている。ブラックホーク社の社用車間で位置情報を報せ合うことも可能だ。

『ホーク・テン、妹尾』

低いが、よく聞くと女性だとわかる声が聞こえてきた。妹尾が運転し、尹が後部座席で山野辺を守っているのだろう。

「最上だ。芝浦ジャンクションで降りたのか」

ナビのモニターには、ホーク・テンが青い光点として映っている。芝浦で高速道路を降りて、本来汐留方面に向かうべきところ、逆方向の芝浦埠頭に向かっているようだ。

『走行妨害に遭った。危険を感じたので高速を降りたんだ』

「今、そっちに向かってる」

『相手はオートバイだ。そっちのほうが対処しやすいだろう。頼む』

妹尾たちが武器を持たずに警護しているはずがない。たった一台のオートバイを相手に、いったい何をやっているのか。

午後七時過ぎ。日没後、このあたりは、車の通行量は多くない。

運輸会社の巨大な倉庫の角を曲がったとたん、ホーク・テンが猛スピードで向こうの角を曲がろうとしているのが見えた。後ろにぴたりとオートバイがつけている。四百ｃｃの中型バイクだ。乗り手は軽々と操っている。追跡者がハンドルを固定し、片手を離して銃を握るのが見えた。

ホーク・テンのリアウインドウに弾丸が食い込む。ホーク・テンが角の向こうに消える。遅れて拳銃の発射音が聞こえる。

（させるか！）

最上はシルバーウイングで猛追した。防弾ガラスとはいえ、同じ場所を何度も狙って撃たれると、いつかはひびが入る。追跡者が角を曲がる。最上も後を追う。タイヤが焦げる臭いが鼻をつく。エンジンは死に物狂いで唸っている。

追跡者のほっそりした体軀《たいく》が、四百ｃｃのバイクを押さえ込んでいる。曲乗りめいた身のこなしで腰を上げると、両手を離して銃把を握り、ホーク・テンのリアウインドウめがけて三発連射した。ガラスにひびが入り、粉々になった防弾ガラスの一部が後部座席に崩れ落ちるのが見えた。

最上も片手を離して銃を握った。バックミラーで確認したのか、相手が銃をしまうとシートにすとんと腰を下ろした。

（逃げる気だな）

タイヤを狙う。警備員の過剰防衛という須藤の言葉が、しつこく脳裏にしがみついている。バイクは、あっという間にホーク・テンを追い越した。今までホーク・テンの背後につけていたのは、わざとだったと言わんばかりのスピードだ。最上は舌打ちし、銃をホルスターに戻した。追跡だ。

『最上、追うな』

妹尾が無線で指示している。

『こちらに人的被害はない』

無意識に無線のスイッチを切った。面倒なことは嫌いだ。もっと嫌いなのは、他人に虚仮《こけ》にされることだ。

ホーク・テンを追い抜いた。向こうは山野辺を乗せているし、二輪は四輪よりずっと身が軽い。その昔、ハヤブサは公道で時速三百キロメートルを突破し、世界中の度肝を抜いたものだ。

運転席から睨みつけてくる妹尾の視線を無視して、バイクを追った。これしきのことでクビにするなら、してみろと思う。無線の呼び出し音が、やかましく鳴り続けている。電源も切った。

警備会社は、警護の対象を守り抜くことが仕事だ。犯人逮捕は警察の仕事だ。追うなと妹尾が指示したのはそういう理由だ。山野辺を無事に守った時点で、ブラックホーク社は業務を完遂したのだ。最上がやっているのは、余計な仕事だった。

相手がどこまで逃げるつもりかわからなかった。バイクの背にぴたりと身体を沿わせた相手が、しつこい、と言いたげに一瞬こちらを振り返るのが見えた。信号を嫌ったのか、横道に飛び込んだ。追う。

相手は地理に明るいようだ。このままでは引き離される。最上はもう一度、ホルスターから銃を引き抜いた。

(妹尾の奴、さっさと警察を呼びやがれ！)

それとも警察の反応が鈍いのか。最上のバイクの位置は、ＧＰＳのおかげでブラックホーク社には丸見えだ。警察に通報すれば、苦もなく前のバイクを逮捕できる。

じっくり狙いをつける余裕はない。最上が狙っていると気がつけば、あいつは尻を振って逃げるだろう。冗談じゃない。

撃った。

逸《そ》れた。タイヤを狙ったのだ。避《よ》けようとしたのか、はずみで後輪が滑ったらしい。つるりと横倒しになり、バイクはそのまま向こうに滑っていった。乗り手はバイクが倒れる瞬間に、転がるようにバイクから離れた。転び方まで堂に入っている。あのままバイクにしがみついていたら、下敷きになって片足が折れただろう。

最上もバイクを停め、道路に転がった相手に走り寄った。うまく逃げたとはいえ、さすがにどこか痛めたのか、すぐには起き上がれないようだ。

「殺人未遂の現行犯で逮捕する！」

片方の手首を摑み、肩をぐいと道路に押し付けると、フルフェイスのヘルメットから、くぐもった女の呻《うめ》き声がはっきり聞こえた。——あまりに細い手首にぎょっとする。

ひるんだ隙に、女のもう片方の手が、最上の襟をぐいと摑んだ。膝が腰のあたりを押し上げたと思うと、女の頭を飛び越えて向こうに投げ飛ばされた。巴投げだ。

とっさに女のヘルメットを摑んでいた。勢いで、相手のヘルメットがもげた。さらりと長い髪の、きつい顔立ちが現れた。

投げられた最上が仰天している間に、女が身軽に立ち上がった。しなやかで素早い身のこなしで、道路の向こう側まで滑っていったバイクに走り寄ると、手早く起こしてエンジンをかけ、走り去った。どうやらバイクも無事だったらしい。追えば捕まえられるとは思ったが、最上は呆然と見つめていた。

「最上！」

ホーク・テンがようやく追いついてきた。窓から妹尾が怒った顔を突き出している。

「怪我はないか！」

怒った顔と思ったが、妹尾は青い顔色をしていた。少しは心配したのかもしれない。

「――女に投げられたのは、初めてだ」

呟いて、立ち上がった。

ひびの入った後部座席の窓越しに、山野辺の青ざめた顔が目に入った。

4

「なかなかのアクションスターぶりだったらしいじゃないか」

斉藤が意地の悪い笑みを浮かべている。妹尾から連絡を受けたらしい。

あれから、警察がずいぶん遅れて駆けつけてきた。もっとも、遅れたとはいうものの、通報を受けてから七分で到着したのだから、責めるほどでもない。

バイクの女は見つからなかった。襲撃現場に残された薬莢《やっきょう》と、最上が掴み取ったヘルメット、バイクが転倒した場所に残されたミラーの破片などは警察が押収したが、犯人逮捕に繋がるかどうかは怪しいものだ。

それよりも、こっちの首のほうが危ない。

「まだ午後八時になってなかった。俺は上番《じょうばん》前だったんだ」

憮然と最上が返すと、それが余計に斉藤を喜ばせたらしい。最上が「あの」最上光一だと知ると、急に親近感を覚えたようで、あれこれと無駄に話しかけてくる。

「俺もそうだが、妹尾さんとデーモン須藤は規則にうるさいからな。上番前だろうが何だろうが、命令違反はご法度だ」

今日は午後八時から翌日の午前四時までが最上たちの担当時間だ。バイク女の襲撃の後、マンションに送り届けられた山野辺は、いま風呂に入っている。さすがに風呂場の中まで見張るわけにはいかないが、帰宅してすぐ斉藤が風呂場に盗聴器や爆発物など妙な仕掛けがないか、チェックを行った。山野辺が出勤して無人になれば、部屋に仕掛けた監視カメラが作動する。本部の監視端末で遠隔監視を行っているのだ。

山野辺の自宅は、マンションの十八階。二十畳はありそうな広々とした居間の窓からは、東京湾の夜景が見下ろせる。書斎、寝室、客室を入れて３ＬＤＫ。最上のワンルームとはえらい違いだ。

これほどの部屋なのに、第一印象がなぜか子ども部屋のように見えてしまうのは、壁面全体の飾り棚を埋め尽くす、小型ロボットとその部品群のせいだろう。さながら、ロボットの博物館のようだ。

「よっぽど好きなんだろうな。ロボットが」

半ば呆れたように斉藤が嘆息した。

中でも、飾り棚の一角を占める少女型ロボットは、山野辺にとって特別愛着があるらしく、その周辺だけ異様なほど凝ったディスプレイになっている。設計書が置かれてあるかと思えば、ロボットに着せる衣装のデザインブックもある。

「ロボットのロリコンなんじゃねえの」

幼い娘を持つ斉藤が、眉をひそめて唇を歪める。万一の事態に備えて、ふたりは風呂場のすぐ近くに立っていた。

「――中で話し声がしないか」

最上は耳を澄ませた。

シャワーを使う水音が聞こえる。それに混じって、人の話し声がするようだ。

「電話だろう。あいつさっき、携帯電話を風呂場に持ちこんでたぞ」

斉藤が顎をしゃくる。

「仕事中毒だな」

最上は鼻の上に皺を寄せた。仕事とは限らない。山野辺には、最上たちに聞かれたくない会話があるのかもしれない。たとえば、女とか。

グッドフェローの研究者で、社宅とはいえこれほど立派な高級マンションに住んでいながら、山野辺は独身でひとり暮らしだ。客室もあるが、ほとんど物置になってしまっているところを見ると、客が泊まることも皆無なのだろう。ロボットの山を見れば、理由もおよそは見当がつく。

「山野辺を狙ってる連中、何者だろうな」

つい数時間前、女の手首を握り締めた時の感触が蘇り、最上はそっと手のひらを開いた。ほんの一瞬、顔を見ただけだが、若い女のようだった。このご時世だから、本当の年齢はわからない。

「さあな。テロリストか――グッドフェローに因縁をつけたい連中かもしれん」

「ライバル企業とか」

「グッドフェローほどのモンスター企業になれば、敵はいくらでもいるだろう。カイザーXが完成すれば、業界でのグッドフェローの優位性は揺らがないと言われているそうじゃないか。それを阻止しようと考える連中がいたとしても、おかしくはない」

「昨日の——クーガはどうだ」

最上は、昨日ホーク・テンを高速道路で追いかけてきた二台のオートバイを思い返した。今日の女も、バイクに乗って攻撃してきた。攻撃のパターンに類似性があると言えなくもない。

「クーガか」

斉藤が首を傾げる。

「クーガが犯人である可能性はゼロではないが、奴らは企業そのものを標的に選ぶ。山野辺がグッドフェロー随一の技術者だとしても、あいつを殺したところでグッドフェローの屋台骨が揺らぐわけじゃないからな」

「ブラックホークは犯人について調査していると思うか」

最上の質問に、斉藤が微妙な笑みを浮かべた。

「犯人が何者かを調査し、逮捕するのは警察の仕事だ。もちろん、俺たちもそれに協力はするが」

犯人逮捕とともに、ブラックホークへの警備依頼も終了する。であれば、長引けば長引くほど、ブラックホークは潤う。斉藤が暗示した意味を読み取り、最上は左袖についた黒い鷹のエンブレムを軽く撫でながらため息をついた。

「今回の仕事は、新型ロボット、カイザーXの発表会が終わればお役ご免だと決まっているけどな」

山野辺を狙う犯人の目的は、カイザーXの完成を阻止することだ。発表会と記者会見が終了すれば襲撃は止《や》むというのがブラックホーク社の見解なのだ。

風呂場の話し声はいつの間にか止んでいた。風呂場と脱衣場を仕切るガラス扉が開き、山野辺が出てくる気配がした。最上は斉藤と顔を見合わせ、居間まで撤退した。男の風呂上がりを覗く趣味はない。

「あんたたちも、一杯どうだね」

濡れた髪をタオルで乾かしながら、バスローブ姿の山野辺が居間に出てきた。メガネを外している。ビールのロング缶を二本抱え、グラスを三つ手に持っていた。

「いいえ。お客様からのそういったお気遣いは、失礼ですがお断りするようにという社内のルールですので。お気持ちだけいただきます」

斉藤が丁重に頭を下げる。

山野辺は既に三つのグラスにビールを注ぎ始めていた。

「まあ、いいじゃないか。私は黙っておくから」

「いいえ。私たちはこれがありますので」

斉藤が、床に置いた鞄の中からエビアンのボトルを出して見せると、山野辺が鼻白んだようにそれを見つめた。

「なんだ、堅いんだな。そっちの人は、飲める口だろう」

最上は首を横に振った。駐車場で強盗に襲われた時、斉藤が漏らした最上の過去を、山野辺は耳にしていたのではないかと疑った。他人の弱みを握るのが好きなタイプに見える。

「残念ですが。会社のルールですから」

山野辺のような男が猫なで声を出す時には、下心があると相場が決まっている。最上がルールなと言ったのがおかしかったのか、斉藤が笑いをこらえるのを気配で察した。

山野辺は急に不機嫌になった。

「なんだ。酒の相手もしないようじゃ、ほんとに邪魔にしかならないじゃないか」

グラスを傾けながら暴言を吐く。誰のおかげで強盗やバイク女の襲撃から逃げられたのかと言ってやりたいところだが、客は客だ。

自分のグラスを空けると、山野辺は残りのグラスに注いだビールを不愉快そうな表情で流しに捨てた。もったいない。自分のグラスには注ぎ足していたから、他人に注いだものを飲むのは、あさましいとでもいうのだろうか。金持ちの考えることはわからない。

「あのロボットは、全部博士が作ったものなんですか」

最上が飾り棚を指して質問すると、山野辺はちょっと機嫌を直したような顔をした。自分の仕事に興味を持たれたのが嬉しいのかもしれない。

「いや。あれは私のコレクションだ。ただ、真ん中のリイザ——子どもの形をしたロボットだけは、私が設計したものだ。あそこに置いてあるのはただのプラスチック人形で、ロボットじゃない。いつか、きちんと時間をとって開発してやりたいと思っている」

リイザというのが、例の少女型ロボットだ。名前までつけているのかと、最上は斉藤と視線を交わし合った。

「私は書斎でもう少し仕事をして眠る。あんたたちは、寝ずの番をするのかね」

「ええ」

「それじゃ、この部屋でテレビでも何でも好きに見てくれ。音を大きくしない限り、邪魔にはならない」

「ありがとうございます」

山野辺にしては、親切なことを言うものだ。

書斎に入ってしばらくすると、また電話で話す声が聞こえてきた。声を低めているので、内容までは聞き取れない。午後十一時を過ぎている。

「仕事熱心だとしたら、部下が気の毒だな」

時計を見上げて、斉藤がため息をついた。最上は、流しに置かれた三つのグラスをしばらく見つめていた。


午前四時にCチームが交代に現れた時には、山野辺は起きて出勤の支度を始めていた。いけ好かない男だが、仕事に対する情熱だけは認めざるを得ないようだ。

「マンションに戻った後は、特に変わったことはない」

張と浅井に、斉藤から引き継ぎを実施する。張は四十年ほど前に、中国大陸から蛇頭の船に乗って日本に密入国した夫婦の子どもだそうだ。日本国籍があるのかどうかも怪しい。ブラックホーク社は人物本位での採用を行うと宣言しており、警備員の中にはその手の外国人も何人か混じっている。

「昨日、ホーク・テンを襲撃したバイクについては、その後何か？」

張が、まるで絵に描いたように太く張り出した眉を大きく上下させながら尋ねた。髪をきれいに剃り上げているので、最上はこの男を見るたびに、少林寺を舞台にしたカンフー映画を思い出す。

「いや。警察からもまだ連絡はない」

「やっこさん、さぞ青くなったんだろうな」

山野辺に聞こえないように、浅井が声を潜めて笑った。クライアントの臆病さについては、警備に当たっている八名全員の意見が一致しそうだ。

「それにしても襲われすぎだな、あいつ」

浅井が、頬から顎にかけての裂傷の痕を震わせて笑った。刃物傷だ。初めて見た時には暴力団関係者かと考えたくらいだが、若い頃に登山をしていて事故に遭ったのだと本人は言う。クライアントによっては傷痕を気にするかもしれないが、山野辺は気に留めていないようだ。

「昨日、あんたたちが当番だった夜、飲み物を勧められたりしたか？」

山野辺が電気カミソリを使っていることを確認し、最上はずっとひっかかっていたことを尋ねた。

「飲み物？」

浅井が細い眉を撥《は》ね上げる。

「あいつが俺たちに何か勧めてくれたことなんかないぞ。勧められても断っただろうが」

「どうして」

八人の中で最もルールを逸脱しやすい人間が、浅井ではないかと考えていた。ルールを破ることに快感を覚えるタイプに見える。ふん、と浅井が鼻を鳴らす。

「昨日、あいつが飲んでるビールを見たんだが、とんでもない安物だった。こんなマンションに住んでるわりには、しみったれてるな」

「へえ？」

あいにく、最上はビールの銘柄に興味はない。浅井はどうやら酒好きらしい。

引き継ぎを終え、山野辺に挨拶をしてマンションを出た。地下にシルバーウイングを停めている。これから、明日の朝四時までは非番だ。

「軽くどこかで飲んで帰らないか」

斉藤に誘われたが、断った。残念そうだったのは、ボクサー時代の話を聞きたがっていたのかもしれない。冗談じゃない。

マンションを出て別れる時、斉藤がちらりと険のある目つきを見せた。

「最上、余計なことをするなよ」

肩をすくめてバイクのスピードを上げた。たった二日間一緒にいただけだが、斉藤は早くも自分の性格を読んでいる。

仮眠を取り、夕方六時にこっそり山野辺のマンションに戻った。セキュリティチェックがあるので、IDカードを持たない最上はマンションの内部には入れない。たとえそれが、地下の駐車場であってもだ。少し離れたビルとビルの隙間。マンションの駐車場への出入り口が見える位置にバイクを停め、夜になるのを待った。

バイクは、レンタカー屋に行って借りたCBだ。会社から貸与されているシルバーウイングにはGPSがついているし、あのでかいバイクがそのへんに停まっていれば、嫌でも目に付く。

(どうもおかしい)

最上が奇妙に思うのは、山野辺の態度だ。狙われているのは自分なのに、守ってくれるブラックホーク社の警備員を邪慳《じゃけん》に扱う。会社が自分のために大金を支払って雇った警備員だ。命を守ってくれると思えば、嘘でも親しみを見せるものではないだろうか。

山野辺を乗せたホーク・テンがマンションに戻ったのは、午後七時半だった。午後八時までは、長野《ながの》と早稲田《わせだ》のDチームが警備を行う。最上とは面識のないふたりだ。午後八時以降は、妹尾と尹のAチームが引き継ぐ。

妹尾たちは、八時前にシルバーウイングで個別に現れ、地下の駐車場に吸い込まれていった。彼女たちに見つからないよう、最上は自分のバイクを陰に隠した。

午後八時二十分、長野と早稲田がシルバーウイングで退去。

起きるかどうかわからないことを、じっと待ち続けるのは退屈だ。ある意味、馬鹿馬鹿しくもある。仕事なら、命じられたことをきっちりこなせばいい。命じられなかったことにまで責任を持つ必要はない。

(俺はどうして、余計な荷物を背負いこみたがるんだろうな)

最上はバイクの背にまたがったまま、夕闇の中で苦い笑みを浮かべた。

昔の映像が、胸の奥を棘《とげ》のように刺す。何年も前の記憶だ。酒を飲みすぎた若い連中に街でからまれた。あまりにひどい言いがかりに最上がキレて殴りかかり――。あの時、最上はまだプロのボクサーだった。

――いや。今は、記憶に苦しむ時ではない。

午後十一時半。

その車が、地下の駐車場からスロープを上って出てきた。シルバーグレーの国産高級車。山野辺の車だ。双眼鏡で透かし見ると、運転席に山野辺の横顔が見えた。警備員が同乗している様子はない。

（あんたが出てくると思ったんだよ）

腹の中でひとり呟く。電話で妹尾に連絡を取るべきかと迷ったが、山野辺を追うのが先だった。

（妹尾の奴、何をやってやがる）

警護の対象を、ひとりで外出させるとは。

やはり、昨日のビールがくせものだったようだ。斉藤と自分は固辞したが、あの中に何か入っていたのではないか。

少し離れて山野辺の車を追跡する。この時刻、まだ交通量は多い。どこに向かうのかと危ぶんだが、山野辺の車が向かっているのは新宿の方角だった。

まさか、ボディガードを出し抜いて息抜きでもあるまい。襲撃を受けて、青ざめて震えていた男だ。それならそれで、妹尾たちに運転させて飲みに行きそうなものだ。そのほうが酒を飲める。

車を停める場所がないんじゃないかと心配したが、山野辺の車は新宿にある古びた雑居ビルの地下駐車場に吸い込まれていった。パブやレストラン、クラブの看板が並んでいる。少し迷い、バイクで後を追う。

山野辺が来るような場所ではなさそうだった。少なくとも、グッドフェローの上級職員がひいきにするタイプの店はありそうにない。深夜十二時近くにもなると、新宿はすっかり人種も言語も混沌とした街になる。近くの屋台では、タイかベトナムから来たらしい若者たちが、故国の料理を提供している。鶏肉をタコノキの皮で包んで揚げた、ガイ・ホー・バイトゥーイを見かけて、最上は唾を飲み込んだ。懐かしい、いい香りがする。

駐車場に降りて行ったが、山野辺の姿はなかった。一台しかないエレベーターが動いている。バイクを適当に停め、エレベーターに走り寄った。階数表示のランプが七階で停まる。エレベーターを呼んで乗り込んだ。

七階の店は三つ。ショットバーと、メキシカンレストランと、ダーツバーだ。

直感で、山野辺が一番行きそうにない店に入ったのではないかと思った。そっと、ダーツバーのドアを開く。店内に入ってすぐカウンター。奥にダーツゲーム用のコーナーがある。五つほどの的が並んでいる。

場違いなスーツ姿の山野辺が、奥にいた。ひとりではない。ダーツの矢を握った男と、隣り合わせで話しこんでいる。ダーツの矢をもてあそんでいる男は、野暮ったさを感じさせる山野辺とは違い、同じスーツでも光沢のある素材で粋な雰囲気を醸し出している。時おり、的に向けて左手で矢を放った。よく命中する。

最上はカウンターの隅に腰を据え、山野辺から顔を隠すように背けて、ソフトドリンクを頼んだ。制服を着ていないと、顔を見ても山野辺は自分に気づかないのではないかと思った。あの男は他人に無頓着だし、制服には個性を消す側面がある。

ウーロン茶のグラスが来るとすぐ、最上は指向性のある音声拡大器のイヤフォンを耳に入れた。これも、ブラックホーク社から支給されているものだ。七つ道具のひとつで、常に鞄に入れて携帯している。

『――だから言ってるだろう。あんたたちのほうから漏れたんじゃないのか』

山野辺が潜めた声で言い募っている。

すとん、とまた矢を放った男が、小さく舌打ちをした。的を外したのだ。

『我々のほうから話が漏れることは、ありえませんよ。山野辺さん』

『それじゃあ、あんた、私が秘密を漏らしたとでも――』

『落ち着いてください。それより、新製品の発表は二日後に迫っている。そっちのほうは問題ないんでしょうね』

『――もちろんだ。ぬかりはない』

相手は何者だろう。

最上は首を傾げた。グッドフェロー社の人間ではないようだ。そのくせ、新製品の発表会の心配をしている。

端のダーツコーナーで、的に向かっている女の後ろ姿が見えた。長いストレートの髪。身体にぴったりと沿うニットとパンツ。矢を投げるしぐさがしなやかで巧みだ。

乱れかかる髪を振り払った瞬間、横顔がちらりと見えた。きつい目鼻立ち。

はっとした。昨日、ホーク・テンを襲撃した女だ。ヘルメットを剝ぎ取った瞬間に見た、あの顔だった。最上が腰を浮かせかけた時、誰かが隣のスツールに腰を下ろした。

「僕もウーロン茶ひとつ」

その声を聞いて、最上は一瞬身体の動きを止めた。聞き覚えがある、どころではない。

振り向くと、思ったとおりの男がスツールに座っていた。

「あんたは――」

最上は言葉を失い、男の唇にゆっくり微笑が浮かぶのを見守った。

5

「おい！　カイザーに傷をつけるなよ！　移動には気をつけてくれ」

今日の山野辺は、気合が入っている。

新型ロボット、カイザーXの技術発表会だ。埼玉の工場から東京国際展示場まで搬送し、記者会見とデモンストレーションを行う。午後三時から始まる記者会見にあわせて、午前十時にカイザーXが現地に運びこまれた。

二週間後には、国際ロボット展が同じ会場で開催され、カイザーXも一般公開される予定だ。日本のロボット産業が、今後数十年にわたり世界のロボット市場を牽引できるかどうかを占う重大な発表会として、全国紙やテレビ局なども注目している。まだ午後一時半になったばかりだが、プレゼン会場には既に海外のテレビ局スタッフが待機している。衛星中継で海外のテレビでも生放送されるとのことだった。

グッドフェローの社運を賭けた、一大イベントだ。

ブラックホーク社による山野辺の警護は、今日の午後六時をもって契約解除となる。そのため、八人の警備員全員が動員され、会場警備と山野辺の警護に当たることになった。斉藤と最上のチームが山野辺の警護を担当。後は会場のあちこちに散っている。

カイザーXは西展示棟の吹き抜けになったアトリウムに運びこまれ、当初はそこで展示される。グッドフェロー社社長と、開発者を代表して山野辺のプレゼンテーションがホールで行われた後、アトリウムでカイザーXを実際に稼動させ、デモンストレーションを行う手はずだ。会場には、カイザーのパワーを誇示するために、建設資材なども積み上げられている。

カイザーXは、ダンパーをつけた台車に載せ、埼玉から高速道路を使って搬送された。デモ会場となるアトリウムは、開場時刻まで部外者の立ち入りを禁止している。最後の点検が行われ、念には念を入れてテスト用オペレーターの岡崎がカイザーに乗り込み、軽く動かして動作確認を行った。最上も山野辺の近くで見ていたが、カイザーの動きはスムーズで不安を感じさせない。山野辺も満足そうだ。カイザーとオペロン端末を接続し、カイザーの最終テストのデータを取得するとにこやかに頷いた。

「よし、いいぞ。データも申し分ない。カイザーの最終テストはこのくらいでいい」

これから始まる大舞台に緊張しているのか、頬を紅潮させた岡崎が降りてくると、山野辺が肩を叩いた。

「頼むぞ、岡崎くん。デモの成功は、君の双肩にかかっている」

二十歳そこそこの岡崎が、さらに顔を赤らめる。純粋な若者だ。

「デモの時刻まで、君は控え室で休んでいなさい」

山野辺の指示を受け、岡崎が控え室に立ち去った。アトリウムには、開場までの間、警備員が三名残ってカイザーXを警備する。

山野辺が最上と斉藤を振り返った。今日は、プレゼンテーションが世界各国に報道されることを意識したのか、高価そうなツイードの背広を着ている。

「私はこれから、プレゼンの最終準備に入る。悪いが君たちも遠慮してもらうよ」

やれやれ、また山野辺のわがままが始まった。最上は斉藤と顔を見合わせた。彼らも今日は、グッドフェロー社の意向でブラックスーツを着用している。もちろん、スーツの中は防弾チョッキだ。警護対象の山野辺も同様だった。

「我々のことは、いないものと考えてくださって結構ですから」

斉藤が型どおりに答える。山野辺が見るからに苛立った表情になった。

「これで最後じゃないか。私は今日のプレゼンを行うために、ここ何年かを費やしたんだ。頼むから邪魔せず集中させてくれ」

「それはできません。何度も申し上げているように、たとえ何があろうとも、山野辺博士から離れることはできません」

斉藤の強い口調に、山野辺が唇を曲げた。我の強そうな表情だったが、どうあっても斉藤が折れないと見たのか、小さくため息をついた。

「プレゼンが失敗したら、君たちが責任を取ってくれるのかね」

「大丈夫。博士は失敗しませんよ」

ふん、と山野辺が鼻であしらいながらアトリウムを出て行く。プレゼン会場になるホールに向かって歩き出し、エスカレーターに乗ってすぐ、彼があっと呟くのが聞こえた。

「どうされましたか」

「しまった。オペロンを忘れてきた」

「オペロン？　コンピュータですか」

「取ってくる。すぐ戻るよ」

いったんエスカレーターを上がったかと思えば、また下りエスカレーターを駆け降りていく。最上たちも後を追った。まったく、落ち着きのない研究者だ。

「あった」

アトリウムに入った山野辺が、カイザーに接続したまま放置されているオペロンを取り上げ、接続を解除した。

「それ、よく持ち出せましたね」

最上がオペロンを指差した。埼玉の工場から持ち出すと警報が鳴るため、持ち出すことはできないと山野辺自身が言っていたのだ。

「今日は特別だ。盗まれるといけないので、もちろんＧＰＳは作動しているが、警報は解除している。これがないと、カイザーにもしものことがあった場合、現場でプログラムの修正ができなくなるからな」

「その端末で、ロボットの制御プログラムをアップロードできるんですね」

山野辺が頷き、オペロンをスーツのポケットに放り込んだ。

アトリウムの扉が開き、スタッフの若い女性がひとり、誰かを捜すように中を覗きこんだ。山野辺の姿を認めると、ひどく慌てた様子で駆け寄ってくる。

「どうした」

山野辺が眉間に皺を寄せた。

「岡崎くんが倒れました！」

案内係のバッジを胸につけた女性の言葉を聞いて、山野辺が目を剝いた。

「なんだと。どういうことだ」

「わかりません。控え室に入って、水を飲んだとたんに倒れたんです」

「水――」

山野辺は絶句している。斉藤が無線でブラックホークの本部に情報の確認を求めた。控え室の水を飲んで倒れたとは、ただごとではない。

「発表会を妨害しようとする人間が、展示会場にいるのかもしれません。岡崎さんは当社の人間が保護します。控え室の水などには、誰も手を触れないようにしてください。薬物が混入している可能性があります」

最上が指示すると、案内係の女性が大きく頷いてまた戻っていった。

「待て。岡崎の代役はどうするんだ。オペレーターの交代要員なんて用意していない。すぐに本社から代役を呼ばないと」

山野辺が慌てふためいて叫んだ。

「君がやればいいじゃないか」

ふいに、その声が背後から聞こえて、最上は振り向いた。日本人離れした長身に銀色の髪。シックなスーツがぴたりと身体に映える男が、アトリウムに颯爽と入ってくるところだった。

「社長――」

山野辺が呆然とその男を見返す。

グッドフェロー社の神崎《かんざき》社長と言えば、長年海外にいた最上ですら名前を知っている超有名人だ。およそ八年前、経営不振にあえいでいたグッドフェローを再建し、現在のモンスター企業にまで成長させた立役者。カイザーXの基本構想も、神崎の発案によるものだと聞いている。技術者ではないが豊かな発想を持つ経営者として、経済誌などでも取り上げられることの多い名物社長だ。

神崎は、背後にふたりの女性を従えている。ひとりは神崎の秘書だろう。すらりとしたスーツの似合う美人。もうひとりは、埼玉の工場で見かけた白衣の女性だった。

ひとり、見知った顔が入ってきた。ブラックホークの須藤課長だ。にこりともせず、神崎から少し離れて両手を身体の前で組んでいる。

「君はカイザーのオペレーターとしての資格も保有しているはずだ。そうだろう、山野辺くん。プレゼンをした君が、じきじきにカイザーに乗り込んで、操作しながら解説してみろ。マスコミは大喜びだぞ」

「そんな――」

山野辺は唇を震わせ、顔中に冷や汗をかいていた。部下やボディガードには口うるさいくせに、気の小さい男だ。最上は山野辺の後ろからそっと囁いた。

「どうなさったんです、博士。ひどい汗ですよ」

はっと、弾かれたように山野辺がこちらを睨む。最上が何も言わずにいると、また神崎のほうを向いた。必死の形相だった。

「社長、それより本社からすぐに代わりの者を呼びましょう。今からなら、一時間以内に誰か来られますから」

「どうしてそんなに、カイザーに乗るのを嫌がるのかね。研究所にある時には何度か乗って見せてくれたじゃないか」

「いや、しかし私はこれからプレゼンもありますから――」

「まさか自信がないとでもいうのか？　それなら今ここで、少し練習しておけばいいじゃないか。南田《みなみだ》くん」

神崎社長が手を振ると、白衣の女性がカイザーの横に駆け寄った。カイザーは、右の腰に制御盤を持っている。南田が制御盤の蓋を開いて操作すると、胸部から昇降台が降りてきた。

「さあ、山野辺くん」

神崎が山野辺の背中を押して、カイザーの昇降台まで連れていく。山野辺が震えている。青ざめて冷や汗を流す様子は、絞首刑の台に連れていかれる死刑囚のようだ。

「いったいどうしたんだ、山野辺くん。なにも、君を取って食おうというわけじゃない」

神崎が低く笑った。

「社長、二時になりました。二時半には開場ですから、ここにもマスコミが入場します」

秘書の女性が、丁寧だがどこか冷めた声で時計を指差す。神崎が頷いた。

「あまり時間がない。さあ、どうした山野辺くん」

昇降台に押しやると、山野辺がへなへなと足から崩れ落ちた。しかたがないので、最上は斉藤に目配せして両側から山野辺の腕を掴んで引き上げた。引きずるように昇降台に乗せ、オペレーターのシートに座らせて、無理やりシートベルトを締めてやった。

「手間のかかる人だな」

最上がぼやくと、斉藤も同意の印か大きく頷いた。

「山野辺くん？」

神崎社長の声はあくまで冷ややかだ。

「どうしたんだ？　君が開発した栄光の初号機じゃないか。デモンストレーションを君自身が行うのは、名誉なことだと思うがね」

「だ、だめなんです！」

山野辺が震える声で叫ぶ。

「まだ――まだ、最後の調整が」

「往生際が悪いな、おっさん」

最上は山野辺のポケットにひょいと手を突っ込んだ。オペロンを取り上げると、山野辺が驚愕するのがわかった。

「よし、上げてくれ」

南田に合図をすると、彼女は無表情にカイザーの制御盤を操作し始めた。シートから逃れようとしてもがく山野辺の太い悲鳴が、アトリウムの高い天井にこだました。

「博士を苛《いじ》めるのは、そのへんにしておいたらいかがですか、社長」

須藤が腕組みしたまま傲然と言い放つ。グッドフェローの神崎社長を前にしても、まったく臆した様子がないのは感心してやってもいいかもしれない、などと最上は腹の内で思う。神崎が狸なら須藤は狐。化かし合いだ。

神崎が薄い唇を歪める。雑誌のインタビューに答える写真では気がつかなかったが、どうやらかなり皮肉な性格の男のようだ。手を振ると、南田が制御盤から手を離した。昇降台はまだ床に降りたままだった。

「もちろん、私は大切なカイザーのコックピットを彼の血で汚すつもりなどないよ、須藤」

妙に親しげな呼び方に、最上は目を見張った。

「今、カイザーの昇降台を上げると、昇降台が暴走してオペレーターごとコックピットを押し潰す。そうだろう、山野辺くん」

「社長――」

山野辺がごくりと唾を飲み込んだ。

「私は――」

「言い訳は聞かない」

神崎の言葉が終わらないうちに、アトリウムの扉が開いた。あの女だ。ホーク・テンを襲撃した女が、ダーツバーで山野辺と会っていた男を連れて立っている。女は相変わらず、それこそロボットのように頑なな無表情で、男のほうはふてくされたように顔を背けた。男の両手に手錠がかけられているのを見て山野辺が息を呑んだ。

須藤が進み出た。

「山野辺博士。この男をご存じですね」

「知らない！」

「嘘つけ！」

最上は山野辺の後頭部を平手で殴った。最上は軽いつもりだったが、悲鳴をあげたところを見ると、痛かったのかもしれない。

「あんた、ダーツバーであいつと会ってたじゃないか！」

「もういい、最上」

須藤が手を振った。

「こんな場所で暴力は良くない。言っておきますが山野辺さん。最上は、何年か前に殺人に関与した罪に問われたことがあります。言葉に気をつけたほうがいいですよ」

山野辺が暗闇で鬼に出会ったような目をして、シートに座ったまま最上を見上げた。最上は須藤の涼しげな顔を睨みつけた。他人の過去まで脅迫の材料に使うとは、性質《たち》が悪い。

「この男は劉史朗《りゅうしろう》。山野辺さんはご存じでしょうが、先端産業に従事する技術者を言葉巧みに取りこんで産業スパイとし、機密を盗ませて高値で別の企業に売りさばく。産業スパイのヘッドハンターのような男です」

「関係ない！　私はこの数日、何者かに命を狙われていたんだ。私を殺せばグッドフェローの新型ロボット開発に支障をきたす。そう考えた奴らが私を狙ったのに違いない。それは、私が産業スパイではありえないという証拠じゃないか」

「あんたを狙ったのは、私たちだ」

ふいに、劉を捕らえている女が口を開いた。声を聞くのは初めてだ。最上はひゅうと口笛を吹きかけてやめた。上司の前では非常識だ。

女は茶色い革のフライトジャケットを羽織っている。その左肩には、黒い鷹のエンブレム。ブラックホークの社員の証《あかし》だ。身体の線がきれいに出るシャツと、黒いストレッチパンツという制服が、ぴたりと似合っている。

「あんたの行動を怪しんだ神崎社長の依頼で、ブラックホークがひと芝居打った」

「柳瀬《やなせ》くん。私のセリフを取らないで欲しいね」

須藤が苦笑し、柳瀬という女のほうに、立てた指先を向けた。女は肩をすくめて何も言わない。

「まあそういうわけです。神崎社長は、あなたが自家用車を買い換えたり、急に服装が良くなったりしたことに注目して、あなたの言動に注意していた。ところが、あなたはなかなか尻尾《しっぽ》を出さない。カイザーXの発表会が目前に迫る中、あなたが何を企んでいるのか、誰に動かされているのかを早急に知るため、我々に依頼されたわけです。再三にわたって命を危険にさらされれば、さすがのあなたも黒幕と連絡を取ろうとするでしょう。だから、ブラックホーク社があなたを警護する傍ら、あなたを襲撃し続けたというわけですよ。彼女がバイクで襲ったり、警備員がクーガのまねをして襲撃したりね。駐車場の強盗は偶然でしたが」

純然たるマッチポンプってわけだ。最上は鼻の上に皺を寄せた。

「あなたは、警備陣に睡眠剤を混ぜたワインを飲ませて、ひとりでこの男に会いに行った。柳瀬くんがダーツバーから彼を尾行し、素性を突き止めました。彼は業界の有名人でしたしね」

ちなみに、と須藤は微笑みながら後を続けた。

「劉さんからは、もうお話を伺いました。カイザーXの技術発表会で、デモンストレーション用のカイザーXの制御プログラムを直前に入れ替え、コックピットを破壊してオペレーターに大怪我を負わせる計画なのだとね。世界中に中継するテレビカメラの前で、その大惨事を引き起こすつもりなのだと――」

「嘘だ！」

山野辺がたまりかねたように叫んだ。

「そんな映像が世界中で流れれば、カイザーXを使おうとする人はいなくなるでしょう。命がけで使わなきゃならないロボットなんて、値打ちがありませんからね。そこで、博士は責任を取ってグッドフェロー社を去り、カイザーXの基本的な性能を決める制御システムを持って、他社に移るつもりだった。そうですよね」

「でたらめだ！」

山野辺は往生際が悪い。最上がとどめた。

「待ちなよ。あんたが準備したカイザーXを誤作動させるプログラムは、このオペロンに入っている。あんたはさっき、大事なオペロンを置き忘れたふりをして、誤作動プログラムをカイザーにアップロードした。それが俺たちの見解だ。――しかし」

最上は昇降台を離れ、カイザーの制御盤に近づいた。白衣を着た南田が、何事かと言いたげに最上を見つめた。最上は彼女ににっこり笑いかけた。

「全部、俺たちのでたらめなんだってさ。さっさとあいつを、上にやっちまおうぜ」

最初は呆気にとられていた彼女の目が、ふいに笑いを含んだ。山野辺博士は、どうやら部下にも人望がなかったようだ。南田の指が制御盤の上を素早く動き始めるのを目にして、山野辺が口汚く罵《ののし》り、制止の言葉を繰り返した。やれやれと言いたげに須藤課長が肩をすくめる。

「まったく、山野辺博士。そんなに臆病なあなたが、どういう理由で劉さんの口車に乗って会社を裏切ろうとしたんですか」

それが最上にも不思議だった。山野辺はロボット狂だ。世界でも一流のロボットメーカーで、トップの技術者として開発を任されるなど、研究者冥利に尽きるのではないか。

「――彼の言うとおりにすれば、リイザの開発資金を出すと言われたんだ」

顔を真っ赤にした山野辺が、荒い息をつきながら絞り出すように呻いた。須藤が首を傾げる。リイザー——あの少女ロボットだ。

「開発資金——あなたは既にグッドフェロー社でロボットを開発しているじゃありませんか」

「私が開発したいのは、カイザーのような大型産業用ロボットじゃないんだ。個人の家庭で使われる小型のメイドロボットを作りたかった」

「それは確かに、わが社では製造していないジャンルだが」

神崎社長が口を挟む。

「私は何度も会社に、新型家庭用ロボットの開発申請を出したんだ。しかし、却下され続けた」

「それは会社の方針だ。小型ロボットを開発したいという君の気持ちはわかったが、会社の収益に繋がらないと経営会議で判断したからだ」

神崎がにべもなく切り捨てた。

「社員の希望をいちいち斟酌《しんしゃく》していたのでは、企業経営などやっていられない。それほど小型ロボットを作りたかったのなら、なぜ個人的に開発するか、他社に移籍して開発することを考えなかったのかね？」

「もちろん考えたさ。設計図も引いた。制御プログラムの仕様も固めた。あとは、開発にかける時間と製作費用が必要だった。グッドフェローが私に払ってきた給料と、雀の涙ほどの報奨金とで、ロボットの開発費用が捻出できると思うか？　他社に行けと言うが、国内のロボット産業は、グッドフェローの寡占状態じゃないか」

自嘲気味の山野辺の声を聞いて、安物のビールを飲んでいたという浅井の観察を思い出す。そう言えば、あの高級マンションも社宅だと言っていた。山野辺自身の資産など、いくらもないのかもしれない。

「カイザーも君が設計したロボットじゃないか。君は、自分が設計したロボットが、人殺しの凶器として世界中で袋叩きに遭っても平気だというのか？」

「調査すれば、誤作動がプログラムによるものだということは、すぐにわかるはずだ。プログラムの不備を正せば、カイザーはまたグッドフェローの主力製品として販売可能になると思ったんだ」

須藤が大きなため息をついた。

「残念ながら、山野辺さん。あなたの判断はあまりにも甘いと言わざるをえませんね。カイザーのオペレーターが誤作動で重傷を負ったり、圧迫死したりする映像が、電波に乗ってご覧なさい。顧客は確実にグッドフェロー社のロボットから離れていきますよ」

「たとえそうであっても、カイザーの主要な設計は私の頭の中に入っている。劉さんは、私がグッドフェローを辞めたら、外国のロボットメーカーに紹介してくれると約束した。彼らはカイザーに関する私の研究内容に、強い興味を示していたんだ。カイザーの設計思想は、そちらで生かすことも可能だった」

「残念ですが、それは嘘です」

容赦のない須藤の言葉に、山野辺が一瞬自分の置かれた立場も忘れて目を怒《いか》らせる。

「劉さんを通じて、あなたにお金を支払うと言った連中は、あなたの技術になどまったく興味はなかったんです。なぜなら、テレビでカイザーXの誤作動が放映されてしまえば、同じ設計思想で作られたロボットなど、誰も見向きもしなくなるでしょうからね」

「しかし――」

「あなたは騙されたんですよ」

山野辺が青ざめて黙りこんだ。頃合はよしと見たのか、アトリウムに制服警官がどっと入ってくる。外で待機させられていたらしい。

「我々は劉とあなたを警察に引き渡します。証拠も揃っていますからね。逃げられるだなんて、甘いことを考えないほうがいい。腕のいい弁護士が必要なら、ご紹介しますよ」

カイザーのシートから山野辺を引き剥がすように、警察官が彼を立ち上がらせた。

「山野辺くんを、まだ連れていかないでくださいよ」

神崎社長が手を挙げた。

「彼には大事な仕事が残っているんです」

山野辺が、はっと顔を上げる。神崎の言葉に一縷《いちる》の望みを繋いだかのように、その頬に生色が蘇った。

「そうだ！　私はこの後、プレゼンを――」

失笑。神崎がおかしくてたまらぬように、皮肉に唇を歪めた。

「そうじゃない。プレゼンは南田くんに頼むつもりだ。これから南田くんに、制御プログラムを正しいバージョンに戻してもらう。その後で、カイザーが正常に稼動するかどうか、誰かがテストしなければならんだろう。私はそれをオペレーターの岡崎くんに命がけでやらせるつもりは毛頭ないよ」

まさか、と山野辺が口ごもる。

一拍置いて、アトリウムに山野辺の悲鳴が響き渡った。

6

「とことん往生際が悪いわりに、根性なしでだらしのないおっさんだったな」

最上がぼやくと、斉藤も頷いた。

「まったくだ」

カイザーXの制御プログラムを正しいバージョンに置き換えた後、念のために神崎社長は山野辺にカイザーを試運転させ、問題がないことを確認した。なかなかシビアな社長だ。山野辺はそのまま劉とともに警察に連行されていった。

神崎社長と、研究員の南田女史のプレゼンテーションは大成功。場所を移して、記者たちは今アトリウムで開催されるデモンストレーションを食い入るように見つめている。

「カイザーXは、従来型の産業用ロボットよりも、はるかに直感的に操作できます。スクリーンに映っておりますのは、カイザーXのオペレーターが現在見ているのと同じ画面です。こちらは――」

コックピットには岡崎が乗り、一トンという鉄骨を軽々と頭上に持ち上げてアピールしている。二足歩行型ロボットだが、非常に安定感があることは素人の目にも明らかだった。

カイザーの隣でマイクを握って説明している南田女史は、晴れ舞台にも舞い上がることなく、淡々と解説を続けている。神崎社長は、この日のために南田にプレゼンの練習をさせていたらしい。

何から何まで、準備のいい連中だ。

「岡崎が水を飲んで倒れたってのは、デマだったのか？」

最上の問いに、妹尾隊長が振り向いた。会場警備は既に通常の警備部隊に引き継いだ。山野辺の警護に当たっていた八名は、アトリウムに集合して事の成り行きを最後まで見守っているというわけだ。八名に加えて、あの女――柳瀬も一緒だった。彼らの会話には加わろうとせず、少し離れた場所でデモンストレーションを見つめている。

「デマじゃない。睡眠剤を水に混ぜて飲ませたんだ。一時間もすれば効果が消える」

「睡眠剤と言えば――」

最上の言葉を妹尾の手のひらが遮った。

「あんた、私と尹が、ワインに混ぜた睡眠剤を飲んで、本当に寝込まされたんだと思ってたんだって？」

分厚い唇を曲げ、顎を突き出すように言われると、なかなかの迫力だ。ハリネズミのように固めて立たせた短い髪のせいもあって、どこから見ても男にしか見えない。

「違うのか？」

「違うに決まってるだろ。あいつを泳がせて様子を見るために、わざとだよ、わざと！」

「なあ。ひとつ聞くけど、俺があの女を撃ったり、あの女が俺を撃ったりしていたら、どうする気だったんだ？」

妹尾がじろりとこちらを睨んだ。

「だから私は、追うなって言っただろ」

なるほど。確かに、追うなという妹尾の指示を無視して、襲撃犯を単独で追いかけたのは自分だ。須藤が、警備員による過剰防衛についてしつこいぐらい最上に言い聞かせたのも、最上が勝手に行動して仲間内で傷つけ合うことを恐れたからかもしれない、とようやく気づく。

「もし柳瀬があんたを撃っていたら、そいつはあんたの自業自得。柳瀬の腕なら急所は外して撃ってくれるだろうが。あんたが柳瀬を撃つなんてのは――ま、二十年早いな」

最上が言い返そうとした瞬間、わっと会場の記者たちが沸いた。

片手で鉄骨をかついだカイザーが、南田女史が投げ上げた生卵を、残る片手で絶妙にキャッチしたのだ。ロボットがゆっくり手のひらを開くと、ひびひとつ入っていない生卵が現れた。その様子を、スクリーンのひとつが大写しにしている。カイザーが、いかに繊細な動作を得意としているかの証明だ。

アトリウムをどよもす圧倒的な拍手と歓声の中、さすがに頬を紅潮させた南田が笑顔でデモンストレーションを終了させた。

「あの演出、南田さんが考えたんだってさ」

「へえ。山野辺のおっさんより説明上手いんじゃないの」

カメラを抱えた記者たちが、ひっきりなしにカイザーに向かってフラッシュを焚く。彼らの興奮もダイレクトに伝わってくる。グッドフェロー社の社運を賭けた技術発表会は大成功だ。

すぐそばで大きな拍手が聞こえたので、最上たちはそちらを振り返った。須藤課長だった。いつの間にか、神崎社長も近くに立っている。

「大成功ですね、社長。おめでとうございます。産業用ロボットの世界で、数十年はグッドフェローの天下だ」

「君たちのおかげだ。須藤」

神崎が口元に薄い笑みを刷いたまま、須藤の手を握った。

「今後も何かあれば、いつでもわが社にお声をかけてください。お待ちしております。ま、料金はそれほどお安くはないですがね」

須藤がとぼけた顔で営業している。神崎社長がにやりと笑い、しっかり握手を交わすと立ち去った。

「さあ、撤収するよ」

妹尾隊長の命令とともに、最上たちはめいめいのショルダーバッグをかつぎ、歩き出した。機材が入ると二十キロ近くにはなる。こんなものを楽々とかついでしまうのだから、最上たちはともかく、妹尾も柳瀬も並みの女性ではない。

国際展示場の外に出て駐車場に向かった。全員のシルバーウイングをそこに停めてあるのだ。晴天。海に近いが、あまり潮の匂いを感じることはない。空気も乾いている。

須藤の視線がこちらを捕らえるのがわかり、最上はため息をついた。

「――言いたいことがあるって顔だね。課長」

妹尾たちを睡眠剤で眠らせ、マンションから脱出した山野辺を追って入ったダーツバーで、最上が会ったのは須藤だった。勝手な行動を咎《とが》められることはなかったが、とにかく今は動くなと厳命されたのだ。今から考えると、最上がひとつ間違えば、山野辺の背後にいる者をあぶり出すという計画は失敗に終わっただろう。最初から計画を明かしてくれていれば、自分も勝手な行動を取ることはなかったはずだ。その恨みはあるが、命令されてもいない行動を取り、抜け駆けをはかったと言われてもしかたがない。

「俺はどうせ試用期間なんだろう。試用期間に会社の方針と合わないと判断されれば、本採用は見合わせるってことだったよな。それで？　俺はこれでクビってことか？」

なるようになれ、だ。自棄《やけ》気味に両手を広げると、黙っていた須藤が口元を緩めた。

「珍しくしおらしいね、クラッスン」

斉藤や妹尾たちまでが、にやにや笑っている。ただひとり、柳瀬だけがにこりともせずこちらを見ているが、変わらぬきつい目つきでも敵意は感じなかった。

「時期的には少し早いが、これで本採用だ。最上光一」

最上は呆気にとられ、須藤のあくまでも真面目そうに見える顔を見つめた。

「え？」

「まさか君が、山野辺が怪しいと独力で気がついて勝手に行動するとは、私の計算違いだったがね。試用期間のテストは合格だ。我々は君を、ブラックホークの精鋭部隊に迎え入れる」

須藤の宣言に続いて、妹尾が分厚い手のひらをこちらに差し出した。初めて会った時よりは、いくぶん心のこもった笑顔だった。

「特殊警備隊へようこそ。隊長の妹尾だ」

「俺が副隊長の斉藤ハジメ。特殊警備隊の別名は、チーム・スドウだ。ま、言わずと知れた誰かさんの名前をつけたんだけどな」

次々に差し出される手を、呆然としながら握り締める。

「やっと九人に戻ったよ」

尹が役者のように優しげな笑顔で囁いた。

「戻った？」

「しばらく前に、ひとり死んでね」

穏やかな笑顔が急に恐ろしいものに見えてくる。

張、浅井、長野、早稲田――最後に、柳瀬が睨むような目をして手を出した。

「柳瀬メイ」

「ああ――よろしく」

革の手袋をはめたままの柳瀬の手は、ずいぶん指が長くほっそりしている。この手で、あの見事な巴投げを決めたのかと思うと、複雑な気分だった。投げられたのが自分なだけに、余計だ。

「特殊警備隊は、警備課長直属だ。リーダーの妹尾くんが指揮をとる」

「こきつかわれるぜ」

須藤の言葉の最中に、斉藤がひそやかに囁いて忍び笑った。

「それではミッション終了！　これにて解散！」

特殊警備隊の連中が、次々に最上の背中を叩くと自分のバイクに向かって歩き去る。須藤も車に乗り込み、運転席から最上に軽く手を振った。

「それから最上。特殊警備隊は常時、拳銃の携帯が可能だ。希望が叶って良かったな！」

「――！」

それは、常に危険な仕事を任されるという意味ではないのか。

呼び止める暇もなく、須藤の車が走り去る。妹尾たちのシルバーウイングが、その後に続いた。
最上はため息をつき、がりがりと頭皮を掻いた。だんだん唇に笑みが上ってくるのが自分でも意外だった。

*

最上光一、五月十二日付けで、ブラックホーク・ジャパン社本採用とする。
配属先、警備部警備課、特殊警備隊——。

インターバル1　フラッシュ

横になっていると、階下の喧騒が脳髄に響く。

階下の連中は、かなりクスリが入っている。ガラスが割れ、金属が壁にぶつけられ、古ぼけたスピーカーから大音量で流れているのは、北欧発のロックバンド〈フライアウェイ〉の重厚なサウンドだ。音楽に重なり、ひっきりなしにたがの外れた嬌声が混じる。馬鹿げた大騒ぎは彼自身の好むところではないが、仲間の楽しみに水を差すつもりはない。それでは人の上に立つ資格がない。

暗闇で目を閉じたまま、彼はベッドの脇を手でまさぐった。さっきまで一緒にいた女は、彼がまどろんだ隙に階下に降りたらしい。サイドテーブルに手を伸ばし、スタンドを点灯した。

二十年前は、高級マンションの一室だったはずだ。メゾネットと呼ぶのか、内側に階段がありマンションなのに二階がある。当時は壁紙が貼られていたはずだが、今はすっかり剝げ落ちて、冷たいコンクリートが剝き出しになっている。

サイドテーブルに、ぬるくなった缶ビールがあった。ひと口飲んで顔をしかめる。下に降りて、新しいのを取ってきたほうが良さそうだ。

ブラックジーンズを手早く身につけた時、階下で銃声が響いた。一発だけ。

その一発で、階下が嘘のように静まりかえった。いつの間にか音楽も消えている。彼は舌打ちした。アジトで武器をもてあそぶのは固く禁止している。羽目を外しすぎた奴がいるらしい。階下に降りる前に、サングラスをかけた。

しんと静まったマンションの上階から、階段の下を覗く。

「――どうした」

黒い革のジャケットや、黒いタンクトップ、ブラックジーンズなど、黒ずくめの服装で身を固めた男や女が、ソファに倒れた男を遠巻きにしていた。階上からの彼の声を耳にすると、こちらを見上げて、紅海を分けたモーゼが現れたかのように、階段の下から逃げていく。青ざめる者もいたが、これから起きることに興奮しているような顔も見かけた。

――空牙。

彼らはみな、クーガと呼ばれる組織に忠誠を誓った若者たちだ。

彼はゆっくりした足取りで階段を下りた。

「――誰が撃った？」

ソファから崩れ、床に頭を落としている男は、目を剝いたまま死んでいる。目立つ働きをしたことはないが、それでもクーガの一員だ。クーガでは、同志がわけもなく殺し合うことは許していない。血が熱いのは結構なことだが、規則を破って仲間を殺せば死だ。念のために、彼は男の首筋に手を当てて脈を見た。

「死んでいる」

見れば誰にでもわかることだが、重々しい口調で繰り返しながら、周囲を見回す。

「誰が撃った？」

答えはなかったが、立ちすくんでいた連中が、ひとりの男を避けるようにじわじわと動き始め、その結果まるで真空に取り残されたように、短い顎ひげの男が蒼白な顔でぽつりと彼に正対した。

その手の中に、まだ拳銃があった。

「ミサンガ」

手首に巻いた色とりどりの紐にかけて、そう呼ばれている男だ。今は、その紐さえも色褪せて見える。

「おまえが撃ったのか？」

顎ひげの男は、真っ青になりながらも、否定せず緩慢に頷いた。クーガのナンバー2――フラッシュと呼ばれている彼が、何よりも欺瞞を嫌うと知っているために、しぶしぶ肯定したのだとわかるようなしぐさだった。

「撃つ気じゃなかったんだ」

ミサンガが今初めて銃に気がついたような顔で、テーブルの上に投げ出した。

「わかった」

彼――フラッシュも頷き、ミサンガが捨てた拳銃を取り上げた。弾はまだ入っている。

「選ばせてやる。こいつの弾で、あっさりあの世に行って償うか。それとも俺と素手で戦うか。おまえが俺に勝てば、見逃してやる」

ミサンガの喉仏が、大きく上下した。

「なあ――フラッシュ――」

「言い訳なら聞かない」

「助けてくれよ、フラッシュ。あいつが俺を馬鹿にしやがったんだ。つい、かっとなって銃を抜いたんだ。撃つ気はなかった。これは事故なんだ」

「かっとなって?」

彼は目を細め、微笑んだ。感情のままに行動した代償は重いものだ。

「三つ数える間に決めろ」

彼はわざと隙を見せて後ろを向き、冷蔵庫にしゃがみこんで缶ビールを選んだ。拳銃は冷蔵庫に隠した。ミサンガが飛び上がり、手近にあったドラムスティックを握ると彼の頭に振りおろす気配がした。

「――それだけか?」

後ろも見ずに上げた腕で、スティックは折れてどこかに飛んでいった。彼はおもむろに振り向いてにっこりと笑い、ミサンガの顎に素早く軽いパンチを放つ。たった一発で、ミサンガの身体が後ろによろめく。そう簡単にノックアウトしてはつまらない。彼はネズミをもてあそぶ猫が舌舐めずりするように、ミサンガをもてあそぶことにした。たまにはお楽しみも必要だ。

「来いよ」

ミサンガの顔に、恐怖と涙が浮かんでいる。

「――無理だ。助けてくれ、フラッシュ……」

涙を流して哀願するミサンガを見て、彼はため息をついた。根性のかけらもない奴だ。これ以上こいつをおもちゃにしては、他の連中が怯《おび》えてしまうだろう。

プロボクサーのライセンスを剝奪されて刑務所に入った後、彼が熱心に研究したのは人間のさまざまな機能を奪う方法だった。顎の骨を外す方法。脳震盪を起こす方法。腕の関節を外す方法。首の骨を折る方法。

「おとなしくしてろ」

彼はミサンガに近づき、期待を込めて見上げる相手の顎を摑んだ。首に手を掛けてひねると、ごきりと鈍い音がして首の骨が折れた。白目を剝いたミサンガが絶命していることを確かめ、彼はミサンガの死体を床に投げ出した。もろすぎる。人間の身体とは、どうしてこんなに簡単に壊れるのだろう。

「始末しろ。そっちの男も」

ソファに横たわる遺体に顎をしゃくる。

彼が冷えたビールを冷蔵庫から取り、何もなかったように階段を上がると、ミサンガの死体に近づいた男たちが感嘆と恐怖の声をあげた。当然だ。人間ひとりを、これほどやすやすと殺す技術を身に付けた男はそういない。

「——やるねぇ、フラッシュ」

階段の上で、ニードルが薄い笑みを浮かべていた。

顔立ちだけ見れば、そのへんの役者よりもずっと整っている。表情は笑っていてさえ沈鬱で、陰気だ。それがかえって奇妙な色気を添えている。整形手術によって作られた顔だ。逃亡生活を送るうえで、こんなに目立つ顔立ちは損だと思うのだが、この顔は女にも男にもよくもてるそうだ。こんな顔で、口を開くと意外にのどかで田舎びた声を出す。本当の顔立ちには、その声がぴったり合っていたはずだ。

「クーガのナンバー2を張るためには、人殺しもやむをえないってか。しかし、楽しそうだったな」

彼の内心を見透かしたようなことを口にし、肩にしなだれかかる。彼はすぐそばにあるニードルの蠱惑《こわく》的な唇を見つめた。

「どけよ、ニードル」

「どうして？」

「襲うぞ」

ニードルがけたたましく笑い、彼の肩から離れた。

「あんたが奴を殴り殺すのを見たかったんだがな。すごい見世物が始まると思ってわくわくしたのに、あっさり終わらせちまって」

「見世物じゃない」

「ボクサー時代に喧嘩して、相手を殴り殺したんだってな、あんた。見たかったよ」

ニードルの薄い唇が、血の色を映して赤く染まる。この男は自分と同類だ。ニードルのほうが、自分よりもずっと正直なだけだ。

「昔の話だ」

フラッシュの脳裏に、寄ってたかって殴られ蹴られる小柄な男の姿が浮かんだ。あれを見た瞬間、自分の中でストッパーが飛んだ。

「チャンピオンベルトを巻いたあんたも、一度は見てみたかったけどね」

ニードルが、意地悪く言って身を翻《ひるがえ》す。将来を嘱望されていたフラッシュが、ベルトどころかプロボクサーのライセンスすら剝奪されたことをほのめかしているのだ。相手の弱みを握るのが何よりも好きな男だ。始末に負えない。

こちらの反応を窺うように、ニードルが横目で見つめている。

昔、自分の隣にいつもいた、まっすぐな目をした男のことを思い出した。今の自分には、ニードルのような相棒が似合いだ。

摑んでいたビールを、ニードルの胸に投げた。奴の口元に、また淡い笑みが浮かんだ。

第二章

1

『マングース、プリンシパルから遅れすぎてる。もっと前へ』

「そんなにくっついたら歩きにくい！」

最上光一は、イヤフォンから流れる指示に顔をしかめた。これ以上前に出ると、プリンシパル――警護対象者が着用しているダークスーツの、生地の目までくっきりと見えそうだ。

『つべこべ言うな。遅れてるぞ』

妹尾容子隊長の声は、断固としていて最上の反論など気にとめた様子もない。

最上はイヤフォン越しに妹尾にも聞こえるようにはっきりと舌打ちをして、言われたとおりプリンシパルに一歩近づいた。

繁華街の雑踏。周囲には、家路を急ぐ会社員だけでなく、買い物客や足元の危ない酔漢の姿も見える。最上の目は、彼に割り当てられた責任エリアを、素早く走査している。

警護に当たる場所によって、プリンシパルとの間隔も変えるべきだ。街中《まちなか》の雑踏を歩くには、プリンシパルとの距離を詰めなければならない。そう言われても、対人距離における最上の排他域は他人よりずっと広いらしく、一メートル以内に他人が入ってくると、首筋の毛が逆立って身構えてしまう。ボクシングやキックボクシングなど、格闘技が専門だったからだろうか。まるでハリネズミだ。

須藤に言うと、一発でブラックホークをクビになりそうなので、話したことはない。

（だいたい、なんで俺のコードネームが〈マングース〉なんだ！）

任務時間中は、本名を呼ばない。特殊警備隊は全員コードネームを持っている。自分につけられたコードネームを教えられたとたん、最上は反発した。妹尾が分厚い唇ににたりと笑みを浮かべて告げた。

（小さくて獰猛《どうもう》だから）

――悪かったな！

今日のプリンシパルには、プロテクティブ《P》・エスコート《E》・セクション《S》が三名ついている。この三名が、プリンシパルを常にエスコートし、直接の脅威から守るのだ。ブラックホークの警備マニュアルでは、ＰＥＳ三名の場合、プリンシパルの前方に二名、後方に一名がつく。通常、狙撃などの攻撃は、対象の後方から行われることが多いため、プリンシパルの真後ろにＰＥＳを一名つけることで、対象の姿を攻撃者から覆い隠してしまうわけだ。

今日は、最上が後方についている。

『うーん、やっぱりマングースには後方警備は無理かもしれないね』

無線で妹尾がぼやくのを聞いて、最上はむっと口の両端をへの字に下げた。

「なんでだよ！　言われたとおり、対象にくっついたぜ！」

危うく振り向くところだ。

『――プリンシパルの頭がここから丸見えだ。明日から上げ底のブーツでも履いてくるなら別だけど』

――背が低いのはどうしようもない。

最上が目を尖らせたとたん、左後方から近づいてくる細身の姿が見えた。こちらに歩み寄りながら、ショルダーバッグの中に手を滑りこませる。――来やがった。

「左後ろ！」

最上の注意に、左前方についている斉藤が、左後方から来る敵に相対するように体勢を整え、右前方の長野が、プリンシパルを自分の側に引き寄せる。

濃いサングラスをかけた相手は、真後ろにいる最上を避けて、左斜め後方から走り寄る。気づかれたことは向こうもわかっている。その右手には、既にナイフが握られている。最上と斉藤のふたりが向かうと、果敢にナイフを振り回しながら挑戦してきた。せめて一太刀でも、プリンシパルに浴びせてやろうという、強い意志を感じる。

「ようし、俺の勝ちだ！」

最上は相手の腕を脇の下にがっちりと挟み、ナイフを落とさせた。やった、と思わず口元が緩む。その瞬間、腕をねじられて呻いていた相手が、いきなり頭を最上の鼻にぶつけてきた。

「うわっ」

鼻血が噴き出す。その程度のことで腕を離すことはないが、油断した。

「ちきしょう！」

ボクサー時代、鼻血はつきものだった。とは言え、今日は二着しかないスーツの一着を着ているのだ。ネクタイにもワイシャツにも、鼻血が滴り落ちて真っ赤になるのを見て、最上はむしろ青くなった。

『はい、そこまで！』

後ろのブースで見守っていた妹尾が、腹に響く声を出した。

『何やってんだ、最上！　油断するんじゃないよ！』

最上が緩めた脇から、するりと腕を引き抜いた相手が、ハンカチを出した。

「早く拭けば。みっともない」

襲撃者役の柳瀬メイが、残る片手でショートボブのかつらを脱ぐと、ピンを外してさらりと長い黒髪を流した。涼しい顔で差し出された真っ白なハンカチを、ひったくるように最上は奪い、鼻に当ててメイを睨んだ。

——その瞬間、周囲に満ちていた街の喧騒と、すれ違ったり、信号を待ったり、車に乗り込もうとしたりしていた人々の姿が、ふっとかき消えた。

代わりに、コンクリートのそっけない床が戻ってきた。ブラックホークの訓練施設にいるのだと、ようやく実感が湧く。すべて訓練用の立体映像だとわかっていても、慣れないものだ。この瞬間にはいつも、地面が消えたようなショックを受ける。

「最上、訓練中にメイと喧嘩してんじゃねえよ。プリンシパル役の俺の身にもなりやがれ。どつきたくても手が出せねえだろうが」

顔に大きな傷痕のある浅井が、さっそく窮屈な襟元をくつろげてため息をつく。元やくざではなく、元山男なのだと聞いたが、喧嘩早いという噂も高い。

「喧嘩じゃない！」

最上は唇を尖らせた。メイが勝手に突っかかってくるのだ。今日のような攻撃は序の口だった。不慣れな新人の行動に苛立つのは、最上にもある程度は理解もできるが、扉の出入り、箸の上げ下ろし、言葉遣いの端々に至るまで、いちいち難癖をつけられる身としては笑って見過ごせない。おまけに他の連中ときたら、メイと自分が角を突き合わせていると、何でも最上のせいにする。新人を叱りやすいのは当然だろうが、理不尽だ。

——ブラックホークの多摩センターには、ボディガードの訓練施設がある。

警備課長直属の特殊警備隊は、企業などの通常警備に当たるガードマンとは異なり、週に何日、一日に何時間という勤務時間が決められているわけではない。仕事のない日はこうして訓練を行うか、休みを取るかだ。休みと言っても、遠出はできない。緊急の呼び出しがかかれば、本部もしくは多摩センターに一時間以内で到着できること。それが外出の条件だった。どちらかに辿り着ければ、会社のバイクまたはヘリで、警護対象のもとに駆けつけることができる。

「君たちは、ボディガードという職業を選んだわけじゃない。ボディガードという生き方を選んだのだと思え」

というのが須藤警備課長の口癖で、呼び出しに遅れるような根性なしは、容赦なく特殊警備隊から外される、らしい。幸か不幸か、最上が着任してから今まで、そういう不心得者が出たことはない。妹尾隊長は、最上が久しぶりにその不心得者になるのではないかと心配しているようだ。

（好きで入ったわけじゃない）

特殊警備隊が肌に合わないわけではない。むしろ、世界最高峰を謳われるブラックホークの警備員の中でも、選《え》り抜きの腕を持つ彼らとともに仕事をするのは、正直張り合いがある。しかし、何から何まで精鋭部隊としての行動を期待されてしまうと、自由人を標榜したい最上としては、ふてくされて斜に構えたくなるのだ。

デーモンとあだ名される須藤が、なぜ自分を精鋭の特殊警備隊に抜擢したのか、いまだに納得がいかない。家中に防犯カメラやトラップを仕掛けているという、妹尾隊長などと一緒にされても困る。ブラックホークに入社したのも、特殊警備隊に選抜されたのも成り行きだ。特殊警備隊から外されても、あるいはブラックホークをクビになったところで、元の生活に戻って明日からの飯に困るだけだ。

なるようになる——。

かつてボクサーライセンスを剝奪され、自分の根っこを引き抜かれた最上は、ひとつの場所に安住することに執着していない。

ボディガードの依頼がスポットで入ると、まず須藤が内容を確認する。特殊警備隊の出動が必要と認められれば、そこからは何日、あるいは何週間も仕事が続くこともある。過酷な仕事だ。こんなことなら、多少の危険を冒してでも、タイでムエタイに明け暮れていたほうが気楽だったかもしれない。そんな漂泊の思いにかられることもある。

イヤフォンから電子音が流れた。

『みんな、課長から緊急通信だ。切り替えるから、そのまま聞いてくれ』

妹尾の声に続き、須藤課長の冷静できっぱりとした声が流れてきた。

『諸君、須藤だ。新しい依頼が入った。全員多摩センターにいるはずだな。概要を伝えるので、第二会議室に集合してくれ』

最上の鼻血はようやく止まった。メイに借りたハンカチは赤茶色に汚れて、おそらく二度と使いものにならない。新しいものを買って返すしかないだろう。

「訓練ばかりじゃ身体がなまっちまう。さっさと仕事が入って、良かった、良かった」

斉藤が肩甲骨を回しながら能天気に喜んだ。

ガタイのわりに、いい子ちゃんを目指している斉藤とはいつも意見が合わないのだが、この時ばかりは最上も彼に賛成だった。訓練より実戦のほうが最上も好きだ。須藤の業務命令が待ち遠しい気分になってきた。


『さっそくだが、資料を見てもらおう』

会議室には、プライベートネットワークを経由した遠隔地とのテレビ会議システムや、データ転送システム、席に一台ずつの端末などが完備されている。

テレビ会議システムの画面には、台場の本部にいる須藤課長が映っている。相変わらず年齢不詳だ。向こうは会議室ではなく、黒革ハイバックの肘掛椅子に座っているところを見ると、課長室にいるらしい。須藤は、日本国内で一、二を争うほど高い権限を持つ「課長」だ。

須藤が見ている画面には、こちらの会議室を撮影した映像が映っているはずだ。こちら側のカメラはそれぞれの端末についており、向こうにはひとりひとりの表情までよく見えているだろう。須藤が一瞬妙な顔をした。

(――どうせ俺だ)

鼻血のせいで、服装が台無しになっている。何があったのかと訝《いぶか》しんでいるかもしれない。

端末に、須藤が送信した資料が表示された。

『今回のクライアントは、米国のパーム本社と、日本法人のパームジャパンだ』

須藤の言葉に、特殊警備隊の数人が「おお」と声にならない歓声をあげた。

「プリンシパルはどなたですか」

妹尾が、なぜか弾んだ声で尋ねる。斉藤がごくりと喉を鳴らした。パームと言えば、世界各国でブームを巻き起こした小型コンピュータ〈オペロン〉を開発した企業だ。

「これはもはや、一個の商品ではない。社会を揺るがす『革命』だ」

と、高名な社会評論家をして絶賛させたという、類まれなコンピュータ。歴史は繰り返す。昔、アップルという名前の企業が、同じような評価を得ていたという。椰子の木の図案をロゴマークにしたパームの社長は、昨年フォーブス誌の長者番付で、世界のトップ3に名前が挙がったスーパーセレブだ。――パームに関する最上の知識は、そんなところだった。

画面上で、須藤がにやりと唇を曲げた。

『諸君の期待通りだろう。プリンシパルは、米国パームCEOのアレキサンダー・ボーン氏だ』

斉藤が、デスクの下で拳をぐっと握り、小さく「やった」と叫んだ。妹尾の表情も珍しく明るい。

「それでは来日されるんですね」

『そうだ。来週の水曜に来日し、一泊して翌木曜に離日する予定だ。日本法人の売り上げが好調なので、視察と激励のために来られるそうだよ』

最上でも、ボーン社長の顔と名前ぐらいは知っていた。数多《あまた》の雑誌の表紙を飾る、黒いサングラスをかけた若々しい男性の顔は、たいていの人間が見慣れている。

『明日、警備責任者がひと足早く来日する。ボーン氏の来日にあたっては、彼が警備の指揮を執ることになるだろう。概略は資料を読んでくれ。細部は妹尾くんに任せる。ぬかりはないだろうが、充分な事前準備を頼む』

「了解、ボス」

特殊警備隊は、警備課長の直属。チーム・スドウとも呼ばれる所以《ゆえん》だ。

ブラックホーク社は、社屋警備や個人のボディガード業務も請け負う。そちらにも須藤課長のお眼鏡に適《かな》った警備員が配備されているのだが、パーム社CEOのように特別な顧客の場合は、話が別だ。中には、「チーム・スドウでよろしく」と、特殊警備隊を指名する顧客もいる。その場合でも、須藤が不要と判断すれば断るというのだから、なんとも見識の高い警備課長だ。

「なんだ。今回は、妹尾さんが指揮を執らないのか？」

横に座っている斉藤に小声で囁くと、斉藤がやはり声を潜めた。

「海外からの要人をガードするケースでは、普段からその人についている警備責任者を連れてくることが多いからな。彼と俺たちとで、チームを組むことになるんだろうよ」

『何か質問はないか』

須藤がこちらを見つめているような気がした。

『では、警備計画は早めに提出してくれ。以上だ』

通信が終了して画面が消えると、最上はようやく肩の力を抜いた。近ごろ須藤の顔を見ると、肩が凝るようになってきた。

「それじゃ、各自資料を読みこんで、明日のミーティングに備えて欲しい。それから、最上――」

妹尾が憐れむような目をこちらに向けた。

「あんたは新しいネクタイとシャツ、着てくるようにね」

斉藤を筆頭にメンバーがどっと笑う。思わず最上は唇をへの字に曲げた。


「妹尾さんは警備に参加しないのか？」

成田に向かうヘリコプターの中で、最上は聞いた。エンジン音が大きいので、怒鳴るような声になる。

六名乗りのヘリを操縦しているのは、柳瀬メイだ。彼女は車輛やヘリコプター、航空機などの運転技術に長《た》け、ライセンスを総なめにしているらしい。ボディガードは、主に三つの役割に分かれる。ひとつめは、セ《S》キュリティ・ア《A》ドバンスド・パ《P》ーティ。プリンシパルが向かう場所に先着し、ルートや現場の安全確保を行う。ふたつめが、プリンシパルに寄り添うようにガードする、PES。そして最後が、プリンシパルを乗せた車輛やヘリコプターを運転するビ《V》ークル・セ《S》クションだ。

メイはVSでもトップランクの技量を持つのだと説明され、この時ばかりは最上も感心した。気が強いばかりではないのだ、この女。

「こんな時でもなきゃ、隊長は休む暇がないからな。今回は先方の警備責任者が指揮を執るから、隊長を休ませてやれって須藤課長じきじきのありがたいご命令。先方の警備責任者も了解済だ」

助手席に座った斉藤が、シートベルトを締めたまま顔だけでこちらを振り返る。揶揄《やゆ》するような語調がなんとなく引っかかったが、わざわざ聞き直すほどでもない。

「ふうん」

パーム社CEOのボーン氏を乗せたチャーター便は、今日の午後一時、成田空港に到着予定。空港の警備を担当する千葉県警の空港警備隊と、民間警備会社には既にボーン氏来日について連絡済だ。チャーター便着陸後、マスコミの目には触れさせず、すみやかにブラックホーク社の警備ヘリコプターに乗り換えて都心に向かう段取りがついている。

ボーン氏の警備責任者、ライオネル・サンダーは、先に成田空港に入り、空港警備隊と最終打合せを行う。ブラックホークの特殊警備隊は、ヘリコプターで午前十一時に成田入りの予定。チャーター便の到着までに、空港警備隊や民間警備会社と協力して、空港の安全確認を実施予定である。

――着々と準備は進んでいる。

最上は、ヘリの窓から東京の街並みを見下ろした。上空から見ても埃っぽい。最上たちは日ごろ高速道路や地道を走っているが、資金力のある連中は、高層マンションや高層オフィスビルの屋上にヘリポートを持ち、自家用ヘリで行き来する。ふたり乗りや三人乗りの小型ヘリコプターが、早朝に東京の空を行き交う様子は壮観だ。

成田に向かう六人乗りのヘリには、斉藤、メイ、張、最上の四人が乗っている。空港チェックの後、最上と張は、ふたりだけ先に次の目的地であるパームジャパンの本社ビルに向かい、安全確認を行う。代わりに、空港でボーン社長と警備責任者のサンダーが乗り込む予定だ。

サンダーと妹尾、斉藤の三人が作成した警備計画書は最上も頭に叩き込んだ。

ボディガード業務を引き受ける際には、事前に情報収集活動と脅威評価を行う。どんな危険が起こりうるのか網羅的に洗い出して、それをリスクとスレットと呼ばれるものに分類するのだ。スレットとは既知の特定可能な危険であり、リスクとは未知の脅威だ。例を挙げれば、プリンシパルをつけ狙うストーカーの存在はスレット。プリンシパルの来日中に、大地震が発生する確率はリスクというわけだった。

訓練を兼ねて最上が洗い出すと、用紙一枚程度で終わってしまうのだが、妹尾や斉藤が書き出すと、それが十数枚にも及ぶことがあるので驚く。

今回のボーン社長の〈脅威〉はおよそ十六枚。

（世界的企業の社長ともなると、危険がいっぱいだな）

サンダーが説明したところによれば、ボーン社長には毎日五十通程度の脅迫文書やメールが世界中から届く。刃物が入っていたり、爆弾が入っていたりすることもある。ウイルスつきのメールは日常茶飯事だ。パームの社長が使っているパソコンにウイルスを感染させれば、それだけでアングラの英雄になれる。

逆に、ボーン社長を熱烈に支持するファンも多い。あまりに熱烈すぎると、これもやっかいなことになる。社長の自宅は公表を控えているが、どこから情報を入手したのかボーン社長の帰宅を待ち伏せし、車から降りる瞬間を狙って、抱きついてサインをもらおうとした崇拝者がいたのだとか。危うく撃ち殺すところだったと、サンダーが苦虫を噛み潰したような顔で告げたそうだ。

（窮屈な人生だろうなあ――）

それだけではない。ボーン社長は弱冠二十三歳になったばかりで、独身だ。女性陣のアタックも猛烈なのだとか。人気タレントのボディガードになると、タレントやファンと、マネジメント会社との板挟みになって大変だという話は聞いたこともあるが、さすがに企業の社長では初めてだ。

「一応、おさらいしとくか。俺たちは今夜、二十五時までの上番になる。二十五時にBチームと交代。Bチームはボーン社長が帰りのチャーター便に乗り込むまで、つまり予定では明日の午後一時までの上番だ。十二時間交代の、二十四時間警備態勢ってことだな」

斉藤が、聞かなくてもみんな知っていることを言い始めた。Aチームの四人の中ではチームリーダーという位置づけなので、それらしいことを言っておかなくてはと思ったのかもしれない。

「今回の仕事のコード、覚えたな？」

後部座席に座った張と最上がこもごも頷いた。コードとは、暗号のようなものだ。無線や携帯電話など、通信の内容が万が一盗聴されてもいいように、会話には暗号を使う。主要なコードは、依頼のたびに新しいものに変更される。間違えると一大事だ。

「ようし。何か質問ある？」

満足そうな斉藤の言葉に、最上は身を乗り出した。

「今回の仕事は、本当に裏ないんだな？」

「裏？」

一瞬驚いたような顔をしたのは、先日のグッドフェロー社の一件をすっかり忘れていたせいかもしれない。こいつは、意外となんでもあっさり忘れる。良く言えば、性格的に楽天家で、しつこくない。悪く言えば、能天気で忘れっぽい。

斉藤は横顔を見せてにやりと笑った。

「裏なんかないぜ、最上ちゃん。今回はごく普通のボディガード」

「本当かよ」

「本当だって。だいたい山野辺博士の時は、おまえも何か変だって思っただろ。俺たちの仕事は、プリンシパルを危険な目に遭わせないことだ。あんなに何度も危ない目に遭ってちゃ、顧客を失《な》くす」

そう言われると、反論できずに最上は黙りこんだ。

「そろそろ成田に降りる」

メイが機械的に告げた。ビークル・セクションを得意とするのは、判断能力が高い人間なのだそうだ。運転には、四囲の状況を常に確認して、瞬時に冷静な判断が求められるからだろう。そういうところも最上は気に入らない。

（いちいち、可愛げがない——）

ヘリが高度を下げていく。眼下に広がる成田空港の滑走路を見つめ、最上たちもだんだん口数が少なくなる。

2

『皆さんお疲れ様です。アレキサンダー・ボーンです。どうぞアレックスと呼んでください』

爽やかな笑顔とともに、紺色ブレザーの襟につけた小さなスピーカーから流暢な日本語が流れて、最上は驚いた。マイクに向かって喋った英語を、翻訳機が日本語にしているらしい。

アレックス・ボーン。

パームジャパン社の屋上に着陸したヘリコプターから、サンダーに助けられて降り立ったのは、掛け値なしの二十三歳、いかにもアメリカ青年らしい朗らかそうな栗色の髪の青年だった。写真で見るとおり、濃い色のサングラスをかけている。口元に、常に人当たりのいい笑みが浮かんでいて、それが見る者に好感を与える。

(こいつは、女どものアタックが激しくなるわけだ)

ビジネススーツがまったく似合わないらしく、彼の定番は大学生のような紺色ブレザーとグレーのスラックス、赤と紺のレジメンタル・タイだった。

「ようこそ、アレックス。お待ちしておりました」

三十分も前からヘリポートで到着を待ちかねていた日本法人の社長と役員が、口々に言って握手を求める。社長は米国で面会したことがあるらしいが、他の役員の中には初対面の者もいるようだ。アレックスはひとりずつ丁寧に名前を尋ね、にこやかに握手している。

最上はその堂々とした様子に舌を巻いた。たったの二十三歳だ。最上よりずっと年下のその青年が、親子ほど年の離れた日本法人の経営陣を前にして少しも怖気《おじけ》づくことなく、対等に話しかけている。対等に、どころではない。日本法人の社長たちのほうが、華奢で坊っちゃんめいたアレックスに憧れのまなざしを向け、嬉々として言葉を交わしている。

「わが社の幹部社員が集合しております。どうぞ、会議室へお越しください。その後、記者会見の用意をしております」

日本法人の今井《いまい》社長が、アレックスの肩を抱くように屋上のエレベーターに向かう。王子様をもてなすかのようだ。そちらに歩き出す前、ほんの一瞬、アレックスがこちらを見て軽く目礼したような気がした。

アレックスの前にはさりげなく斉藤がつき、背後にはこれも非常に自然な様子でサンダーがついている。このふたりがAチームにおけるPESで、これから十二時間、アレックスに張り付くことになる。

警護対象がボディガードを、それもSAPという、先着隊として目的地の安全確認を行うメンバーを意識することなど、まずない。

(気のせいかな)

アレックスたちが今から向かう三十階の役員会議室は、先に最上と張で、徹底的に盗聴器や危険物の有無などを調査済だ。たとえ日本法人の内部であっても、油断はできないというサンダーの意見を受け入れたのだった。張はまだ会議室に残っている。彼らが出た後に、誰かが妙なものを仕掛ける可能性が、ないわけじゃない。

「マングースからフォックスへ。コード1－77」

イヤフォンマイクに向かって呟く。

『コード1－77了解』

フォックス＝張がすぐさま返事をよこす。今回のコード表では、コード1－77とは、対象は無事ポイントに到着し、予定地に向かったという意味だ。会議室に、斉藤とサンダーがアレックスをエスコートして到着すれば、張は最上とともに記者会見の会場に向かう。もちろん、先着して安全確認を行うためだ。

記者会見は、二階フロアにある大ホールで行われる予定だ。

アレックスを出迎えた役員たちが、エレベーターに乗りきれなくて、次のエレベーターを待っている。彼らの表情や会話の内容にも、最上は何気なく気を配る。

アレックスやサンダーの姿が見えなくなったとたんに、態度を変える人間はいないか。彼らにとって警備員は人間のうちに入らないようで、社長の目が行き届かない場所になると、急に会社や社長に対する憤懣を漏らし始める連中がいる。

最上は、役員たちと一緒にエレベーターに乗り、彼らが三十階で降りた後、そのまま二階まで乗り続けた。

少なくとも、パームジャパンにその手の役員はいないようだ。エレベーターの中では行儀良く静かだったし、むしろ一刻も早くアレックスの声が聞きたいと言わんばかりに、一目散に役員会議室を目指して行ってしまった。あの若社長は、ずいぶん崇拝されている。

「そりゃ当然だ、マングース」

記者会見の会場になるホールをチェックしながら、張が呆れたように笑う。常にきれいに剃り上げた頭のせいで、制服を着ていてもどこか坊さんめいた雰囲気がある。黒々と太い眉の下で、大きな目玉がぎょろりと動く。

「アレキサンダー・ボーンと言えば、コンピュータ業界では天才、いや神様みたいな存在だ。知ってるだろう」

いや、と言えずに最上は曖昧に唇を歪める。その表情だけで張は何もかも読みとったらしく、解説を始めた。

念のために、最上はヘッドセットのマイクが切れていることを確認した。ふたりしてべらべら喋っているところが、マイクでダダ漏れだったりすると、いくらなんでも具合が悪い。

「初めてアレックス・ボーンの名前が世間に知られたのは、二十歳の時に自宅のガレージで開発した『ブレイン・マシン・インターフェイス』が、学生による世界サイエンス大会で最優秀賞を受賞した時だ」

「ブレイン——」

聞き覚えはあるが、詳しい意味までは理解していない。最上は首をひねった。

「BMIとも言う」

「体重と身長の比率を測るやつか?」

「それはボディ・マス・インデックス。ボーン社長が開発したブレイン・マシン・インターフェイスは、思考認識型の入出力デバイスだ」

張が首から下げているのは、盗聴器に反応してアラームが鳴る探知機だ。ホールの端から端まで歩き回るだけで、盗聴器が発見できる。最上が抱えているのは、同様に爆発物を探知する機械だった。セムテックスなどの、可塑性のある爆薬にも対応できる。

「ものすごく簡単に説明するぞ。俺たちが会社で使っているコンピュータは、音声認識をするだろう。マイクに向かって喋った声を認識して、その指示に従って動く。単純に言えば、ボーン社長が開発したのは、人間が何かを考えるだけで、動きだすコンピュータなんだ。キーボードも、音声も必要ない」

最上は顔をしかめた。昨年あたりから、オペロンというポケットに入るサイズのコンピュータがやけに人気を博していることは知っていたが、まさかそんなとんでもない代物だとは思わなかった。

「タイはコンピュータ大国なのに、おまえの知識は遅れすぎだ」

張が呆れたようにため息をつく。当然だ。最上が暮らしていたのは、タイでも貧民窟に近いストリートだった。屋台で蠅のたかる食事をし、常夏の国でエアコンもなく窓は破れたままの家に住んで、ムエタイをして生計を立てていたのだ。オペロンのことなど、知るわけがない。世界中で貧富の差は拡大傾向にあるのだ。

「俺だって、詳しい原理がわかるわけじゃない。オペロンとヘッドギアみたいな装置を組み合わせると、ヘッドギアを装着した人間が考えることを、オペロンが読みとって動くらしい」

信じられない。最上は首を横に振った。

「超能力じゃあるまいし。そんな馬鹿なことがあるもんか」

張はにやりと笑う。詳しい話を聞いたことはないが、密入国者の子どもとして育った少年時代のせいだろうか。この男には少し頑なで、底意地の悪いところがある。須藤課長ほどではないが。

「信じなくてもいいさ。とにかく、ボーン社長の発明がすごかったので、世界中の企業が彼に注目した。中でもパームの動きは早かった。当時のパームは、新製品を出すたびライバル企業に敗北を喫するという、負のスパイラルに入っていてね。起死回生の秘策として、天才大学生に賭けたんだ。パームは、三顧の礼をもってアレックスをオペロンの開発責任者に迎えた。学生の身分のままアレックスが開発に加わったオペロンは、開発段階からその高い技術が噂に上り、発売と同時にすさまじい人気となって世界中で売り切れが続出する騒ぎになった。前CEOは退任を決意し、まだ大学院を卒業してもいないアレックスに懇望して、パームのCEOに迎えたというわけだ」

この熱の入れようを見ると、張の奴、必要以上にアレックスに思い入れがあるのではないか。

「あんた、アレックスのファンなのか？」

また張がにやりと笑った。今度は、照れたような笑い方だった。

「そうだ。もちろんオペロンも持っている。プライベートだから、仕事場には持ちこまないようにしているけどな。——まあ、俺が言いたかったのは、アレックス・ボーンは今やCEOというだけではなく、パームの顔であり、最高の頭脳でもある——ということだ。日本法人の連中が、崇拝するのも当然だ」

そう言う張も、アレックスを崇拝しきっているようだ。

「またえらく、入れ込んだもんだな」

皮肉に聞こえないように気をつけて、最上は言った。張が複雑な表情をする。

「世界にはヒーローが必要だ」

張の言葉に、最上は目を瞬いた。

「正確には、ヒーローが必要な子どもがいる——かな。恵まれない人生を生き抜くには、憧れが必要なんだ」

警護の対象者とボディガードとの間に血縁など何らかの関係がある場合は、警備から外すのがブラックホーク社の規則だ。それはたとえば、警護対象がタレントで、ボディガードがその熱烈なファンだという場合も含まれる。ボディガードが警護対象に過剰な好意を持っていたのでは、仕事にならない。

「心配ない」

最上の表情を見て考えを読みとったらしく、張が微笑を浮かべた。

「俺は確かにアレックスのファンだが、それで仕事をしくじったりはしないさ」

最上は肩をすくめた。ブラックホーク社にはいろんな警備員がいるが、特殊警備隊はその中でもとびきり個性的な連中の集まりだ。

自分が口を出すようなことじゃない。


アレックス・ボーン社長のスケジュールは、幹部会議と記者会見の後、ほとんど五分刻みで決められている。

アレックスは日本のマスコミ受けもいいらしい。次期新製品についてにこやかな口調で予告すると、会場に集まった記者から熱心に質問が飛んだ。パームジャパンが、ボーン社長の来日に合わせてマスコミに参加を募っていたらしい。二百人あまりの記者が入った会場は、熱気で蒸している。

(なるほどね。こいつらもひょっとすると、アレックスの崇拝者かな)

オペロンを握り、一生懸命に記事を送稿している記者の姿もある。彼らにとっては、次期オペロンの発売は大事件なのだ。

「記者会見の後は、応接室で来客と挨拶だな」

記者会見が始まってしばらくすると、会場は斉藤とサンダーに任せて、最上たちは応接室に向かった。アレックスの動きが目まぐるしいので、必然的にこちらも慌ただしく動くことになる。

応接室には、めったに来日しないアレックス・ボーンをひと目見て挨拶するために、日本のトップ企業の社長たちが、列をなしてやってくる。たった五分の面会のために、ヘリコプターを飛ばしてここまで来るわけだ。

「モテモテだな」

最上が呟くと、張が唇の端を吊り上げた。

「ひがむなよ」

「誰がひがんでるって」

まったく、余計なことを言う奴だ。

アレックスは、夕方六時まで応接室で「王子様の会見」を行った後、パームジャパンの今井社長たちとともに、汐留にある高級ホテルのレストランに向かうことになっている。そこで、かろうじて日本が持ちこたえている分野のトップ企業——産業用ロボット開発のグッドフェローのような——の社長たちと懇談の予定だ。

グッドフェローの神崎社長の冷ややかな顔つきを思い出す。懇談とは、ああいう百戦錬磨の連中と渡り合うということだ。

(あの若さで、よくやるな)

先にホテルに向かうため車に乗り込みながら、ふとアレックスの立場を思いやる。アレックスと今井社長は、ホテルまでブラックホークの警備ヘリが送り届ける。

「俺なら一週間も我慢できないな。こんな生活」

五分刻みで他人に行動を決められ、制限を受ける生活。一週間どころか、一日だって我慢できないかもしれない。

「誰もおまえにそんなこと頼まないから心配ないって」

張が笑うが、そういう問題ではない。

懇談会が終了し、アレックスがホテルの部屋に戻ったのは十時過ぎだった。懇談会が始まるとすぐに最上たちはバトンタッチし、部屋のチェックだ。パームジャパンと、警備責任者のサンダーが最も心配していたのは、ホテルの部屋での会話を盗聴されたり盗撮されたりすることだった。アレックスは興が乗るとアイデアが溢れるように湧き出すそうだ。書きとめるより喋って録音するほうが早いので、オペロンに片っ端から録音するらしい。単純な設計図なら、オペロンの描画アプリケーションを使って描いてしまうとか。パームジャパンの社内はともかく、ホテルの中は情報が漏れる恐れがあると、神経を尖らせていた。

(天才の頭の中は理解できないな)

ホテルの部屋は、当然のごとくスイートだ。ホテルのマネージャーは、テラスの広々とした最も見晴らしの良い部屋を勧めたらしいが、警備がしにくいので妹尾とサンダーが断ったそうだ。

二番めに良い部屋でも、風呂場だけで最上のワンルームと同じくらいの広さがある。この部屋と両隣、それから真上と真下の計五部屋を、パームジャパンは社長の安全と秘密保持のために借り上げた。隣の部屋にはサンダーが泊まるが、他は使用しない。たぶん金は腐るほど持っているのだろうが、パームジャパンは、ボディガードの最上から見ても神経質になりすぎているんじゃないかと思う。

「そう言えば、ボーン社長は秘書を連れてないんだな」

寝室の枕に録音マイクが仕掛けられていないか、念入りに調査しながら最上が呟くと、カメラを探している張がこちらを振り返った。

「オペロンがあれば秘書は必要ない。それをアレックス・ボーンは証明しているらしいよ」

なるほど、秘書を持たないのも宣伝のうちか。どうやら、アレックスは最上が思うよりずっと、したたかなようだ。

パームの社長を狙撃したい人間が、本当にいるかどうか最上にはわからない。だが、斉藤や妹尾に言わせれば、アレックス・ボーンさえ消えてくれれば、パームを追い落とせると考える企業は多いそうだ。このホテルのスイートルームを選んだのは、近くに同じ高さまで届くビルがないからだった。せめてカーテンは開けておいて、アレックスに東京の夜景を見せてやろう。

「OK。オールクリーンだ」

盗聴マイク、盗撮カメラ、電波の受発信機、爆発物。そういった危険物が、いっさい室内にないことを確認し終える。上下左右の部屋は、先に盗聴器などの有無を確認済だった。

(不自由な上に、いつ命を狙われてもおかしくない生活か)

一流企業の社長の神経というのは、どれだけ太いのだろう。

『ボンバーからマングース。コード1‐77』

無線で呼ばれた。斉藤だ。斉藤とサンダーが、懇談会の会場からアレックスを連れて部屋に戻ってくる。今井社長も部屋まで一緒に来るだろう。

「コード1‐77、了解」

「出るよ」

張が率先して廊下に出て、一行を待ちうける役割を引き受けた。

最上はドアから少し離れて、両手のひらを軽く前で合わせ、アレックスの一行を待った。

(なんで俺が緊張してんだ)

手のひらに汗が滲んでいる。特殊警備隊に正式に配属され、世界的な一流企業の社長を警護することになるとは、夢にも思わなかった。

『フォックスからマングース。コード１－２３』

プリンシパルの到着を告げる張の声。マイクは、アレックスの声をかすかに拾っている。アレックスの声というより、オペロンの翻訳機を介した人工音声だ。

「了解。マングース、オールクリーン」

張がドアを開き、アレックスと今井社長が話しながら先に室内に入ってくる。斉藤とサンダーは、廊下を確認しつつ、アレックスの入室を見届けて後に続く。ドアが閉まり、張が外に残った。張が廊下側、最上が内側に立つ。ドアの脇に立ち、最上はアレックスの動きを目で追った。室内でもサングラスをかけたままだ。

サンダーが、さっと窓に近づき、分厚い遮光カーテンを閉めて回る。最上は内心で舌打ちした。狙撃されるような場所ではないのに、人の好意を理解しない男だ。

「それでは、今日は本当にお疲れ様でした。明日は九時にお迎えに上がります」

今井社長は、王子の従僕のように丁重に告げると、サンダーと斉藤にもひとつ頷き、部屋を出ていった。

時計に目を走らせると、十一時近い。一時の交代まで、もうひと頑張りだ。

『アレックス、この部屋の安全は確保しています。盗聴器やカメラの心配もありません。我々はここにいますが、この部屋の中では気楽になさってくださって大丈夫です』

サンダーもオペロンの翻訳機を使っている。日本のボディガードチームと仕事をするにあたり、言葉の壁が警護に支障をきたすことのないよう、細心の注意を払っているのだろう。特殊警備隊では英会話力もある程度求められるし、最上は海外生活も長いので、日常会話程度なら不都合はない。だが警護となれば、微妙な会話をする必要性もあるかもしれない。アレックスとサンダーが翻訳機を使ってくれることは、ある意味助かる。

アレックスが、ふうと大きなため息をついてソファに座りこんだ。サングラスのせいで表情はわかりにくいが、さすがに疲れたのだろう。

『ルームサービスで、飲み物でも取りますか』

『いや、いいよ。喉は渇いてないから』

サンダーはまるで秘書のように世話を焼いている。アレックスが秘書を使わない代わりに、サンダーがその役割を果たしているのかもしれない。

アレックスが、何気なく顔を上げて最上を見た。その表情に気づいたのか、斉藤が進み出る。

「ブラックホーク社の最上です。今日の警護を担当させていただいているひとりです」

『そうですか。よろしくお願いします』

軽く会釈をした。最上は慌てて深々と頭を下げた。以前警護した、ふんぞりかえった博士とはえらい違いだ。若くしてパームのＣＥＯになった天才児。そのイメージと、腰の低さがそぐわない。

『それじゃ、僕はそろそろシャワーを浴びて、休みます』

『アレックス。ボディガードは午前一時に交代しますが、私は隣の部屋にいます。何かあれば、遠慮なく電話してください』

アレックスはサンダーに頷きかけ、緩慢な動作で立ち上がった。そのまま、風呂場に消えていく。だいぶ疲れているみたいだな、と最上は同情しながら見送った。

アレックスが眠れば、もう午前一時の交代まで会うことはないだろう。明日は別のチームが警護するから、最上がアレックスに会うのも、おそらくそれで最後だ。

(気のいい奴みたいだな)

個人的に話す機会がないことが、少し残念に思えた。ボディガードが持つべき感想ではないかもしれないが。

その時、風呂場で何かが割れる音がした。アレックスの小さな悲鳴。サンダーが、俊敏に駆け寄り無造作に風呂場のドアを開いた。

「大丈夫ですか！」

中で、シャツを脱ぎかけているアレックスが、途方にくれたように足元を見下ろしている。まだサングラスをかけたままだ。この青年は、サングラスをかけてシャワーを浴びるのだろうか、と最上は呆れた。

「怪我をしませんでしたか」

サンダーがそう気遣いながら、アレックスに近づいていく。よく見ると、アレックスの足元には、表面のアクリルプレートが粉々に砕けた手のひらサイズの機械が落ちている。――オペロンだ。

(なんだ、オペロンを落としたのか)

ポケットに入れたまま服を脱いで、落としたのかもしれない。世界的な天才でも、うっかりすることがあるらしい。

『代わりを取ってきます。破片が落ちていて危険ですから、そのまま動かないで』

サンダーが寝室に急ぐ。アレックスは、サンダーに言われた通りぴくりとも動かない。まるで、オペロンが彼の動力源で、オペロンの故障とともに停止してしまった人形のようだ。最上は首を傾げた。

『大丈夫。予備を持ってきました』

寝室から戻ったサンダーが、アレックスの片手を取り、そこに新しいオペロンをそっと乗せて握らせた。アレックスの手が、まさぐるようにオペロンの電源ボタンに触れる。

『ありがとう』

ほっとしたようにアレックスが呟いた。

その光景を見て、ようやく最上は何もかも理解した。

——パーム社の天才CEO、アレックス・ボーンは、目が見えないのだ。


『君たちに知られるとは思わなかった』

サンダーが、苦虫を噛み潰したような顔で唇を曲げた。

アレックスはまだシャワーを浴びているようで、中からかすかに水音が聞こえている。

「全然見えないのか?」

最上は驚きを隠せずに尋ねる。斉藤が、反射的にたしなめようとした。彼は知らされていたのかもしれない。その斉藤を、サンダーは視線で抑えた。

『生まれた時から全盲だったそうだ。彼は、そのハンディキャップを克服するために、ブレイン・マシン・インターフェイスの研究を進めていた。つまり、カメラで撮影した映像を、脳に直接伝達する技術を開発しようとしていた。それが、アレックス・ボーンの原点だ』

「まさか、あのサングラス――」

最上が口にすると、サンダーが感情を表さない目でこちらを見た。

『サングラスがカメラの代わりになっている。目の位置にあるので、視界もちょうどいいんだ』

だから、風呂に入る時にも外せないのか。

『完全な秘密ではないが、セキュリティの観点から言えば、アレックスがそういう障碍《しょうがい》を持つことを知る人間が少ないほどいい。今回も隠しておくつもりだった』

「でも――いったいどうなってるんだ？　あのサングラスとオペロンがあれば、目が見えない人間が、見えるようになるのか？」

『それは僕から話すよ』

いつの間にか水音がやんでいて、バスローブを着たアレックスが、髪の毛をタオルで乾かしながら出てくるところだった。

『僕の頭の中には、オペロンからの信号を直接脳に伝えるための電極が埋まっているんだ』

「電極？」

ぎょっとする。アレックスは平然と頷いた。

『そんなにびっくりしなくても大丈夫。脳には痛みをつかさどる神経がなくて、異物が入っても痛くないんだよ。電極は、決して錆びない金属でできている。オペロンが発信する電波を受信し、脳のニューロンに伝えるんだ。僕は、カメラが撮影した映像を、オペロンで電気信号に変換して、それを脳に伝えて〈見て〉いるわけ――ただし、これはまだ実験段階なんだよ』

そのひとことで、最上はアレックスが何を言わんとしているのか理解できたような気がした。つまり彼は、自分の身体を利用して、人体実験をしているのだ。

『僕は生まれた時から完全な盲目だった。いろんな勉強をするうちに、障碍を克服するために、ブレイン・マシン・インターフェイスの研究をしている人たちがいることを知った。それで、僕もその研究を始めたんだ。最初は視覚を代替する装置を作ろうとしたんだけど、それより先に赤外線で血流を測定して思考認識をする装置ができてしまった。その装置が世界サイエンス大会の賞をもらったことがきっかけで、僕はパームに呼んでもらった。おかげで、開発チームを組んで視覚代替の装置を作る研究も進んだんだけどね』

最上には、アレックスという青年が、「らしくない」天才である理由がわかった気がした。彼は、外の世界を見たくてしかたがなかっただけなのだ。

（しかし――）

先ほど、オペロンが壊れた時に見せたアレックスの様子が思い出される。オペロンがなければ、彼は赤ん坊よりも無防備な人間になってしまう。

『そんなに深刻な顔をしないで、モガミ』

アレックスが微笑んだ。

『オペロンのおかげで、僕は普通の人とほとんど同じように、〈見る〉ことができるようになった。今は、僕にオペロンを開発させてくれた神様に心から感謝しているし、早くこの技術を完成させて、世界中の目が不自由な人たちにオペロンを届けたいと願っている。――せっかく目が見えるようになったのに、日本まで来て富士山も見ずに帰るなんて、残念だけどね』

アレックスは茶目っけたっぷりな表情で締めくくった。この青年は、人間ができている。最上は舌を巻く思いで、アレックスを見つめた。

携帯が鳴りだした。斉藤が反応し、通話を始める。短い会話だったが、彼の表情はいっきに暗くなった。口調から、相手は須藤課長だと思った。仕事中に、彼が須藤や妹尾たち以外からの電話に出るとは思えない。

『――ボンバー、廊下に出ようか』

斉藤の様子から察しをつけたのか、サンダーが外で話そうと言うように手を振った。それを、アレックスが制止した。

『悪い話なら、僕にも聞かせてください。いいえ、悪い話こそ、僕が聞いておくべきだと思います』

その言葉が斉藤の迷いを払ったようだ。サンダーを見て、しかたない、と彼が肩をすくめて承認するのを確認する。

「――普通なら、プリンシパルに話すことはありえないんですが」

斉藤の顔が、ゆっくりとアレックスに向けられた。

「クーガというテロリスト集団が、あなたを狙っているという情報が入りました。明日はこれまで以上に厳重な注意が必要です」

3

ブラックホーク社は、警察よりもテロリストや犯罪者に関する情報の入手が早い。

警察は起きてしまった犯罪に対応するが、ブラックホーク社は「顧客に対する犯罪を発生させない」ことが最大の目標だ。そのために、テロ組織や暴力組織に独自の情報源を持つ。クーガも例外ではない。

ブラックホーク社のためにカネで動く情報源は複数いて、組織に所属する構成員の個人情報や、交わされる言葉、移動先など、耳と目に入る情報をブラックホーク社のデータベースに流し込む。それぞれはどんなにつまらない情報でも、全体を見渡すと突然意味を持つこともある。

たとえば、クーガの構成員のひとりが、近ごろ女と付き合い始めたという情報が入る。彼女の自宅が千代田区一番町のマンションで、昼間は仕事に出ている彼女の家に、その男が入り浸っているという。ごちそうさま、のひとことですませてしまいそうな情報でも、そのマンションの窓から某国の大使館がよく見えるとなれば、話は別だ。

「クーガに〈ニードル〉というあだ名で呼ばれる男がいる。この男は元警察官で、ライフル射撃の腕が抜群に良かった。クーガでは、狙撃手として重用されている。二年前に発生した狙撃事件で全国に指名手配され、行方をくらましていた。どうやら、数日前に東京へ戻ってきたらしい」

斉藤の説明に、アレックスは顔色ひとつ変えず耳を傾けている。もうすぐ日付が変わる時刻だが、警備責任者のサンダーも厳しい顔つきのまま付き添っている。

ニードルの情報は、最上も研修で聞いた。針で開けた穴をも通す抜群の狙撃手——という意味でつけられたあだ名らしい。

「クーガはニードルを支援するためのメンバーを募り、十数名の精鋭が結集した。クーガでもスピード狂と呼ばれる連中が、ニードルの移動に手を貸していると見られている。何をやらかすつもりかはわからないが、この時期、特に大きな政治的イベントもない。わざわざニードルを東京に呼び戻し、特別部隊を召集するほど価値のある標的といえば、ボーン社長しか考えられない」

『どうしてクーガは、僕を狙うんですか？　有名人なら誰でもいいんですか？』

米国パームのＣＥＯという立場上、いつテロリストの標的になってもおかしくないはずのアレックスだが、その質問は実に不本意そうだった。

「クーガは貧困層の不満を代弁する組織だと自称しているんです。常に富裕層を標的にします。富裕層が貧困層から搾取していると考えているんです」

『搾取――』

アレックスの表情は呆然としていた。それも当然だろう。アレックス・ボーンは、見えない目の代わりになる装置が欲しくて、オペロンを開発した。結果として、パーム社のＣＥＯという地位や、フォーブス誌の長者番付に載るほどの年収が、勝手についてきただけなのだ。

最上は口を挟んだ。

「目が見えないことを公表したらいいんだ」

「障碍を克服するためにオペロンを開発したのだと世界中に公表すれば、むしろ美談として受け止められるはずだ。視力に障碍のある人にとっては、この上ない朗報になる。クーガはボーン社長に対する見方を百八十度転換するかもしれない」

斉藤が、余計なことを言うな、という視線をこちらに送ってきていたが、最上は気にせず言いきった。アレックスは黙って聞いていたが、ためらいがちに首を横に振った。

『君の言いたいことは理解できる。だけど、オペロンの視覚代替装置は開発途上だ。正直、完璧とは言いがたい。さっき君が驚いたように、脳に電極を埋め込むという方法を恐れる人も多いだろう。副作用がないかどうかも、まだわからないしね。もっと、大多数の人に受け入れられやすくて、費用も安価な方法を考えなくちゃいけないと思うんだ。僕が使っているものは試作品の前段階――くらいのものなんだよ。公表するには早すぎる。みんなに期待させるには、時期尚早すぎるんだ。それに――目が不自由なことで特別扱いされたくない。もちろん、だからこそ応援してくれる人たちがいることも知ってるけど』

どこから見ても華奢で繊細な若者の身体に、たくましい野性の魂が入っている。アレックス・ボーンとはそういう男らしい。

『だけど、ありがとう。僕の安全を気遣ってくれて』

最上は首を振った。

アレックスの言葉を聞いて、自分が大切なことを忘れていたことに気がついた。ボディガードはプリンシパルの身体を守るだけじゃない。アレックスには彼の生き方があり、それを守るのも自分たちの役目なのだ。

目の前の脅威をとりあえず避けるために、アレックスの生き方を曲げさせるようなことを、自分は勧めていた。そう気づいたとたん、フラッシュバックのように、血に塗《まみ》れた男の姿が目に浮かんだ。

忘れられない。逃げるように国を出てムエタイに身を投じ、賭けキックボクシングの世界に入って殴り合っても、どうしても忘れることができなかった映像が、いつまでも最上を苦しめる。

男は真っ赤な鬼のように、男たちを次々に叩きのめしていった。路上は殺戮の場になった。石橋に滴り落ちた血が、川に流れていった。悲鳴が遠のく。パトカーのサイレンが聞こえる。

自分が本気になれば殺してしまうかもしれないから、とその男はよく言っていた。だから喧嘩はしない。それが奴の流儀だった。

その流儀を破らせたのは最上だ。

「――とにかく」

気を取り直したように斉藤が続ける。最上は夢から覚めたように斉藤を見つめた。

「明日の予定は、横浜の工場視察だけです。その後はまっすぐ空港までお送りします。クーガがつけいる隙を作らないことです」

『明日の午後には、我々は日本を離れている。テロリストも日本を出たら追ってはこないだろう』

サンダーが頷く。

『アレックス、今日はもう遅い。休んだほうがいい』

『そうだね』

どうやら、サンダーは社長の秘書役とお守り役も兼ねているらしい。素直に立ち上がり、アレックスは室内にいる警備陣を――サングラスに仕込んだ電子の〈目〉で――見回した。

『それじゃ、僕はそろそろ休ませてもらいます』

「お疲れ様でした。明日は別のチームが警護に当たります。よろしくお願いします」

斉藤が、珍しく踵を合わせて最敬礼した。プリンシパルがアレックスだと聞かされた時の反応といい、彼も張と同じくアレックスのファンらしい。

斉藤の言葉を聞いて、アレックスの表情に陰が生まれた。明日は別のチームが護衛する、という言葉に反応したようだ。

——ひょっとすると、この青年は本来、人見知りをするタイプではないか。

仕事上の付き合いなら誰とでも気軽に会話できても、ボディガードはプライベートな部分にも触れる可能性がある。最上が目の障碍に気づいたようにだ。なるべくなら、気心の知れた人間で周囲を固めておきたいのが本音だろう。

いったん寝室に入ったアレックスが、再び現れた。何を思ったのか、斉藤に近づいて握手を求め、その次にこちらに近づいてきた。斉藤は柄にもなく感激しているようだ。

『——今日は本当にありがとう。感謝しています』

アレックスの手を握り返しながら、最上は困惑した。アレックスの手から、何かが自分の手に滑りこんできた——小さな紙切れだ。向こうでサンダーが妙な顔をしているが、最上がメモを受け取ったことには気づいていないようだ。そ知らぬ顔で全員に挨拶を終えてアレックスが今度こそ寝室に入ってしまうと、やれやれと呟いて首を振った。

『素直で気さくな人だが、こんなことは初めてだ。テロリストに狙われていると聞いて、さすがに感傷的になったのかな』

斉藤はしきりにアレックスの態度が立派だと誉めそやしている。それはそうだろう。警護の対象がボディガードを個別に認識すること自体珍しい。

「なあ最上、おまえもそう思うだろう」

「——あ、ああ」

突然話を振られ、最上は慌てて取り繕った。

アレックスが、握手するふりをして自分にメモを渡したかったのだと確信したのは、彼が寝室に消えてしばらくしてからだった。斉藤とサンダーが明日の警備計画について話し合っている間に、手のひらに隠したメモにこっそり視線を落とす。寝室に入った一瞬に、急いでしたためたのだろうか。走り書きのメールアドレスが書かれている。メールを送れというのか。ますます、彼が何を考えているのか理解できなくなってきた。

零時四十分、Bチームの四名が到着。

Bチームの構成は、チームリーダーが自称山男の浅井。コード名は〈スカー（切り傷）〉で、見たままなのに最上は驚いたが、意外なことに本人は頬の裂傷が気に入っているらしい。ビークル・セクションでヘリと車輌の運転を担当するのは、長野という口数の少ないメガネ男子だ。白衣が似合いそうなクールな外見で、コード名は〈サイエンス〉。妹尾の命名だそうだが、最上にも異存はない。SAPを担当するのは尹と早稲田だ。尹は女のような優男で、早稲田は学生時代からレスリングをやっていたという大柄で胸板の厚い男だった。ふたりが並ぶと実に対照的だ。

午前一時に交代するため、十五分前から引き継ぎを開始した。ブラックホークに入社してすぐ、セキュリティで重要なのは接点だと教えられた。たとえば、メンバーが交代するタイミング。一番狙われやすいため、監視の行き届かない時間帯が生まれないように、引き継ぎの時は警護のメンバーが重複するよう気を配る。プリンシパルをエスコートする際には、ひとりのボディガードが受け持つ責任エリアを、少しずつ他人の責任エリアと重複させるように設計されている。

チームリーダーの斉藤と浅井が、サンダーを交えて引き継ぎを始める。最上と交代する尹がそばに来て並んだ。

「——どうだった」

尹の切れ長で涼やかな目で見つめられると、どういうわけかどぎまぎする。この男ほど、ブラックホークの制服を礼服のように見事に着こなす男もいないだろう。

アレックスの目が見えないことを教えるべきかどうか迷ったが、黙っておくことにした。必要があれば、リーダーから話すだろう。それよりも、当面の問題はクーガだ。

「クーガがプリンシパルを狙っているらしい」

最上は尹にざっと斉藤の話を聞かせた。これも、後ほど浅井から指示があるはずだ。尹はクーガと聞くと目を光らせた。ブラックホークの連中は誰でもそうだ。クーガはこちらを目の敵にしているそうだが、ブラックホークの社員も似たようなものだ。ブラックホーク社は、クーガのメンバーを既に十数人、刑務所送りにしている。

「引き継ぎ完了だ。後はBチームに任せて出るぞ」

斉藤の合図で、最上も部屋を出た。サンダーは様子を見て休むそうだ。廊下で張と合流し、地下の駐車場でメイと合流するためエレベーターに乗り込む。

——メールアドレスを渡されたことを、報告すべきだろうか。

エレベーターの中で最上は迷っていた。顧客と個人的な関係を持つことは、社内規定で禁じられている。アレックスは、何を考えて自分にメールアドレスを渡したのだろう。

「おい、最上」

地下に着いたとたん、斉藤が厳しい口調で言った。

「おまえ、俺に報告することがあるだろう」

最上はため息を押し隠した。どうやら気づかれていたようだ。さすがはブラックホーク社が誇る特殊警備隊の、優秀な副隊長だけのことはある。

「気づいた？」

「当たり前だ。アレックスはマジシャン並みのテクニックを見せたようだが、おまえの態度ですぐわかった。そわそわしやがって」

「サンダーも気づいたかな」

馬鹿野郎、と言わんばかりに、斉藤が鼻を鳴らす。

「サンダーに気づかれないように、俺があいつに話しかけてやったんだろうが。さっさと見せろ」

最上は先ほどのメモを渡した。アドレスはもう頭に入っている。斉藤が怪訝そうな表情になった。横から張も覗きこみ、笑い出しそうな顔をした。

「オペロンのメールアドレスだ。まるでナンパだな。アレックス・ボーンがゲイだとは聞いたことがないが」

「おい、変なこと言うなよ」

冗談じゃない。最上は思わず渋面を作る。

「そういう雰囲気じゃなかったな」

斉藤も首をひねりながら、何か考えているようだ。

「しかし、気になるな。様子を探ってみるか。最上、ここにメールしてみろ」

ぶつぶつ言いながら、最上は自分の携帯を開いた。何十年も前からこのままの、ガラパゴスと呼ばれる原始的な携帯電話だ。

「何て打つ？」

「そうだな。何かお困りですか、とか――英語で」

「了解」

言われたとおりに入力しながら、最上はいたずら心を起こした。しばらく前に、買ったばかりのバイクを慣らすために山中湖までツーリングをした。その時に撮影した富士山の写真を、メールに添付したのだ。マウント・フジ、とひとこと添えた。富士山も見ずに帰るなんて、と冗談めかして言ったアレックスの言葉を覚えていた。ちょっとしたサービス精神だ。我ながらよく撮れた写真だった。

メイがヘリポートから降りてくる頃になっても、アレックスの返事はなかった。

「もう寝てるんだろう」

最上が肩をすくめる。何かを期待していたわけではないのだが、なんとなく残念な気持ちになった。斉藤や張を笑えないようだ。

「まあいい。返信があれば、内容にかかわらずすぐに俺と須藤課長に知らせるように。課長には転送したほうが早いな。こういうことがあったという報告は、俺からも入れておくから」

「わかった」

斉藤は几帳面というか、融通がきかない。男同士でメールアドレスをもらったぐらいのこと、たいしたことはないじゃないか。そう考えたことが顔に出たのか、彼がずいと顔を近づけてきた。

「いいか、最上。伊達や酔狂で言ってるんじゃない。確かにこの件には、おまえの評価とクビがかかってるが、それだけでもない。たとえばプリンシパルが、誰にでも気軽にメールアドレスを渡すタイプなら、危なくてしかたがない。プリンシパルが女なら、対応を誤ってセクシュアル・ハラスメントで会社が訴えられる可能性もある。男だからって安心できないけどな——とにかく、油断は禁物だ。こういうことは、絶対に自分ひとりの胸の内にしまいこむんじゃない。なんでもいいから上に投げろ。いいな」

「わかったよ」

最上はしぶしぶ言った。斉藤の言葉にも一理ある。それに、ひょっとすると——口は悪いが、これでも最上を気遣ってくれているのかもしれない。

「それじゃ、帰ろう。明日は休暇だ。ゆっくり羽を伸ばすぞ」

ブラックホーク社のエンブレムがついた車に乗り込む。警護の間はヘリで移動していたので、今日はこれ一台しかない。順番に自宅まで送ってもらうことになる。当然のように、メイが運転席に座った。最上が乗り込もうとした時には、既に斉藤と張が後部座席に座っていた。気まずい表情を隠して助手席に乗り込む。メイが横目でこちらを睨み、はっきりため息をついた。

「——最上か」

「俺で悪かったな！」

メイの表情に、「しかたがない」という気持ちが滲み出ている。

(嫌なのはお互い様だ。我慢しろ)

苦行僧の気分でシートベルトを締める。この女とは相性が悪い。

「最上、メイと喧嘩するな」

斉藤が苦虫を噛み潰した表情でバックミラー越しに睨んでいる。どうしてこちらが睨まれなきゃいけないのかと無闇に腹が立ったが、最上はむっとしたまま黙り込んだ。

駐車場を出て地上を走りながら、最上はアレックスが宿泊しているホテルを見上げた。あの青年にはわけもなく心を惹かれる。有名人だからというわけではない。穏やかそうに見えて、何が起きてもめげない精神のせいだろうか。

視覚代替とやらの研究が進んで、アレックスが意気揚々とパーム社の新製品を発表できる日が来れば、どんなにいいだろう。

自分のような醒めた人間にそんな期待を抱かせるだけでも、あの青年はたいしたものだと思った。

電話が鳴った。

ブラックホークに入社して以来、携帯電話の呼び出し音と、目覚まし時計には過敏に反応するようになった。

「くそ、何時だよ」

なかなか開こうとしないまぶたを無理にこじ開けて、最上は携帯を摑んだ。着信は須藤課長からだ。嫌な予感がする。午前七時半という時刻もその予感を増幅させる。

――アレックスや特殊警備隊に、何かあったんだろうか。

自分でも思いがけないほど、冷たいものが背中に走った。

「最上です」

マンションまで送ってもらって、床に就いたのは二時頃だ。声がかすれている。睡眠不足のためだけでもないようだった。寝酒にテキーラを飲んだが、いつものことなので酒のせいというわけでもない。

『聞きたいことがある』

須藤は名乗る手間を省略し、いきなり本題を切りだすのが好きだ。

こんな時刻だというのに、須藤は完璧に目が覚めている様子だった。この男は、本当に二十四時間の臨戦態勢にあるのかもしれない。こんなに年中張り詰めていて、疲れないのだろうか。

昨夜メイが自宅まで送ってくれた時、最上を降ろす前にマンションのあるブロックを一周したことを思い出す。マンションの安全を確認するためだ。誰かひとりを送るたびに、メイは必ず自宅周辺の安全を確認して、車から降ろしていた。そこまでしなくてもと思ったが、いつものことなのか斉藤は当たり前のような顔をしていた。

(ボディガードという生き方、か)

そいつは須藤の口癖だ。

『プリンシパルが、今朝起きてすぐに、今日は横浜の工場見学の後、どうしても富士山に行くと言いだしたそうだ』

「――――は?」

一瞬ぽかんとして、想像した最悪の事態は免れたようだと安堵した。ホテルに爆弾が投げ込まれてアレックスと警護チームが全滅したとか、そういう最悪の状況ではないらしい。

『斉藤に聞いたが、君は昨夜プリンシパルからメールアドレスを教えられたそうだな。あれから何かやりとりがあったのか』

「いや、別に」

携帯のメールアドレスには、あれから何も届いていない。

「あ、でも待った——斉藤に言われて、様子を探るためにプリンシパルに一度だけメールを打ったんだ。その時、サービスで富士山の写真を添付して送った」

電話の向こうから盛大なため息が聞こえてきた。

『いつもは素直なプリンシパルが、今日はやけに強硬で譲らないそうだ。よほど気に入ったらしいな。——まあいい。事情は理解した。今後はそういう〈サービス〉はよせ』

気づいた時には電話が切れていた。毎度のことだが、須藤の電話は通り過ぎる嵐のように刹那的だ。

アレックスが写真を見て、どうしても富士山に行きたいと言った。

そう聞くと、急に晴れやかな気分になってきた。籠《かご》の中の鳥のように、いつもボディガードに守られているアレックスが、富士山を見たいと主張した。二十三歳になったばかりの青年とは思えぬほど老成したアレックスが、ようやく年相応の若者らしい顔を見せた。警備責任者のサンダーは融通がきかないから、内心で荒れ狂ったかもしれないが。

時計を見た。七時四十分。

もう、しっかり目が冴えてしまった。今日は休暇だが、自宅でぼんやり過ごすのも惜しい。窓のカーテンを開けると、眩しい光が差し込んできた。幸い、天気もいいようだ。

「俺も富士山を見に行くか」

場所は山中湖がいい。呼び出しがかかっても、バイクを飛ばせば多摩センターまでぎりぎり一時間で戻れる距離だ。

アレックスは、ヘリコプターで移動しながら富士山を見るだろう。もう会えないだろうが、アレックスが見ているのと同じ富士を見ていると考えるのも、悪くない気分だ。

身支度をして駐車場に降りる。

ブラックホーク社から貸与されている仕事用のバイクと、私用のバイクが並んでいる。本来なら私用のバイクに乗るべきだが——ちょっとためらい、最上は社用のバイクにまたがった。このバイクなら、業務用の無線を聞くことができる。アレックスを乗せた警護ヘリの位置もわかるだろう。

にわかに思いつき、ナンバープレートの上部にあるブラックホークのエンブレムを、カバーで隠した。私服を着ているし、これなら社用車だとひと目でばれることもないだろう。

——同業者に遭わない限りは。


電話が鳴ったのは、中央自動車道に入った頃だった。九時を過ぎたところだった。

「はい、最上」

業務用のフルフェイスのヘルメットには、携帯電話も接続できる。すべてハンズフリーだ。モニターに斉藤の名前が表示された。

『デーモンから電話があっただろう』

いきなりこれだ。深刻な気配はなく、どうやら斉藤も苦笑いしている様子だった。

「あった」

『結局、空港に送る前に、ヘリに乗ったまま上空から富士山を見せることになったそうだ。おまえが気にしてるかもしれんから、電話してやれとデーモンが言うのでな』

たとえ上空から見るだけでも、須藤にしては粋なはからいだ。

『サンダーのおっさんはカンカンになって怒ってる。そんなことをすれば、チャーター便の出発時刻が二時間は遅れると言ってな。おまえが余計な写真をプリンシパルに送ったことはばれているらしいな』

「あんたも呼び出されたのか」

『いや、電話で話しただけだ』

突然、電話の向こうで甲高い子どもの笑い声が弾んだ。幼い女の子が楽しげに笑っている。そう言えば、斉藤は結婚して子どもがひとりいると言っていた。自宅から電話をかけているのだろう。特殊警備隊のメンバーが、仕事中に家庭生活を意識させることはあまりないだけに、新鮮な感じがした。

『うるさくてすまんな。――実は、電話をしたのはもうひとつ理由がある』

斉藤の声が改まる。

「なんだ」

爆走する大型トラックに道を譲り、最上は声を張り上げた。運転中だと斉藤も気づいたはずだ。

『メイのことだ』

一瞬、眉間に皺が寄る。

『おまえがいろいろ頭にきてることはわかってる。あの状況では無理ないと思う。今後のことを考えると、話しておいたほうがいいと思ってな』

「――なんのことだよ」

ずいぶん斉藤がもったいをつけている。背後で女の子がきゃあと黄色い声をあげた。以前、写真を見せてもらったあの女の子だろう。静かにするよう子どもを宥める声が、可愛くてしかたがないらしくべたべたに甘ったるい。普段の堅物からは想像もつかない。最上は苦笑を噛み殺した。しばらくして、斉藤が電話口に戻ってくる。

「可愛いじゃないか。今いくつなんだ」

『待たせて悪かったな。七つになったばかりだよ。いたずら盛りで困る』

困ると言いながら、斉藤の声は子どもへの愛情に満ちている。彼らは、電話回線越しにしばし沈黙した。

『――あのな。メイが運転席に座る時、助手席に座る男はいつも決まってたんだ。メイはまだ、その男の不在に慣れてない。たぶん――彼女自身、まだ信じられないのだと思う』

最上が黙って聞いていると、斉藤が深くため息をついた。

『半年前に、特殊警備隊のメンバーがひとり事故で亡くなった。その男は、メイと婚約していた』

4

八王子、相模湖のインターチェンジを次々に通り過ぎる。

高速の両側に広がるのは、山間部の鮮やかなグリーンだ。健康的な夏の日差しと、風に向かってバイクを飛ばす感覚は、いつもなら最上の気持ちを晴らしてくれるはずだった。

斉藤の話を聞いた後では、むしろ気が滅入る。

（メイの奴が、ただの嫌な女ではなかったというだけのことじゃないか）

恋人を亡くしたばかりだから気を遣ってやれと言われたようなものだ。

『高速を車で走っていて、事故に巻き込まれたんだ』

そう斉藤は説明してくれた。

半年前に特殊警備隊のメンバーがひとり亡くなり、交代要員として最上がアサインされたことは聞いている。特殊警備隊は定員が九名。四人ずつの二チームが基本的な編成で、残るひとりには交代で休暇を取らせ、不測の事態に対応させる。

今まで誰も前任者が亡くなった状況を教えようとしなかったし、その話題がチームの中で出ることもなかった。一種のタブーなのだろうと考えていた。最上自身も脛《すね》に傷を持つ身で、他人の過去など耳にしたくもなかった。

「事故に巻き込まれるなんて、特殊警備隊員にしては腕が悪いんじゃないのか」

あえて悪口で挑発した最上に、斉藤はため息をついた。最上の挑発だとお見通しなのだろう。

『そんなこと口が裂けてもメイには言うなよ。居眠り運転の大型トラックが高速を逆走してきたら、誰だって避けようがないさ。車がひしゃげちまって逃げられなくてな。病院に運ばれたけど、結局――』

みんな、メイに気をつかっていたわけだ。死んだ婚約者とは似ても似つかぬ新人が、遠慮なくメイの隣に潜り込むのを、はらはらしながら見守っていたというわけか。気の毒だとは思うが、メイが自分を敵視しているのと、その話とは別問題だ。仕事に個人の事情を持ちこまれても困る。

――考えている間に、スピードが落ちていたのかもしれない。最上の横を、疾風のように身軽なバイクが駆け抜けていった。

一台や二台ではない。とっさに数えきれなかった。十数台はいたようだ。爆音とともに最上のはるか後方から近づき、続けざまに最上のバイクをかすめて通り過ぎていく。抜かれるとスイッチが入ったようにこちらもスピードを乗せるタイプだが、今日はそんな気分になれなかった。

中のひとりが、一瞬だけ最上を振り返り、シルバーウイングを見つめた。すぐに関心を失くしたのか、スピードを落とすこともなく仲間とともに消えていく。タンクもホイールもシートも、黒いバイクだった。黒ずくめのバイクに、黒い革のツナギとブーツ。ヘルメットにいたるまで、すべて黒――。

ざわりと、背筋に嫌な予感がする。

「あいつら――」

黒ずくめのバイク集団。まさか、と最上は口の中で呟く。

「クーガ――」

空牙。

ブラックホークを目の敵にするテロリスト集団。常に黒ずくめの威圧的な服装、オートバイを好む。ブラックホーク社のマニュアルにはそう書かれている。最上のバイクをやけに観察していた奴がいた。あれは、ブラックホーク社のバイクではと疑ったからではないか。今日の最上は、ジーンズにTシャツ姿だ。フルフェイスのヘルメットは業務用だが、見た目にはシルバーのどこにでもあるヘルメットだ。エンブレムは隠してある。一見、普通のシルバーウイングに見えたはずだ。

連中が自分と同じ方向を目指していることが気になった。スロットルを開き、黒いバイク集団を追いかけるべくスピードを上げる。

シャツの胸元に当たる風が痛いほどになる頃には、最上の脳裏からメイのことは消えていた。


「こちら最上。緊急で報告したいことがある」

『どうした』

須藤課長は、呼び出し音一回で電話に出た。午前十時半。課長室にある、くだんのハイバックチエアにもたれているのだろうか。

「今、談合坂サービスエリアにいる」

最上は少し離れてバイクを停め、黒ずくめのバイク集団を観察した。オートバイは十三台。どれも大型バイクで、よく見ると傷だらけだ。かなり走りこんでいる。

「クーガと思われるバイク乗りの集団を発見した。中央自動車道の下り線をここまで走ってきて、今サービスエリアで休憩している。人数は十三人。例の、〈ニードル〉のために集められた部隊かもしれない」

『写真を撮影できるか。多少、遠くて画像の粒子が粗くてもかまわない』

須藤の反応は冷静で早い。最上はサービスエリアの建物を見た。奴らは建物内部にあるドリンクのコーナーにたむろしている。ニードルの部隊なら、後続部隊の合流を待っているのかもしれない。

「やってみる」

『ところで、君はどうしてそんな場所にいる』

「休暇でツーリングだ」

『ほほう、富士山にね』

ひどく疑わしそうな声で須藤がぼやいたが、それ以上は何も言わなかった。いったん通話を切る。あまり近づくと疑いを持たれる。いくら最上でも、屈強な連中を十三人も相手に回して勝ち目があるとは思えない。

ヘルメットをかぶったまま、建物に近づいた。自動販売機で飲み物を買うふりをして近づこうとしたのだが、外に並んでいる機械は、すべて販売中止の札が下げられている。このところ、日本国内でも屋外の自動販売機を撤去する動きがあるらしい。中に入っている商品と小銭を狙って、大型トラックで自動販売機ごと持ち逃げする連中がいるからだ。

「ちっ」

最上はわざと荒っぽく自動販売機を拳で殴り、建物に入った。屋内の自動販売機の前に、連中がいる。それぞれ、缶コーヒーやお茶の類を手にしている。粗暴な雰囲気を漂わせているからか、他の客たちはやや遠巻きにしていた。

みやげもの売り場の陰に隠れ、携帯のカメラで何枚か撮影した。すぐに須藤に転送する。連中はヘルメットを脱いでいる。クーガは面が割れているメンバーも多いため、正体が判明するのも早いだろう。

念のため、指名手配されている〈ニードル〉らしい男がいるかどうか、探してみた。〈ニードル〉は逃亡の最中に整形手術を受け、顔の印象をすっかり変えたと聞いている。手配書の写真に似た男はいない。

それ以上彼らには近づかず、みやげものを物色するふりをした。ハンカチが目にとまる。

（そう言えば、メイの奴に返さないと）

鼻血でダメにしたハンカチの代わりに、華やかな花柄のものを一枚購入すると外に出た。新たなバイクの集団が、サービスエリアに入ってくるのが見えた。同じく黒ずくめの五人だ。前に来た連中は、彼らを待っていたのだろう。一台のバイクはサイドカー付きで、その上にゴルフバッグのような皮革のケースを載せている。

〈ニードル〉は狙撃手だ。しかし、ライフル銃にしてはケースが異様に大きい。ほとんどロケットランチャーのサイズだ。

最上は脇にある男子トイレの入り口付近に隠れた。後から到着した五人の写真も撮影して送りたい。五人はヘルメットを小脇に抱え、先着隊のオートバイを確認して頷き合うと、建物に向かって歩いてくる。ひとりの肩に、皮革ケースが大事そうに掛けられている。

中で待っていたひとりが、彼らに駆け寄った。その様子で、誰が指揮を執っているのかひと目でわかった。

五人の中で、中背だがひときわ上腕筋の発達した男。彼だけが、身体にぴたりと沿う黒革のツナギの両袖を、肘までまくり上げている。その男が、駆け寄った男に何かを指示した。男が急いでどこかに消える。最上は続けざまにシャッターを押し、彼らを撮影した。

少し距離が離れすぎている。望遠機能を使って倍率を上げ、リーダーと見られる男の横顔を拡大する。

　そこで手が停まった。

　――まさか。

　画面に映った男に気をとられ、シャッターチャンスを逃がした。次の瞬間にはもう、彼らの姿は建物の中に消えていた。

　最上はそれをただ呆然と見送った。

　自分の目が信じられない。今見たものが、事実だとはとても思えない。

　これは悪い夢だ。

　――赤い鬼の記憶。

　奴が腕を振るうと、目の前に立つ男の顎が天を向き唇から鮮血と折れた歯が飛んだ。顔にめり込んだ拳の下で、鼻骨が潰れて鼻血が噴き出した。胃に拳を叩きこみ、吐瀉物で窒息しかけている相手を嫌悪の表情で見捨てた。

　今の男は奴に生き写しだ。

　最上の、たったひとりの親友だった男。ボクシングでは最強のライバルだった。

　――しかし、まさか。

　信じることができずに最上は首を振った。サービスエリアの建物に戻るべきだろうか。戻って、あの男かどうか確かめるべきか。

　その時、身近に嫌な気配を感じた。隠しきれない殺気だ。誰かが建物を迂回して、裏からこちらに近づいてくる。さっきの男だ。リーダーの指示を受けて消えた男。奴ら、最上に気づいていたらしい。考えている暇はなかった。

最上は携帯をポケットに放り込み、トイレを飛び出してバイクに猛ダッシュした。

「待て、この野郎！　こそこそしやがって」

背後で男が叫ぶ。逃げた、と張り上げた声に、建物から仲間が飛び出してくる。

(駆け足には自信がある)

もっとはっきり言えば、「逃げ足」だ。タイでは、試合に負けてくれと頼む連中から何度も走って逃げた。逃げなければ潰される。そんな生活のおかげで逃げ足は速い。

シルバーウイングに駆け寄り、キーを突っ込むと押しがけでエンジンをスタートさせる。連中の何人かは、バイクで追ってくるようだ。バックミラーを覗く。三人。しっかりついてくる。最上は自分が冷静なことに気がついた。

電話の呼び出し音が鳴った。

『須藤だ。間違いない。写真でクーガのメンバーを何人か確認した』

「悪いが今、逃げてるところだ」

バイクを走らせながら、手短に現状を説明する。

『しばらく頑張れ。もう警察に通報した』

須藤の言葉どおり、大月ジャンクションに近づく頃にはパトカーのサイレンが聞こえてきた。最上はここで高速を降りることにした。後ろの連中は、サイレンを聞くとさらにスピードを上げて逃げて行った。次のインターチェンジで捕まるといいが。

「サービスエリアには、まだ十五人は残っていた」

先ほどのリーダー格の男を思い出す。

まさか、と最上はひとりで首を横に振り、自分の疑問を打ち消した。横顔が少し似ていただけだ。

『サービスエリアにもパトカーが向かった』

「連中が捕まればいいんだが。後から来た五人は、長さ一メートル程度ある革のケースを持っていた。サイズから見て、ロケットランチャーの可能性がある。写真を撮ったので、今から送る」

『なんだと』

ヘリごとアレックスを狙うつもりなら、ライフルでは間に合わない。どこで手に入れたのか知らないが、クーガが対空砲を持ち出したのならアレックスが危ない。

『わかった。プリンシパルには事情を説明して、安全確保のため富士山は諦めてもらうことにしよう』

なまじ、自分が妙な期待を持たせたために、アレックスをがっかりさせる結果になってしまったようだ。しかし、何と言っても安全には代えられない。

最上はバイクを停め、須藤に写真を送った後、アレックスのヘリコプターが今どこにいるか確認した。ブラックホーク社の仕様でカスタマイズされたシルバーウイングには、仲間のバイクやヘリがどこにいるか、GPSで知らせ合う機能がついている。

アレックスが乗っているはずのヘリは、横浜を出たところだった。見る間に方向を転換する。こちらに向かうのをやめ、成田空港に直接向かうらしい。

『サンダーに連絡した。発見が早くて助かったな。お手柄だ、最上』

須藤は誉めてくれたが、最上がクーガの集団に気づかなかったとしても、クーガに潜入している情報網や、衛星写真、各地に設置したブラックホーク社独自の防犯カメラネットワークなどから、いずれはクーガの待ち伏せに気づいたはずだ。それが、世界最強を誇るブラックホークの実力だ。

「俺も向こうに行っていいか。プリンシパルに謝りたい」

『もう間に合わないだろう。気持ちはわかるが、諦めたほうがいい』

成田空港までバイクを飛ばしても、三時間近くかかるだろう。成田に着くのはアレックスのチャーター便が出た後だ。最上はため息をついた。

「わかった。よろしく伝えてくれ」

通話が切れる。

――よろしく、か。

いつかいのボディガードにすぎない自分が、パームのCEO相手に何を思い上がっているのだろう。自分でもおかしくなって苦笑し、バイクにまたがった。

短い電子音が響いた。今度はメールの着信を知らせている。

須藤が何か送ってきたのだろうかと思い、携帯を開いて最上は目を丸くした。ざっとメールの文章を読み下すと、とにかく須藤に報告するために急いで電話をかけ直した。

5

「いったい、どうして――チャーター便に乗りたくないなんてわがままを？」

最上の目の前で、濃い色のサングラスをかけたアレックス・ボーンが俯き加減に腰を下ろしている。携帯にメールを送ってきたのは、アレックスだった。

『助けてくれ。あのチャーター便には乗りたくない。嫌な予感がする』

英語で書かれたメールの内容に驚き、須藤課長に連絡した。最上はとりあえず多摩センターに走り、そこでブラックホーク社のヘリに拾ってもらって成田空港に駆けつけたというわけだ。チャーター便の出発予定時刻は午後一時。残りいくばくもない。

須藤も空港まで来ている。空港側が、特別に用意したVIPルームだ。内部は空港警備隊と協力して安全を確認済だった。

パームジャパンの今井社長とその秘書が、見送りに来ている。彼らも困惑を隠さない。

最上たちから引き継いだBチームが、アレックスを警護している。ビークル・セクションの長野はこの場にいないが、浅井と早稲田、尹の三人はやれやれと言いたげな顔で隅に立っている。朝から突然、富士山を見たいと言いだすわ、帰りのチャーター便に乗らないと言いだすわで、いくら若いとは言え、なんとわがままなプリンシパルかと呆れているのだろう。

『アレックス。はっきり言ってもらわないとわからない。どうして帰りたくないんですか』

見るからに苛立った様子のサンダーが、アレックスを説得しようと試みている。

『私も彼らと協力して、チャーター便の内部を点検しました。爆発物などの心配はもちろんないし、機体の点検整備もまったく問題はありません。天候も良好です。機長はもちろん、副操縦士も選り抜きのベテランです。危険はない。なぜ乗りたくないんですか』

アレックスは、ほっそりした顔に苦渋の色を浮かべ、眉間に深い皺を刻んでいる。

このVIPルームは彼のために用意された豪華な部屋だが、彼はまるで罪人のように責め立てられているばかりだ。気の毒な気はしたが、最上にもアレックスが何を考えているのか理解できない。助けてくれというメールを送ってきた後は、何があったのか尋ねても返事がないのだ。苦しげに黙りこむばかりだった。

『アレックス。あなたは今まで、私が感心するほどどんなことにも辛抱強く対応してきたじゃないですか。何ひとつわがままも言わず、ＣＥＯとしても開発者としても、ひたすら会社のために頑張ってきたじゃないですか。どうして急に、チャーター便に乗って帰りたくないなんて言うんですか。パームを見捨てるつもりですか』

どうやらサンダーは泣き落としに出たらしい。アレックスの眉が、ぴくりと動いた。おもむろに顔を起こし、周囲を見回す。

『――僕を狙っていた、クーガというテロリストは捕まりましたか』

須藤を見つけて問いかける。

「残念ながら、警察が高速道路を封鎖しましたが、銃撃戦の末に取り逃がしました。テロリストは現場に十八人いて、銃撃戦でふたり死亡したそうです」

それは最上も初耳だった。それでは、あの男――によく似た男も、逃げおおせたのだろうか。

「最上が彼らの写真を撮影しました。距離があったので肉眼では確認できませんが、コンピュータ解析により、彼らの中にニードルがいたことも判明しています。整形手術を受けても、骨格や耳の形は変わりませんからね。彼らは間違いなくクーガの特別部隊です」

アレックスは、傍目《はため》にも青い顔色をしていた。クーガが逃げたと聞いて衝撃を受けたのかもしれない。

『それじゃ、彼らの証言は得られないんですね。僕が富士山に行くことを、どうやって彼らが知ったのか』

最上ははっとした。Bチームの浅井たちも、素早い視線を須藤課長に送ったようだ。アレックスが何を懸念しているのか、やっとわかった。彼は、ボディガードを疑っているのだ。

「――なるほど」

須藤が静かに呟いた。とっくにそんなことは考えていたような口ぶりだった。

「あなたは今朝になって突然、富士山を行先に追加された。行先変更の事実を知っているのは、ブラックホーク社では私と、あなたの警護に当たっている特殊警備隊員だけです。他に知らせた方は？」

「私も聞きました。パームジャパンでは、私と秘書の丸山《まるやま》くんだけが知っていました」

思わぬ展開に、堅物そうな今井社長がやや気色ばんだ口調で答える。彼ら自身も疑われているのかもしれないと考えれば、平然とはしていられないのだろう。

『ヘリコプターの飛行経路は、ブラックホークしか知りません』

サンダーが付け加える。

「もちろんブラックホーク社は、ボディガードの身元について保証します。うちの社員が情報を漏らすことはありえません」

須藤が請け合うように言った。

『お気持ちはわかります、スドウさん。しかし、私は確信を得たいんです』

『アレックス。だからさっさとUSに帰ってしまえば、そんな心配をする必要はなくなるじゃないか。後は、ブラックホーク社に調査を任せるべきだ』

サンダーが再び説得を始める。アレックスは表情を曇らせたまま頑強に首を横に振った。

『僕は今すぐに結論を知りたいんだ。そのためのツールも持っている』

いったい何を持ちだそうとしているのだろう、と言いたげに、ＶＩＰルームに集合した全員が彼の手元を見守った。アレックスがポケットから取り出したのは、携帯端末オペロンだった。慣れた動作でディスプレイを操作し、オペロンをテーブルの上に据えた。

『皆さん、ひとりずつ順番にこの端末に触れてください』

「それは――？」

須藤が尋ねる。アレックスが顔を上げた。

『この端末には、他人の感情を読むアプリケーションが入っているんです。――皆さん信じられないという顔ですね』

アレックスが微笑んだが、濃いサングラスで隠された目が見えないので、機械的な笑みに見えた。

『少し説明が必要かもしれない。イマイさんたちには退屈な話ですが、聞いてください』

もちろん、と言いたげに今井が熱心に頷く。彼はアレックスの信者のようなものだ。

『オペロンという端末が、思考認識型の入力デバイスを持っていることは皆さんご存じですね』

「ええ、存じています」

須藤が穏やかに頷いた。

「持ち主が何かを考えると、オペロンはその思考を読みとって反応する。そう、コマーシャルで流れていますね」

『そのとおりです。ヒトが何を考えているのか——今や、電極を脳に入れて読む必要はありません。たとえば、fMRI——機能的磁気共鳴画像というもので、脳の中で神経活動が活発に行われている部位を探ることができる。昔からよく利用されてきた、脳波を使う方法もあります。しかし、オペロンに採用したのは、近赤外分光法《NIRS》という方法です』

「NIRSというと？」

『脳が活動した時には、活動した部分の血液量が局所的に変化するので、その変化を測定して活動野を探るのです』

アレックスが、自分の頭の周囲をぐるりと指先で示した。

『脳という器官は面白いですよ。活動している部分がわかると、その時にどんなことを考えているか、あるいは行動しようとしているかがわかるんです。この手法を使うために、オペロンにはオプションとしてNIRS測定用のヘッドギアを用意しています。それと、もうひとつ。ディスプレイ部分にも、簡単なNIRSの測定装置が入っています』

「よくわからないんだが」

アレックスの話は専門的すぎて、ついていけない。最上は首を傾げた。

「それは嘘発見器みたいなものなのか？」

アレックスがにやりとした。

『——だいぶ違うけど、今から僕がやろうとしていることについては、そういう理解でも間違いではない。嘘発見器とはポリグラフを指すことが多く、心拍数や血圧、発汗、脳波などを測定して比較することで、被験者の心理状態を明らかにするための装置です。脳の動きをじかに測定するわけじゃない』

「それでは、このオペロンに触れることで、潔白を証明できるというわけですね」

須藤が真っ先に進み出た。

「いいでしょう。こうして話していても始まらない。ボーン氏がどうしてもと言われるなら、我々も何らやましいところがないと納得してもらったほうがいい」

『ご協力いただけるなら感謝します』

「端末に触れるだけでいいんですね」

アレックスが頷き、須藤はスマートな動作で無造作にオペロンの画面に指先で触れた。

アレックスが微笑む。

『ありがとう。問題ありません』

須藤が浅井に合図をし、彼らも順番にオペロンに触れた。

――気に入らない。

最上はブラックホークに入社してまだ日が浅いし、はっきり言ってそれほど会社に思い入れがあるわけでもない。それでも、会社ごと自分も疑われていると思うと腹が立つ。須藤や浅井たちが、アレックスの『検査』とやらに唯々諾々《いいだくだく》と従っていることも腹に据えかねる。最上は仏頂面をして、自分の番を迎えた。須藤が目で早くしろと促している。

しぶしぶ、指先をオペロンに押し付ける。何かの光がディスプレイ上を走り、一瞬どきりとした。

『――皆さん問題ありません』

パームジャパンの今井社長と秘書も検査に参加し、誰ひとりとして〈クロ〉の結果が出なかったらしく、アレックスが満足げに頷いた。ほっとした様子で今井社長たちが胸を撫でおろしている。

「では、これで問題はなくなったわけですね」

疑われたのは彼らにとっても心外だったかもしれないが、なんと言ってもアレックスは世界的な大スターであり、瀕死の重傷だったパーム社を立派に再起させた立役者だ。アレックスの機嫌をとるように今井が言ったのを聞いて、最上はさらにむかっ腹を立てた。

表面を取り繕うにもほどがある。今井たちも疑われたのだから、怒っていいはずだ。

『気がすんだら、アレックス。チャーター機に――』

サンダーが急がせようとする。

「待てよ」

最上はアレックスに向かって言い放った。

「まだひとり、検査を受けてないのが残ってるぜ。――ここに」

自分に向けられた指を見て、サンダーが不愉快そうに何か言いかけた。アレックスがそれをちらりと見て、首を横に振った。

『彼はいいんだ』

サンダーがいかにも当然という表情をしている。そんなに信頼しきっているわけか。自分が連れてきた警備責任者だから問題ないというのか。最上たちを疑っておいて、あまりに身びいきが過ぎるんじゃないか。

最上が目を怒らせていると、アレックスが穏やかに微笑んだ。

『彼には昨日、検査を受けてもらったから』

その瞬間、サンダーの青い目に走った衝撃こそ見ものだった。一瞬で最上は溜飲を下げた。

『アレックス――』

アレックスの微笑は消えない。ただ、その表情は相変わらず憂鬱なままだった。

『わざとオペロンを落として、君に予備を渡してもらった。気がつかなかったかもしれないけど、あの時チェックは終わっていたんだ』

どうやら、アレックス・ボーンという青年は見かけよりもずっとしたたかで、身近に仕えるサンダーのような男ですら、完全に信頼しているわけではないらしい。

サンダーの本心がどうあれ、すぐさま彼が自制心を取り戻したのはさすがと言うべきだろう。しかたがないとでもいうようにため息をついて首を振り、淡い微笑すら浮かべた。

『――わかったよ。君はパームのCEOだ。そのくらい慎重に構えて当然だ。しかし、私までチェックしたのなら完璧だろう。何も問題はないじゃないか』

『問題はある』

アレックスがゆっくり首を振った。サングラスの奥に隠れた目は見えないが、その表情はひどく悲しげに見えた。

『――どうして僕を裏切ったのか、教えてくれ。サンダー』

6

浅井と尹のとった行動は素早かった。

サンダーの手が腰のあたりに動いた次の瞬間には、もう浅井がサンダーの後ろに飛んで腕をねじあげ、尹が拳銃でサンダーに狙いをつけている。ブラックホーク社が特殊警備隊に支給しているのは、電子銃のテーザーではなく実銃のグロックだ。

早稲田がアレックスをかばうように、サンダーとの間に立ちはだかる。

『違う！　俺は何もしていない！』

彼らの素早い連携プレーに、サンダーが抗議の声をあげる。彼は日本で護身用の拳銃を持たされていないことを忘れていたらしい。とっさに腰の銃を探したのが運のつきだ。

「悪いな、サンダー。あんたが脅威じゃないと判断できるまで、しばらく手錠をかけさせてもらう」

浅井が断り、身体の後ろでサンダーに手錠をかけた。ブラックホーク社の手錠は強化プラスチック製だ。軽いが、熱やヤスリなどにも強い。

「最上、ボディチェックだ」

浅井の指示で最上はサンダーの身体を念入りにチェックした。武器は持っていない。米国では警備員だが、日本国内では武器の所持を認められていないからだ。持ち物はスーツの内ポケットにあったクロスのボールペンと、財布、ハンカチだけだった。身分証明書も財布の中だ。ベルトの間にヤスリや針を隠したりもしていない。

「特におかしなものはない」

チェックが終わると、浅井はサンダーをソファに座らせた。

「さて——これはいったいどういうことなのか、ボーン社長に伺いたいですね」

須藤が腕組みをして、アレックスとサンダーをかわるがわる見つめた。

『あなたは何か思い違いをしている、アレックス。あなたがパームに招聘《しょうへい》されてから、私はずっとボディガードとして仕えてきたじゃないですか。私が何をしたというんですか』

サンダーの抗議を、須藤の手のひらが静かに、と抑える。

アレックスは腰掛けたままだった。俯き加減に、自分のオペロンを置いたあたりを微動だにせず見つめている。最上はふと、オペロンによって目が〈見える〉ようになる前の彼は、ずっとその姿勢で暮らしていたんじゃないかと考えた。目を伏せ、全身で世界を感じているような孤独な表情をしている。

『――僕だって信じられないし、信じたくない。しかし、ここ数週間ずっと、君が僕に何かを企んでいることは気づいていた』

「ボーン社長。彼はあなたに、何をしようとしていたんです？」

須藤の質問に、アレックスが首を横に振る。

『それがわかっていたら、こんなにまどろっこしいことはしていません。僕は生まれつき視力がないせいか、勘がいいんです。米国にいる時から、うすうすおかしいとは勘づいていましたが、彼が何をやろうとしているのかがわかりませんでした。米国内でのボディガードは全員サンダーの部下ですから、僕の言葉を信用してくれるかどうかわからない。日本滞在中には、ブラックホーク社にボディガードをお願いすると聞いたので、彼を試すなら日本にいる間がいいと考えたんです』

「なるほど。だから、突然旅程の変更を試みた。富士山に行きたいと言ったのはそのためですね」

『行先を変えることで、彼が動きを見せるかもしれないと思ったので』

そして、今朝突然変更になった行先がどういうわけか漏れ、午前十一時にはクーガの連中がしっかり談合坂に出張っていたというわけだ。サンダーが怪しいと、アレックスが確信を持つのも無理はない。

『皆さんをオペロンで試したのは、ブラックホーク社の中にも彼の仲間がいる可能性があると考えたからです。――杞憂だったようですが』

最上はアレックスの言葉に首を傾げた。それにしては、彼は自分にメールアドレスを教えたり、助けを求めるメールを送ったりしている。ブラックホークの中に敵がいるかもしれないと考えたのなら、なぜ自分のことはその「敵」から除外していたのだろう。

最上が首を傾げた気配を察したのか、アレックスが振り向いた。

『君のことは、唯一初めから〈シロ〉だと考えていました、モガミ。こう言ってはなんだけど――君はまだ新人でしょう。サンダーが仲間にするなら、ベテランを選ぶだろうから』

浅井がサンダーの背後で遠慮なく吹き出し、須藤課長が笑おうかどうしようか困ったような顔をしている。最上はそちらをじろりと睨んで、憮然とした。自分で言うだけあって、確かにアレックスは勘がいい。

考えてみれば、相手はあの若さで大企業の経営を任される身なのだ。本質は研究者なのかもしれないが、研究室に閉じこもっているだけの学者タイプなら、とてもじゃないが一流企業のかじ取りなどできるはずがない。ブラックホークの新人を見抜くことなど、朝飯前だったに違いない。――その気持ちを手玉に取ることも。

「サンダーはこちらで預かり、クーガとの関係や何を企んでいたのかを聞き出します。実は、ボーン社長の来日が決まった時点で、我々はサンダーの身辺も調査していました」

須藤が意外なことを言い出したので、最上は驚いて彼を見た。アレックスは表情を変えず須藤の話に耳を傾けている。

「我々はたとえ相手が何者であれ、無条件に警戒を解くことはありません。それが警備責任者であっても同じことです。今回は、あなたと一緒に米国からサンダーと、チャーター便の操縦士二名が入国することになっていました。だから、その三人についても調査させてもらったんです。操縦士は問題ありません。しかし、特殊警備隊の妹尾隊長に海外のブラックホーク社と連携させ、サンダーの身辺調査を実施したところ、興味深いことがわかりました」

須藤の右手が、スーツの内ポケットから折りたたんだ書類を取り出す。

「これは、ライオネル・サンダー名義で開設された、バハマにある銀行口座の入出金記録です。ひと月前に、法外な金額が振り込まれたようですね。誰からの贈り物か、引き続き調べているところです」

アレックスがその書類に視線をやり、ため息をついた。

『そこまで調べていたのなら、どうして言ってくれなかったんですか』

「我々も様子を見ていたんです。今朝の情報漏れで、サンダーがあなたを裏切っていると確信しました。国に帰られたら、警備責任者を代えることですね」

「我々からパーム本社に、その旨、至急連絡をしておきます」

今井が口を挟んだ。

「帰りの便はどうなさいますか。こちらから誰か選んで仮の警備責任者をつけましょうか」

須藤の言葉にアレックスが時計を見た。午後一時——チャーター便の出発時刻が迫っている。もちろん、アレックスが乗り込むまで飛び立つことはないのだが、既に管制塔などに出発時刻や目的地などについて申請し、許可を得ている。大きく遅れれば申請からやり直しだ。

『いや——向こうに着いた時に、ボディガードを用意してもらえればそれでいいです。機内は安全ですよね』

チャーター機が安全であることは間違いない。ブラックホークが念入りに内部を確認している。

「それでは、私たちはここで失礼します」

今井社長がアレックスの手を固く握った。その表情に、やはりヒーローを目の前にしているような晴れがましさが満ちている。

アレックスは立ち上がり、後ろ手に手錠をかけられて腰を下ろしたままのサンダーをじっと見つめた。サンダーはどこか冷ややかな表情でアレックスを見上げる。その顔に怒りや諦め、あるいは職を失いこのまま異国で逮捕されるかもしれないという恐れ——などは浮かんでいない。

『——残念だ』

むしろアレックスのほうが沈痛な表情で囁いた。

——この男は、本気で残念がっている。

最上はアレックスの表情を窺った。

警備責任者の立場にありながら害意を持ち、自分の命を狙った可能性すらある相手に対して、アレックスは憎しみを抱くどころか、もはやともにいられないことを嘆いているようだ。

おかしな男だ。

見た目はまるきり、レジメンタル・タイを結んだ大学生。中身は世界を揺るがせる才能を持った天才。障碍がありながらも、それを自力で克服してしまった不屈の魂。冷徹な経営者の顔も持ち、時には容赦なく敵と戦う気概もあるくせに、まるで傷つきやすい少年のように、サンダーとの別れを惜しんでいる。

「尹、サンダーの見張りを頼む。最上は尹の代わりにBチームにPESで入ってくれ」

浅井のてきぱきした指示に従い、最上はアレックスのエスコートについた。早稲田がSAPとして、先に部屋を出る。VIPルームからチャーター便までは、空港に用意された特別の地下道を通ることになっている。既に空港警備隊やブラックホークの社員が安全を確認した通路だ。

ポケットから、ヘッドセットを出して装着した。これがないと、無線連絡が入らない。

早稲田からの連絡を受け、VIPルームを出た。須藤課長は、VIPルームで彼らを見送ることにしたようだ。

通路を歩きながら、浅井と最上に前後を挟まれたアレックスが、最上を振り向いた。

『――だけど』

低く囁く。

『マウント・フジの写真、ありがとう。どうしてもあれを見に行きたいと言ったのは、嘘じゃないよ。本心でなきゃ、決して人の心を動かせないからね』

最上は戸惑い、小さく頷くにとどめた。

人たらしとは、こういう男のことを言うのに違いない。

チャーター便までの移動はスムーズだった。成田空港には、世界的なＶＩＰが到着することも多い。ニュースやワイドショーで到着シーンが派手に取り上げられるのは、やらせだ。マスコミに到着時刻を流してテレビクルーに待機してもらうのだ。マスコミに知られず、ひそかに入国したいスターもいる。彼らのために専用の通路が設けられており、お忍びで入国することも可能だ。

旅客ターミナルのゲートを使わず、地下通路から出てすぐに空港内を移動する車輛に乗り込み、チャーター便に難なく到着。白いビジネスジェットのタラップを上る前に、アレックスは浅井、早稲田、最上の順に握手を求めた。

『お世話になりました。ありがとう』

これでブラックホーク社の業務は無事終了だ。肩の荷が下りるような、残念なような気分だった。出発申請を出した時刻ぎりぎり――というより、ほんの少し遅れている。慌ただしくドアが閉まり、ジェット機が滑走路に向かってタクシングを始めた。小さな機体でも、ジェット機のエンジンが動き出すと、その轟音は耳を聾するほどだ。

最上は思い立ち、ビジネスジェットの前に回って、機長と副操縦士の様子を確かめた。濃い緑色のパイロットグラスをかけた白人男性ふたり。到着時には、最上は機長たちを直接見てはいないが、警備計画書に貼付されていた写真の顔に間違いはない。そうでなければ、空港警備隊が彼らをここまで通さないだろう。

（――よし）

最上は頷き、機長たちに白い歯を見せて手を振った。

「安全運転でよろしくな！」

アレックスが乗っていると思えば、ついそんな言葉がこぼれた。相手に聞こえたかどうかはわからないが、機長の口が動いて何か言ったように見えた。もちろん、声は聞こえない。

後ろ向きに下がって機体から離れながら、最上は奇妙なことに気づいた。

「マングースから、スカーへ」

スカーはリーダーの浅井だ。

『どうした』

ジェットエンジンの音がうるさくて、無線を通さないと声が聞こえない。

「機長たちは昨日の夜、どこに泊まった？　警護はついていたか」

アレックスが宿泊したホテルには、チャーター便の機長たちは宿泊していなかった。

『ふたりは空港近くのホテルに泊まった。警護はない』

「あのふたり、おかしいぞ！　すり替わってる可能性がある」

『なんだと？』

最上は走り去るビジネスジェットを追って、走りだした。——冗談じゃない。

『最上、何があったのか話せ』

無線に須藤の声が割り込んできた。浅井たちも後ろから追ってくる。山男の浅井は、短距離走は速くない。元レスラーの早稲田のほうが、まだ追いついている。

「あの機長、日本語を喋ってた」

『なに？』

「日本語だ。俺が『安全運転で頼む』と言ったら、あいつ最後に『あばよ』と言った！」

ジェット機のエンジン音がすさまじく、声が聞こえないので、じっと口元を見つめていた。おかしなもので、口の動きを観察すると、外国語を喋っているのか日本語を喋っているのかは意外とわかる。本物の機長たちは、米国内で雇われたベテランパイロットだったはずだ。日本に来て、おそらくはホテルの内部ですり替わった偽者が、チャーター便の操縦桿を握っているのではないか。

正体を見破られても、サンダーは動じていなかった。それは、機長たちが彼の仲間で、アレックスをチャーター便に乗せてしまえば目的が達成できるからではないのか。

さらには――サンダーが、あれほどチャーター便の出発時刻を気にして、遅れないようにアレックスを乗り込ませようとしていたことにも関係があるのではないか。

「停めるぞ」

『待て。今、管制塔から機長に連絡を取っている』

走った。チャーター便のタクシング速度も上がっている。何としても追いついてやる。その意地で、最上は必死になって腿を上げた。

『機長が応答しないそうだ。チャーター便を停めろ！』

腰のグロックを抜いた。前輪を狙う。相手は動く的――初心者には荷が重い。走りながら正確に撃つなんて無理だ。一か八か、足を止めてグロックを構える。

『前輪だな？』

追いついた早稲田が自分もグロックを抜いて叫んだ。ビジネスジェットは滑走路目指して勢いを増している。

絶対に行かせるわけにはいかない。狙いをつけて、撃つ。一、二、三、四、五――どちらの弾が命中したのかわからない。前輪のタイヤがパンクして、ビジネスジェットががくんとスピードを落とした。アスファルトがタイヤの摩擦熱で焦げる臭いがした。

『ようし、あとは任せておけ！』

後ろから追い抜いていった浅井が、きしむような音を立てて停止するビジネスジェットの機長席側に回り込んで、銃口を向けた。最上と早稲田は機体に駆け寄り、ドアを開ける。

「大丈夫か！」

シートベルトを締めたまま、何が起きたのかわからず呆然としているアレックスを救出した。

「こちらマングース。プリンシパルは無事救出した」

『よし、今から妹尾くんが迎えにいく。ＶＩＰルームに戻ってきてくれ』

——妹尾隊長？

最上は早稲田と顔を見合わせた。どうして妹尾がここに来ているのだろう。

7

「つまりね、米国ブラックホークやイスラエルの本社と連携をとって、ボーン社長の周辺とサンダーの身辺調査を進めたところ、サンダーが出どころの不明な巨額のボーナスをバハマの口座に貯めこんでいることがわかった。だけど、誰に何を頼まれた結果、そんな大金を得ることになったのかは不明だった。親戚の伯父さんが、大金を遺産として残した可能性だってあるわけだから、それだけではさすがに動けない」

VIPルームに戻り、アレックスを落ち着かせると妹尾が話し始めた。彼女の休暇は、サンダーを油断させるための偽りだったそうだ。アレックスが来日してからもずっと、陰でサンダーを調査していた。

「クーガに社長の行先変更を漏らしたりしたから、てっきり社長の命を狙っているんだと考えた。なにしろ、クーガはロケットランチャーまで持ち出して、社長の乗ったヘリを狙うつもりだったらしいから。——だけど、サンダーの狙いは別だったんだ。彼はクーガが社長を狙っていることを理由に、チャーター便の出発時刻が遅れないよう成田空港に戻るつもりだったってわけ。ブラックホークなら、クーガが富士山目指して集合していることぐらい見抜くと読んでいたんだね」

VIPルームには、須藤をはじめ妹尾、浅井、尹、早稲田たちブラックホーク社のメンバーが揃っている。なぜかメイまで来ていて驚いたが、空港に急行するため妹尾が呼び出してヘリを操縦させたらしい。人使いの荒い会社だ。

アレックスは青白い顔をして、ソファに腰を下ろしている。もう少しで、彼は海外の某国に拉致されるところだった——と聞かされたばかりなのだ。

サンダーと、チャーター機の操縦士二名は警察に逮捕され、護送された。

「ボーン社長の天才ぶりは、各国のコンピュータ業界で垂涎の的になってる。ボーン社長が入社したことで、パーム社がいっきにグローバルな超一流企業に返り咲いたことでも明らかなように——あ、どうも失礼」

返り咲いた、という失言を詫びる妹尾に、今井社長が鷹揚にいやいや、と手を振る。

「ひとことでまとめると、ボーン社長さえ手に入れれば、自分たちが世界に冠たるコンピュータを開発することができるんじゃないか――と考えた企業があったということです」

「ちょっと待ってくれよ。ボーン社長が嫌だって言えばおしまいじゃないか」

最上が唇を尖らせると、妹尾が肩をすくめた。

「向こうは命を奪ってでも、と脅すに決まってるじゃないか。拉致してしまえば、食事だって何だって、連中の思うがままなんだから」

『――モガミ。僕を意のままに動かしたければ、オペロンを取り上げるだけでいいんだ。もう僕は、オペロンと視覚代替装置を手に入れる前の自分には戻れないからね。こいつを取り上げると脅されれば、何でもするだろうな。サンダーなら、そのことも見抜いていただろう』

アレックスが、手のひらにおさめたオペロンを見せながら悲しげに言った。妹尾が頷く。

「サンダーは、社長の来日に合わせて計画を練ったのでしょう。チャーター便のパイロットが決まると、そのふたりと似ていて航空機の操縦ができる男を探し、さらにそっくりに似せるために整形手術まで受けさせたらしい。うちひとりは日本在住で、日本語が話せたわけです。ひそかに本人の指紋も取り、ラテックスの手袋にプリントさせて、指紋認証も通過できるようにした。チャーター便が到着すると、ホテルでふたりのパイロットを殺害し、偽者が入れ替わったんです」

アレックスを乗せたチャーター便は、日本を離れると米国へは帰らず、某国に向かう手筈になっていた、と妹尾は説明した。

航空管制のレーダーで探知できる範囲を出れば、航路に乗ったように見せかけて進路を変更する。某国側のレーダーを誤魔化すために、チャーター便の識別コードを変更する。某国の空港に着陸する際には、別の機として到着するという筋書きだ。

「向こうの空港関係者や、一部の管制官にも鼻薬をかがせていたらしい。そいつらが担当している時間帯に、うまくチャーター便を着陸させなきゃならないんで、サンダーとしてはどうしても出発を遅らせるわけにはいかなかったってわけ」

「手のこんだ計画だな」

浅井がため息をついた。確かに彼の言うとおりだ。しかし、パーム社のアレックス・ボーンが手に入るとなれば——そのくらいの出費や手間をものともしない企業もあるのだろう。アレックスが首を傾げた。

『モガミが偽の機長を見抜いた理由は聞きましたが、あなたはどうしてわかったんですか』

妹尾が表情を改め、頭を下げた。

「遅くなって申し訳ありませんでした。米国のブラックホーク社から、米国内で某国ライバル企業の人間がサンダーと接触した形跡があると、つい先ほど知らされたんです。おまけに、機長たちが宿泊していたホテルで、死体がふたつ見つかったという連絡があり——死体の身元確認をしてきました。それで慌てて須藤課長に連絡したわけです」

プリンシパルを危険な目に遭わせた段階で、ボディガードは失格だ。それがブラックホーク社の社是だった。危うくアレックスを敵側に渡してしまうところだった今回は、負けたも同然だった。

——もちろん、そんな敗北宣言を客の前でするわけにはいかない。須藤が重々しく頷いた。

「お帰りの便は、ブラックホーク社が責任を持って安全な機体を用意します。半日ほどお時間をいただかねばなりませんが」

『何から何までありがとう。よろしくお願いします』

アレックスは、ほっとした様子で口元を緩めた。警備責任者のサンダーが敵かもしれないと考え始めてからは、心が休まる暇もなかったに違いない。気の毒な話だ。誰よりも信頼したい人間を、疑わなければならない羽目になったのだから。

「あれ——でも」

最上は眉をひそめた。何かおかしい。

「他人の考えが読めるアプリケーションなんてものがあるのなら、どうしてアメリカにいる間に、そいつをサンダーに対して使わなかったんだ？」

そうすれば、サンダーがアレックスに悪意を持っていることがはっきりして、危ない目に遭うこともなかっただろうに。アレックスが、困ったように苦笑した。

『——実は、あれ嘘なんだ』

「嘘？」

『指先で触れたぐらいで、ＮＩＲＳの測定はできないよ。あれはただの、体温計ソフト』

つまり——アレックスは、サンダーをひっかけるために、今井社長を含めたここにいる全員を相手に、大芝居を打ったということか。

須藤課長がにやにや笑っている。この男はとっくに気づいていたのだろう。

——騙された。

『他人が考えていることなんて、知らないほうが生きやすいんだよ、モガミ』

アレックスがそう告げ、寂しげに微笑んだ。

「昨日、お泊まりいただいたホテルの同じ部屋を、こちらでご用意しました。しばらくお休みになりませんか」

妹尾隊長が、どこかの国の王子様を相手にしているように、恭しい口調で尋ねる。最上は思いついて、アレックスに笑いかけた。

「それもいいが、せっかく時間が空いたんだから、ブラックホーク社のヘリコプターから富士山を見物するというのはどうかな、アレックス」

妹尾が頭を抱えたいような表情を見せ、須藤が冷ややかに眉を撥ね上げた。さすがに、パームの社長をファーストネームで呼び捨てはまずかったか。

「——最上。あんたとは、あとでゆっくり話し合う必要がありそうだね」

妹尾が恐ろしげな声で唸る。アレックスは心から申し訳なさそうな、困惑した表情になった。

『モガミ。気持ちはありがたいけど、僕のわがままで皆さんにこれ以上迷惑をかけては——』

「談合坂のサービスエリアに集合していたクーガは追い払ったが、いつまた湧いて出るかわからんのだぞ、最上」

アレックスと、須藤課長がこもごも反対意見を述べる。まったく、なんて頭の堅い連中だろうか。

「わかってますよ。俺だってなにも、アレックス——ボーン社長を危険な目に遭わせようってわけじゃない」

最上はアレックスに向かって、手を突き出した。

「——しばらく、そのグラサンを俺に貸してもらえますか？」

「寒いな。ここまで寒いとは思わなかった」

ぼやく最上に、メイがさも馬鹿にしたような視線を投げた。

「高度四千メートル。寒くて当たり前だ」

寒いだろうとは思ったので、夏の制服とは別に、冬用のジャケットを会社のロッカーから引っ張りだしてきたが、それでも寒い。メイが平然としているのは、パイロット用の中綿つきジャケットを着ているからだろう。

——用意のいい奴め。

ブラックホーク社のヘリコプターは、上昇限界高度六千メートル。しかし、そこに行き着くまでに人間の限界が先に来る。

個人差はあるものの、一般的には三千メートルを少し超えたあたりから、低酸素症になる可能性が高くなる。酸素吸入器を用意してきたのはそのためだったが、日頃鍛えているのが関係しているのかどうか、最上は四千メートルに達しても平気だった。メイも平気そうな顔をしている。

「そら、見えてきた」

雲が切れる。真っ白な雲の間から、夏だというのに雪を背負った富士山の優美な頂上が姿を現す。

高度四千メートルから見下ろした富士山頂だ。

「見えますか、アレックス」

最上はサングラスを窓に近づけた。

無線の向こうは沈黙している。感激のあまり言葉が出てこないのが、無線越しにも伝わってくる。

最上がヘリに乗せたのは、アレックスのサングラスだけだった。オペロンの予備を持ち歩いている。

るくらいなら、きっとサングラスの予備もあるだろうと思った。予想どおり持っていたので、ひとつ借りてきたのだ。

通常は、このサングラスから直接オペロンにデータを無線で送っている。今は、サングラスからいったんヘリコプターに付属するブラックホーク社のネットワークを介してアレックスのオペロンに転送する——という、ひと手間をかけている。

つまり、アレックスは最上たちが見ているのと同じ光景を、ホテルで「見て」いるわけだ。音声も、最上が装着したヘッドギアの高性能なマイクが拾い、アレックスのスピーカーに届けている。

「しばらく上空を旋回する」

メイが無造作に操縦桿を倒す。妹尾に呼び出されて成田空港まで来ていたのを幸い、最上が頼みこんでヘリの操縦席におさまってもらったのだ。須藤課長と妹尾隊長も了解済だった。

雲の下も快晴。陽光に照らされた富士のグリーンが、輝くようだ。

『——ありがとう。モガミ』

ため息をつくように、アレックスが囁いた。

『僕は今ほど、頭に入れた電極をありがたいと思ったことはない』

その声を聞いて、彼がすっかり「上空の散歩」にハマったことがわかった。サンダーの後釜に座る奴は、アレックスの新たな趣味に悩まされるかもしれない。

メイは相変わらず、何を考えているのか窺い知れない硬い表情で、操縦桿を握っている。

「このヘリ、外から見てもブラックホーク社のだってわかるよな」

アレックスに聞こえないよう、マイクのスイッチを切ってメイに尋ねた。

「もちろん」

「ニードルやクーガの連中が、下から狙ってたりしないよな。ブラックホークは天敵なんだろ」

——何を今さら。

そう言いたげな表情で、メイが肩をすくめた。

「高度四千メートルまで届く、携帯式のロケットランチャーはまだ存在しない」

「そうなのか？」

「それも知らずにこんな提案をしたのか？」

メイの声が曇った。やばい、お小言が降ってくる、と最上は首をすくめる。

「——少しは見直してやろうと思ったのに」

メイがぼそりと呟いた。どういう意味だ、と尋ねかけたが、藪をつついて蛇を出すような真似はよそうと自重した。思い出し、ポケットからハンカチの包みを取り出した。

「柳瀬、これ忘れないうちに返す。この前借りたハンカチ」

横目でメイがちらりと見る。

「おまえ、たまには花柄とか持てよ。真っ白の男ものみたいなハンカチばかり持たないでさ」

軽く端を折りこんだだけの包みを広げ、カラフルな花柄を見せると、メイが冷ややかに肩をすくめた。

「——悪いが、ハンカチは白しか持たないことにしている」

これだ。どうしてこの女は、こんなに愛想がないんだろう。

「なんでだよ。たまにはいいじゃないか」

サービスエリアで買ったハンカチを、包み紙でもう一度包み直す。メイが、何度か目を瞬いた。長いまつげだ。

「ハンカチを当てた時に、赤いところが血液なのか花柄なのかわからないようでは困る」

最上は隣に座る女の顔を見直した。凛として、クールな美しい横顔だった。女神というのが実在するなら、こういう強い表情をしているのかもしれない。

――なるほど。

つまりこれが、ボディガードという生き方、か。

こんなふうに、生活のすべてがボディガードに「なって」いくのか。

どうやら、自分の負けのようだ。最上は潔く引き下がることにした。

「わかったよ。次は白を買ってくる」

ため息をつき、包みをポケットに押し込んだ。

「こいつは代わりに俺が使うかな。――非番の日にでも。あ、斉藤に言うなよ」

メイがくすりと笑い声を漏らした。彼女の笑い声など初めて聞いた。

「なあ、柳瀬。おまえはどうしてブラックホークに入ったんだ?」

何気なく問いかける。メイがかすかに浮かべていた笑いを消し、真顔に戻って操縦桿をぐっと倒した。

「――強くなるためだ」

強くなるためか。その答えがいかにもメイらしいと思い、最上は窓の外に視線を移す。

高度四千メートル。

足元には絶景の富士。
ブラックホークという生き方も、あんがい悪くはない。

インターバル２　斉藤ハジメ

　ここか、と最上はシルバーウイングのブレーキをかけてマンションを見上げた。警護先への送迎車に乗って、何度か来たことはあるが、中に入るのは初めてだ。教えられたとおり、来客用の駐車場にバイクを停め、インターホンの前に立ち部屋番号を押す。七階の七号室。７０７だ。前の副隊長が事故死した後の、二代目副隊長の自宅にこういう部屋番号を選ぶとは、ブラックホーク社も縁起をかつぐのだろうか。

『すぐ降りるから、待っててくれ』

　斉藤の声が応じた。

　ヘルメットを小脇に抱え、最上は何気なく周辺を見渡す。ここは東陽町の駅からも近い。ブラックホークが社員寮として借り上げているこの賃貸マンションと、似たようなマンションが立ち並んでいる。防災のためマンションの周囲には一定の広さを持つ庭園が設けられ、最上など名前も知らないような樹木が整然と植わっていた。

「悪いな、待たせて。上がってくれ」

　マンション玄関の扉が開き、斉藤が顔を覗かせる。外部の人間が中に入るためには、住人のエスコートを必要とするのだ。

　扉に滑り込み、最上は斉藤の姿をまじまじと見つめた。制服姿しか見たことがなかったが、休みの今日はジーンズにサンダル、舌を突き出す真っ赤な唇のイラストつきのＴシャツというカジュアルな格好をしている。

「これか？　おまえ、ストーンズ知らないの？」

最上の視線がシャツのイラストに集中していることに気づき、わざわざシャツの裾を引っ張ってよく見えるように伸ばす。仕事中はきちんと櫛を通して分け目を作る髪も、今日は洗ってそのまま乾かしたかのようなラフな形をしている。

エレベーターに乗り込み、最上は言葉を探していた。今日は自宅に招いてくれてありがとうとか、休みなのに奥さんにも申し訳ないとか、大人ならいくらでも出てくるはずの社交辞令が、どうも苦手だ。

「うちのもおまえに興味津々で待ってるから、早く入ってくれよな」

七階のフロアに到着すると、斉藤がさっさと先に立って歩き出した。この男は、副隊長だという意識が強いからか、仕事中はまったく面白味のない男だ。上の命令には忠実で、頭の中はどうやって仕事をやり遂げるかでいっぱいだ。しかし、最上もメイの件でやっと気づいたのだが、意外なところで面倒見がいいというか、チームのことをよく考えている。若干、暑苦しいぐらいだ。

今日も、ようやく仕事に馴染んできた最上を自宅に招待してくれた。奥さんと娘さんを紹介したいのだと言っているが、もちろん最上をさらにチームに馴染ませるためだろう。

クリーム色の玄関ドアを開けると、小さな栗色の影が斉藤の足に飛びついた。

「パパー、お帰りー」

斉藤がすぐさま相好《そうごう》を崩して娘を抱き上げる。七歳になるという娘は、ラテン系の奥さんの血をしっかり引いて、小麦色の輝く肌に、黒々としたつぶらな目を持っていた。人見知りをしないらしく、最上を見ても愛くるしくにこにこ笑っている。

「アイラ、おじちゃんにご挨拶しなさい」

おじちゃんかよ、と突っ込みたくなるのをこらえ、最上は神妙な顔をして少女に挨拶した。斉藤が吹き出す。

「おまえも妙な奴だな。須藤課長にだってため口を叩くくせに、子どもには丁寧なのか」

やかましい、と反発しようとしたところに、奥の台所から栗色の長い髪を緩くウェーブさせた美女が顔を見せた。

「まあ、いらっしゃい。モガミさん、初めまして」

こちらを見ると表情が輝く。心から歓迎されている気分になる。

「モネだ。俺の嫁」

照れ隠しのように紹介して笑う。斉藤がアメフトのクォーターバックだった頃、彼女はチアリーディングチームの一員として試合のたびに応援してくれた。米国のチアリーディングがどれほど鍛錬を必要とするスポーツなのか、仕事の合間に斉藤が繰り返し身振りを交えて教えてくれたおかげで、最上にもよく理解できた。

2LDKのマンションに、彼らはつましく暮らしているようだ。食卓には既に、モネの心づくしの手料理が並んでいた。

「あんまり上手じゃないから、お口に合うかどうかわからないけど」

「大丈夫だって。そんなに上品な口じゃないんだから。なあ、最上」

調子に乗った斉藤が、鶏の唐揚げを指でつまんで口に放り込み、モネに叱られながら手を洗いに行った。

居間は床にふかふかの絨毯を敷いて、クッションを背にして座り込むようになっているらしい。小さな子どもがいるので、そのほうが安全なのだろう。決して贅沢な暮らしではないが、何もかもが居心地良く、整然として気持ちが良さそうだった。居間のサイドボードには、メダルや盾がいくつも並んでいる。

「モネがチアリーディングで受賞したものや、俺がアメフトでもらったものもある」

さほど自慢げでもなく、さらりと教えてくれる。向こうで結婚したのなら、なぜ向こうで就職しなかったのかと以前から不思議に思っていた。アメフトの一線で活躍した選手なんて引く手数多だったはずだ。聞いてみようか、と考えた瞬間、斉藤が妻に声をかけた。

「モネ、こいつバイクで来ちゃったんだ。ビールはダメだから」

「そうなの？」

質問するタイミングを失った最上は、誘われるままに食卓につき、モネや斉藤が勧めてくれる食事を遠慮なくご馳走になった。斉藤は食事の間もずっとアイラをかまい続けていて、時々子どものために小さくカットした肉類や、シチューを食べさせてやっている。

夫婦はアイラを挟んで冗談と笑顔が絶えず、その陽気な笑い声が最高の調味料なのかもしれなかった。絵に描いたように幸せな家族、幸せな家庭。最上は、子ども時代に両親と食卓を囲んだ遠い日のことをぼんやり思い出した。

「どんなに仕事が大変でも、あの子と遊んでると元気が出るんだ」

盛大に食べこぼしたアイラを、モネが着替えさせようと連れて行った隙に、斉藤が照れくさそうに笑う。優等生が優等生でいられる理由だ。なるほど、こんなところにエネルギー源を持っていたわけだ。

洗面所のほうから物が倒れるような大きな音が聞こえた。

「ハジメ！　車、用意して」

モネがぐったりしたアイラを抱きかかえ、青ざめた顔で飛び出してくる。最上は驚いて立ち上がったが、斉藤は聞くなり椅子の背から上着を摑み、財布と車のキーをジーンズのポケットにねじ込んだ。慣れた様子だった。

「最上、すまん。ちょっと病院に行かなきゃならなくなった」

アイラをモネから受け取り、先にエレベーターに乗って降りる。最上も何か手伝えることはないかと、とりあえず斉藤と一緒にエレベーターに乗り込んだ。

「生まれつき心臓が弱いんだ。移植手術を受けるなら、こっちにいい先生がいると聞いてな」

米国にいたほうが心臓の移植手術は受けやすいと聞いていたが、と怪訝そうな顔になったのを見破られたのか、かすかに苦笑めいた表情を浮かべた。

「事情が変わったからな。今では日本に住んでいたほうが、移植手術も受けやすいかもしれない。――臓器を買うカネがあればの話だが」

愕然とする最上を置いて、さっさと駐車場に向かって歩き出す。アイラを抱いて車に向かう斉藤の背中が、鋼鉄の板のように頑なだった。遅れて入院の準備を整えたらしいモネが追ってきた。

「食事の途中だったのに、ごめんなさいネ。せっかく来てもらったのに。またゆっくり来てネ」

モネは不安を隠して最上にすがるように言った。いいから、と最上が早く行くよう促すと、挨拶もそこそこに車を発進させた。子どもの危急に慣れた様子だった。彼らにとっては、きっと珍しくない事態なのだ。

——そういうことか。

斉藤がなぜブラックホークにいるのか、やっと合点がいった。会社は、手術に必要な費用を出すと約束したのだろう。貸してくれるという契約かもしれない。奴は、娘の移植手術のために、一生ブラックホークに縛られることを受け入れたのだろうか。

あんなに楽しそうで、お互いを大切に想い合っていて、幸せそうな家族なのに。

最上はポケットに入れたオートバイのキーを摑み、俯きながらシルバーウイングに向かった。明日以降斉藤に会っても、同情するそぶりは見せちゃいけない。あいつはきっと、他人の薄っぺらな同情など喜ばないだろう。

駐車場のそばに、甘い香りのする白い花をつけた低木が並んでいた。名前も知らない花だった。ちらりとそれを見やり、最上はシルバーウイングにまたがった。

第三章

1

ナイフの刃先など、ガキの頃から見慣れている。そんな面構えで、最上は男と刃物を見上げた。

「震えてるじゃないか」

男が挑発するようにそう言う。――馬鹿を言え。誰が震えてなどいるものか。最上は低く笑った。怖いと思ったほうが喧嘩に負ける。必ずだ。

男は大きなサングラスで顔を隠している。黒い革のジャケットに、ブラックジーンズ。Tシャツまで黒なら、クーガのメンバーかと疑うところだ。ぼさぼさの汚い髪を、肩の下まで伸ばしている。

奴が先ほどから見せびらかしているのは、アル・マーの折り畳みナイフだ。刃渡りは五センチほどしかないが、いかにも切れ味の鋭そうな、底光りのする鋼材を使っている。

「見えるか」

最上の目の前に、ナイフの刃先を近づけて男が煽った。まつげに触れる距離だ。奴がよろめいただけで、こっちの目が使いものにならなくなる。さすがに、最上も相手の気分を害さないよう笑いをおさめた。蛮勇も時によりけりだ。

「今からこいつで、てめえの指を一本ずつ切り落とす。まずは足からだ」

男が宣言した。最上は身じろぎひとつせず、サングラスに隠れた男の目を見ようとした。

「――気分はどうだ。ええ、警備員」

何も答えない。それが一番の侮辱になる場合もある。男は明らかに気を悪くした様子で、鼻を鳴らした。

最上の足元にかがみ、右足の靴を無造作に脱がせて投げ捨てる。手荒で痛かったが黙っていた。男は口元に嗜虐的な笑みを浮かべ、ナイフで靴下を少しずつ切り裂き始めた。嫌みったらしいデモンストレーションだ。

――くそ。

最上は焦って両手を動かそうとした。びくともしない。どこで手に入れたのか知らないが、ブラックホークや警察が使うような強化プラスチック製の手錠で、壁から突き出た輪っか状の鋼材に手足を繋がれているからだ。まるで犯罪者のように。

男が、こちらの焦りを見透かしたように、狡猾な笑みを浮かべて見つめていた。黄色い前歯が、まくれ上がった赤い唇の隙間から覗いている。

「素直に言えばいいじゃないか。おっかねえ、やめてくれってな」

――死んでも嫌だ。

最上はむっつりと唇を閉じた。手足さえ自由になれば、こんな男など叩きのめしてやる。

「指を落とされるのが嫌なら、素直に吐いちまいな。おまえら特殊警備隊は、ブラックホークの中でも特別に拳銃の携帯を許可されてるらしいな。他に、どんな武器を持ってる？　おまえも大統領の警護に当たってるはずだ。暗号コードを吐きな」

——こいつ。

最上は腹の中で唸った。ただのイカレ頭の兄ちゃんではない。特殊警備隊の情報が欲しいのだ。現在請け負っているボディガードの件と関係があるようだ。

男はサングラスの奥の目で、冷徹にこちらを観察している。小汚い外見も、だらしない笑みも、チンピラ風の言葉遣いも、何もかも見せかけかもしれない。少なくとも、特殊警備隊を相手に回そうというのだから、腕にも覚えがあるのだろう。でなければ——ブラックホークの特殊警備隊員を拉致して、拷問して内情を聞き出そうなどとするはずがない。

吐けば、殺される。

そいつは確実だった。情報が漏れたと特殊警備隊が知れば、彼らは暗号コードから警護対象の送迎ルート、武器携帯のレベルすらも変更する。つまり、吐かせた情報そのものが無効になる。そうさせないためには、男は最上を殺して口を封じ、死体を隠すしかない。

この男に嘘の情報を与えて、自分はブラックホークの殉職者として殺されてやる。そんな偽善的な趣味は、最上には断じてない。

男がナイフを構え直した。最上は目を吊り上げ、獣のように唸った。

——ちきしょうめ。

いったいどうして、よりによってこの自分が、こんな目に遭わなきゃならないんだ——。

その身辺警護の依頼が特殊警備隊にきたのは、およそ三週間前のことだ。

南米の小国から、大統領が来日した。債務超過と貧困、それに左翼ゲリラや麻薬シンジケートなどの問題に長らく苦しんだ国だったが、軍隊を投入した強硬なゲリラ対策と、基幹産業の立て直しによる経済状況の改善によって、ここ数年は落ち着きを取り戻している。大統領自ら治安の改善と観光のポイントをアピールするのが、来日の目的という触れ込みだった。

ゲリラも麻薬シンジケートも、近頃なりを潜めている。南米の小国だけに、大統領の来日に対する関心も高くはない。

——最上のテンションは下がっていた。

おまけに、斉藤の奴が無茶な指示を出すのでむしゃくしゃしていた。シフトは二交代。夜勤明けに自宅までメイの運転する車で送り届けてもらった後、軽く一杯ひっかけるためにひとりで外出した。朝から営業している店を見つけ、ビールをほんのジョッキ二杯ほど飲んだだけで、急激な眠気に襲われ——そこまでは、覚えている。

(ビールにクスリを入れやがったな)

新宿の、初めて入る店だった。クラブホステスやホストなど水商売の連中が仕事帰りに飲む店らしく、午前中でも店内は混んでいた。

最初から最上を狙っていたのに違いない。自宅に戻り、また外出したのを見届けて、つけてきたのかもしれない。もちろん、特殊警備隊の情報を聞き出すためだ。

「なあ——あんた、特殊警備隊を敵に回すのは、あんまりうまくないぜ」

最上は目の前の男に向かって首を傾げた。ソフトに話しかけて時間を稼ごうという寸法だ。腕の時計を見ることはできない。今いったい何時頃だろう。最上が新宿の飲み屋にしけこんだのは、午前十時頃だった。あれから二時間は経っているとしても――昼過ぎというところだろうか。

場所の見当をつけようとした。昼間のはずだが、窓のない部屋で天井の裸照明がついている。倉庫なのか、あちこちに段ボール箱が積まれている。

――おそらく地下。

この部屋にいる相手はひとりだ。意識を失った最上をかついで、そんなに遠くまで行けたはずはない。飲み屋が入っていた雑居ビルの地下室。そんなところだろう。

(場所がわかったところでな――)

身体の自由がきかないときては、どうしようもない。あることないこと、べらべら喋って、相手を油断させるか。卑屈にへりくだって泣いてみせるか。――どちらも演技力が必要そうだが、あいにくそっち方面の自信はない。

飲み屋の地下なら、大声で助けを呼べば誰かが気づくだろうか。いや、こいつがそんなことぐらい計算に入れてないはずがない。あの飲み屋は、昼過ぎで営業を終了する。今ごろ、階上の店は空っぽかもしれない。それより、こいつを下手に刺激するほうが危険だ。

男はいよいよ楽しげに、最上が思案する様子を眺めている。

「なかなか強情な野郎だ。一本ぐらい、指をなくしてみなきゃわかんねえようだな」

切り裂いた靴下を握って丸めると、背後に放り投げる。

鈍い光を放つナイフを逆手《さかて》に握り締め、男が最上の足元にしゃがみこんだ。往生際悪く暴れようとしたが、足首をしっかり壁の鋼材にくくりつけられているおかげで、さっぱり動かない。

冷たい刃先が右足の小指に食い込む感触に、最上は反射的に目を閉じた。

――コトン、というかすかな音を聞いたのは、その瞬間だった。

硬質の球状の物体が、コンクリートの床に落ちて転がっていった。最上の頭上。換気口から放り込まれたのだ。最上が目を開けて球を探すのと、男が振り向くのと、ほぼ同時だった。まずい、と思った時には既に、黒い球体から真っ白なスモークガスがもうもうと立ち上り始めていた。

「なんだこりゃあ！」

後は言葉にもならず、男が咳き込んでいる。なるべく吸わないように心がけたが無理だった。強烈な刺激を伴うガス弾だ。皮膚から、粘膜から、全身を通じて吸収される。目がひりひり痛み、涙がとめどなく流れる。喉は焼けつくようで、このまま身体中に火がついて死ぬんじゃないかと思うほど苦しい。

男はとっくにナイフを床に放りだし、膝をついて身体を丸め、うずくまって吐いている。ガスから身を守ろうとしているのか、もはや自分でもわからないまま、ただ痛みを与える物体から本能的に遠ざかろうとしているのかもしれない。

――長かった。

扉が外からこじ開けられ、足音がふたり分、飛び込んでくる。目を開けていられないので見えないが、ガスマスクを装着しているのは間違いない。

「両手を上げろ！　そのままゆっくりこちらを向け！」

マスク越しのくぐもった斉藤の声を聞いて、心底むかっ腹が立った。

誰かが、最上を縛《いまし》めていた手錠と、足首のワイヤーロープを外してくれた。

「遅《おせ》えよ！」

「大丈夫か、最上。俺に摑まれ。歩けるか」

張の声だった。摑まれと言われるまでもなく、長時間縛られていた足には力が入らず、よろめくように肩に手を掛けた。ガスの効力が薄れるまで、五分はかかる。

地下室は換気が良くない。いつまで経ってもガスが抜けないので、張に連れられてそろそろと階段を上がる。後から斉藤が男を引きたててくる。

「なんでこんなに時間がかかったんだよ！」

涙を滲ませながら最上は喚いた。

「怒るなって。間に合ったじゃないか」

頭を丸めた張が、肩をすくめる。

ぎりぎり間に合ったから良かったようなものの、あと数秒遅れていたら、自分の足は指が一本足りなくなっていたところだ。

――くそったれ。

最上は口の中で毒づいた。

大統領の警護チームを監視する連中がいることに気づいたのは斉藤だった。特殊警備隊のメンバーを狙い、警護に穴を開けようとしている。それが、妹尾と斉藤の出した結論だった。

(最上、連中は新人を狙う。おまえ、帰ったら飲みに行くふりをして隙を作れ)

囮になれということだ。なぜ自分がと苦りきりながらも指示に従って出かけ――予定どおり捕まったというわけだ。

当然、斉藤たちが最上の行動を監視し、ひそかに警護していると信じてのことだ。捕らえた男からは、背後関係や仲間の有無などを、ブラックホーク社の訊問チームが腕によりをかけて聞き出すことになるだろう。

「最上も身体で覚えただろう。俺たちボディガードは、たとえオフであっても完全に気を抜くわけにはいかないんだよ。いつも言ってるように、二十四時間、三百六十五日、一秒たりともボディガードであることを忘れちゃだめだ」

したり顔で垂れる斉藤の説教に、ますますイラついた。

「――俺はもうごめんだ。こんな嫌がらせを受けて続けられるか。辞める」

自然にその言葉が口をついて出た。こんな連中と仕事をしていたら、命がいくつあっても足りやしない。給料がよそと比べて抜群にいいわけでもない。自分ひとりが生きていくために必要な金なら、どんな仕事でも楽に稼ぐことができるはずだ。こんな、命がけの仕事をしなくとも。

「嫌がらせだと？」

斉藤が呆れたように張と顔を見合わせた。

「おまえな――」

さらに言い募ろうとする最上に、待て、と片手を上げて押しとどめる。斉藤たちは、ガスマスクの下にブラックホーク社のヘッドセットをかぶっていた。そのイヤフォン部分に手を当てる。

「大統領は予定を早めて、先ほど帰国便に乗ったそうだ。警護チームが狙われていることを知って、身の危険を感じたらしい」

少し残念そうに斉藤が言った。最上はさらに勢いづいて、自由になった手で目を拭った。何もかもが腹立たしい。ある意味、駄々をこねたい気分だったのかもしれない。そう言えば、ガス弾には精神状態を不安定にさせる働きもあったはずだ。頭ではわかっているが、言葉が止まらない。

「そいつは良かった。それじゃ、ちょうど仕事のキリもいいじゃないか。俺はもうお払い箱でいいだろう」

斉藤がこちらを睨む。

「残念だったたな、最上」

「なんだと」

「さっそく、次の仕事の依頼が来た。緊急の依頼だそうだ。本社に戻って、これからすぐにミーティングだ」

「なに――」

辞めると言ってるじゃないか、と最上が唸る前に、斉藤が冷たい視線をよこした。

「子どもみたいなこと、言ってるんじゃねえ。辞めるんならそれでもいいが、少なくともおまえの代わりが見つかるまでの間は、きちっとお勤めしな。それが社会人のマナーってもんだろ」

言いたいことを言うと、斉藤は男を引きずって車に放り込んだ。運転席から、メイがぬっと顔を突き出す。

――なんてことだ。彼女も聞いていたのか。

早く乗れ、と無表情にメイが合図している。知らない間にため息が漏れていた。

＊

本社に向かう途中で、新たな指示が下りた。

メイが運転する特殊警備隊の専用車輛〈ホーク・テン〉は、首都高速中央環状新宿線から都心環状線の内回りに乗り、芝公園で降りた。虎ノ門にある、クライアントの本社に直接向かうよう指示されたのだ。

メイは車載の無線をスピーカーに繋ぎ、須藤課長の指示が全員に伝わるようにした。

『クライアントは東都重工業株式会社。プリンシパルは、会長と社長、取締役十二名を入れた十四名全員だ。社外監査役は除外している。十四名のうち、社長の塩沢雄介《しおざわゆうすけ》氏を、特殊警備隊が警護する。他の十三人については、ブラックホークの一般警備員から既にボディガードを選抜し、警護に当てている』

須藤課長は、メモでも読み上げているのか、よどみなく指令を出した。顔が見えないが、どうせいつものポーカーフェイスだろう。

車に乗っている間に、最上の気分も落ち着いた。ラフな私服で任務につくことになったのが悔やまれたほどだ。斉藤たちは、大統領警護の際と同じスーツを着用している。

「社長を特殊警備隊が警護するというのは、何か理由があるんですか」

助手席に座った斉藤が尋ねる。

『今朝九時頃、自宅を出ようとした塩沢社長を、拳銃を持った暴漢が襲撃した。先ほど、クーガが新聞各社に犯行声明を出した。警察も、犯人はクーガのメンバーに間違いないと見ている』

「社長がまた襲われる可能性があるというわけですか」

『東都重工側から、社長を特別に手厚く警護するよう依頼されたわけではないが、我々の判断で、社長には特に厳しい警戒を要すると考えた』

　須藤は無駄なことを一切言わず、ロボットのように平板な口ぶりで説明した。

『クーガの狙撃手、ニードルの動向も確認されていない。いまだ東京に潜伏中との見方もある。念を入れて警護に当たるべきだろうな。今回の警護は、プロテクティブ《P》・エスコート《E》・セクション《S》二名、ビークル《V》・セクション《S》一名、セキュリティ《S》・アドバンスド《A》・パーティ《P》二名でシフトを組んでもらう。ひとり足りないから、いま早稲田に向かわせている』

「了解。妹尾隊長のチームはどうします」

『他の警備員からひとり、応援をやる』

　ふと、無線の向こうで須藤の態度が和らいだ雰囲気を感じた。人間の感覚というのはおかしなもので、たとえ見えなくとも、声の調子やかすかな息遣いなどで互いの様子を感じ取ることができるものだ。

『君たちが、今朝まで大統領警護のシフトに当たっていたことは覚えているよ。現在、妹尾隊長のチームが警備計画書を作成中だ。数時間後には交代できるだろう。その後、午後九時までは休憩してくれ』

　まったく、人使いの荒い会社だ。

「ところで、この仕事の終了条件はどうなっているんですか。俺たちはいつまで社長に張り付くんですかね」

『犯人が捕まるまでだ。あるいは、クライアントから契約終了の連絡があるまで。——よろしく頼む』

斉藤が何か言いかけた時には、既に無線は切れていた。

「五名体制を組むのか」

それまで黙ってやりとりを聞いていた張が、緊張感の漂う声を出す。斉藤が助手席から瞬間的に振り返った。

ボディガードに必要な人数は、ブラックホーク社がリスクや危険度を分析して決定する。最上が特殊警備隊に配置されてからは、ずっと四名体制で警護に当たってきた。特殊警備隊は定員九名。四名体制だと二チームを組むことができ、残る一名は休暇や研修にあてることができる。

須藤が五名体制を敷いたということは、今回の警護はそれだけリスクが高く、危険な仕事だということに他ならない。

「また東都重工だ。あそこは、そろそろ社内でセキュリティチームを育成したほうがいいんじゃないのか」

斉藤が、ほとんど苦々しく思っているような声で吐き出した。客は神様だの、金を払ってくれるクライアントには逆らわないだの、日頃えらそうなことを言っている優等生の、意外な反逆に最上は眉をひそめた。

「また？　以前にも東都からの依頼を受けたことがあるのか」

斉藤は、先ほどの最上とのやりとりなど忘れたように肩をすくめた。近頃、最上のかっとしやすい性格を読まれている。最上のほうも、優等生ぶった斉藤の、意外なしたたかさを理解しつつある。まずはいいコンビだ。

「――そうだ。東都の依頼は、俺が特殊警備隊に入ってからでも、もう五、六回は受けてるんじゃないか。そいつがまた、毎度危険なことこの上ないんだよ。クーガは、新年に標的の優先順位って奴をネットで発表するんだが、毎年そのトップに来るのが東都重工だ」

「今回は珍しく半年ほど間隔が空いたな」

「そう言えばそうだ」

張の言葉に、バックミラーの中の斉藤が目を細める。茶色い目の奥で何かを考えている。

「前回は、円道《えんどう》がいた」

思い出したようにメイが口を開くと、斉藤たちはぎょっとして身体をこわばらせた。こんな状況でメイが口をきくのは珍しいが、なぜ彼らがそんな反応をしたのか不思議に感じ、しばらくして腑に落ちた。半年前、特殊警備隊の隊員がひとり、交通事故で亡くなったのだ。そいつが円道に違いない。メイの婚約者だったそうだ。他のメンバーは、恋人を亡くしたメイを腫れものを扱うように気遣っている。

斉藤は真剣に言葉を探していたようだが、ゴングに救われた。東都重工本社ビルの門を〈ホーク・テン〉がくぐり、玄関に横付けした。

「行こう」

斉藤が後部座席の最上たちに顎をしゃくった。いつもどおりなら、車輛の運転技術に長けたメイがVSで運転役。斉藤がPESで警護対象に張り付き、最上と張がSAPで先導と役割分担は決まっている。

「待って」

メイが鋭い声で斉藤の動きを制した。

「頼みがある。今回は、私をＰＥＳに加えて欲しい」

「理由は」

斉藤が眉をひそめる。

「理由は特にない。ＰＥＳが二名なら、五人の中では斉藤さんの次に先任なのは私だ」

プリンシパルにぴったりついて直接ガードするＰＥＳは、チームの中でも古株の熟練ボディガードが選ばれる。いつもは黙ってハンドルを握るメイが、こんな自己主張をするのも珍しい。

「――いいだろう。ただし、後で妹尾隊長の確認をとる。隊長の承認が得られなければ、この話はなかったことにしてくれ」

困惑を滲ませながら、斉藤が譲歩した。

「それなら、ビークルは俺だな」

張がメイの代わりにホーク・テンの運転席に乗り込む。あまり嫌そうではないのは、彼も車の運転が好きだからだ。

ブラックホーク社のエンブレムをつけた乗用車が停まるのを見ていたのだろう。玄関から、背広姿の中年男性と、パンツスーツ姿の女性が現れた。ショートヘアの女性のほうが、どう見ても三十歳前後で経験も足りなそうだが、隣の男性よりも表情はいかめしかった。あるいは、いかめしさを装っているのか。

「ブラックホーク、特殊警備隊の斉藤です。後ろにいるのは特殊警備隊のメンバーです。東都重工さんから社長の身辺警護を依頼され、参りました」

問われる前に、斉藤がＩＤカードを見せて身分を証明する。ブラックホークの社員証でもあるＩ

Dカードは、偽造を防止するため生体認証チップを埋め込んであり、指紋や顔写真、手のひら静脈パターン、声紋に虹彩パターンなど、現在実用化されているあらゆるバイオメトリクス情報が保存されている。

地味な茶色の背広に黒ぶちの安っぽいメガネをかけた中年男が、携帯用の指紋認証装置で斉藤の身分を確認し、頷いた。手慣れた動作や力みのない態度からも、ベテランだとひと目でわかる。

「警視庁の桝田《ますだ》です。こちらは、本庁の長久保《ながくぼ》警視」

男が警察バッジを見せ、自分と若い女性を簡単に紹介した。本庁というからには、警察庁勤務のエリートだ。この若さで警視かよ、と最上は女を見やった。どうせ高学歴を誇る頭でっかちなお嬢様で、現場の刑事たちにうとまれているのだろう。

「さっそくですが」

長久保警視が、よく光る目をじっと斉藤に当てた。視線の強さだけは一人前だ。

「東都重工さんが、私たちにご相談なくそちらに警護の要請をされたそうですね。塩沢社長は警視庁で身柄を保護することになりました」

さすがの斉藤も顔色を失った。私たちにご相談なくという言い方に、ブラックホーク社に対する反感が滲んでいるようだ。

長久保が自分の言葉を彼らに浸透させるかのようにゆっくり頷き、斉藤を見つめた。

「わざわざここまで来ていただいたのに、たいへん申し訳ありませんが、ブラックホーク社の警護は不要です」

2

「一時はどうなることかと思いました」

斉藤の言葉に、その男は執務机の向こうに座ったまま、穏やかに微笑んだ。

「皆さんにはご心配をおかけしましたが、警察の誤解もすぐに解けたようで、何よりでした」

東都重工業、取締役社長。肩書きを聞くといかめしいが、塩沢雄介はその地位を感じさせないほど腰が低く、物腰が丁寧な男だった。その態度は、どことなく最上にタイの寺院で見かけた托鉢の坊さんを思い出させた。警察庁の長久保警視のほうが、よっぽど偉そうにふんぞりかえっている。

最上は室内をざっと見渡した。

東都重工の社長室ともなると、マンションのワンフロア程度の広さがある。室内に盗聴器などが仕掛けられていないことは、警察が確認したという説明だった。しかし、警察だろうが何だろうが、他人の言葉を鵜呑みにしないのがブラックホークの社訓だ。メイが、さっそく盗聴器を探知する機械を使って部屋の隅々まで安全を確認し始めている。

どっしりしたマホガニーの執務机の価格など、最上には想像もつかなかった。最上のワンルームにある家具すべての値段を合計しても、追いつかなさそうだ。

壁には書棚、ファイルキャビネットの他、飾り戸棚が並んでいる。革表紙で金箔押しの全集がずらりと並んでいるのが圧巻だった。ちゃんと中身も入っているのだろうか。それともひょっとすると、装飾品の一種で、読むものではないのだろうか。金色に輝くトロフィーや、盾などが飾り棚に並び、よく見るとそれぞれの表面にはアメリカン・フットボールの選手の絵が彫りこまれている。東都重工のアメフトクラブは、社会人リーグで優勝経験が豊富なのだ。

広々とした室内の一角は、応接スペースになっていた。重要な客とは、この応接セットに腰を下ろして面談するのかもしれない。

今そのソファに腰を下ろしているのは、斉藤と最上たちだった。

「以前にも身辺警護を担当させていただいてますので、手順はよくご存じかと思いますが、念のため説明させていただきます。これから契約が終了するまでの間は、社長の一日のスケジュールを我々も共有します。移動に利用するルートは、我々が何パターンか用意し、ランダムに選択します。移動の途中で待ち伏せされることを防ぐためです。また、移動のルートと、目的地には先導役のふたりが先行し、問題がないことを確認します」

最上と、遅れて到着した早稲田が頭を下げる。塩沢社長は、ひとりひとりに丁寧に頷きかけた。自分の命を他人に預けることの重みを、よく知っている人間のようだ。

「移動には、ブラックホーク社の車輛をお使いいただきます。防弾仕様の警護専用車です」

「前にも乗せてもらったから、乗り心地はよく存じておりますよ」

塩沢社長が、まるで彼らと内緒話を共有しようとしているかのように、いたずらな目をして微笑む。国内の大企業の社長には、気難しい年寄りが多いだろうと考えていた最上の想像を、あっさり裏切る表情だった。身辺警護に関する斉藤の説明を、塩沢は決して知ったかぶりをせずに慎重に聞き、快く受け入れているように見えた。

まだ警備計画も受け取っていないので詳しいことはわからないが、東都重工の塩沢社長と言えば、年齢は六十歳近いはずだ。近々、経団連の会長に就任する可能性が取りざたされていると、何かで読んだ記憶がある。

塩沢の態度があまりにも落ち着いているので忘れていた。彼は今朝、拳銃を持った暴漢に襲撃されたばかりなのだ。大企業の要職につくような人間は、常人とは肝っ玉が違うのだろうか。

「先ほど警察の方が、警視庁が社長の身柄を保護すると言われたのですが」

斉藤の疑問に塩沢は小さなため息で答えた。

「彼らの身柄保護というのは、私をホテルの一室に缶詰めにするという意味なんですよ。いつになったら襲撃犯が逮捕されるかわからないというのに——そんなことをされたら、私は仕事ができなくなってしまう。そうでしょう」

なるほど、と最上は腹の中で頷いた。警察は、ブラックホークのボディガードを追い返すつもりだった。ところが、玄関先での騒ぎを聞きつけた塩沢社長や東都重工側が、警察庁のお偉方やOBなどに働きかけ、長久保警視たちにブラックホークの存在を受け入れさせたのだった。

どうりで、気の強そうな長久保が、火を噴くような目つきでこっちを睨んでいたものだ。

今朝九時。塩沢社長が世田谷の自宅を出て社用車に乗り込もうとした時、近くに停まっていたライトバンから黒ずくめの男がひとり現れ、塩沢を撃とうとした。とっさに社長をかばった若い秘書が撃たれ重傷を負ったが、犯人はすぐさま車に乗り込み、警察が来る前に走り去った。

「秘書というのは、大学時代にアマチュアレスリングで鳴らした男でね。正義感が強くて体力にも自信があるものだから、暴漢を見た瞬間に身体が動いてしまったのだろう」

塩沢は、自分ではなく秘書が撃たれたことを残念がるような言い方をした。あながちポーズや演技とばかりも言いきれない様子に、最上は好感を抱いた。企業のトップに上り詰めるような人物というのは、能力が高いだけではないのだろう。人たらしとでもいうのか、部下や上司の心を掴む力も備わっているのに違いない。こういう男なら、秘書も命がけで守りたくなるかもしれない。

発砲事件の直後、警察は緊急配備を敷いた。犯人が乗って逃げたライトバンは、隣町のコンビニの駐車場に乗り捨ててあるのが見つかったが、犯人はまだ見つかっていない。

「クーガは、東都重工にも犯行声明と脅迫状を出したと聞きましたが」

頷いた塩沢社長がインターコムに向かって何事か告げると、すぐノックの音がして女性秘書が用紙を持参した。

「これです。本社の代表ファックス番号に、送られてきたものです」

斉藤の隣からファックス用紙を覗きこむ。パソコンで印刷したものをファクシミリで送ったようだ。時代がかっていて創意工夫のかけらすら見えない文面にそっけない文字。

『我々空牙は、本日午前九時、東都重工業の奸賊・塩沢雄介を襲撃した。東都重工業は、国内においては国民および労働者を搾取し、国外においては罪もない人々をその兵器の犠牲とする鬼畜産業である』

『我々は、東都重工が諸外国に対し行っている、武器・兵器への技術協力とライセンス供与を停止することを求めるものである。彼らが現在の虐殺行為を停止しない限り、我々は東都重工を標的リストの第一位に置くことをやめないだろう』

最上は、武器・兵器と書かれた文面を見て、眉をひそめた。東都重工が、国内でも有数の兵器産業であることは知っている。しかし、それを海外に輸出しているとでもいうのだろうか。

「チェックは終了した。盗聴器などは仕掛けられていない」

時間をかけて丁寧に確認していたメイが、やっと作業を終えて斉藤に報告する。これだけ広い室内なのだから無理もない。斉藤は、脅迫状に気を取られているように見えた。

「脅迫状の中でクーガが求めている、武器・兵器への技術協力と、ライセンス供与の停止と言いますと――」

「それについては、若干説明が必要だ」

塩沢がデスクに肘をつき、手のひらを合わせた。どこか、祈るような姿勢だった。

「君たちは、武器輸出三原則という言葉を聞いたことがあると思う。わが国の武器輸出に関する方針を定めたものだ。当初は紛争地域や東側諸国に対する武器輸出を禁ずる内容であったものが、三木首相の時代に国会答弁により、すべての国に対して武器・兵器の輸出を禁じる――という、非常に曖昧かつ広範囲にわたる輸出禁止の原則になったことも、知っているだろうね。しかし、およそ三十年前、この原則は現実からすっかり乖離《かいり》してしまったため、見直されることになった」

「それは、一応我々も聞いたことがあります」

「もちろんそうだろう。中学校の教科書にも載っているからね。ことの発端は、航空自衛隊が次期戦闘機の選定にあたり、米国から最新鋭ステルス戦闘機の導入を断られたことに始まる。その頃、自衛官によるイージス艦等の機密漏洩問題などが相次いでおり、米国が最新兵器の情報漏洩を恐れたためなどと言われているが、真偽は定かではない。米国から次期戦闘機の導入を断られたため、航空自衛隊は次の手段を探さなければならなくなった。当時、世界の潮流は、開発に多額の費用を必要とする兵器や武器を、共同開発する方向へ進んでいたわけだ」

「兵器の共同開発ですか」

「そうだ。当然、わが国もその波に乗りたいと考えた。ところが、そこに立ちふさがったのが武器輸出三原則だった。たとえ共同開発という形式をとろうとも、そこにわが国が持つ技術が反映されることには変わりがない。つまり、武器や兵器を輸出してはならないという原則に、抵触すると考えられたわけだね。ところで、もしも共同開発という形をとらず、わが国の企業が単独で戦闘機を開発し、それを航空自衛隊に販売するとどうなるか――。開発した戦闘機を、他国に販売することは当然できない。となれば、戦闘機一台にかかる経費が、とてつもなく高額になってしまうので、これも現実的ではない。――そこでいよいよ、武器輸出三原則そのものを改正することになったわけだ」

いったいどうして塩沢社長は、ボディガード相手に、長々と武器輸出三原則を講義する気になったのか。最上はいいかげん苛々して、隣に座った斉藤の横顔を盗み見た。何を考えているのか、斉藤はわずかに半眼になって、塩沢社長の言葉に耳を傾けている。

(こいつが俺よりも辛抱強いことは認めてやるが――)

立ったままソファの後ろに回ったメイの様子をさりげなく観察すると、彼女もおとなしく塩沢の話を聞いているようだ。ソファの端に腰を下ろした早稲田は、脅迫状の文面に見入っている。学生時代にアマチュアレスラーだったという彼は、大柄な体軀に似合わず、気が小さいところがある。こういう場所では、態度には出さないが、少し萎縮しているのではないかと最上は見てとっていた。

「政府は武器輸出三原則を改め、国際共同開発への参加や、平和貢献・国際協力における武器の供与を例外として認めるという新たな解釈を追加した。それにより、わが国も西側諸国による新型兵器の開発に参画できる道を開いたわけだ」

「その原則は、今でも生きているわけですよね」

斉藤が念を押す。

「もちろんそうだ。これまでにわが国が共同開発に参加した兵器は、戦闘機をはじめ、ミサイルや軍事衛星など多岐にわたっている。ちなみに、東都重工は地対空ミサイルと、空中ロボット兵器の研究開発に参画している」

「空中ロボット兵器？」

「つまり、ＵＡＶ――無人航空機のことだよ」

塩沢社長が、軽く肩をすくめた。

「戦争で兵士の命をやりとりするなんて、馬鹿げていると思わないか。現代の戦争は、テクノロジーの進歩を競うゲームのようなものだ。目的地までの飛行は、自律型オートパイロットで制御することができるが、ドッグファイトなどの戦闘となると別でね。一瞬の判断になると、いまだにコンピュータの計算速度を、熟練した戦闘機パイロットの〈勘〉が上回ることがある。だから、戦闘モードにおいては、安全な位置からの遠隔操作を行うわけだ」

塩沢社長は、まるで教師が生徒に講釈を垂れるような態度で、淡々とロボット兵器について説明を続けている。

（おいおい、おい――正気か、このおっさん）

最上は一瞬、呆気にとられて塩沢の温和な表情を見守った。

戦場での命のやりとりなど馬鹿げていると、彼は言う。しかし、最新鋭のテクノロジーの恩恵を受けることができるのは、それなりに豊かな先進国だけだ。貧しい国や、テクノロジーの輸出を拒否された国などは、昔ながらの戦闘機や戦車やミサイルを使って戦争をするしかない。

豊かな国の兵士は、戦場から遠く離れた居心地のいい支援施設にいて、命の心配をせずに遠隔操作のコンソールを睨んでいる。貧しい国の兵士は、自分自身の命を懸けて、震えながら戦闘機の操縦桿を握っているというのか。それは、富を持つ者が持たない者を虐殺するのとどう違うのか。

その行為にまったく疑問を感じていないような塩沢の口調に、先ほど抱きかけた好感が吹き飛んだ。企業の財務状態に関する数値ばかり追いかけているうちに、人間らしいものの感じ方を失ったのではないのか。むしろ、東都重工の虐殺行為を停止せよというクーガの脅迫状に、シンパシーを覚える。クーガは貧しい庶民の怒りの代弁者だと、自分たちを位置付けているのだ。もちろん、そちらはそちらで詭弁に違いないが。

(戦争がゲームだとは、ふざけた野郎だ)

怒りを込めて斉藤を見たが、彼は仏像のような半眼をして、塩沢の講釈に耳を傾けている。何を感じているのか、その無表情からは伝わってこない。

「――なるほど。つまりクーガは、東都重工がミサイルやロボット兵器に対する技術供与をやめない限り、標的にすると宣言しているわけですね。――参考までにお尋ねしますが、やめるという選択肢はないんでしょうか」

斉藤の質問に、塩沢は愉快な答案を見た教師のように、目を見開いて朗らかに笑った。

「やめる？　これは驚いた――軍需産業から手を引くという意味かね。それでは、私の代で東都重工を潰すことになるだろう」

斉藤が肩を怒らせた。彼もこの仕事を不愉快に感じていることが、そのわずかな動作で伝わってきて、最上はほっとした。斉藤は優等生ぶって時にいけすかない奴だが、少なくとも一緒に仕事をする仲間として、最低限許せる範囲内であることは間違いない。

「わかりました。その選択肢がないということは——警察がクーガを完全に制圧してくれることを、祈るしかありませんね」

「私もそう祈っている」

塩沢社長が鷹揚に微笑んだのと、社長室のドアがノックされ、秘書に続いて妹尾たちのチームが入ってきたのとがほとんど同時だった。

「待たせて悪かったね」

妹尾は斉藤に軽く頷きかけた。何度も東都重工の身辺警護を引き受けているというだけあって、塩沢社長も妹尾の顔を見るとにこやかな笑みを浮かべた。すっかり顔なじみというわけだ。

「社長、彼らは今朝方まで別の警護についておりましたので、これで引き上げさせます。これから午後九時までは、我々が警護を担当させていただきます」

「頼みますよ。ブラックホークが警護を引き受けてくれるなら、何が来ても安心だ」

塩沢は満面の笑みをたたえた。

——胸くその悪いジジイ。

クーガの腕利き狙撃手ニードルは、こういう奴こそ狙撃するべきだ。そんな、物騒な感想を最上は腹で呟いた。

「社長室の盗聴器類は、メイがチェック済だ。現在のところ問題はない」

「わかった」

斉藤と妹尾が引き継ぎするのをしり目に、最上はさっさと社長室を出た。警察の防衛ラインを突破して、なんとか社長室に入ったばかりだったのだ。引き継ぐほどのこともない。メイが、続いてするりと抜け出してきた。早稲田は職務に忠実に、斉藤にくっついているのだろう。

「メイ、おまえも、今回のプリンシパルの警護をやったことあるのかよ」

「――ある」

いつも無愛想で冷淡な彼女だが、今日はいっそ氷の女王のほうが、ずっと温かみがあるんじゃないかと思うほど、冷ややかだった。同僚はちっとも親しみがなく、警護対象は頭のネジがいかれたおっさんで、敵はクーガときた。おまけに、東都重工がクーガの要求を呑むことはありえないというのだから――こいつは長引くに違いない。

廊下の向こうに、警察官が何人か立っている。制服警官に混じり、長久保警視と桝田警部の姿も見える。長久保はこちらに気づいたようで、きつい視線を投げ返してきた。

(――ちきしょう。笑わない女がふたりに増えた)

どうして自分の周囲には、この手の気の強い女ばかり集まるのか。

「おう。行くぞ」

やっと出てきた斉藤が、最上の背中をどんと叩いた。斉藤を見て、長久保警視がつかつかとこちらに近づいてくる。嫌な予感がした。

「ブラックホークの皆さんにひとこと、言っておきたいことがあります」

切り口上でそう宣言すると、長久保警視はきっと斉藤の目を見上げた。

最上はようやく気がついた。あんまり気が強いので、実際より大きく感じていたのだが——彼女は最上の顎くらいまでしか背丈がないのだ。小柄で、おまけによく見れば顔立ちも可愛らしい。長久保警視は強い目でこちらの面々を、ひとりひとりじっくり睨み上げた。その目つきはまるで、こちらの顔を完璧に記憶に焼きつけようとしているようでもあった。

「須藤さんが、どんなに汚らしい手を使って私たちの捜査を妨害しようとも、私は決して負けません。帰ったら、そう須藤さんに伝えなさい」

呆気にとられたブラックホークの面々を残し、彼女はつんと顎を上げると踵《きびす》を返した。

「——なんだ、あれ」

唖然として最上が唸ると、斉藤がやれやれと首を横に振る。

「デーモンは、元警察庁のエリートだからな。なんだかよくわからんが、エリート同士の確執でもあったんじゃないかね」

「須藤課長が警察庁出身だって？」

生まれた時からブラックホークにいるような顔をしている須藤を思い浮かべる。生え抜きの社員だとばかり考えていた。

「警察庁を辞めて、ブラックホークに来たんだよ。引き抜かれたって噂もある。——おい最上、俺から聞いたってことは、須藤さんに言うなよ」

斉藤が、やましそうな顔をしている。どうやら彼にとっても、須藤は複雑に絡み合う愛憎の対象らしい。デーモン須藤などと呼ぶくらいだ。

「さあ、帰るぞ。八時半には迎えに行くから、そのつもりでさっさと寝ちまってくれ」

最上は時計に目を走らせた。午後二時を過ぎている。今から帰宅しても、シャワーを浴びて着替えれば、寝たと思ったところでもう起きなければいけないだろう。

「それから、メイ。妹尾さんは、今回おまえがPESを担当するのは問題ないってさ。しっかりやれって」

斉藤の言葉に、メイは特に嬉しそうな顔もせず、無言で頷いた。どこまでも愛想のない女だ。しかし、その無表情な顔の裏で、仕事に対する静かな情熱を燃やしていることは、だんだん最上にも理解できるようになってきた。

「張に連絡して、車を回してもらおう」

ヘッドセットの無線で斉藤が張に指示を出し始めた。

「階段で降りるか」

東都重工の本社ビルは三十階建てだが、社長室はなぜか五階にある。上に行くほど偉い奴らがふんぞり返っているものだと思っていた最上には意外だったが、塩沢社長には高所恐怖症の気でもあるのかもしれない。

斉藤の指示で階段を駆け下りた。この男のことだ。訓練の一環だとか考えているのに違いない。

斉藤の前は、死んだ円道というメイの婚約者が副隊長だったと聞く。その男は、どんなふうにこの曲者ぞろいのチームをまとめていたのかと興味が湧いた。なにしろ、あのメイと婚約するようなつわものだ。

「俺、来週の日曜は、子どもの運動会だったんだがなあ。この件は長引きそうだから、この分じゃ、とうてい無理だな」

階段を下りながら斉藤が切なそうにぼやいた。職場でも優等生だが、この男は信じられないくらい家庭を大事にしている。娘にはとびきり甘い父親だ。斉藤の娘は心臓が悪いはずで、運動会になど出られるのだろうかと一瞬考えたが、たとえ子どもが出場して走るわけではなくとも、記念すべき日に一緒にいてやりたいと思うのは親心なのかもしれない。

「運動会かよ。どうせ毎年あるじゃないか」

最上はわざと憎まれ口を叩いた。

「馬鹿にするなよ、最上。小学一年生の運動会ってのは、人生にたったの一度きりなんだ。そういうイベントを、親が見ないでどうするんだ」

「ちぇっ。斉藤も普通に親馬鹿だな」

「何言ってやがる。普通が一番だ」

斉藤が鼻を鳴らした。

「妹尾さんも、来週は子どもの運動会じゃなかったか」

話題を逸らそうと思ったのか、元レスラーの早稲田が口を挟む。最上は目を丸くした。

「妹尾さんって——隊長、結婚してるのかよ」

「今さら何を言ってる。結婚して男の子がひとりいるよ。グローブしてない時に、左手の薬指を見てみろ」

斉藤が呆れたように首を振った。

いったいどんな男が、あの妹尾隊長と——妙な言葉を口走りそうになり、最上は誤魔化すために慌てて階段を駆け下りようとして、足を滑らせた。

「馬鹿！」

「危ない！」

差しのべられた手に摑まり、別の手に頭を軽く叩かれた。

「なに、子どもみたいにはしゃいでやがる」

斉藤の雷がたちまち落ちる。

——最上は誰かの手を摑んだまま、呆然としていた。

「さっさと離しなさいよ」

冷ややかにメイが手を振りほどく。

（——……の警護ですが、我々は二チームに分かれてシフトを組み——）

確かに一瞬、妹尾隊長の声が聞こえた。思わず周囲を見回したが、もちろん彼女は塩沢と一緒に社長室にいるはずだ。今のはいったい、何だったのか。

メイの手を握ったとたん、妹尾の声が聞こえた。あれは、ひょっとすると骨伝導——。愕然とする。メイは骨伝導イヤフォンを使って、社長室の中で交わされる会話を聞いている。先ほど社長室の盗聴器を探すふりをして、逆に盗聴器を仕掛けたのではないか。

最上は生唾を飲み込んだ。口を開こうとすると、メイがじろりと睨んできた。——何か勘づいたのかもしれない。

（こいつ——何を考えてやがる）

盗聴は妹尾や斉藤も了解の上でのことなのだろうか。それとも——。

妙なことが起きようとしている。

「何してる、さっさと来い！」

斉藤が声を張り上げた。

最上はごくりと喉を鳴らし、彼らの後を駆けて行った。

3

「すげえ豪勢な部屋だな」

ブラックホークに入社して警備を担当するようになり、ホテルのスイートは見慣れてきた。

特殊警備隊にボディガードを依頼するような人間は、エグゼクティブ中のエグゼクティブだ。彼らの天敵であるクーガは、金持ちを目の敵にしている。クーガの標的ナンバー1とされる東都重工業の社長なら、最上など想像もつかないほど稼いでいるに決まっている。

セキュリティ・アドバンスド・パーティとして、プリンシパルの塩沢社長に先行し、ホテルの部屋をチェックするため案内されたところだった。最上が呆気にとられるようなスイートだ。なにしろ広い。紺に金ボタンの制服に身を固めたフロントマンが、慇懃《いんぎん》に説明してくれたところによれば、ほぼ四百平米あるらしい。最上のワンルームが十室以上すっぽり入る。

「当ホテルで、一番良いスイートをお取りしました」

誇らしげにフロントマンが胸を張るのも無理はない。キッチンやジャグジーがついているのはもちろんのこと、なんと小さなジムまで室内に完備しているときた。一泊の宿泊費用は、最上の給料なら半年分くらいにあたるそうだ。

最上が上げた唸り声に、早稲田がいかつい肩をすくめて同意する。

「なにしろ、東都だからな」

その声に、やっかみよりも軽蔑の響きを感じたのは、気のせいではないようだ。副隊長の斉藤といい、早稲田といい、どうやら今回の顧客にはいい印象を持っていないらしい。

「さっさとチェックをすませよう」

早稲田が室内のチェックを始める。危険物、盗聴器、盗撮用のカメラ。チェックの項目は山ほどある。相手がクーガならば、念を入れすぎるということはない。

塩沢社長は、今朝自宅を出るタイミングを狙って襲撃された。安全が確認できるまで世田谷の自宅には帰らず、ホテル暮らしを続ける予定だ。妻とふたりの娘がいるが、そちらも万が一のことを考えて、鎌倉の実家に戻っているそうだ。

最上は盗聴器の探知機を抱え上げた。盗聴器が発信する周波数帯の電波に反応して、アラームを鳴らす装置だ。

（——メイ）

昼間のできごとを思い出す。メイは東都重工の社長室に盗聴器を仕掛けた。何の目的でそんなことをしたのか。あれからふたりで話す機会もない。斉藤たちが同席している場所で、うかつに聞くこともできない。

彼女がクーガに関与している可能性はあるだろうか。

——まさか。

愛想がなくて武骨な女だが、筋は通す奴だ。ボディガードの仕事にも馴染んでいる。少なくとも、ブラックホークを裏切るようなマネはしない。

どうしてそんなことがおまえにわかる、と最上はひそかに自問した。

――しかし、わかるのだ。

男も顔負けの体術を使うメイ。車輛や航空機、ヘリコプターなど、あらゆるライセンスを取得し、操縦技術にも長けたメイ。白いハンカチしか持たない女。そうやって、少しずつボディガードとしての自分を鍛え上げたメイが、自らの信条を裏切るわけがない。

だから、あれには何か深い理由があるのだろう。妹尾隊長や斉藤に話すのは、事情を聞いてからでも遅くはない。

「こっちは問題ない」

ようやく早稲田が全室調べあげて戻ってきた。部屋が広い分、チェックに時間がかかる。警護の都合も考えて、ジュニアスイートくらいにしておけばいいものをと思うが、この部屋に宿泊するというのは、塩沢社長と東都重工からの要請だった。東都の社長が、みっともない部屋には宿泊できないと言ったそうだ。

「マングースからボンバーへ。コード３－００１」

『ボンバー了解。３－００１』

部屋は問題ない、という最上の無線連絡に、斉藤が回答をよこす。張が運転するホーク・テンは、もうじきホテルに入ってくる。バイタルインフォメーションと呼ぶ、セキュリティ保持のため無線などで伝えてはいけない三つの〈W〉がある。WHO、WHEN、WHERE。これらは必ず暗号コードとしてチームに伝える。

「迎えに行ってくる」

早稲田をスイートルームの入り口に残し、エレベーターに乗った。ホテルのロビー、フロント、エレベーター。すべて、念を入れてチェック済だ。クーガは、しばらく前に狙撃手のニードルを東京に呼び戻した。狙撃される懸念もあるため、ホーク・テンは周辺のビルなどから死角に入る位置に停め、社長を降ろす。

午後十時過ぎ。つい先ほどまで、塩沢社長は社内の会議に出ていた。気に入らない男だが、仕事熱心なのは間違いない。

一階の車寄せに滑り込むホーク・テンが見えた。前後にはブラックホーク社のエンブレムが燦然《さんぜん》と輝いている。普通の犯罪者なら、この紋章を目にすれば戦意を喪失するはずだ。ブラックホークを相手に回して、勝ち目などあるはずがない。今や警察よりも恐れられている。この紋章を見てさらなる敵愾《てきがい》心を燃やすのは、クーガの連中くらいだ。

車の周辺に、怪しい人物や車輛の姿がないことを確認する。

ホーク・テンから斉藤とメイが先に降り立ち、周辺を鋭く観察しながら塩沢社長を助け降ろす。塩沢は、相変わらず柔和な笑みを浮かべて、指示されるままに動いている。

最上はメイに視線を走らせた。白く頑なな横顔は、いつもどおりだ。

「秘書がいないと、いろいろ不便で困るよ」

斉藤とメイに前後をガードされ、ホテルの部屋に向かいながら、ぼやいている。秘書は、今朝の事件で塩沢をかばって重傷を負った。だんだん、最上にも塩沢社長の性格が理解できるようになってきた。自分の身代わりになった秘書を心から案じているように、最初は思えたのだ。そうではなかった。塩沢が他人に気遣いを見せるのは、完璧な演技だ。気さくで優しく、思いやりに満ちた社長を演じているのだ。東都重工の社員たちは、そのことに気づいているのだろうか。

「この室内ではくつろいでいただいて大丈夫です。我々がチェック済です」

斉藤の言葉に鷹揚に頷いた塩沢は、ルームサービスで食事とシャンパンを用意させた。

「君たちも一杯どうだね」

ボディガードが仕事中にアルコールなど飲めるはずがない。わかっているくせに、茶目っけたっぷりな表情をして、そんなことを勧める。嫌みな善意だ。

「いえ、我々はお気持ちだけで」

斉藤が堅苦しく固辞した。ひょっとすると、塩沢はボディガードの前で贅沢な生活をひけらかすのが楽しいのかもしれない。世の中にはボディガード相手に威張り散らす奴もいるが、根性がねじ曲がっている分、塩沢のほうが始末に負えない。

——とにかく、サーロインステーキとシャンパンに舌鼓を打つ塩沢を警護しながら、こっちは後でそそくさと固形栄養食品をお茶とともに齧るわけだ。最後のひと切れをシャンパンとともに流し込むと、塩沢は満足げにげっぷを漏らした。

「それじゃ、私はしばらく向こうで仕事をするからね。よろしく頼みますよ」

スイートの一角を占める書斎のデスクに向かい、パソコンを広げて仕事を始めてしまった。仕事熱心もここまでくれば中毒だ。

メイが塩沢の背中に鋭い視線を当てている。彼女の視線はいつも度が過ぎるほどきついのだが、今夜はまるでプリンシパルを睨み殺せそうな冷厳さだった。

「時間を決めて、ふたりずつ交代でホテルの内部を巡回しよう」

斉藤が渋い表情で言った。

夜の九時から朝の九時までが、彼らのチームの担当だ。朝になれば、妹尾たちのチームが交代にやってくる。ホテルの警備員もおり、ブラックホーク社と連携して警備に当たるという話もついている。しかし、彼らはごく普通の警備員でしかない。

「それなら、まずは俺とメイで巡回する」

最上は即座に手を挙げた。盗聴器の件について尋ねるチャンスだ。メイ、と最上がうっかり呼び捨てにしたので、斉藤は怪訝そうな顔をしたが、何も言わなかった。富士山の上空をふたりで飛んでから、最上は彼女を柳瀬と呼ぶのはやめてしまった。メイと呼んだほうが、少しは距離が近づいた気がする。

「おまえ、さっさとひとりで先に行くなよ」

部屋を出たとたん、メイは彼を無視するように先に立って歩き始めた。意地になっているようだ。

「最上は一階のロビーを巡回してきてくれ。私は裏に回ってみる」

「ちょっと待て」

エレベーターホールで、他人の眼がないことを確認して彼女を呼び止めた。

「聞きたいことがある。盗聴器のことだ」

憮然と沈黙している。

「まさか、俺が気づかなかったとでも思ってるのかよ。おまえ、何の真似だ」

大理石の彫刻然と、メイは硬く冷たい表情を崩さない。

「――まさかクーガに買収されたんじゃないだろうな」

わざと挑発するように尋ねた。メイのほの暗い瞳が、ほんの一瞬、怒りを含んでスパークする。

「見損なうな」

「それなら、どうしてだか言えよ。ブラックホークがあいつの警護を請け負っている。万が一、社長室の盗聴器が見つかってみろ。俺たちは何をしていたんだって話になる。信用失墜も甚だしい」

「へえ。最上にしては珍しく、馬鹿に会社の肩を持つじゃないか」

「おまえだって特殊警備隊の一員だろうが。花柄のハンカチなんか持つなって、俺に説教したのはどこのどいつだ」

「説教なんかした覚えはない」

いっそ涼しいくらいの表情を見ていると、何を言っても無駄かもしれないという虚しい気分にもなった。メイを信用し、心配したから声をかけている。それが、無駄な気遣いだというわけだ。

「――わかった。それじゃ、斉藤に報告する」

ちらりとメイの表情が揺れた。微妙に歪んだような顔だった。

「いいんだな」

念を押したが、彼女は動きだそうとしなかった。最上は、踵を返してスイートルームに戻りかけた。

「――待て」

呼び止めたが、まだ迷っている。床に目を落とした彼女の眉宇《びう》に、深い苦悩が漂っている。これほど迷うからには、よほどの理由があるはずだ。

「俺が信用できないのかよ、メイ」

重ねて尋ねた。

「――あいつが円道を殺した」

「なんだと」

「塩沢だ。円道はあの男の警護を担当し、二週間後に交通事故で死んだ」

最上はメイの青ざめた顔を見つめた。

「――交通事故に見せかけて、殺されたんだ」

*

円道祐一郎《ゆういちろう》。

半年前に亡くなった特殊警備隊の隊員だ。当時の副隊長で、メイの婚約者でもあった。

張の車で自宅まで送り届けられた後、最上はバスルームによろめき入り、頭から熱いシャワーを浴びた。やっと、夜までゆっくり休める。顔を洗い流しながら、メイの話を考えていた。

(塩沢社長の警護を終えたあの日、円道は様子が変だった。見てはいけないものを見てしまったかもしれない。そう言ったんだ。それから慌てたように、何も聞かなかったことにしてくれと頼んだ)

(どういうことだ)

(社長室で、書類か何かをうっかり目にしてしまったのだと思う。それからずっと、何かを迷って

いるようだった。ブラックホークを辞めるかもしれないと私に告げたのは、死ぬ前の夜だった）

（辞めるって？　どうして）

メイは静かに首を横に振った。後ろでひとつに束ねた長いストレートの髪が、さらさらと左右に揺れた。

ボディガード——特にエスコート・セクションの担当者は、プリンシパルのプライバシーに、ぎりぎりの線まで踏み込むことになる。二十四時間、警護対象に誰かが張り付くのだ。必要な警護のレベルによって、会社にいる間は警護が必要ないとか、クライアントとの間で取り決めを交わすことはあるが、場合によっては、プリンシパルが寝ている時と、風呂やトイレを使っている時以外は、完全に寄り添うという状況もありうる。

塩沢社長の警護は後者のケースだった。

相手は名うてのテロリスト、クーガ。ホテルの部屋にいるから安全、とは言いきれない相手だ。妹尾隊長たちは、窓から狙撃を受けたり、ヘリコプターで突っ込まれたりする可能性も考え、慎重に部屋を選んでいる。

円道は塩沢の秘密を握った。東都重工の秘密かもしれない。彼らを強請《ゆす》ろうとしたのだろうか。

——まさか。警察やマスコミにでも知らせようとしたのなら、ありうることだ。それほど重大な秘密を摑んでしまったのか。塩沢は円道に知られたことに気づき、彼の口を封じることにした——と、メイは疑っている。

（しかし、高速道路のは事故だったんだろう）

居眠り運転の大型トラックが高速道路を逆走してきたのだと、以前斉藤に教えられたことがある。

（事故だ。逆走してきたトラックが、円道の車を前から押し潰した。円道の後続二台も追突し、彼は前後を挟まれて逃げられなかった）

（それじゃあ――）

（事故は、作れる）

メイはきっぱりと言いきった。円道が亡くなってから半年、そのことばかり考え続けてきたような声だった。

あれは、狂信だろうか。単なる事故であって欲しくない。恋人が事故などで死ぬはずがない。その思いが、仕組まれた事故だと思いこませているのだろうか。

トラックの運転手は、業務上過失致死罪で交通刑務所に入っている。円道の真後ろにいた乗用車には営業途中の会社員が、さらに後ろの車には家族連れが乗っていた。会社員が重傷を負ったが、命は助かったとのことだ。

（トラックの運転手には話を聞いたのか）

事故が仕組まれたものなら、その運転手が何かを知っているはずだ。

（刑務所にいるのをいいことに、面会に応じない）

メイの表情に、かすかに悔しげな色が浮かんでいる。いつも無表情な女だが、感情がないわけじゃない。感情を表現するのが悪いことでもあるかのように、隠すのだと最上にもわかってきた。

（重傷を負った会社員はどうだ）

（怪我が癒えて退院した後、会社を辞めて姿を消した）

確かに不自然な状況だ。メイが仕組まれた事故だと疑い始めたのは、そういう事情があったのか。

郵　便　は　が　き

お手数ですが、
50円切手を
おはりください。

1 5 1 - 0 0 5 1

東京都渋谷区千駄ヶ谷4-9-7

(株) 幻冬舎

「特殊警備隊 ブラックホーク」係行

ご住所　〒□□□-□□□□ Tel.（　-　-　） Fax.（　-　-　）			
お名前	ご職業		男
	生年月日	年　月　日	女
eメールアドレス：			
購読している新聞	購読している雑誌	お好きな作家	

◎本書をお買い上げいただき、誠にありがとうございました。
　質問にお答えいただけたら幸いです。

◆「特殊警備隊　ブラックホーク」をお求めになった動機は？
　①　書店で見て　②　新聞で見て　③　雑誌で見て
　④　案内書を見て　⑤　知人にすすめられて
　⑥　プレゼントされて　⑦　その他（　　　　　　　　　　）

◆著者へのメッセージ、または本書のご感想をお書きください。

今後、弊社のご案内をお送りしてもよろしいですか。

（　はい・いいえ　）

ご記入いただきました個人情報については、許可なく他の目的で使用することはありません。

ご協力ありがとうございました。

だから彼女は、半年が経過して、また東都重工から塩沢の警護という仕事をあてがわれたのをいいことに、独自の調査を始めたのだ。ボディガードでもなければ、簡単には近づけない。塩沢はそういう相手だ。

(円道は、証拠を残さなかったのか。何かを見られたぐらいのことで、殺したりはしないと思うんだ。円道が証拠を握っていたのでなけりゃ)

(――探したが)

見つからなかった。あるいは、思い当たる節がなかった。そういうことなのだろう。

(その話、須藤課長には聞かせたのか)

個人の力では無理でも、ブラックホークの調査能力をもってすれば、真相を掴むことは不可能じゃない。とっさにそう考え、「馬鹿に会社の肩を持つ」と言ったメイの言葉を思い出して面映ゆい気分になった。

(話したが、関わるなと指示された)

メイの表情は、暗いのを通り越していっそ沈鬱だ。須藤の野郎、と最上は舌打ちした。東都重工は上得意のひとつだ。下手に周辺を嗅ぎ回ったり、円道の死について東都を疑ったりすれば、優良顧客を失う恐れがある。だからと言って、関わるなとはひどすぎる。

(社長室に盗聴器を置くのは、やめたほうがいい)

一瞬、メイがクールな目を怒らせた。最上まで自分を制止しようとしている。そう反発する目だった。

(いいか。妹尾隊長のチームが、念を入れて盗聴器を調べる可能性もある。妹尾さんなら、誰がそ

いつを仕掛けたかくらい見当がつく）

（しかし――）

（別の手を考えるんだ。おまえが知りたいのは、円道が本当に塩沢に殺されたのかどうか。警護中に何かを見てしまったために殺されたのかどうか。そうだろう）

（それだけじゃない。もし本当に塩沢や東都重工が何か仕組んだのなら、絶対に許さない）

まるで、目を見ただけで石になるという怪物メデューサのようじゃないか。最上がそう思うほど、厳しい眼差しでメイは囁いた。

（やり方を考えよう。半年前の事件の真相を調査するんだ）

まずは、メイの暴走を止めなければいけない。そう考えて説得したのだが――。

最上は鏡の中の、日焼けした顔を見つめた。まる一日放置したので、無精ひげが伸びている。

――本当に、自分にできるのだろうか。

東都重工ほどの大企業を相手に回して、事件の真相を暴き出すなどということが。

*

塩沢社長を撃とうとした男が警察に逮捕されたのは、警護開始の二日後だった。夜の交代に備え、車で迎えに来た斉藤に教えられた。張が運転する送迎車には、メイと早稲田も既に乗り込んでいる。

「犯人が乗り捨てた車から、指紋は出なかったが毛髪が出た。ＤＮＡ鑑定で、犯人が特定された。前科があったようだな」

警察庁は、十年ほど前から全国の都道府県警察を指揮して、犯罪者のDNAデータベースを作成している。過去のすべての犯罪者にまでは遡ることができないのが難点だが、ここ十年の間に逮捕された経験があれば、警察のデータベースに毛髪などから分析したDNAが残っているわけだ。

こいつがあれば、まず確実に捕まる。そうわかっているのに、犯罪の発生率はまったく減らないというのはどうしたわけだろう。

「なんだ。それじゃ早期解決で業務は終了なのかよ」

「いや。実行犯は捕らえたが、塩沢社長を狙ったのはクーガだ。クーガの直接目標が東都重工から逸れたと判断できるまでは、警護を続けて欲しいというのが、クライアントの判断だ」

――まだしばらく、あの偽善に満ちた塩沢のお守りを続けなきゃいけないのか。

舌打ちしかけたが、メイを見てやめた。警護の仕事が終わってしまえば、塩沢の身辺を探ることも難しくなる。彼女の表情にはかすかに焦燥感が漂っているようだ。

最上のチームは午後九時からの警護を担当する。本来ならホテルで引き継ぎを迎えたいところだが、深夜まで会社に残り仕事をする塩沢のために、いったん東都重工本社に行き、引き継ぎを行った後、ホテルまで塩沢を送るという毎日だった。

塩沢は朝も早い。午前七時にはホテルを出て、八時までに会社に入る。つまり、妹尾たちのチームに引き継ぎを行うのは、いつも東都の社長室というわけだ。昼間はほとんど本社にこもりきりで、国外や遠隔地との会議はテレビ会議ですませてしまうことが多いらしいから、移動はめったにない。

(今回は俺たちが貧乏くじだな)

なんと言っても、移動の最中は気を遣う。

塩沢が自宅を出るところを狙われたように、移動中は狙いやすい。妹尾の警備計画書では、東都重工本社とホテルを結ぶルートを六パターン用意し、日によってランダムに選択するようになっている。移動の時刻、ルート。それらを固定してしまうと、待ち伏せされやすくなるのだ。

社長室に入ると、塩沢が満面の笑みで迎えた。

「やあ、ご苦労さん。今夜もよろしく頼むよ」

──今夜は妹尾たち以外にも客がいた。

憮然とした表情のその小柄な女に、見覚えがある。警察庁の長久保警視だ。交代に現れた斉藤たちに冷ややかな視線をひとわたり注いだ後、塩沢社長に標的を切り替えた。

「本当に、社長にはお心当たりがないんでしょうか」

「そう、言われましてもね──」

ざまあみろ。最上は内心で快哉を叫んだ。あの塩沢が弱っている。唇には気弱な微笑を浮かべているが、目に浮かぶのはじれったそうな光だ。頑迷なほど一直線な長久保に押されているのだろう。

妹尾と斉藤は、差し出がましいことを何ひとつ言わず、隅に寄って事務的に引き継ぎを始めた。

「おい──どうしたんだよ、あれは」

面白そうに朱色の唇を歪めている尹の肩をつつくと、塩沢たちに聞こえないよう、唇を動かさず喉声で話しだした。京劇の女形のような優男だ。こう言ってはなんだが、メイよりよほど色気がある。ただし、中国拳法をよく使う。身体が柔らかいのか、とんでもない体勢から技を使うので侮れない。

「なぜこのタイミングで、クーガが突然塩沢社長を狙い始めたのかが疑問なんだそうだ。かれこれ一時間以上も粘っている」

「へえ。やるじゃん、あの女警視」

仕事の邪魔をされて苛立っているらしく、塩沢のこめかみには時おりぴくりと血管が浮き上がる。

「長久保さん。わざわざこんなことを言いたくもないが、私は被害者なんですよ。警察が犯人を捕まえてくださったことには感謝しておりますが、クーガのようなテロリストが何を考えて行動するのか、私に聞かれてもわかりませんな」

「誰かに脅迫を受けたとか、嫌がらせをされたとか、そんなご記憶はありませんか」

「あのねえ、長久保さん。東都重工ほどの企業になりますと、嫌がらせも脅迫も星の数ほど来るんです。それについては、うちの総務部長から警察に資料を提出済と聞いております」

「塩沢さんが個人的に脅迫を受けたことはないんですね」

一瞬、塩沢が鬼の形相になった。すぐさま、取り繕うように微笑みを浮かべたが、陰険な目の光は隠せない。気の強い長久保警視が顔をこわばらせたほどの悪相だ。ついに正体を見せやがった、と最上は腹でせせら笑った。

「――失礼。いくら警察の方でも、言っていいことと悪いことがありますでしょう。あなた、私が個人的に脅迫を受けるような人間に見えますか」

「見える、見えないの問題ではないのです、塩沢さん。私は事実についてお尋ねしています。それでは、これまでに個人的な脅迫を受けた覚えはないとおっしゃるんですね」

一歩も引かない長久保の様子を見て、これは何かを摑んでいるなと感じた。ブラックホークの他のメンバーも、知らん顔をしているが同じことを感じているはずだ。

（警察は、実行犯を逮捕した。そいつが何か喋ったな）

塩沢を待ち伏せした犯人には、彼を狙う特別な理由があったのかもしれない。

塩沢社長が、うすら笑いとともに首を振った。

「冗談じゃない。ありませんな」

「――そうですか。それではこれでお暇《いとま》するしかありませんね」

扉が開いて秘書が入ってくる。いつの間にか、塩沢の手がインターコムに伸びていた。長久保警視を追い出すために呼んだのだろう。

これ以上食い下がったところで収穫はないと見たのか、長久保が素直に立ち上がり、秘書に続いて出て行った。ちらりとこちらを見たが、今日のところは特殊警備隊に毒を吐くのはやめたようだ。

（もう新しい秘書を見つけたのかよ）

今度の秘書も、いかにも武道をたしなんでいそうな、体格のいい若い男性だった。前任者が撃たれたばかりだというのに、よく秘書の成り手が見つかったものだ。

「まったく、とんだ時間の浪費だった！」

よほど苛立ったのか、塩沢は温厚な紳士の仮面をかなぐり捨て、慌ただしくデスクの上から薄型のパソコンを取り上げて鞄に落としこんだ。

――パソコン。

いぶし銀のような表面の、名刺入れくらいの厚みしかないパソコンに注目した。塩沢はあの中に、仕事で使う資料などを入れているのだろうか。

「それでは、我々は次のチームに交代します。明日の朝、またよろしくお願いいたします」

妹尾が挨拶し、不機嫌そうに頷く塩沢を意に介した様子もなく、立ち去った。結局、本音では妹尾を始め、ブラックホークの誰ひとりとして塩沢社長の警護を喜んでいないらしい。警護に当たって、彼らは常に丁重かつ親しみやすいがビジネスライクな態度を崩すことはない。それでもたとえばパームの社長を警護した時など、明らかにチームの雰囲気が違っていた。ボディガードだって人間だ。

「逮捕された男が何者だったのか、妹尾隊長から引き継ぎがありましたか」

メイが斉藤に尋ねた。斉藤は、会社から支給されているオペロンの端末を取り出し、画面に何か表示させた。ブラックホーク社のネットワークに接続することも、端末同士でデータを交換することもできる。まだ隊長と副隊長に支給されているだけだが、そのうち全社員がこのシステムを使うことになるだろう。警備員といえども、最新のテクノロジーと無関係ではいられない。

「こいつだ。笠木徹《かさぎとおる》、三十八歳、無職で住所不定。警察はクーガの構成員だという情報を摑んでいなかったようだが、本人がそう名乗ったらしい」

メイの視線が、オペロンの上で凍りついている。

「君たち何をやっている。早くホテルに送ってくれないか。ホテルで落ち着いて仕事がしたいんでね」

こらえ性のない塩沢が焦《じ》れたように唸った。

「社長、申し訳ありませんが、彼らにホテルまで先行させます。少しお待ちください」

最上と早稲田が先に出発し、道中の安全を確認する。斉藤とメイは、塩沢をエスコートして後から来るのだ。自分からブラックホークに身辺警護を頼んだくせに、塩沢は露骨に顔をしかめて舌打ちをした。どうやら、長久保警視はよほど痛いところをついたらしい。

メイが、物言いたげにこちらを見ていることに気づいていた。部屋を出る間際、なぜかメイがわざわざドアを開けてくれた。

「あの男だ」

すれ違いざまに囁く。笠木という実行犯のことだと、ピンと来た。

「追突した車に乗っていた会社員だ」

その知らぬ顔でまたドアの向こうに消えるメイに視線を注ぐ。

「どうした。早く行こう」

早稲田の声が遠くに聞こえた。笠木は、円道の事故に一枚噛んでいた男なのだ。

もし、笠木から、半年前の事故について真相を聞き出すことができれば——。

考えこむ暇はなかった。向こうから、制止しようとする塩沢の秘書を振り払い、長久保警視が戻ってくる。青白い顔だと思ったら、怒り狂っているのだった。目を吊り上げて弾丸のように社長室に飛び込もうとする長久保を、最上は反射的に遮った。気に入らないプリンシパルだとはいえ、仕事は仕事だ。たとえ警察官であっても、無断で社長室に入れるわけにはいかない。

「そこをどきなさい。塩沢社長に報告することがあります」

長久保が睨む。報告と言いながら、青白い炎が燃え上がるような、彼女の怒りが解せなかった。

「何があったんだ」

「うるさいわね。笠木が殺されたのよ」

「殺された？」

「早く社長室に入れなさい」

塩沢を撃とうとした男。半年前に、円道が死んだ事故にも関わった男。そいつが殺された――。長久保を部屋に入れることについて無線で斉藤の指示を仰ぎながら、最上は忙しく頭を働かせていた。

4

星のない夜空を、時おり目に見えない稲妻のようなものが駆け抜ける。

見えないので、音と気配を感じとるしかない。それは、縦横無尽にこの広大な草原の空を飛び回っている。

「――夜戦はまた、格別のものがあるね」

前のジープに乗った塩沢は、大型の双眼鏡を目に当てて、興奮を隠せないでいる。

東都重工が兵器の試験用に保有する、百ヘクタールを超える広大な空き地だ。茨城県と群馬県の県境にあるらしいが、なぜかブラックホークには、具体的な地名や住所などを教えようとしなかった。それではボディガードとしての義務が果たせないと斉藤が反発したのだが、企業秘密なので教えられないと塩沢が押し切り、須藤課長の鶴の一声で了解したらしい。ここには東都重工の先導で到着し、GPSも切るよう命じられた。徹底的に場所を知られたくないらしい。

須藤のことだから、しかたがないというポーズをとりつつ、裏でしっかりその程度の情報は摑んでいるのかもしれないが。

（わがままじじいめ）

危うく殺されそうになったくせに、塩沢は自分の身に危険が及ぶことを怖いと思わないのだろうか。あるいは、虚勢を張っているのかとも勘繰ったのだが、この場所に連れてこられてようやく理由がわかった。

自衛隊の基地がひとつ入りそうな規模だが、建物などはない。周囲には刑務所のように分厚いコンクリートの塀をめぐらせ、カメラで二十四時間監視している。

今、頭上を飛び交って模擬戦闘を行っているのは、東都重工が開発したロボットステルス戦闘機だった。操縦者は、地上に置いたトレーラーの中にいる。地上管制ステーションと呼ばれているが、外見は何の変哲もないオリーブグリーンの中型トラックだ。

トレーラーにいるパイロットの操作によって、二機の戦闘機は模擬弾による演習を行っている。機体の表面を特殊な素材でコーティングし、レーダー電波を吸収したり、逸らしたりしてしまうステルス戦闘機だ。光を吸収する性質もあるそうで、夜間は肉眼でもほとんど見えない。そのくせ塩沢が双眼鏡を持っているのは、模擬弾が機体に当たった時に、そこだけ蛍光塗料のようなものでペイントされて目に見えるようになるからだそうだ。

「――こんな場所があるのなら、ここにずっと閉じこもっていればクーガだって手出しできないんじゃないの」

分乗した後方のジープで、最上はぼそぼそとぼやいた。ジープの運転手は東都重工の社員なので、あまり妙なことも言えない。こちらのジープを運転しているのは、三十歳前後のはきはきした青年だった。

「社内のネットワークが引かれていますから、ここで仕事ができないわけではないと思いますが、周囲にお店などがまったくありませんからね。生活環境としては、最悪ですよ」

最上の呟きを耳にして、にこやかに笑みを浮かべながら答えた。東都重工の社員たちは、塩沢社長を除くとたいへん感じがいい。航空開発事業部の主任で、枝村《しむら》というのが彼の名前だった。

(こいつらも、偉くなったら塩沢みたいな気持ちの悪い人間になっちまうのかね)

最上はじろじろと枝村を観察した。

東都重工の社長職ともなると、その役割に魔物が棲むのかもしれない。役割に応じて人間は変化する。ボディガードの役割を与えられた自分たちが、それに心と身体を沿わせていくように。

「航空開発事業部というのが、兵器開発の事業に関わっているわけですか」

前方のジープには斉藤とメイがＰＥＳとして塩沢とともに乗車し、こちらには早稲田と最上が乗っている。早稲田の質問にも、枝村は笑みを絶やさなかった。

「そうです。兵器開発というと、ネガティブなイメージをお持ちの方もおられるかもしれませんが、ロボット兵器というのは、地雷や不発弾を安全に処理するなど、戦後の人的損害を減らすためにも有効な手段なんですよ」

東都重工の仕事を受けるので、最上も一応社内で配布された資料は読んだ。枝村が言うように、地雷処理などの他、偵察業務を行うものや、重い荷物を運んでくれるロボットポーターも開発されている。人間の兵士が、重量のある携行型ミサイルなどを運ぶより、ずっと効率的だ。

「私は以前、陸上自衛隊にいたことがあるんですが、東都重工さんがこんな大きな実験場をお持ちだとは知りませんでした」

早稲田の言葉に最上は驚いた。レスリングをやっていたという話は聞いたことがあるが、元自衛隊員だというのは初耳だ。

「そうでしたか。それならご存じかもしれませんが、最近の兵器は射程が長くて、国内の実験場ではとても実射試験ができないものもあるんです。日本は狭いので、ミサイルが民家に飛び込んでしまっても困りますからね。そういう兵器を試射する時は、海外の施設を借りることもありますよ」

「米国の実験場ですね。私も、自衛官時代に対空ミサイルの試験でヤキマ演習場に行ったことがあります」

早稲田と枝村は、意外なことに話がはずんでいるようだ。

「ヤキマ？」

最上は首を傾げた。

「ワシントン州にある米軍のトレーニングセンターだ。琵琶湖の二倍ぐらいの広さがある。陸上自衛隊は、毎年秋になると米軍と合同訓練を実施しているんだ」

琵琶湖の二倍と聞いて、最上はうへえと首をすくめた。国土のでかい国は、やることもでかい。

「私は行ったことがありませんが、ヤキマも記者やカメラマンの盗撮がすごいと聞いたことがあります」

「確かにそうですね。化け物みたいに大きな望遠レンズをつけたカメラを持って、うろついてました。彼らの狙いをいかにして外すかが、演習の醍醐味でね」

どこにでも物見高い連中はいるものだ。米軍の演習場ともなれば、装備の詳細を写真におさめて、その威力を知りたいというスパイまがいの連中もいるだろう。

「ヤキマも」と枝村が失言したことに、最上は気づいた。

そう言えば、と早稲田が表情を改める。

「この実験場のように周囲を高い塀で囲まれていれば、盗撮の心配はありませんね」

「あの塀ができてからはありませんね。そもそも、盗撮対策で塀を建てましたからね」

「以前は塀がなかったんですか」

「私が去年ここに来た時には、まだなかったですよ。執拗なカメラマンがいて、困ったという噂は聞きましたがね」

東都重工が、最新型兵器の威力を存分に試す実験場だ。産業スパイが横行しているとしてもおかしくはない。

「おい、あれは何だ！」

双眼鏡を目に当てていた塩沢が、突然鋭い声をあげて指差した。

斉藤が何か答えているが、それより早く、ジープを運転している東都重工の社員が、無線機で連絡を始めた。

「こちらマングース。何に注意すればいいのか教えてくれ、ボンバー」

『ラジコンヘリだ。遠隔操作のパパラッチのようだな』

落ち着きはらった声で、斉藤が答える。ブラックホーク社が請け負ったのは、塩沢社長を始めとする取締役たちのボディガードだ。兵器実験場の盗み撮りは業務範囲外だ。

それにしても、遠隔操作とは。最上は皮肉な笑みが浮かぶのを禁じえなかった。遠隔操作で作動するロボット兵器の実験場を、同じ遠隔操作で撮影しようというのだから、何者だか知らないが皮肉が効いている。

ふいにサイレンが鳴り響き、サーチライトの光が実験場の内部を照らしだす。眩しさに驚き、最上は舌打ちした。どうやら、警備員の乗ったジープが何台か出動し、不審者を探しているようだ。

「今どきのラジコンヘリなら、数キロ先からコントロールできますからね。すぐには見つからないでしょう」

枝村はそういったことにも詳しいのか、警備員のジープが右往左往するのを眺めながら、低く呟いた。前のジープで塩沢がいきなり無線のマイクを奪いとり、何か指示した。上空を飛ぶ戦闘機から、光の矢が放たれる。前方で、小さな爆発が起きた。赤々と燃えるヘリの残骸が、実験場に炎の雨のように降ってくる。その光景を見て満足したのか、塩沢が座席に戻った。

「ラジコン機を撃ったのか！」

戦闘機でラジコンヘリを撃ち落とすとは、塩沢のやつ大人げないにもほどがある。

『こちらボンバー。プリンシパルは東京に戻るそうだ』

冷静な斉藤の声がヘッドセットに飛び込んでくるより早く、前のジープが発進を始めた。やっとホテルにご帰還だ。

もし、クーガが今のラジコンヘリにライフルでも据え付けて、遠隔操作で塩沢社長を狙ったなら――。ひょっとすると、目的を達成できたかもしれない。あの斉藤ですら、その可能性にはすぐに思い至らなかったようなのだから。

（塩沢社長がここにいることを知った誰かが、ラジコン機を実験場に侵入させたのか？）

塩沢のスケジュールが漏れたのか。あるいは、新製品の試験を行う時には、塩沢が実験場に現れることを知っているのか。

塩沢は、ジープの座席に不機嫌そうに身体を沈めている。自分を撃とうとした笠木という男が警察に捕まり、数時間後に毒殺された疑いが濃厚だと聞いてから、彼はずっと機嫌の良さを隠しきれないでいた。それが、今は不機嫌の極みだ。感情の振り幅が極端な男だ。

笠木は警察の留置場で死んでいたそうだ。毒の入った液体を噴霧されたのではないかという話だ。検出されたのは皮膚から吸収する遅効性の毒で、逮捕される前に毒液をかけられていた可能性が高い。せっかくの逮捕を台無しにされた長久保警視が怒り狂っていた。

笠木が死んでしまったために、半年前の事件の真相を聞き出すこともできなくなった。

(口封じか)

塩沢社長を警護した円道。

円道の死に関わった笠木。

塩沢を撃とうとした笠木。

そして、クーガの構成員であることを明かし、殺された笠木——。

これが、偶然であるはずがない。

『全員、ヘリに搭乗だ』

斉藤が短く指示した。

(さっきのステルス戦闘機みたいなやつで、いきなりヘリを撃たれたりしないだろうな)

いくらブラックホーク社のヘリとはいえ、戦闘機と交戦できるほど武装してはいない。

国内有数の兵器産業だ。何が起きても不思議ではない。背中に寒気を感じながら、最上はジープを降りてヘリに走った。

＊

実験場では不機嫌きわまりなかった塩沢は、東京のホテルに戻ると、いつもどおり芝居気たっぷりな偽善者モードに切り替わった。笑みを絶やさず、ボディガードにも丁重な言葉遣いを崩さない。夕食は肉汁たっぷりなステーキで、ワインを飲んだ後もまだ精力的に仕事をする。日付が変わる頃に寝室に引き取ってくれた時には、最上もほっとした。

「いったい、この仕事はいつまで続くんだ？」

静かに、というように斉藤が指を唇にあて、眉をひそめる。

「うちの上得意だぞ。長く続いてくれるほど、ありがたいじゃないか」

「しかし、クーガが諦めない限り、俺たちは永久にこうして張り付いてなきゃいけない」

毎日、二交代で警護に当たるので、休みをとることもできない。斉藤は、寝室に消えた塩沢に聞こえないことを確認して、声を低めた。

「大きな声では言えないが、東都重工はクーガと裏で取引をしている」

「取引？」

「東都が問題を起こすたび、クーガは標的として派手に宣言し、爆破事件や狙撃事件などを起こしてきた。そのたびに、東都が裏で手を回してクーガと取引し、金で片をつけてきたんだ」

「クーガの金づるってわけじゃないか！」

「――声が大きい。東都重工にしてみれば、クーガに渡す程度のはした金で、企業のブランドイメージや社員の安全を守ることができるのなら安いものだ。マスコミや世間に対して、被害者ヅラもできるしな。クーガもそのへんは馬鹿じゃないから、いわば問題企業から金をせびって活動資金にしているのさ」

「何が貧しい人間の味方だよ！」

最上は声を荒らげた。富裕層や大企業が独占する富を貧困層に還元することが、クーガの掲げる大目標だったはずだ。企業を恐喝して得た金を、彼らの活動資金にしているとあっては、体裁のいいことを言っているが、結局ゆすりたかりの部類にすぎない。

「クーガに幻想を持つほうがおかしい。あいつらはただのテロリストだぞ」

斉藤が鼻で笑う。

「今頃、クーガは今回の件で東都重工からいくらふんだくれるか計算して交渉に入っているはずだ。笠木という実行犯が殺されたのだって、おかしな話だ。クーガが手を下したのかもしれないな」

反吐《へど》が出るほど汚い話だ。説明を聞きながら、最上はつくづくうんざりした。

――カネなのか。

もちろん、自分だってカネは大好きだ。稼いでうまいものを食う。好きな酒を飲み、いい女とだって遊びたい。きれいごとを言うつもりはない。

しかし、クーガや塩沢たちにとっては――この世に正義などない。ただ、カネがあるだけなのか。そんな奴らに円道は殺されたのか。

「なんであんな奴を警護するんだ。ブラックホークの特殊警備隊ってのは、カネさえもらえば誰でも命懸けで守るのかよ」

　自分が幻滅しているのだと気づいて、最上は軽い驚きを感じた。特殊警備隊ですら、カネの前では無力になる。そう思うことが、なぜか胸苦しかった。

　斉藤が肩をすくめる。

「何言ってやがる。俺たちは上から与えられた仕事を黙ってこなすだけだ。違うか」

「それならあんたはどうなんだ。塩沢に喜んで尻尾を振って、平気なのか。メイの話を聞いたことはあるのか？　円道はあいつに」

　殺された、と言いかけた最上に、斉藤は怖い顔をして口の前に指を立てた。

「――馬鹿。めったなことを口にするな。東都重工はうちの上得意だと言っただろう」

　腹の底は煮えくりかえっていたが、最上は口を閉じた。負け知らずのブラックホークの特殊警備隊。超一流が聞いてあきれる。

　円道の死に不審を抱き、直談判したメイに対して、須藤課長は関わるなと厳命したそうだ。メイが下手に嗅ぎ回って塩沢のご機嫌を損ねれば、東都重工という上得意をひとつ失う危険性があるからだろう。

　武器や兵器を作って荒稼ぎしているだけではなく、塩沢にはどう見ても後ろ暗い背景がある。カネのために、こんな男の警護を引き受けるなんて、どうかしている。

（それなら俺が辞めてやる）

　ふいにその言葉が喉元までこみ上げてきた。

　早稲田はホテルの廊下で見張りに立っているが、メイは部屋の隅に立ち、遠い視線をどこかに注いでいる。正義の消えたこの世の中で、たったひとりで真実を追いかけようとしている。――強い奴だ。

歪んだ世界で、メイひとりが堂々と胸を張り、真実から目をそむけることなくまっすぐに生きている。彼女のためにも、円道が死んだ事件の真相を暴かねばならない。

そして、真実を明るみに出し、ブラックホークを辞める。

馬鹿に会社の肩を持つ、とメイに揶揄された時、最上は自分がいつの間にかブラックホークに傾倒していたことに気づかされた。考えてみれば、それは自分らしくない。自由でありたい。わずかな給料などで、自分の心を縛られたくない。

須藤が言い、メイたちが実践している〈ボディガードという生き方〉には、惹かれないでもなかったが――。

このあたりが潮時なのかもしれない。

急に寝室のドアが開いた。

「――どうしました」

斉藤が不審げに尋ねたほど、現れた塩沢は真っ青な顔色をしていた。寝乱れた髪にくしゃくしゃのパジャマを着て、いつもの余裕たっぷりな微笑みなどどこにもなかった。無言で視線を室内のあちこちに投げると、弾かれたようにデスクに駆け寄ってノートパソコンを拾い上げた。抱きかかえるように寝室に持ち込み、やましそうな視線をこちらに投げかけ、ひとつ頷いてまたドアを閉めてしまった。その間、ひとことも口をきかなかった。

「――なんだありゃ」

最上がぼやいたが、咎める者はいない。おそらく全員が不審に思ったはずだ。

「企業秘密の詰まったパソコンを、万が一誰かに見られたらと思ったのかな」

斉藤も首を傾げる。

「そうじゃない」

メイが囁くように言ったので、斉藤と最上は揃って彼女を見上げた。相変わらず無表情で青白い顔をして、彼女は寝室のドアを睨んでいた。

「少し前、寝室で携帯が鳴っていた」

最上の耳には聞こえなかったが、つまり塩沢社長は誰かと携帯電話で会話して、急にパソコンが必要になったということだろうか。それにしても、態度が妙だった。

「いったい、何がどうなってるんだ」

メイは、澄んだ視線を、塩沢が消えた寝室に当てている。透視でもしているようだと最上は考え、その冷たい横顔をひそかに見守った。

5

午前九時。最上たちは妹尾のチームに引き継ぎをすませ、東都重工を出た。張が送迎車のハンドルを握る。毎度お馴染みのルーティンワークだ。

「それじゃ、また夜八時頃迎えに来るから」

自宅の前で車を降りると、斉藤が言う。

最上は車を降りる前にちらりとメイに視線を送り、右手に握った携帯電話を軽く振った。

――ひとりになったら電話しろ。そう、さりげなく告げたつもりだ。

昨夜、あれから塩沢社長の様子には、特に不審な変化はなかった。しかし、気になってしかたがない。深夜の電話。いかにも面の皮の厚そうな塩沢が、青ざめるような内容だったということだ。

（あいつ、何か脅されてるんじゃないのか）

円道の死に、塩沢がどう関与しているのか。最上は昨夜、そればかり考えていた。

円道は、東都重工の社長室で、見てはいけないものを見てしまった。塩沢がそれに気づき、笠木たちに仕組ませた事故で円道を殺した。笠木は行方をくらましていたが、突然現れて塩沢を撃った。

もし笠木が本当に塩沢の指示で円道を殺したのなら、塩沢を恨んでいたとしてもおかしくはない。それまで一応は普通の会社員だった笠木が、陽のあたる世界に住めなくなったのだから。

笠木も警察に捕まった後、殺された。笠木を殺した犯人は何者だろう。そいつの後ろで糸を引いていたのが塩沢なら、塩沢は逆にそいつに弱みを握られたということにならないか。笠木はクーガの一員になっていた。塩沢がクーガに笠木を殺させた。そんなことが、ありうるだろうか。

もし、笠木殺しで塩沢が恐喝されているのだとすれば、兵器試験場に現れた盗撮ラジコンヘリの説明もつく。

（いつでもお前のことを見ている）

あれは、そんな脅しだったのかもしれない。

そんなことをぐるぐる考えながら、シャワーを浴びていると電話が鳴った。慌ててシャワールームを飛び出し、携帯を摑む。メイからだ。

『部屋の前に来ている』

いきなりそう言うのでびっくりした。

「五分待ってくれ」

手早くタオルで身体を拭い、シャツとジーンズだけ身につけると、濡れた髪のままドアを開けた。まだ私服に着替えてもいないメイが、毅然とした態度で廊下に立っていた。

「私はこれから、長久保警視に会いに行くつもりだ」

高らかに宣言する。

「長久保？　あの偉そうな女警視？」

最上が苦手な女だ。

「須藤課長の元部下だそうだ。態度はともかく、切れる人なのは間違いない」

「わかった。俺も一緒に行く」

どのみち、最上の勘が当たっていれば、いっかいの警備員がひとりやふたりで対処できるようなことではない。警察の力が必要だ。

「だけど、いいのかよ、メイ。須藤課長に、この件で動くなと指示されたんだろう」

須藤はああ見えて厳格なところもある。自分の指示に従わない警備員など、特殊警備隊員として認めないだろう。

「正しいことを正しいと言えない会社なら、辞めてもかまわない。仲間を殺されて平然としていられるのなら、それは仲間じゃない」

メイの整った横顔を見た。涼しくて、ちっとも気負いやてらいのない表情だ。まったくこの女は、こんなクールな面をして熱いことを言いやがる。

——よっぽど惚れてたんだろうな。その、円道って男に。

そう思い、ちょっと妬《や》けた。こんなにいい女に、死んだ後まで想ってもらえるなら最高じゃないか。

ヘルメットとバイクのキーを拾い上げ、メイを急《せ》かして部屋を出た。とにかく、あのむかっ腹の立つ偽善者の塩沢に、正義の鉄拳とやらを振りおろしてやりたい。

——正義というものが、もしもこの世に存在するならば、だ。


「証拠もないのに妙な話を警察に持ち込まないでちょうだい」

頭が痛い、と言わんばかりに眉間に深い縦皺を寄せ、長久保警視が唸っている。

黙っていればアイドル顔負けの愛らしい顔立ちをしているが、表情がワイルドだ。ぼんやりしていると食いつかれそうな迫力だ。無表情なメイとは、ある意味いい勝負だった。

警視庁の受付で長久保警視と話したいと申し出ると、あちこちたらい回しにされたあげく、昼前になってようやく本人が現れた。

「証拠はありません。ですが、円道は亡くなる少し前に、東都重工の社長室で見てはいけないものを見てしまったと私に言いました。それは事実なんです」

「事実、結構ね。だけど、その言葉と、あなたの婚約者が亡くなった事故との間に関連があると、なぜ言いきれるのかしら。事故の加害者として業務上過失致死罪に問われた運転手は、今も刑務所で懲役刑に服している。事故について調査した警察は、それ以外の関係者に罪はないと判断したのよ」

「ですから、あの事故は運転手と笠木とで仕組んだ計略だったんです。笠木が事故の直後に行方不明になったのも、そのためです」

「笠木は事故で怪我をして、会社をクビになったの。借金もあったので、行方をくらましただけのことよ」

笠木に借金があったというのは初耳だ。最上は長久保警視とメイの会話に耳を澄ませている。長久保は、こちらが考えているよりずっと、笠木について詳しく調べたんじゃないかと疑った。

「笠木はなぜ塩沢社長を狙ったんですか。クーガのためではなく、個人的な恨みを抱えていたからではないでしょうか」

「それはあなたの思い込みかもしれないわ」

「笠木が殺されたのはなぜですか。口を封じられたんじゃないんですか」

「警察に逮捕されたので、クーガは笠木が邪魔になった。そういう見方もあるのよ」

メイが言葉に詰まった一瞬を逃さず、長久保警視はぐいとテーブルに身を乗り出した。

「いいわね。あたしたちの仕事の邪魔をしないで。わけもわからず嘴《くちばし》を容れられると、本当に邪魔なの。これ以上うるさくするなら、ブラックホーク社に対して苦情を申請するからね。国家公安委員会から、営業停止命令が出るかもしれないわよ」

「おお、怖《こ》ええ」

最上が冗談めかして口走ると、長久保がドライアイスの冷たさでこちらを睨んだ。

「絶対に余計なことをするんじゃないわよ、ふたりとも」

まったく、長久保といい須藤課長といい、どうして警察庁出身の人間というのは、他人が自分の言いなりになると信じて疑わないのだろう。

「――どうする。何か考えはあるのか」

警視庁本部を出て駐車場にバイクを取りに行きながら、最上はメイに尋ねた。

「いや。――これではどうしようもない」

メイが首を横に振った。

いつもと変わらず、何を考えているのかさっぱり読めない横顔だ。しかし、彼女が諦めるつもりなどまったくないことは、最上にも読みとれるようになっていた。


「今日は会社で引き継ぎじゃないそうだ」

時間ぴったり。夜の八時に、張の車がマンションまで迎えに来た。既に、車の中にはBチーム――斉藤、早稲田、メイが揃っている。

「プリンシパルとAチームは、同業者のレセプションでビッグサイトに行っている。急に出席を決めたらしい。俺たちもビッグサイトで引き継ぎを受ける予定だ」

「なんだ。どうせならホテルまで連れて帰ってくれりゃいいのに」

斉藤が、塩沢社長のスケジュール表を見せる。レセプションの後、会場での懇談会が九時半頃まで続くらしい。塩沢は、あの偽善的な笑みを浮かべて、紳士モードで同業他社の連中と会話しているのだろう。腹の中では、パーティで出てくるワインなぞ飲めたものじゃないとか、庶民の食べ物など口に合わんとか考えているのだ。

「ホテルに戻ってから馬鹿高いメシをがつがつ食うんだろうぜ」

最上の陰口に、斉藤と早稲田が爆笑している。メイは口数が少なくておとなしいが、これはいつものことだ。

「パーティの間は、ボディガードに張り付かれるのが嫌だったらしい。Aチームは、周辺警備を命じられたそうだ。念のために尹が会場内に紛れ込んで、様子を窺っている」

まさかお歴々のパーティ会場にまで、クーガが潜入することはないだろう。優男の尹なら、パーティ会場で上品にふるまうのもお手のものだ。顔に大きな傷跡のある浅井あたりがうろついていると、警察を呼ばれかねない。

「会議棟の地下駐車場に入ってくれ」

八時半には、ビッグサイトに到着。

指示どおり、駐車場に車を入れる。〈ホーク・テン〉が停まっていて、サイエンス——長野が車を降りて手を振った。メイの向こうを張るくらいクールで、機械を思わせるくらい論理的な男だ。

「プリンシパルはこの真上でパーティに参加しています。十五分で妹尾隊長も降りてきます」

「おう。ご苦労さん」

ということは、ここで引き継ぎを受けるのか。最上が整然とした駐車場を見回していると、車載の無線からノイズが漏れた。

『チワワからテディベアへ。コード３－０３２』

尹の声だ。美男の彼のコードネームが、チワワというのもどうかと思うが、あのいかつい妹尾隊長がテディベアだというのは、どう考えても悪いジョークとしか思えない。

3－032――塩沢は、勝手に会場を出たらしい。

「トイレかな」

『いま追っている』

尹の声が、やや焦っているようだ。最上にも想像がつくが、パーティ会場などで急に警護対象に移動されると、客が多くて追跡が困難になる。客を突き飛ばして走るわけにもいかない。無線にも、会場内の喧噪や、ざわざわとした雰囲気が伝わってくる。

『テディベアからチワワ。どうなった』

妹尾の声が飛び込んでくる。その時だった。

鋭い銃声が聞こえた。無線を通して、ではない。

「上だ！」

斉藤がすかさず腰の銃を抜いた。職務遂行中、特殊警備隊は全員実銃を携帯している。最上たちも、ほとんど習慣のように斉藤に倣《なら》った。拳銃の発射音を聞くと、身体が銃を欲しがるのだ。

「ボンバーからチワワ。何があった！」

尹から報告はない。小さい舌打ちと、くそっと彼が呟くのが聞こえた。激しい息遣いが聞こえるところをみると、走って塩沢のもとに向かおうとしているのかもしれない。無線の向こうから、大勢の悲鳴が聞こえる。パーティに出席している客の悲鳴だ。

「俺たちも階上に向かう。張と長野はここで待機。メイ、最上、ついてこい」

「了解」

エレベーターもあるが、斉藤の指示で階段に向かった。エレベーターで犯人と鉢合わせすると厄介だ。着くなり面倒なことになった。メイに目をやると、なぜか奇妙に目を光らせている。

「急げ！」

斉藤が階段を駆け上がる。階上でパニックが起きているかもしれない。

『テディベアからボンバー。一階レセプションホールの前だ』

通常、無線で居場所を明らかにすることはない。緊急事態だ。

一階はひどいありさまだった。パーティの客が、銃声を聞いて慌てて逃げ出そうとしている。いっせいにドアに向かい、押し合いへし合いして余計に出られなくなっているのだ。

「落ち着いて！　皆さん、大丈夫ですから落ち着いて！」

妹尾が声を嗄《か》らして叫んでいる。

「こっちだ！」

斉藤が何を見つけたのか、男子トイレ目指して駆けだした。中に飛び込むと、まず目に入ったのは拳銃を構えた尹の後ろ姿だった。

その向こうに、ハンチング帽をかぶり、青ざめて両手を上げている見知らぬ男がひとり。床にあおむけに倒れているのは——塩沢社長だ。油断なく銃を構えた斉藤が、尹に「待て」と指示した。

「そいつを撃て！」

塩沢は死んでいなかった。撃たれたのか、右腕を押さえながら血に汚れた顔で叫んでいる。最上は、ハンチング帽の男を上から下までざっと眺めた。拳銃など持っている様子はない。メイがつと斉藤の横をすり抜け、床に転がった銃を拾い上げる。

「何してる、そいつが犯人だ。爆発物を持っているかもしれん。おまえたちはボディガードだろう！　早く撃ち殺せ！」

「待て、俺は」

ハンチングの男が慌てた様子で首を振った。メイが無言で拾い上げた銃の装弾数を確認し、不気味なくらいしっかりと銃口を向けた。

――塩沢に。

「メイ！」

後先考える暇はない。最上はメイに飛びついて制止した。思わぬ展開だったのか、塩沢が仰天して悲鳴をあげ、尹の足元に尻でにじり寄る。メイは、底光りのする目で塩沢を睨みつけた。

「円道を殺せと笠木に命じたのは、社長ですね」

口調が丁寧なのが、余計に怖い。塩沢は震えあがっているが、威厳を取り戻そうとしたらしく、虚勢を張って胸を反らした。

「君、私に向かって何を言ってる」

「おい――やめとけ、メイ。一応あれでも客なんだから」

メイの口元に薄い笑みが浮かんで消えた。目が笑っていない。最上が止めなければ、本気で塩沢を撃っていたかもしれない。

「助けてくれ！　いったい、君らはどうなってる」

「塩沢社長、私たち特殊警備隊は、日常業務の中で銃器の携帯を許可されていますが、たとえ相手がテロリストでも、むやみに発砲したりはしないんです。ちゃんと説明したつもりでしたが」

斉藤がため息をつき、塩沢を助け起こした。

「俺はそいつを撃ったりしていない！」

ハンチングの男が両手を上げたまま叫んだ。見たところは、カジュアルなジャケットを着た中年男だ。首の太さを見て、この男もかなり格闘技をやるなと思った。レスリングか何かで鍛えた身体つきだ。尹が男に近づき、手早く身体検査を行った。

「武器は持ってない」

「――警察に通報しよう」

いつの間にか妹尾隊長が入ってきて、携帯電話を取り出した。

「いや、待て！　警察に通報するほどのことじゃない」

塩沢が泡を食ったように止める。妹尾が顔をしかめ、首を傾げた。

「しかし、社長を撃ったんでしょう？」

「そうだ。だが、東都重工の社長が、そうたびたび何者かに狙われているなどと、世間に知られれば会社のイメージダウンになってしまう」

妹尾と斉藤が、困惑したように視線を交わした。その困惑につけこむように、塩沢が小さく舌舐めずりした。

「いいかね、君たち。私がクライアントなんだ。私の指示に従ってもらわなきゃ困る。確かに私は撃たれたが、この事故はなかったことにしてくれ。パーティの出席者たちも、うまく言いくるめてもらわなきゃならん」

――このおっさん、何を考えてやがる。

最上は黙って彼らを見守った。

「――わかりました。とにかく、ここでは人目があります。ひとまず東都重工の本社に戻ることにしましょう。社長の傷の手当ても必要ですしね。その男も同行させます。――いろいろと、社長にはお話を伺わねばならないようですから」

斉藤の言葉に、なぜか塩沢が青ざめた。


最上には、なぜ斉藤が警察に向かわずに東都重工の本社ビルに向かうと言ったのか、理解できなかった。塩沢の言いなりになる必要はないはずだ。本社ビルの夜間通用口前に到着し、そこで待っていた人物を見て、余計にわけがわからなくなった。

「社長、私どもの社員が失礼なマネをしたようで、申し訳ありませんでした」

――濃紺に銀のピンストライプのスーツを着た須藤課長が、端整な銅像のように佇立《ちょりつ》している。

「須藤くん」

塩沢が、あからさまにほっとした表情になり、嫌みなほどの笑みを浮かべた。

「お怪我をなさったそうですね。社長が撃たれたという報告を受けました」

「君が来てくれると話が早いよ。暴漢に撃たれただけじゃない。君の部下にも危うく殺されるところだった」

大げさなことを言っているが、車の中で上着とシャツを脱がせて調べてみたら、塩沢の腕の傷など、ほんのかすり傷だった。舐めときゃ治る、と塩沢に聞こえないように早稲田が呟いたくらいだ。

「何か、行き違いがあったようですね。ともかく、中に入りましょう」

須藤の態度はあくまで慇懃で、王様に仕える執事のようだ。つい先ほどまで青くなって縮みあがっていた塩沢が、ホームグラウンドに戻ったので大きな顔をし始めた。

（――気に入らねえ）

最上は須藤の後頭部を睨んだ。いくら東都重工が優良顧客だとはいえ、社員の命や気持ちよりカネのほうが大事なのか。長いものには巻かれ、大樹の陰に隠れる。ブラックホークという会社は、所詮その程度の企業にすぎないのか。

視線を感じたのか、須藤がこちらを振り返り、眉を撥ね上げた。その表情が、「おまえの怒りになど何の意味も力もない」と言っているようで、さらにむかつく。

午後九時を過ぎ、東都重工の正面玄関はとっくに閉まっている。夜間通用口は、塩沢がカードを通して暗証番号を打ち込むと、何の抵抗もなく解錠した。

「彼らは私のボディガードだ。通るよ」

守衛室にはガードマンが三人いたが、塩沢社長が無駄に愛嬌をふりまくと、特殊警備隊のメンバーがぞろぞろ通るのを見ても、何も言わなかった。塩沢の上着に血が染みていることには、気づかなかったようだ。

なにしろ大人数だ。妹尾に尹、斉藤、メイ、最上が彼らにつき従っている。それに須藤課長と、捕らえたハンチング帽の男。

「なんで、あの男まで連れて来たんだよ」

斉藤にこっそり尋ねたが、斉藤は黙って首を横に振るばかりだ。

パーティに出たはずの社長が、ホテルに帰らずに帰社したという情報が、あっという間に社内に伝わったらしい。彼らが社長室に入ると、秘書が飛んできた。この時刻になっても、まだ仕事をしていたのか。塩沢といい社員といい、東都重工の連中は呆れるくらい仕事が大好きだ。

「喉が渇いた。水をくれ」

ようやく自分の意のままになる人間が現れて、ほっとしたのだろうか。塩沢がリラックスした態度で秘書に命じている。最上は小さく舌打ちした。相手によって態度を変える人間は信用ならない。

「さて――」

須藤が塩沢とハンチング帽の男を見比べた。ハンチング帽の男は、斉藤にこづかれるようにソファに腰を下ろしている。

塩沢がまるで裁判官よろしく奥の執務机に腰を落ち着け、須藤始め特殊警備隊は適当な場所に陣取る。ハンチング帽の男以外は、みな立ったままだ。何があっても動きやすい。

「会場で何が起きたのか、我々は把握しかねております。社長からお話し願えませんか」

「私にだってわからん。トイレに行ったら、その男が隠れていていきなり撃たれたのだ」

ほう、と須藤は目を細めて塩沢を見つめている。塩沢の話はおかしい。男が塩沢を襲撃したのなら、二発目を撃つ時間は充分あったはずだ。銃声の後、最上たちが駆けつけるまで数分間はあったし、尹が最初に現場に到着するまでに二発目を撃つくらいのことは、余裕でできたはずだ。

――本当に、男が塩沢を狙ったのなら。

「俺は撃ってねえ」

ハンチング帽の男がふてくされたように言った。

「そいつが自分で撃ったんだ。あのトイレで待つように、俺を呼び出しておいて」

須藤が眉を上げ、塩沢を振り返って肩をすくめる。どうしますか、とでも尋ねているようだ。

「冗談じゃない。なぜ私が自分自身を撃つ必要があるのかね」

「ボディガードに俺を撃たせるつもりだったんだろう。襲撃されたと見せかけて」

塩沢は、顔色ひとつ変えずに首を横に振った。

「まさか。どうして私がそんなことを」

「君は何者で、なぜあの場にいたのか教えてくれないか」

須藤の質問に、男がしばし無言で瞬きを繰り返した。

「――俺は柴田《しばた》だ。巣鴨で探偵事務所をやっている」

探偵だと？ 最上は顔をしかめ、ハンチング帽の男を見た。柴田と名乗った男が事務所の名前と住所を教えたので、確認のため斉藤がブラックホークの本社に電話を入れた。

「なぜって――塩沢社長と話があったんだ。ある人に頼まれて、社長に会って直接聞いてもらいたいことがあると言われた。社長に連絡すると、パーティ会場のトイレに来いと言われた。あそこなら誰にも見咎められないからと」

「でたらめだ！」

塩沢が芝居がかった動作で手を振り上げる。須藤はそちらを見て軽く頷いたが、実際に口に出した言葉を聞くと、塩沢の言葉は無視することにしたようだ。

「トイレに来いとはまた、妙な指示じゃないかね」

「社長は、いま自分にはボディガードが二十四時間態勢で張り付いているから、トイレの中でもなきゃふたりきりで話ができないと言ったんだ。だから、しかたなく応じた」

「そうまでして、社長に直接尋ねたかったこととは？ それに、いったい誰がそんなことを君に頼んだのかね」

柴田は答えて良いものかどうか迷うように、上目遣いに須藤の顔色を窺い、唇を舐めている。

「柴田探偵事務所は実在します。探偵の名前は柴田大悟《だいご》。免許証の写真は、この男の顔と一致しました」

斉藤が電話を切って須藤に報告した。顔が一致したというのは、目の前にいる男の顔写真を撮影して、本社のコンピュータで免許証の写真と比較判定させたのだ。近頃の顔認証ソフトは、ほぼ百パーセントに近い認識率になっている。

「依頼人の秘密は守る。それが俺たちの商売だからな」

柴田がうそぶく。ブラックホークを相手に、根性のあるところを見せようというわけか。

「だが、社長に尋ねるように言われたのは、簡単なことだ。写真を見せて、この男に金を渡したことがあるかどうか尋ねようとしただけだ」

胸ポケットに手を入れようとして、柴田はたじろぐように周囲を見回し、誰にともなく「おい、撃つなよ」と呟いた。ポケットから引っ張り出したのは、ただの写真だった。今どき、紙にプリントしたものだ。近くにいた最上が探偵から受け取り、須藤に渡した。

――写真の男に見覚えがある。塩沢社長を撃とうとした、笠木だった。

「依頼人は、社長がこの男に金を支払ったという証拠を持っているそうだ」

「塩沢社長がこの男に金を支払ったとして、何が不都合なのかね？」

須藤が肩をすくめ、探偵を見下ろす。探偵の太い喉が、ごくりと鳴った。

「――その男、社長に金をもらって、半年前に誰かを殺したそうだ」

「本当に？」

「冗談はよせ」

塩沢が吐き捨てるように言った。まだ薄い笑みを口元に浮かべている。余裕しゃくしゃくだ。癇《かん》に障る男だった。

「須藤くん。そんな男のたわごとを聞いてやる必要はない。ブラックホーク社に莫大なボディガード料を支払っているのは誰だと思ってるんだ？　君たちを雇っているのは、この私だ。そんな男はつまみ出してくれ。妙な言いがかりをつけられては、迷惑千万だ」

なぜか、須藤の鋭い目に喜色が浮かぶのを、最上は見逃さなかった。須藤がほとんど揉み手をせんばかりに両手を合わせ、にやりと笑う。

「なるほど、ここは社長のおおせに従いましょう。しかし、実を言いますと、これから社長にぜひ会ってもらいたい人間がいるんです」

「なんだと」

「いえ、そんなにお時間はとらせません。すぐ下まで来ていますから、ほんのひと目、お会いになるだけで結構です。秘書の方に、彼らを中に入れてもらうように頼んでもらえませんか。――夜間通用口まで行ってもらえればすぐに誰だかわかりますし、斉藤を秘書の方と同行させますから」

「須藤くん。私は警備会社として君の会社を信用しているが、まさか――」

善人ぶった塩沢の顔に、狡猾な表情が見え隠れする。須藤が何を考えているのか、推しはかろうとするような顔だった。

「もちろん私どもは、クライアントの信用を裏切るような真似はいたしませんよ」

須藤のにこやかな表情を見て、塩沢は熟考の末にようやくインターコムのボタンを押し、秘書を呼んだ。

「斉藤、探偵を連れて下に行ってくれ」

須藤の指示で、いかにも当たり前のように斉藤が動く。

斉藤が探偵を連れて社長室を出ていくと、気まずい沈黙が下りた。塩沢はこれ見よがしにノートパソコンを開き、一秒たりとも無駄にするまいというアピールなのか、何やら入力を始めている。

須藤はマイペースで、腕組みしたまま平然としているし、尹はさっさと部屋の隅に行って、東都重工のアメフトクラブがリーグ優勝した時の写真を眺めている。

最上は、そっとメイの様子を窺った。さっきは、いきなり塩沢に銃口を向けて仰天させてくれたが、今は普段どおりの無表情な柳瀬メイだ。

(何を考えてやがるんだか)

苦々しくさえ思った時、ドアをノックする音がした。

「社長、失礼いたします」

ドアを開けた秘書の後ろから、彼を押しのけるように部屋に入ってきたのは、長久保警視だった。相変わらず、嚙みつきそうな目つきをしている。斉藤が迎えに行ったのは、彼女だったのか。

「おや、これは――」

「いいから、さっさと入りなさい!」

戸惑う塩沢の言葉を遮り、長久保警視は廊下にいた人間の腕を引っ張った。何事かと見守る最上の前で、その男はしぶしぶ社長室のドアをくぐった。

ワイシャツに、薄汚れたワークパンツ。両手に手錠をかけられて俯いている男の顔を、長久保が容赦なく上げさせる。その顔に、見覚えがある。さすがに、最上もぎょっとしてその男を見守った。

「皆さんにご紹介するわ。この人が、笠木徹よ」

6

笠木徹という名前を聞いて、メイが身体をこわばらせている。それ以上に、塩沢が驚愕のあまり立ち上がった。

「なんだと」

「塩沢社長。あなたを襲撃した笠木徹です」

須藤が、サロンで誰かを紹介するような涼しい声音で教えた。

笠木は死んだと言わなかったか。

最上は呆気にとられ、長久保警視とそのそばでうなだれているみすぼらしい男を見つめた。そうだ、確かに長久保警視から聞いたのだ。皮膚から吸収する毒で殺されたはずだった。

──生きていた。この男が、交通事故に見せかけて円道を殺した男なのか。

メイがまた馬鹿な真似をするんじゃないかと、一瞬ひやりとした。様子を窺ったが、頬をかすかに上気させているものの、理性を失ってはいないようだ。ただ、いつでも銃を抜けるように、右腕がさりげなく銃把の近くにある。

「これは──どういうことかね」

力を振り絞るように塩沢が呟く。この時ばかりは最上も同じことを考えていた。

「私からご説明しましょう」

須藤が、商品のプレゼンテーションでも行うように朗らかな口調で告げる。

「半年ほど前――特殊警備隊の隊員がひとり、高速道路の事故に巻き込まれて亡くなりました。社長もよくご存じの、円道という男です」

呆然としていた塩沢が、その名前を耳にしたとたん、慎重な様子で腰を下ろす。

「それが――どうかしたかね。円道くんのことは覚えている。私の警護も担当してくれたからね。人当たりのいい男だったが」

「ありがとうございます」

須藤が実直な表情で一揖《いちゆう》した。

「私も、仲間として、上司として、円道の突然の死を悼みました。そこにいる――彼の婚約者だった柳瀬から、円道がこの社長室で見てはいけないものを見てしまったようだと聞くまでは」

塩沢は無言で目を光らせている。その顔から、いつもの善人ぶった仮面が剝がれ落ちていた。できることなら、須藤を目だけで睨み殺したいと言わんばかりだ。

「――ところで、これはあまり社員の前では言わないようにしていることですが――ブラックホーク社は、全社員に対して会社を受取人に指定した生命保険をかけています」

突然、意外なことを須藤が言いだした。マジかよと最上は口の中で呟いた。それでは、自分にも生命保険がかかっているというわけか。知らない間に首に縄をかけられていた気分だ。

「ボディガードにしても警備員にしても、危険な仕事ですから、いつどんな事件に巻き込まれて命を落とすかもしれません。その時に、遺族に対する補償を行う目的もありますが、真相を解明するためには費用がかかる。そのための保険でもあるのです」

企業は予算がなければ動けませんからね、と須藤が真面目に続ける。

「円道の事故死が単なる事故死ではなかった可能性があると知り、我々は警察の捜査とは別に、ブラックホーク社の調査部門や探偵事務所などを活用し、独自の調査を開始しました。そして、事故に関係したトラックの運転手と、ここにいる笠木とが、多額の借金を抱えていたこと、そして事故の直後に借金を完済していることを知ったわけです。ところが、我々が調査していることに気づくと、笠木は行方をくらましてしまった」

笠木は暗い表情で俯いている。

「私たちは、それでも諦めずに笠木の行方を追わせていました。塩沢社長を襲撃したのが笠木だと知り、社長の警護をしながら長久保警視とも連絡を取り合って、笠木の身柄を確保しようとしていたのです。まさか、笠木がクーガの一員になっているとは知りませんでしたがね」

それでは、円道の事故は故意に仕掛けられたものだというメイの訴えを聞いて、須藤がその件に関わるなと指示したのは——。

「顧客を失うのを恐れたわけじゃなかったのか」

うっかり口に出して呟いた最上を、須藤がじろりと睨んだ。

「見損なうなよ、最上」

メイが感情的になるあまり、危険な行動をすることを恐れたわけだ。その見たては当たっている。そして、メイの行動を牽制する代わりに、事故の背景を丹念に調査し続けた。

——それならそうと、言えばいいのに。

最上はブラックホークを辞めてでも、と思い詰めていた先ほどまでの怒りを思い、腹の中で愚痴をこぼした。

「笠木が逮捕される直前、東都重工の社員と会っているのを、こちらの探偵が目撃しました。万が一のことを考えて、逮捕直後に血液検査などを受けさせたところ、遅効性の毒物が見つかったわけです。手当てが早かったので、命に別条はありませんでしたがね」

「笠木は死んだと偽って、彼の身柄を守ったというわけ」

長久保警視が誇らしげに顎を突き出す。嫌みたっぷりな女だが、今回ばかりは我慢してやってもいい。

「言っておきますが、笠木は何もかも自白しましたからね。あなたに頼まれて円道氏を交通事故に見せかけて殺し、お金を受け取ったこと。あっという間にその金も使い果たして、元の会社員生活に戻ることもできず、あなたを逆恨みして撃とうとしたこと。今日の夕方、我々は塩沢社長に対する逮捕令状を裁判所に申請しました。明日の朝には令状が下りると思うわ」

しゃっくりでもするように、塩沢の喉がひくりと動く。逮捕令状が出るという長久保の脅しは効いたようだ。長久保警視は、ブラックホークを敵視するような態度をとってきたが、あれはひょっとして演技だったのだろうか。

「この社長室で何を見たために、円道は殺されたのか——それについても、我々は調査しました」

須藤が、スーツの内ポケットから白い封筒を一枚取り出した。

「ボディガードを殺してでも、守りたかった秘密です。東都重工は塩沢社長の代になってから、兵器による収益の比率を高めている。兵器の輸出に関する何かではないかとあたりをつけましてね。調べてみたんです」

封筒の中から出てきたのは、横文字が並んだ書類のコピーだった。

「これはドイツの企業が、アフリカ中部の紛争地域に製品を輸出するという契約書のコピーです。書類を読むと、まるでドイツ製品のように装っていますが、そこに書かれているミサイルが東都重工の製品だということは、裏が取れています。ちなみに、そのドイツの企業は、出資者をたどれば東都重工の子会社である東都マネジメントに行き着く。これは、ほとんど詐欺にも等しい所業ですね」

それが本当なら、とんでもない法律違反だ。以前、塩沢社長がボディガードにレクチャーしていたが、日本は海外の紛争地域に対する兵器の輸出を認めていない。

「この件が明らかになれば、東都重工には外為法違反等の疑いで家宅捜索が入ることは間違いありません。営業停止など、何らかの処分があることもね」

今や、塩沢は追い詰められた小動物の心境に違いない。ノートパソコンをデスクの向こうに押しやり、黙って座ってはいるものの、額は脂汗で光っている。

最上は心の中で快哉を叫んだ。

——須藤の奴、やるじゃないか。

「円道は何かの拍子に、東都重工の兵器輸出の状況を知ってしまった。職務上、知り得た顧客の情報を漏らすことは、守秘義務違反になります。だから彼は、ブラックホークを辞めてでも警察に行くべきか、それとも職を失わぬよう見て見ぬふりをするべきか、迷っていた。——真っ先に私に相談してくれていれば、と思いますが」

「――須藤くん」

塩沢が、低く殺した声を歯の隙間から押しだした。

「だから何だと言うんだ。君たちブラックホークは、依頼主の秘密を暴き、官憲の手に引き渡すのが仕事かね。信義にもとるとはこのことだ。君たちはクビだ。いいか、このままですむと思うなよ。ブラックホークは顧客の不利益になると知りながら、警護すると偽ってスパイ行為を働いたも同然だ。私はブラックホークを訴えてやる。マスコミにもすべてぶちまける。おまえたちがどんなに悪辣な仕事をしているか、喋りまくってやる！」

吊り上がった目といい、剝き出した歯といい、とんでもない悪相だった。こいつが塩沢の本性だ。

「いいえ、あなたは依頼主でもなければ、顧客でもありませんよ」

須藤が、いっそ楽しげな声で笑った。

「あなたはプリンシパル――警護対象にすぎません。我々の依頼主は、東都重工です」

その言葉が、じわじわと塩沢の中に浸透するのを、最上は興味深く見守った。須藤の言葉が意味するものをようやく塩沢が理解すると、彼は青ざめたまま力なく椅子の背にくずおれた。毒気を抜かれた表情だった。

――東都重工は、塩沢社長を売ったのか。

最上にもやっと内幕が理解できた。今回の塩沢社長の警護は、塩沢を除く東都重工の首脳陣が、須藤と相談して決めたことだったのに違いない。東都重工は、法を犯した責任を塩沢ひとりに負わせ、企業の存続と安泰をはかるつもりなのだ。

「ちなみに、あなたの警護については、本日午後八時をもって契約終了と、先ほど東都重工本社から連絡を受けました」

須藤がとどめを刺した。情け容赦のない男だ。

「それじゃ、私はもういいわね。明日の朝、お迎えに参ります。今度は逮捕令状を持ってね」

長久保が嬉々として嫌みを言って、笠木を引きたてて社長室を出て行った。

「さあ、それでは我々も失礼するとしよう」

須藤の言葉に、最上ははっとした。妹尾や尹は、もう塩沢には興味を失くしたらしく、須藤の合図でさっさと退出し始める。

「――塩沢社長」

須藤が、何かを塩沢の前に置いた。先ほど、トイレで塩沢がわざと落とした拳銃だった。須藤がいつの間にか手袋をはめていることに、最上は気づいた。

「すべてが明らかになれば、あなたばかりではなく、東都重工も深い傷を負うことになるでしょう。東都重工ほどの大企業でさえ、立ち直れないかもしれないほどの、大損害です。企業のイメージダウン、物質的、金銭的な損害――何より、社員が受ける精神的なダメージは計り知れないでしょう。あなたはそんな事態を招いた、東都史上最悪の社長として記憶されることになる――。もちろんあなた自身も収監され、外為法違反ばかりじゃなく、特別背任罪でも裁かれるかもしれません。しばらくワインどころではありませんね」

塩沢は須藤の言葉など聞いていなかったかもしれない。ただ吸い寄せられるように、拳銃を見つめている。

――須藤は、本物の悪魔だ。

最上は背筋が寒くなった。

「さあ、行こう」

促され、社長室を出る。メイも素直に部屋を出た。社長室の外で、斉藤が見張っていた。誰かがうっかり中に入らないように、警護していたのだろう。

「出るぞ」

須藤のひとことで、急ぎ足にエレベーターホールに向かう。

「――知ってたんだな。妹尾隊長も」

須藤に聞こえないよう、斉藤に小声で囁くと、困惑したように鼻の頭を指先で掻いた。

「そりゃまあ当然な。妹尾さんと俺は知っておかないと、警備計画がたてられない」

「円道を殺せと指示したのは、塩沢なのか。他の東都重工の奴らに、責任はないのかよ」

東都重工の重役連中が、塩沢ひとりをスケープゴートにしたようで薄気味が悪い。

「兵器の輸出に関しては、他の連中も関与していたようだ。しかし、円道を殺したり、笠木を殺そうとしたりしたのは、塩沢ひとりでやったことらしい」

「それにしても、こんなにタイミング良く探偵が塩沢を呼び出すとは――運が良かったな」

斉藤は、さらに困った顔になって唸った。

「だってよ、明後日《あさって》は妹尾さんの子どもの運動会なんだよ」

「はあ？」

「このままずるずると塩沢の警護なんか、やってられないだろうが。下手に長引かせたりしたら、俺が妹尾さんに叱られるよ」

「おい、まさか――」

――こいつら。

最上はぽかんと口を開けて、斉藤を見守った。つまり、塩沢のボディガードを短期間で終わらせるために、探偵の柴田を使って圧力をかけたのか。

「まさか、あの柴田って探偵は――」

斉藤があっさり頷いた。

「ブラックホーク社の依頼で動いていたんだ。円道の事故調査を行い、東都重工の兵器実験場にラジコンヘリを飛ばして盗撮したのも柴田だよ。塩沢に圧力をかけるためにな」

普段、真面目な優等生ぶってやがるくせに――開いた口がふさがらない。

「何してる。早く乗りたまえ」

エレベーターで須藤が呼んでいる。最上は斉藤を追って走り出した。


「我々は契約解除になったので、これで帰りますよ」

夜間通用口の受付にいる守衛に須藤が声をかけ、外に出た。今夜は仕事のはずが、ぽっかり一日空くことになりそうだ。

通用口の前に、車が四台停まっている。二台はブラックホークの社用車。もう一台は、以前須藤が乗っているのを見たことがある。国産のハイクラスな電気自動車だ。あとの一台は、運転席に制服警官が座っている。後部には、長久保警視と笠木が乗っていた。須藤がそちらに近づいていった。

「長久保くん。協力してくれてありがとう。助かったよ」

「なんのことでしょう、須藤さん」

長久保が、むっつりと不機嫌そうな表情で窓から顔を出す。

「言っておきますけど、私はあなたやブラックホークの味方をしたつもりは毛頭ありませんからね。正義を行うために、手を貸しただけです」

「——そういうことにしておこう」

須藤が微笑している。出して、とそっけなく長久保が運転席に指示すると、覆面パトカーはすぐに走り出し見えなくなった。

「課長」

メイが、いきなり自分のIDカードを外し、須藤に差し出した。

「自分は、プリンシパルに銃を向けました。ブラックホークの社員失格です。処分は覚悟の上です し、これはお返しします」

「おい、メイ!」

誰も止めようとすらしないことに、最上は慌てた。メイの奴は、存外生真面目だ。警察が塩沢の罪状を認め、逮捕すると言っているのに、結果オーライですませることができない性質なのだ。須藤が、例のごとくとりすました表情で眉を撥ね上げ、メイの顔とIDカードを見較べた。

「——柳瀬くん。君、私の話をちゃんと聞いてなかったな」

メイが不審そうに眉をひそめる。

「ブラックホーク社は、今夜午後八時をもって、東都重工との契約を終了した。君が銃口を向けた時、塩沢社長はもはやプリンシパルではなかったんだよ」

明日にも報告書を提出するように、と須藤は妹尾に告げ、車に乗り込んだ。メイが呆然と立ちつくす横を、須藤の車が滑るように走り去った。

——ちぇ、かっこつけやがって。

妹尾や斉藤たちが、メイが辞めると言っても動揺しなかったのは、須藤の腹を読んでいたというわけか。

「さあ、今日はみんな、帰って寝るか。明日は昼ごろ迎えに行くよ」

妹尾が思いきり伸びをして、首を回した。

「隊長、明後日の運動会、行けそうですね」

嫌みのひとつも言ってみたくなり、最上が声をかけると、妹尾はにやりと唇を持ち上げた。

「そうだな。撮影機材も完備した。おかげで完璧に中継できそうだ。亭主も喜ぶよ」

「中継？」

意外な言葉に首を傾げる。

「隊長の旦那さんって——」

「アフリカの紛争地域に出張中だ。これ以上は軍事機密だから言えん」

啞然としている最上をよそに、妹尾は笑って手を振りながら車に乗り込んだ。

「馬鹿、最上。余計なことを」

斉藤が背中を叩いた。

「隊長の旦那って軍人なのか？」

だ。

「グリーンベレーだよ。バリバリの特殊部隊員だ」

ため息をつくように斉藤が答える。

「俺たちボディガードは、家族に害が及ばないよう細心の注意を払うだろう。妹尾さんだけは、その必要がまったくない。何しろ家族が強すぎるからな！」

そして紛争地域で戦争をしている亭主に、子どもの運動会を生中継するのか。頭が痛くなりそうだ。

最上が後部座席に滑り込もうとした時、かすかに銃声が聞こえた。すかさず本社ビルの五階を見上げる。社長室の明かりはついたままだ。ブラインドシャッターも下りたままで、人影もない。それでも、塩沢がついに、自分で自分の始末をつけたのではないかと思った。

メイも銃声に気づいたのか、じっと五階の窓を見上げていた。

張が車を出し、先に走り出した妹尾たちの車の後を追う。すっかり夜も更けた。夜十一時を過ぎても、東京の道路は車の列が絶えることはない。

最上は、東都重工の正門前に停まる一台のバイクに目を留めた。黒い革のジャンプスーツに、使いこんだワークブーツを履いた男が、本社ビルの窓を食い入るように見上げている。痩せた男だ。背はそれほど高くもない。七百五十ｃｃの大型バイクを、もてあましそうな小柄な体格だ。最上の目が男に吸い寄せられたのは、その陰鬱な表情のせいだった。顔立ちは端整だ。絵に描いたような切れ長の目に、ほっそりした鼻。美男と言ってもいい顔立ちなのに、なぜか目をそらしたくなるほどの印象の暗さがつきまとっている。猫背ぎみの背中に、黒い羽が生えていてもおかしくないと思うくらいだ。

（この男は、誰か殺してる）

それも、ひとりやふたりじゃきかない。

ひと目見ただけで、その直感が拭えなくなった。背筋が寒くなる感覚だった。

視線を感じたのか、男がこちらの車を見た。ブラックホーク社の車だと気づいたようだ。唇が、にやりとUの形に吊り上がる。

「——おい、なんだあの男」

斉藤も気づいたようだ。

「こんな時刻に東都重工の前にいるなんて、妙な奴だな。バイクのナンバーを照会かけてやる」

オペロンにナンバーを打ち込めば、ブラックホーク社のコンピュータで持ち主の照会が可能だ。

「NEEDLE《ニードル》」

メイがぼそりと呟いた。

「なんだと」

「ナンバーは、『に33-53』だった。米国の公衆電話だ。EとDは3、Lは5」

クーガの狙撃手、ニードル。

「車、停めろ！」

斉藤が叫ぶ。張がその意図に気づき、ハンドルを切り返し、中央分離帯を乗り越えて、強引にUターンした。たちまち、後ろの車からクラクションの嵐がごうごうと起きる。

黒ずくめのオートバイは、走り去るところだった。

「くそっ」

この状況ではとても追いつけない。そう見てとり、斉藤が舌打ちする。

針の穴をも通すほどの射撃の腕前を持つ、元警察官で、今はテロリスト――ニードル。整形手術を受けて顔を変えたという噂だった。近ごろ東京に戻ってきているとも囁かれていたが、まさか東都重工に顔を出すとは。クーガは東都重工から金をせびろうとしていたという。塩沢の様子を見に来たのだろうか。

――ニードルなら、あの銃声も聞きわけたに違いない。

パトカーのサイレンが、遠くから響き始めた。こちらに向かってくるようだ。東都重工が、塩沢の自殺を通報したのかもしれない。

「――行こう」

斉藤が静かに言った。舌の上に、いやに苦いものを感じて最上は顔をしかめた。

夜は、彼らのことなど見向きもせずに、しんしんと更けていく。

インターバル3　長久保玲子

ショートの髪を手櫛で軽く撫でつけながら、長久保玲子《れいこ》は鏡に映る自分を見つめていた。近頃ますます、姉に似てきたと思う。

彼女が警察庁に奉職することになったきっかけは、姉だった。姉の遥子《ようこ》が国家一種試験に優秀な成績で合格し、警察庁に入ったのだ。三年遅れで就職先を選んだ玲子も、迷わず姉の後を追いかけた。

歳は三つ離れているが、双子のようだとも言われる姉妹だった。ともに小柄で、どちらかと言えば子どもっぽく愛らしい容姿をしており、警察官など似合わないと言われることも多かった。ただし、容姿はともかく、能力と性格で警察官向きでないと指摘されたことは、一度もない。

髪をきれいに整え終えると、長久保警視は女子トイレを出た。そろそろ終業時刻だ。

「おや、これは」

戸惑うような声を聞いて、長久保は眉間に皺を寄せた。この男の声だけは、聞き間違えることがない。

睨むように振り向くと、案の定、ブラックホーク社の須藤がスーツの上着を腕に掛けて佇《たたず》んでいた。この男は警察庁に在職中から評判の洒落者で、安月給でもスーツは自分の体型にぴったり合った、仕立ての良いものを選んで着ていたものだ。今ならブラックホークの高給で、好みの背広を誂《あつら》え放題だろう。

「玲子くんじゃないか」

「長久保です」

須藤の悠揚迫らぬ態度を見ただけで、ざわざわと胸が落ち着かない。人間にだって、天敵と呼ばれる存在はいるのに違いない。自分にとっては、須藤がそれに近い。そばに立っただけで、電流が走るようで身震いがする。

「須藤さん、商売敵がこんなところに何の御用ですか。たったひとりでいい度胸ですね」

桜田門の警視庁本部ビルを、ブラックホークの警備課長が自由に歩き回っているようでは世も末だ。須藤が穏やかに微笑する。

「君のところの元宮《もとみや》さんに呼ばれたんだよ」

長久保は、彼女と同じく出向中の、警察庁には珍しくエリート臭の抜けた体育会系の上司を思い浮かべた。国家一種を受験するようなタイプには見えず、叩き上げの警察官のようなのだが、実際の階級は警視長で、警視総監と警視監の次に偉い。全国二十五万人を誇る警察官のヒエラルキーの中で、ピラミッドのてっぺんに近い人物だ。

「何の用ですか」

「さあね」

須藤自身も首を傾げている。元宮は須藤の同期だから、どうせくだらない雑談か、飲みに行こうと誘ったのかもしれない。

「それじゃ、またね」

「それだけですか？　他に言うことはないんですか？」

そのまま片手を上げて立ち去ろうとする須藤に、長久保は突きさすように声を荒らげた。

「見舞いにも来ないくせに、病院にお金だけ送りつけるような真似、やめてもらえません？」

須藤が動きを止め、一瞬視線を遠くさまよわせた。茫洋として、何かを見ているようで実は何も見ていない。そんな表情だ。

切れ者と評判だった怜悧な男の目が、いま虚空に浮いている。彼の中で時間が止まっている。そう感じたほど、須藤は空っぽだった。真空の器のように、満たしてくれるものを待って乾いていた。

「――須藤さん」

耐えかねて長久保が声をかけると、ゆるりと夢から覚め、いま初めて彼女の存在に気づいたような顔を向ける。

「ああ、玲子くん。――それじゃあね」

乾燥して無意味で、そのくせなぜか魅力的な笑みを浮かべて、須藤が立ち去る。

自分が知っている須藤英司は、あの時壊れた。それきり戻らない。あの時からずっと、須藤は自分が見たくない光景を心の底に封印してしまった。完全に忘れたわけではないようだ。毎月律儀に病室に届く、現金の入った封筒がその証拠だった。須藤の中で、記憶と感情が複雑にせめぎ合っているのかもしれない。今の彼は、仕事にしか興味のない抜けがらで、おそらくその状態から元に戻ることはないのだろう。ブラックホークにいる限りは、それでも問題ないのかもしれない。

須藤が警察庁を退職したのは、五年前だ。

警視庁警備部の警護課に出向中だった。姉の遥子の上司で、やり手のＳＰだった。

姉が須藤のどこに惹かれたのか、今となってはわからない。妹である玲子が驚いたことに、ふたりは知らぬ間に結婚の約束をし、須藤は姉との結婚の許可を得るために挨拶にも現れた。初々しい遥子と、生真面目そうではにかみ屋の須藤とは、長久保の目にも釣り合いのとれたカップルに見えた。姉がいつの間にか、自分の知らない外の世界に向かって駆け出そうとしていることは、長久保にとって若干面白くない出来事ではあったが。

クーガが世の中を騒がせ始めた頃だった。

須藤たちSPは、傍若無人なテロリストの対策に神経を尖らせていた。クーガの装備や技術は、それまで国内で考えられてきたテロリストの一般的な常識を凌駕し、テロリズムですら国際化が浸透しつつあるのだという事実を突き付けてきた。

国力が衰える中での予算確保は難しい。須藤がSPの装備を一新するために粉骨砕身したことは知っているが、思いどおりとはいかなかったようだ。

そんな中で、あの事件が起きたのだった。訪日した海外の国務大臣を狙った爆弾テロが。大臣は無事だったが、SPがふたり犠牲になって亡くなり、ひとりは重傷を負った。

——長久保はデスクに戻り、ショルダーバッグを取り上げた。今日はもう帰るつもりだ。

電車に乗り、向かったのは渋谷区の病院だった。何度も通い、慣れた道のりだ。入院病棟は十階建てで、八階に遥子の病室がある。

個室の病室はしんと静まりかえっていて、自分の足音だけが大きく響く。

「——姉さん。今日、須藤さんに会ったのよ」

この病院は生花を禁じているから、持参したのは造花のカサブランカだ。水を入れない花瓶に人工の花を生け、ベッドに横たわった遥子に話しかける。

「あいつひどいよね。姉さんに会いにも来ないでさ。あいつが警察辞めて、ブラックホークっていう警備会社に入ったの知ってる？」

答えはない。

――たぶん永久にない。

長久保は花を適当な位置に飾ると、椅子を引いてベッドの横に腰を下ろした。

姉の身体からは、何本もの細い管が生えている。人工呼吸器と、透析と、その他さまざまな薬剤を点滴するためのパイプだ。心拍数などバイタルサインを計測するための装置にも繋がれている。姉は生きているのではなく、機械に生かされているのだ。

爆発の衝撃で、姉の遥子は頭部に深刻な傷を負った。かろうじて命はとりとめたが、二度と意識を取り戻すことはないと医師にも宣告されている。万が一、意識を取り戻したとしても――生きていることが幸せと言えるのかどうか、妹の自分ですら確信が持てない。

「姉さん、なんとか言ってよ。英司ひどいって言ってよ。たまには見舞いにくらい来いって言ってやってよ」

長久保は白いシーツの上に手を滑らせた。

姉が死にきれなかったのは、おそらく若さゆえだ。三十にもならない潑剌《はつらつ》とした身体が、迫りくる死に頑強に抵抗したのだ。

「ねえ。――姉さん」

須藤を憎んでいる。事故の後、逃げるように警察を退職し、ブラックホークに入った須藤を。ベッドの上で眠り続ける眠り姫になった婚約者に、会いに来ることもできないあの臆病で卑怯な須藤を。

そして、あの男を心の底から憎みきることができない自分自身を、一番憎んでいる。

——姉さん、もしあなたがあの時死んでいたなら。

何かの拍子にふとそれを夢見るたび、長久保は舌を噛みたくなる。あの男は姉の代わりに自分を選んだだろうか。それとも、見るたび姉を思い出して辛いからと、顔を歪めて逃げただろうか。

白いシーツに顔を埋《うず》めた。消毒用アルコールと薬品臭が、ぷんと鼻につく。

ベッドには、長久保遥子がただ無言で身体を横たえている。失った顔の左側も、右側と同じように美しかった。そう、妹の玲子が呟くのを、彼女は聞こえない耳で聞いている。

第四章

1

「――ここから撃ちやがったようだ」

雑然としたオフィスビルの一室だった。

足元に転がる薬莢を見つめ、最上はヘッドセットのマイクに向かって囁いた。

『こちらオペレーター安西、了解しました。警察に通報します。現場には手を触れないで』

「わかってるよ、そんなこと」

本部オペレーターの指示に投げやりに答え、窓に近づく。

地上からおよそ二百五十メートル。高層ビル五十階の窓は開かない。ただ、鋭利な刃物で切り取られたかのように、直径二十センチメートルほどの穴が開いている。びょうびょうと音をたてて風が吹き込んでくる。

窓のすぐ下に、デスクがぴったりと押し付けられている。デスクに腹ばいになりライフルを構えると、ちょうど銃口がガラスの穴に乗る。狙撃手はこの位置を計算して、ガラスを切り取ったのだ。

――わざと薬莢を残していったな。

背筋に寒気を感じた。誰かに見られているような、背後の視線を感じて振り返ったが、室内には誰もいない。

自分は臆病になっているようだ。

最上は、窓の外に広がる午後三時の新宿の街並みを見渡した。高層ビルが林立するエリアだ。街の色彩がくすんで見えるのは、ほとんどの建物が築三十年以上を経過して、メンテナンスが必要な状態になってきているからだろう。今どき、カネのある優良企業はベイエリアに自社ビルを買い求める。新宿あたりは、三流、四流の掃溜《はきだ》めだ。

この建物も、三十年以上前に建設されたものだった。通称『はりぼてビル』。当時著名な建築事務所が設計を担当したが、竣工して数年後に耐震設計に問題があることが発覚した。取り壊しの命令も出たはずだが、どういうわけかうやむやになり、今は賃貸料がひどく安いオフィスビルとして、怪しげな企業が入居している。最上が子どもの頃には暴力団の企業舎弟と呼ばれていたような会社や、インチキ投資会社、違法行為すれすれのマルチ商法や聞いたこともない宗教法人の名前などが、一階のプレートにこれ見よがしに並んでいる。

このオフィスも、そのひとつだ。すりガラスのドアには、宗教法人の名前が掛けられていた。竣工当時は立派なオフィスだったのかもしれない。広々としたフロアは、パーティションでいくつかの部屋に仕切られている。最上が窓ガラスの穴と薬莢を見つけたのは、奥の社長室だった。両袖に引き出しのついた、大きなデスクが窓際に移動されている。

——何か、臭う。

最上は、鼻をうごめかしながら室内を見渡した。覚えのある臭気だった。子どもの頃、猫を飼っていた。そう言えば自分にもそんな時代があった、と懐かしむほど遠い昔のことだ。野良猫を拾ってきて、親に叱られながらマンションの中庭で餌をやった。飼い猫というより、野良猫に毛が生えたような状態で、近所の悪ガキどもが揃って餌をやっていたのだ。

猫が姿を消したのは、最上が小学二年生の頃だった。死期を悟ると姿を隠すという。最上たちは下校するとすぐ、手分けして毎日捜し回った。猫は、溝蓋《みぞぶた》に隠れて側溝の中で死んでいた。

その時嗅いだ臭いにそっくりだ。

「最上、見つかったって？」

隣のオフィスを確認していた張が、無線のやりとりを聞いて坊主頭を覗かせた。

「ああ。——奴が撃ったのは、ここだ」

張は窓に近寄り、周辺の建物をざっと観察した。新宿の街並みを見下ろす。その目がわずかに細められる。

「——見えるな。確かにここから」

張が何を見ているのかわかっていた。自由民権党本部事務所ビル。ここから二キロ近く離れた場所にある高層ビルだ。

最上は、壁面に並んだファイルキャビネットに近づいた。右端からゆっくり左に向かって移動し、三台めのキャビネットで足を止める。——ここだ。なんという匂い。

「最上から本部。——キャビネットの中に死体がある」

『死体？』

いつも冷然としているオペレーターの安西ヒロミが、珍しく心を動かされたような声を出した。

『本当に死体ですか。確かめたの？』

「キャビネットを開けていいなら」

『──警察の到着を待って』

最上は強い臭いを放つキャビネットから離れた。ガスマスクでも持ってくれば良かった。ここにいると、鼻が曲がりそうだ。この臭いは衣服などに染みつきやすく、なかなか取れない。

しかし、そう長く待つ必要はなさそうだ。パトカーのサイレンが近づいてきた。

「ご苦労さん」

妹尾が、針金のようにワックスで固めて立てた短い髪を突きたてて、こちらを振り向く。ブラックホーク特殊警備隊。警備課長直轄の、九名からなる精鋭チームの隊長だ。

そのそばには、チャコールグレーのスーツを着た四十がらみの男がソファに腰掛けている。新聞やテレビで、最上もよく見かける顔だった。顔は若々しいのに、半分白くなった髪をいつの時代の髪型かと疑うような七三に分けている。見た目は四十代でも、実年齢は七十過ぎだ。アンチエイジングの手法が無駄に発達した昨今、皮膚の張りやつやを、いつまでも二十代のままに保ち続けることだって可能だ。女性の場合は、二十代から三十代の容貌を求める声が多く、男性の場合は、三十代後半から四十代の容貌を保ちたいと希望するケースが多いのだそうだ。男性の場合は、そのほうが恋愛の対象になる女性の幅が広がるからだというのだが、本当だろうか。

自由民権党の幹事長、牧原和義《まきはらかずよし》。日本の政党は数十年も前から分裂と統合を繰り返し、もはやその政治理念が複雑怪奇すぎて理解しにくくなっているが、牧原の理屈は非常にわかりやすいと喧伝《けんでん》されている。──つまり、カネだ。

ひと昔前の銀行員のような外見をしているが、若い頃は外国為替の投資で荒稼ぎをしたディーラーだったそうだ。その金を雪だるま式に膨らましつつ、政治家に転身し衆議院議員として国政に参加するようになった。

最上はいつもの癖で、素早く室内の様子を改めた。事務机ひとつと地味な応接セットが置かれた小部屋だ。通常は事務室にでも使っているのだろう。窓がない。妹尾がこの部屋を選んだのは、きっとそれが理由だ。

牧原は、つい三時間前に民権党本部ビルの自室に入ったところを狙撃された。幸い弾は牧原の肩先をかすめ、壁の絵に穴を開けるにとどまった。直後に、牧原自らブラックホーク社の須藤課長に電話をかけ、警備要請を行った。目下のところ、特殊警備隊の大切なプリンシパルというわけだ。

ちなみに、まだ正式な警備計画すら作成できていない。須藤課長の緊急コールを受けて妹尾と斉藤が民権党本部に急行し、張と最上は犯人が狙撃した場所を割り出すのに協力した。斉藤を見かけないが、おそらく本部ビルの別の部屋で、関係者のヒヤリングを実施しているのだろう。警備計画を作成する材料が必要だ。

「狙撃した場所がわかったって？」

警護対象の前だというのに、妹尾は遠慮なく尋ねた。彼女がそういう態度をとるということは、このプリンシパルは事実を何もかも知りたがるタイプだということだ。最上はあっさり頷いた。

「『はりぼてビル』の五十階だ。薬莢が見つかった。――オフィスの社長の死体も見つかった。撃たれていた」

妹尾が、意味ありげに頷いた。民権党本部ビルと『はりぼてビル』は、二キロ近く離れている。外したとはいえ肩先をかすめただけでも、狙撃者はとてつもない腕の持ち主だ。あるいは、わざと外したのかもしれないという意見もある。撃ち抜かれたのは、国内の著名な洋画家が描いた牧原の父親の肖像画だった。銃弾は、その左目をきれいに貫通していた。狙ったのなら神業にも等しい。

（――ニードル）

特殊警備隊員なら誰でも、その名前を思い浮かべたに違いない。

テロリスト集団、クーガの天才的な狙撃手として知られる元警察官。針の穴をも撃ち抜くことができると言われる。整形手術を受けて姿を隠したと言われていたが、最上たちは一度だけ、ニードルとおぼしき男の姿を見かけたことがあった。

「幹事長が本部ビルに入ったのは、五日ぶりだそうだ。犯人は、そのオフィスに長期間居座って見張っていたらしいな」

妹尾の言葉に、最上は吐き気を催した。腐敗臭を嗅いだ時からそうじゃないかと疑っていたが、犯人は、少なくとも数日間死体と一緒にあのオフィスで過ごしたということだ。――まともな神経ではない。

「先ほど、犯行声明が民権党本部のメールアドレスに送りつけられた」

妹尾が見せたのはオペロンの画面だ。会社が隊長と副隊長に支給する情報端末だ。文面は短く、クーガらしいものだった。

『富めるものを肥やし、貧しきものから奪う、民権党の牧原に天誅を下す』

またかよ、と最上は顔をしかめた。クーガの脅迫状は、いつもこれだ。貧者の味方だと吹聴《ふいちょう》しているが、彼らが実際にやっているのは、大企業を脅迫して裏で金を受け取る恐喝にすぎない。弱みを握られたが最後、クーガが喉に食らいつく。あさましい恐喝者だ。だからこそ、牧原幹事長を撃たずにわざと弾を逸れさせて絵を撃ち抜いた、という見方に信憑性があるのだ。

（こいつだってどうせ、弱みがあるからクーガに脅迫されたんだろう）

ソファに腰掛けたまま、珍しそうに張や自分を観察している牧原に、内心で舌打ちする。無遠慮な視線で、感じの悪いことおびただしい。天下の政権与党の幹事長だろうが、自分たちから見れば単なるプリンシパルだ。警護対象の中には、ボディガードを部下のように勘違いする連中がいる。牧原からも、その臭いがぷんぷんしている。

「斉藤が幹事長のスタッフから事情を聴いているところだ。情報が揃い次第、警備計画書を作成する。態勢が整うまで、幹事長にはこの部屋で待機していただく」

妹尾隊長が、有無を言わせぬ態度で宣言した。この場合の「有無を言わせぬ」というのは、部下の特殊警備隊員に対してではない。プリンシパルに対してだ。この期に及んで、仕事が溜まっているだの面会の約束があるだのゴネまくり、警護を頼みたいのか早く命を捨てたいのかどっちだと、耳を摑んで尋ねたくなるような警護対象が実に多い。

妹尾の発言の真意を汲み取ったらしく、牧原幹事長が両手を肩のあたりまで上げて、降参のポーズを取った。

「妹尾さん、私はそちらの言いつけを守りますよ。こんな状況で無理を言うほど、馬鹿じゃありませんからね」

「ご快諾ありがとうございます。数時間のことですからご辛抱願います」

妹尾は顔色ひとつ変えずに一揖した。いずれ劣らぬ狐と狸だ。

「私はここから動きませんので、スタッフがここに来るのは許可して欲しい。でないと身動きがとれません。政権与党とはいえ、入閣しているわけでもなくただの幹事長にすぎませんが、これでも事務仕事が山積みでね」

牧原の要望を、妹尾はしばし黙って検討したようだ。

「わかりました。スタッフが入室できるように計らいます。幹事長が確実に信頼できる五名までに限ってください。その方には特別にIDカードをお渡しし、入室をフリーパスとします」

牧原は渋い顔になったが、言われるがまま卓上のメモパッドに五人の名前を書きつけた。内心では、先が思いやられるとでも考えているのだろう。警察がさっさと犯人を逮捕してくれればいいが、逮捕が遅れれば長期間にわたり特殊警備隊の指示のもとに行動しなければならない。

「隊長、ちょっと」

スタッフ用IDカードを作成するため事務室の外に出ながら、最上は妹尾を呼んだ。

「与党の幹事長なら、警視庁のSPが警護につくはずじゃないか。どうして俺たちなんだ？」

牧原は、以前にもブラックホーク社の警護を頼んだことがあるそうだ。しかしそれは、幹事長に就任する前の話だ。

妹尾がとても女性とは思えぬ太い腕を組み、首を横に倒した。

「幹事長も、狙撃手がニードルだと気づいているからだ」

室内に聞こえないように、扉を閉める。部屋の中には張が警護役として居残っている。

「警察にいた頃、ニードルはSPとして勤務したことがある。その間に、SPの警護のノウハウを叩きこまれた。今回、ＳＰは裏をかかれる可能性がある」

啞然とした。ニードルの略歴は、ブラックホーク社の警備員養成テキストにも掲載されている。それほどの大物だ。しかし、警察にいたことと、ＳＷＡＴの狙撃手だったことは記載されていても、ＳＰだったという経歴までは記憶になかった。そんな危険人物が、要人の警護に当たっていたというわけか。

「警視庁の汚点だからな。公表されていないし、テキストに掲載するのもやめて欲しいと頼みこまれて、断れなかった。だが、頭には入れておいてくれ。奴は、ＳＰとしても優秀だったそうだ」

「まいったね」

最上はため息をついた。

「ところで、この仕事の終了条件は？　例によって、幹事長と民権党がクーガと裏取引を実施中なのか？」

「最上——」

妹尾隊長がこちらを睨みつけた。

「そういう皮肉は、民権党の本部ビル以外の場所で言え」

「はいはい」

「現在、クーガがなぜ幹事長を狙ったのか調査中だ。——裏の理由も含めてな」

妹尾の目がきらりと光った。クーガに狙われたプリンシパルが、本当の理由を警備隊に明かすとは限らない。クーガが狙うのは、後ろ暗い部分を持つ企業や団体、個人などが多い。彼らは警護に当たるブラックホーク社にさえ、事情を隠そうとする。

彼らはブラックホーク社の調査能力を知らないのだ。専門の調査部門を持ち、イスラエルにある本社と、米国、EU、南米、アジア、アフリカ各国にネットワークを持つブラックホーク社ならではの、グローバルな情報収集能力の高さを知っているのは、社員の中でも限られた人間だけだろう。

クーガが牧原幹事長に狙いをつけた理由は、早晩明らかになるはずだ。

「――いいか、最上。今度こそニードルを挙げるぞ」

声を低めてそう告げたきり、妹尾はもう行けと手を振ると、そっぽを向くように事務室に消えた。

ニードルを挙げる。

ブラックホークが本気になった。最上は息を呑んだ。こいつは、剣呑《けんのん》なことになったものだ。

「幹事長、参院選の票読みが出ました」

「おう。福岡の調子はどうだ」

「新人の元原《もとはら》が健闘してます。ただ、民政党の前職は、まだまだ地盤がカタいですね。手堅くいくなら、あと五千票はこっちに持ってきたいところです」

「いくらいる」

「ひとまず二本ほどあれば。後はおいおい」

「おう、持ってけ」

牧原が顎をしゃくる。スタッフが大急ぎでスーツケースに二千万円の現金を詰めこんでいく。事務室は、わずかな間に牧原幹事長の執務室に姿を変えていた。幹事長室から真っ先に運びこまれたのは、いくつかの紙袋に押しこまれた現金の束だった。

「普段は幹事長室の金庫にしまってあるんだが、重すぎて金庫ごと動かすことができないんだ。泥棒が持ち出せるような金庫じゃ困るしな」

磊落《らいらく》に牧原が笑い飛ばしたものだ。億単位の現金を前にしても、無造作に紙袋に突っ込まれていたのでは、ありがたみがまるでない。牧原もスタッフも、おもちゃの紙幣を扱うような調子で、帯封のついた一万円札の束を摑み出す。

「おう、持ってけ」

というのが、牧原の口癖らしい。最上たちが警護についてからたった二時間の間に、一億二千万円の現金が摑み出され、最上など想像もつかない使い道のために運ばれて行った。

スタッフの報告を受けながら、牧原は熱心にノートパソコンに向かっている。喋りながらキーボードを打つことができるらしい。警護しながら後ろ姿を見ていると、どこかのビジネスマンのようだ。パソコンで何をやっているのか興味が湧いて、悪いと思いつつ覗いてみた。株式や外為、先物取引の画面が開いている。政治家というより投資家だ。

(いろんな意味でやばい仕事だな。こいつは)

事務室の外で警護している張と交代したくなった。数千万から億単位の現金を気軽にやりとりする連中の会話を耳にしていると、こちらの金銭感覚までおかしくなりそうだ。おまけに、民権党のカネのやりとりや、党内の人事情報、選挙の動向まで嫌でも耳に入る。もちろん、ブラックホーク社の社員には契約上の守秘義務があり、職務中に知り得たことを社外で明かすことは禁じられている。わかっていても、どことなく尻のあたりがこそばゆい。こんな警護をしばらく続けなければいけないのかと思うと、げんなりした。

「失礼します。幹事長、警備計画ができたので、これから説明をいたします」

ノックとともに妹尾が入室した。大きなボストンバッグを提げている。眉を上げて見つめた牧原に、妹尾はバッグのファスナーを開いた。

「説明の前に、こいつを着用願います。防弾チョッキです」

「おいおい、妹尾くん——」

当惑気味の声を出した牧原は、妹尾がバッグから引っ張り出したごつい防弾チョッキを見てさらに呻いた。ブラックホークは警備用品も多数開発している。防弾チョッキの主流は、ワイシャツやワンピースの下に装着しても外に響かない薄型だ。妹尾が持参したのは、一番分厚くて重く、高速弾だろうがホローポイント弾だろうが、しっかり受け止める最強のボディアーマーだった。その代わり、確実に体型が膨らんで見える。

「相手はニードルです、幹事長」

妹尾の視線の圧力に降参したのか、牧原はネクタイを解き始めた。

「変則的だが、明日の朝八時までは、斉藤のBチームが上番する。最上、警備計画のコピーだ。すぐ読んで」

分厚いファイルを突き出され、最上も呻きそうになった。さすが政権与党の幹事長と言うべきだろうか。リスクの数も半端ではない。

今回のBチームは、プ《P》ロテクティブ・エ《E》スコート・セ《S》クションが斉藤と早稲田の二名、ビ《V》ークル・セ《S》クションはメイ、セ《S》キュリティ・ア《A》ドバンスド・パ《P》ーティは最上と張の二名。総勢、五名の警備態勢だ。

敵はニードル。

直線距離で二キロの射程をものともせず、標的を狙撃する男。狙撃の世界記録を持つ軍人並みの数値だ。二キロ先から狙撃される要人を、どう守るのか。しかも相手はクーガの一員だ。心の底からねじ曲がった連中だ。牧原を狙撃すると見せかけて、気が向けばブラックホーク社のボディガードを狙う可能性もある。クーガはブラックホーク社を天敵呼ばわりしているのだ。

「これは最上の分だ」

妹尾が防弾チョッキをもうひとつ取り出し、こちらに手渡した。やれやれと思いながら、慣れた身体はてきぱきと防弾チョッキを装着する。ずっしりと重いチョッキが、案件の危険性を改めて伝える。

「ということは、やっと移動が可能になるということだね」

妹尾とスタッフに手伝わせながら、防弾チョッキを下着の上に装着し、どうにかワイシャツを着込んだ牧原が、ネクタイを結びながら尋ねた。隙間から見えた胸の肉が、とっさに目を逸らしたほど痩せていて、牧原の実年齢を垣間見た気になった。今どきその気になれば、身体全体にアンチエイジングの技術を使って若返ることも可能だ。幹事長殿はどうやら、顔にかけるほどのカネを、身体にはかけなかったらしい。金持ちにありがちな吝嗇《りんしょく》で、見えない場所にはカネをかけないことにしているのか。それとも、個人的に自由になるカネは意外と少ないのだろうか。

「秘書の方から、今週のスケジュールを提出していただきました。警護しやすいよう場所を変更してもらったものもありますが、ひとまず、スケジュールに沿った警備計画を立てています。今後少しでも変更が入った場合は、早めにお知らせください」

「わかりましたよ。まったく、妹尾くんもいつまでたっても堅いねえ」

牧原の言葉に、並みの男よりはるかにいかつい体格をした妹尾隊長が、目を剝きそうになっている。見た目が若くても、牧原はかなりの老齢だ。妹尾など孫のように思えるのかもしれない。

既に、午後七時を過ぎていた。スケジュール表では、牧原はこれから八重洲にある自宅マンションに戻ることになっている。

「最上。斉藤は地下の駐車場で、早稲田やメイと一緒に待っている。ニードルはどこから狙うかわからん。気をつけろ」

牧原に聞こえないよう、妹尾がすばやく指示した。どこから飛んでくるかわからない弾を防ぐ——そんなことが、可能なのか。

「それから、これは防弾ヘルメットです」

妹尾が大きなヘルメットを取り出し、牧原と最上に渡した。最上は素直に装着したが、牧原は逡巡するように見つめている。

「幹事長。ニードルは、二キロ先から確実に標的に当てる男です。お命に関わりますから」

気持ちのこもった穏やかな妹尾の説得が、意外だった。いつもならもっと厳しい言い方をする。最後には必ずプリンシパルに言うことを聞かせなければいけないのだ。

「妹尾くん」

牧原が急にいかめしい表情になり、妹尾を見つめた。心なしか、背中も凜然と伸びたようだ。

「君に言っておかなきゃならない。今はいいだろう。防弾ヘルメットだろうが、防弾チョッキだろうが、民権党の本部ビルや自宅にいる時なら、いくらでも身につけるさ。しかし、有権者の目に触れる場所では、こんなものを身につけて歩くわけにはいかない。それでは、この牧原が命を惜しんでいるように見える」

おや、と最上は牧原幹事長を見直した。

牧原はカネ原理主義者だと揶揄されている。民権党の金庫番で、蓄財能力に長けすぎているために金権政治と指弾されることも多い。その実態を、たった今、最上自身が垣間見たところでもある。

ヘルメットをかぶりながら、牧原が呟くように繰り返した。

「政治家は、命を惜しんでちゃいかんのだ。悪いが君たちもそれだけは心しておいて欲しい。これから私は、選挙の応援演説にも立つだろう。幹事長として、記者会見にも応じるだろう。――そういう場で、こういうものを身につけるわけにはいかない。身辺警護を頼んでおきながら矛盾したことを言う奴だと思うかもしれないが、頼んだよ」

選挙カーの上で、狙ってくださいと言わんばかりに防弾チョッキも防弾ヘルメットもなくマイクを握って立つ牧原の姿を思い浮かべ、最上は気が遠くなった。

世評の悪さからは思いがけず、牧原は立派な人物なのかもしれない。しかし――。

プリンシパルとしては、この上もなくやっかいな相手だ。

2

勤務時間は、午後八時から、午前八時まで。

Aチームへの引き継ぎが終われば、メイがBチームの全員を車に乗せて、自宅まで送り届ける。いつものパターンだ。次はまた、午後七時過ぎにメイが車で迎えに現れる。

「いいな、最上。わかってると思うが、くれぐれも注意しろ」

マンションの玄関先で最上を降ろすと、斉藤が口うるさく言って車のドアを閉めた。いつまでたっても新人扱いだ。最上が特殊警備隊に配属されてから、殉職者は出ていないし人事異動もない。特殊警備隊は定員九名なので、最上の後輩が入る余地がない。

最上が入居している賃貸ワンルームマンションは、会社が手配してくれたものだった。新入社員がすぐ入居できるよう、不動産会社と提携しているのだ。挨拶を交わしたことはないが、ブラックホーク社の社員らしい男性が数名、同じマンションに入居している。鍛えた体つきといい、エレベーターに乗り込む時の目配りといい、まず間違いない。

一階エントランスでカードキーを通し、ロビーに入る。会社のお墨付きだけあり、セキュリティがしっかりしている。エレベーター内でも、目的の階を押す前にカードキーが必要だ。さらには、自分の部屋に入る前にカードキー。都合三回、キーを要求される。エントランスやエレベーターの中には解像度の高い防犯カメラが設置されており、二十四時間態勢でビル管理会社が映像を監視している。不審な人物を見かければ、即座に警察に通報する。今この瞬間にも、自分がロビーに入る姿を監視している人間がいるのかと思うと、ちょっと面映ゆい。

それとも、監視カメラの向こうにいるのはコンピュータなのだろうか。登録されている住人の顔写真と、カメラに映った入館者の顔を、リアルタイムに顔認証技術を駆使して比較検討し、同一人物かどうか確認する。ブラックホーク本社のセキュリティシステムが実施している社員の本人認証と同じだ。ともあれ、このマンション内に入れば、ほぼ身の安全は確保されたと見ていい。

エレベーターの前に立ち、昇りボタンを押した時だった。首筋に冷たい風が吹くような気持ちの悪さを感じて、最上は振り向きざま拳銃に手をかけた。非番の時でも、特殊警備隊員は貸与されている拳銃を携行して良いとされている。

「――ご挨拶だな、最上」

太くかすれた声を耳にして、最上は目を瞠った。ロビーに男がひとり立っている。呆気にとられて、最上は男を注視した。

ダークスーツに濃い色のサングラス。中背だが、こちらを威圧する貫禄が滲むのは、身体中に張り巡らされた分厚い筋肉のせいだろうか。特に、スーツで隠したつもりらしい上腕筋。人間の腕とも思えないほど盛り上がっている。短く刈った髪と日焼けした肌は、海外で見かけた米軍の海兵隊員を思わせた。

――しかし、男の名前を最上は知っている。

「貴様――」

相手を撃つタイミングは、とうに逸していた。身体の脇にだらりと垂らした相手の両腕は素手だ。武器を隠し持つ様子もない。もし最上が相手を撃てば、過剰防衛どころか傷害罪に問われるのは間違いない。

――たとえ、相手がクーガの構成員だとしてもだ。最上は言葉を探した。

「どこから入った。由利《ゆり》」

最上がエントランスをくぐり抜けた時には、誰もいなかった。ロビーの奥に管理事務所がある。

そこから出てきたのか。相手は、分厚い唇の端をにやりと持ち上げた。久しぶりの第一声はそれか、と揶揄したげな表情だ。

名前を呼ぶことで、ふいに腹の底から湧いた懐かしい記憶と柔らかな感情を、最上は慌てて再び閉じ込めた。閉じ込めなければ、自分自身も大きな感情の波に攫《さら》われそうだった。

由利数馬《かずま》。通称〈ベストキッド〉。昔はバンタム級で最上とベルトを競う選手だった。愛称は、あどけない十代の頃にマスコミとファンが奉ったものだ。

本社に繋がる無線機のスイッチを入れるべきか迷った。クーガの構成員とふたりきりで相対しているとわかれば、応援が駆けつけてくるだろう。しかし――。

「一度、おまえに筋を通しておきたくてな」

質問には答えず、由利が首を倒した。最上は、無線機のスイッチを入れるタイミングすら逸してしまった。

「長い付き合いだ。俺のことは、もう気づいているんだろう。――仲間といるところを見られたようだし」

由利は薄く笑っている。以前、米国パーム社のCEO、アレックス・ボーン社長を警護した際に、談合坂のサービスエリアに集合するクーガのメンバーを発見した。その中に、由利に似た男を見かけた。まさかと思い、信じ難かったのだが、あれは本当に由利だったのか。

「おまえ、なぜクーガなんかに入った」

慎重にホルスターに指先をかけたまま、最上は由利の顔を睨んだ。

まだ信じられない。こうやって目の前に立っていても、由利がクーガの構成員だとは信じたくない。

「相変わらず直球だな、ええ？」

「わかってんのかよ！　クーガはテロリストだぞ。貧者の味方面をしてるが、やってることは恐喝じゃねえか」

昔の由利は、正義感の強い生真面目な男だった。最上は歯ぎしりした。再会の第一声は、こんなはずではなかった。由利には言いたいことが山ほどあったのだ。謝りたいことも、詰《なじ》りたいことも──。内心でもがいても、うまく言葉が出てこない。言葉で償えるとも思わない。

「口を慎め」

低く由利が吐き捨てる。うっすらと消え残っていた笑みを消し、大きな唇を引き結ぶと、肉食獣の獰猛さが漂った。

「だがまあ、おまえらしいな。日本では火の玉だの何だの呼ばれたが、タイでのあだ名は〈クラッスン〉コーイチ。弾丸とは言い得て妙じゃないか。まっすぐ飛ぶしか能がない──おっと、図星だからって怒るなよ」

「ここに何をしに来た」

十代の由利はリングで相手を挑発するのが巧かった。由利のあからさまな挑発に乗るほど、こちらももう若くはない。最上は冷ややかに、サングラスに隠れた由利の顔を睨んだ。

「ニードルが、狙撃場所に現れたブラックホーク社員の顔を撮影した。写真を見せられた時には、笑ったね」

ふん、と由利が鼻を鳴らす。

嘘だ。――そう切り捨てたいところだ。

しかし、あの時確かに視線を感じた。自分が狙撃場所を捜索していた時、ニードルも『はりぼてビル』にいたのだろうか。自分の顔が見える場所にいたことは間違いない。いつ撃たれても不思議ではなかったわけだ。

「おまえがブラックホークにいたとはな」

「こっちのセリフだ！――おい、いつまでこうやって、腹の探り合いをやってるつもりなんだ？」

言われたとおり自分は、まっすぐ飛ぶしか能のない男なのかもしれない。意味ありげな言葉の応酬に焦れて、最上は尋ねた。その質問に、由利がにたりと笑いかける。

「おまえをスカウトしに来たんだ。――どうだ、最上。クーガに来ないか」

一瞬、脳から血が引いて冷たくなるのを感じた。馬鹿にするなと叫びそうにもなった。顔がこわばる。何年経っても、まだ「あの事件」を完全に自分の中で整理できていないのだ。

由利がサングラスの奥の目で、じっとこちらを観察している。引き締めた唇から、笑いの影は失せている。

「――忘れてないはずだ。おまえは俺に、借りがある」

こめかみの血管が爆発しそうになった。

「由利、おまえ――」

「おっと」

由利の両手が、こちらを押し止めるかのように上がる。唇の端が、嫌みなほど自然に持ち上がる。

「冗談だ。何年も前のことで、おまえを縛ろうなんて考えちゃいない。それよりも、おまえはすっかりブラックホークに手なずけられちまったようだな。そっちの水は甘くて美味しいか」

「いいかげんにしないと撃つ」

「信じているんじゃないだろうな。奴らは金持ち連中に寄生するハイエナだぞ。わかってんのか。金持ちってのは、貧乏人から搾取してのし上がった人間のことだ。そいつらをガードするブラックホークは、奴らの甘い汁を吸うダニだ」

脳裏をかすめたのは、アレックス・ボーン社長や、グッドフェロー工業の山野辺博士や、東都重工の塩沢社長たち、大勢のプリンシパルの顔だった。みんな、ある程度以上の高額所得者であることは確かだ。ブラックホークの身辺警護料金は高くつく。それを、軽々と支払うことができる金持ちばかりなのだ。

最上は鼻の上に皺を寄せ、小さく唸った。

「うるさい。おまえこそ、何だ。クーガは貧乏人の味方で、富める者から奪い、貧しい人間に返すだと。嘘っぱちだ。ただのけちな恐喝じゃないか。奪った金は、自分たちの活動資金に充てているんだろう」

ブラックホーク社の調査結果によれば、クーガが稼いだ金を貧困層の福祉に提供した事実はあるが、割合にすればごくわずかなものだとのことだった。奴らは、荒稼ぎするお題目が欲しいのだ。

「俺たちだって、メシを食わなきゃならないからな。そいつは必要経費だ」

由利が堂々とうそぶいた。

「スラムに行って聞いてみな。みんなが俺たちの味方だと言う。クーガのおかげで、命を救われたって言う年寄りが大勢いるぞ。嘘だと思うなら、実際に行ってみるんだな。明日のメシを食わせるのにもカネがいる。病人を医者に診せるのだってカネだ。カネ、カネ、カネ――誰かを助けたきゃ、きれいごとじゃすまないんだよ。俺たちが手を汚して、身体を張ってカネを稼いで、そいつでスラムを救うんだ。どこが悪い」

「馬鹿な、テロはテロだ！」

最上は必死であがいていた。由利と違って、自分は理屈が苦手だ。言葉では勝てない。崖っぷちすれすれの場所で、自分の気持ちを立て直そうとしていた。由利の言葉を聞いていると、心の芯がぐらぐら揺れる。長年抱え続けてきた由利に対する負い目が、ひび割れた隙間から顔を出そうとする。

「由利、クーガが本気で貧乏人を救うつもりなら、薄汚い犯罪ではなくまっとうなやり方で救ってみせろ。おまえらはテロの免罪符に、貧乏人を利用してるだけじゃないか！　そっちのほうが、よっぽど薄汚ねえ！」

「この、ブラックホークめ！」

由利が、ぐいとサングラスを引きむしった。太く濃い眉の下で、大きな瞳が燃えている。猛獣を連想させる、獰猛で怒りに満ちて、いつでもこちらに食いつきそうな目つきだ。つるを折り畳んだサングラスを、由利の手のひらが音をたてて握り潰した。

「すっかり向こう側に染まりやがって。こんな場所にまで足を運んだが、無駄足だったな」

逞しい肩をすくめ、踵を返してロビーから出ようとする後ろ姿に、最上は今度こそ拳銃を抜いて銃口を向けた。今ここで、こいつを逃がすわけにはいかない。

「待て、由利！　止まれ！　でないと撃つ」

「へえ？」

つんと顎を上げてせせら笑う様子は、リングの上で挑発するポーズそっくりだ。そいつは十年も前、由利〈ベストキッド〉数馬、お得意のポーズだった。

「やってみろよ。俺は丸腰だぞ。おまえに俺が撃てるのか？」

「なんだと――」

「それとも今度は、おまえが刑務所に入ってみるか？」

頭の中で何かが沸騰する気分。由利の言葉の意味が、痛いほど最上の胸に刺さる。

――誰のために、刑務所に入ったと思っている。

息が苦しい。腕が痺れたようで、銃口が震えて狙いは定まらない。由利はエントランスで立ち止まり、こちらを見返してふんと嘲笑《あざわら》った。今日だけは、実銃ではなく電子銃のテーザーを持ち歩いておけば良かったと後悔した。あれなら、相手に傷をつけることもなく、捕らえることができたのに。

「おまえは相変わらず、甘ちゃんだな」

由利は唇を歪め、軽く右手を上げて振ると、散歩に行くような気楽さで、ぶらぶらとエントランスを出て行った。

摑みかかって捕らえるか。由利のことだ。武器を隠しているかもしれない。飛びかかった瞬間に撃たれるのはご免だ。外に出た由利を追いながら、大急ぎで無線機の電源を入れた。

「こちら最上。本部、大至急応答願う」

『オペレーター野上《のがみ》。どうぞ』

「クーガがマンションに現れた！　至急応援頼む。警察もだ！」

こちらの位置情報は、ヘッドセットのGPS機能を利用して取得し、本部の端末に表示される。最上の通報を受けて、本部はマンション周辺に警戒網を敷くだろう。

由利は、マンションの外に停めたバイクにまたがろうとしていた。ヘルメットをかぶる前に、こちらに不敵な流し目をひとつくれる。自分もバイクで追うか。考えたが、最上が駐車場に駆けこむ間に、由利の姿は消えているだろう。

（ちっきしょう！）

由利のバイクが走り去った方向を本部に報告し、マンションに戻る。

かすかに血の臭いを嗅いだ。

最上はごくりと唾を呑み、ロビーの奥にある管理事務所に向かった。由利はここから出てきたはずだ。扉が細めに開いたままだった。油断なく拳銃を構え、手袋をはめたままの手で、ゆっくりと扉を引く。

間違いようのない濃密な血の臭いが立ち込める中で、最上は顔をしかめた。

血溜まりに男が三人倒れている。マンションの管理人と、警備員と、見知らぬ背広姿の男だった。三人とも、刃物で喉を切り裂かれている。

（ちくしょう、あの野郎――）

たとえなんと言われようとも、ためらわずに撃つべきだった。パトカーのサイレンを聞きながら、最上はそう悔やんだ。

「親友でライバル――か。まさか君の友人が、クーガにいたとはね」

ブラックホーク社の課長室。大きなデスクの向こうで、黒革のハイバックチェアに身体を深々と埋めているのはデーモン須藤課長だ。最上は須藤の正面に置かれた椅子に腰を下ろし、ヘルメットを膝に乗せたまま須藤を睨んだ。長時間にわたる警察の事情聴取からようやく解放されたと思えば、ブラックホークの専用車が迎えに来て、有無を言わさずここに連れてこられたのだ。拉致された気分だった。

警察署でも、由利数馬との関係や会話の内容を、問われるまま正直に話した。隠せば自分が怪しまれるだろう。

「あんたのことだ。俺と由利の関係くらい、とっくにお見通しだったんだろう」

ブラックホーク社が自分を雇うにあたり、詳細な身上調査をしたことは予想がつく。最上が日本を離れるきっかけになった事件のことも、須藤は知っているのだ。事件で服役した由利のことを知らないはずがない。

「あいつがクーガのメンバーになっていると、あんたは知ってたのか？」

「残念ながら知らなかった」

須藤が涼しい表情のまま、肩をすくめた。

「君の友人としての由利数馬の存在は知っていたがね。我々もクーガの全メンバーを把握しているわけではない。服役してボクシング界を引退した後、彼がどうなったかまでは知らなかった」

「だが、クーガのメンバーの顔写真は出回っているはずだ。俺が見たところ、由利の奴はクーガの中でも大物のようだった。ブラックホークのコンピュータなら、顔写真があればそいつの本名くらいあっという間に割り出せるはずだ」

最上は食い下がった。須藤は何かにつけて自分を手玉にとってきた。今度もそうでないとは言いきれない。

「確かにね。しかし今まで一度も由利数馬の名前が出たことはない。彼はクーガとして撮影されることを、注意深く避けてきたのだろう」

事件を起こす前の由利は、一部の格闘技ファンの間で有名人だった。顔もよく知られている。顔を見られないよう配慮した、という須藤の言葉には信憑性がある。

「我々が〈フラッシュ〉というコードネームで呼んできた男が、由利数馬だと今は考えられている」

コードネームがつくほどの大物だったのか。ブラックホーク社のテキストにも、〈フラッシュ〉というクーガの構成員は載っていた。ナンバー2だと見られている、程度の記述しかなかったので、印象は薄い。

「――それじゃ、俺はクーガのナンバー2に逃げられたわけだ」

最上のぼやきに、須藤が微笑んだ。この男の微笑みは後が怖い。

(クーガに来ないか)

由利がそう誘った時、最上は一瞬頭の中が真っ白になった。しかも奴は、抜け目なく最上の昔の借りに触れた後、それを盾に勧誘するわけじゃないと言った。もし奴が、借りを返せと強く迫ってきたなら、自分は反発しただろう。

由利はそうしなかった。それが、かえって最上の負い目を強調した。由利には危ないところを助けられた。そのせいで彼は刑務所に入る羽目になった。それに何より、あの時も今も、自分は由利が好きなんじゃないのか。友人として、唯一無二のライバルとして、胸苦しくなるような十代の時間を共有した仲間として、大切に思っているのではないか。

――あいつと一緒に行く道もあったのだろうか。

今さらながらに考えてみても、胸の奥がちくりと痛む。自分は行かないと今はっきり言えるのは、由利が立ち去った後に管理人室の惨状を目にしたからだった。

「由利は、マンションを借りるため部屋の見学をしたいと偽って、不動産会社の社員に連れられて入ったそうだ」

須藤のデスクには、殺された三名の顔写真が並んでいる。頸動脈をすっぱりと切り裂かれた血まみれの顔を、平然と見つめているのが須藤らしい。

「マンションの防犯カメラには、ちゃんとあいつの顔が映っていたんだろうな」

顔写真が手に入るのと入らないのとでは、今後の捜査の進捗《しんちょく》が変わるだろう。

「映っていた。防犯カメラの存在にも気づいていたようだが、データを削除したり、録画装置を破壊したりはしていないところをみると――どうやら彼は、我々の前に姿を晒《さら》す気になったようだね」

由利の奴。

最上は膝に乗せた手を強く握り締めた。あの男、何を考えているのか。由利の堂々たる体格は相当ひと目を引くだろう。捕まる日もそう遠くはないはずだ。

――いや。

一瞬、由利が逮捕される瞬間を思って、深い悲しみに囚《とら》われかけた自分を、最上は笑った。愚かな感傷だ。あれは昔と同じ正義感の強い青年ではない。罪のない人間を三人手にかけて、平気な顔で会話していた男だ。テロリストで、殺人者なのだ。

しかし、自分の中で何かが暴れている。鋭利な刃物のように、痛みを感じる何かだ。自分はどうすれば良かったのか。由利のために何ができたのか。あいつを元の由利に戻すことはできないのか。

「しかしまさか、わが社の社員をクーガがスカウトするとは思わなかった」

須藤は面白がってでもいるかのように肩をすくめる。この男の悪い癖だ。余裕がありすぎる。

「由利は関係ない。俺は俺だ。今までどおり仕事をするだけだ」

相手が何を考えているのか読めず、最上は苛立った。須藤が目を輝かせる。

「ほう。――君の口からそんな言葉を聞く日が来るとはね」

「なんだと」

目を尖らせる。

「怒るな、最上。私だって馬鹿じゃない。由利という男が君をスカウトしたのは、いわゆる離間《りかん》の策だということぐらいは見当がついている。つまり、ブラックホークの特殊警備隊を内側から弱体化させるための手段だな」

「特殊警備隊に、俺を疑わせるためだというのか」

「そのとおり。さて――どうするかね、最上。ここはしばらく、君に休暇を取らせるという手もある。代わりの者がいないわけじゃない。正直、特殊警備隊の負担やストレスを減らすためには、そうすべきだと私は思うのだが」

特殊警備隊は、社内でもボディガードとしての能力が高い者を選りすぐった精鋭部隊だ。とはいえ、常に持てる能力ぎりぎりの行動を要求される業務の中で、日々強いストレスにさらされ、神経をすり減らしているのも本当だろう。

その中に、クーガと通じている可能性のある男が混じっていれば――。立場が逆なら、考えただけで胃が痛みそうだ。

最上は唇を噛み締めた。最初は軽い気持ちで入社したブラックホークだった。タイの貧民街で、八百長に応じないムエタイの選手として、身の危険を感じ始めた頃に須藤に誘われたのだ。渡りに船――とばかり、その勧誘に乗ったのも事実だ。

しかし、特殊警備隊に入ってからは状況が変わった。睡眠時間を削り、長時間勤務で全うする身辺警護。なぜ命を懸けて、身体を張って、プリンシパルを守ろうとしているのか。ブラックホーク特殊警備隊の看板を背負って、一歩も後に引かない覚悟で身辺警護に当たっているのは、何のためなのか。迷いも多く、口や態度には出さなくとも、辛いこともたくさんあった。それでも――。

「俺は、特殊警備隊の一員だ」

最上が口を開くと、須藤が黙って手のひらを合わせ、デスクに肘をついた。

「まだまだ一人前とは言えないかもしれない。だけど、俺だって一応、特殊警備隊員だと胸を張っていいと思ってる。正直、俺はクーガの――由利の策にはまって、現場から離れるなんて嫌でしかたがない。それでも、もし特殊警備隊の連中が、仕事がやりにくいというのなら――俺は諦めて、疑いが解けるまで待つしかない」

あいつらは自分の仲間だ。仲間が困るというのなら、黙って身を引くのが当然だ。そう心が決まると、煮えたぎるような怒りも、腹立たしい思いも、すっと冷えて落ち着いた。

「――なるほど。それでは、君は休暇に応じるというのだね」

須藤が念を押すように尋ねる。

「そうだ」

「わかった。そういうことなんだが、どうするかね、斉藤」

課長室の応接セットの向こうの壁が、急にくるりと回転したと思えば、裏から姿を現したのは副隊長の斉藤ハジメだった。なぜか、にやにやとだらしない笑みを浮かべている。

いったい何なんだ、この課長室は。子どもの頃に遊びに行った忍者屋敷じゃあるまいし。仕掛けがあるようだとは感じていたが、隠し扉まで仕掛けてあるとは。

「困りますよ、課長。ウブな新人をサボらせてどうするんですか」

――なんだと。

最上は目を剝いて斉藤の顔を睨んだ。

「そういうことなら、休暇はなしだな」

「当たり前ですよ。妹尾さんだって言ってます。こいつはクーガのスパイができるほど、器用じゃないから大丈夫だって」

いかにも意味ありげに、奴が眉を撥ね上げた。

「どういう意味だ」

絶句した最上を見やり、斉藤が右手の親指を立ててウインクする。

この野郎、と振り上げた拳のやり場に困る。妹尾隊長も斉藤も、信用すると言ってくれているのだ。特殊警備隊に入って、まだ半年足らずの新入隊員の自分を。連中の口が悪いことは、この際我慢しなきゃならないようだ。

「わかった」

須藤課長が、薄い唇に笑みを浮かべた。

「最上光一。現状どおりの特殊警備隊勤務を命じる。休暇はなしだ。今夜も勤務だが、よろしくな」

はっとして時計を見ると、午後七時になっていた。結局、一睡もできなかった。

3

倒れこむように、ベッドに横たわる。

無理やり目を開いて時計を確認すると、午前九時だった。これでも斉藤が気を遣って、最上を先に自宅に送り届けるよう、メイに指示してくれたのだ。眠くて目がふさがりそうになっている最上に配慮したというよりは、身辺警護に支障をきたすのを恐れたのだろう。

鍛えてあるから、一日や二日眠らなくとも平気とは言え——かれこれ連続四十八時間、神経を張りつめている。昨日は自宅に帰るなり由利と遭遇して、その後は警察の事情聴取、須藤課長のヒヤリングと、寝る暇もなく次のシフトが始まってしまった。

唯一の救いは、Bチームのシフトが夜なので、牧原幹事長が自宅に戻った後は、もう外出の予定がなかったことだった。SAPの最上と張は、プリンシパルの移動時にルートの先行チェックを行うのが主な任務だ。移動が少なければ待機状態になる。牧原の臨時オフィスとされた、例の窓のない小部屋には、特別パスを支給された民権党スタッフが交代で訪れ、牧原の「おう、持ってけ」の言葉と同時に、分厚い札束をわし摑みにして出て行くのだった。

目覚まし時計は午後六時にセットしてある。シャワーは起きてからでかまわない。ひと眠りする前に、制服だけは皺にならないよう脱がなくては——と思いながら、そのまま吸いこまれるように眠ったらしい。

誰かに呼ばれた気がして、最上は飛び起きた。

はっきり、「最上」と呼ぶ男の声を聞いたと思った。——空耳か。由利だと、反射的に考えた。低い、かすれた声だ。あいつは試合中に対戦相手のカウンターパンチを喉に受けたことがあり、声帯を潰したのだ。

狭いワンルームには、自分以外に誰もいない。時計を見れば、服を着たまま六時間ほど眠ったらしく、午後三時だった。カーテンも閉めずに倒れ伏したので、ベランダに続く窓からは、さんさんと白っぽい光が差しこんでいる。

室内がひんやりしている。ひとまず起き上がり、カーテンを閉めてエアコンをつけた。しわくちゃになった制服を脱ぎ、軽くはたいてハンガーに掛けた。アイロンをかける気力はない。引き継ぎの時に、また妹尾隊長に睨まれそうだ。

あと三時間は眠れる。そう思い、喉の渇きを癒やすために、冷蔵庫から牛乳のパックを取り出しじかに口をつける。冷たい牛乳が喉を下りると、爽快な感覚になり、すっきりと目が覚めてきた。

(——由利の奴)

目が覚めると、思い出すのは由利のふてぶてしい表情と言葉だ。

(すっかりブラックホークに手なずけられちまったようだな)

そんな嫌みを自分に言い放った時、あいつは三人も殺したばかりだったのだ。喉首を掻き切るという、凄惨な方法で。まったく罪もない人間を——最上のマンションに侵入するためという、ただそれだけの理由で。

あの男は本当に由利なのか。同じ顔、同じ声をしていたが、偽者ではないのか。そう思いたくなるほど、最上の中に残る昔の由利とは別人のようだった。

——それでも、本当は由利と一緒に行きたかったんじゃないのか。

ふとそう問いかける声が内に聞こえ、最上は身体を震わせた。由利とともに生きる。ともに罪を犯す。それが、彼に対する償いになるのだろうか。そうじゃない、そんなはずはない。

——ちきしょうめ。

乱れた髪をかき上げ、ベッドの端に腰を下ろす。とてもじゃないが、これ以上は眠れそうにない。スラムに行って聞いてみろとうそぶいた由利の態度を思い出すと、腹が立ってしかたがない。しかも自分は、ブラックホークは金持ちばかり警護すると指弾されて、反論できなかったのだ。

ブラックホークは、間違いなくカネのある顧客を対象にしている。この半年に、最上自身が警護したプリンシパルたちは、みな一流企業の社長や重役、あるいは政治家、著名人たちだった。カネのある人間を守る自分たちは、正義ではないというのか。

それはおかしい。そもそも、議論の糸口が間違っている。由利たちクーガを始めとするテロリストや、犯罪者がカネのある奴らを標的にするから、警護が必要になるのじゃないか。

ちきしょう、と再び最上は口の中で罵り、シャツを脱ぎ捨てた。

自分の中で、これほどブラックホークの存在が大きく育っているとは知らなかった。由利の言葉に苛立つ。ブラックホークのありようを根底から否定されたことに、自分でも信じられないくらいむかついている。

たった半年間だ。半年、特殊警備隊でボディガード業務に就いた。それだけなのに、なぜ自分は、ブラックホークがクーガの構成員に攻撃されるのを黙って見ていられないと義憤に燃えているのか。たかが、組織じゃないか。

(行ってやろうじゃないか、スラムに)

スラムに行って聞いてみろと、由利は言った。やけに自信ありげな態度だった。

そんなに言うなら、行ってやろう。あいつの言葉どおり、スラムの連中がクーガをどんなふうにとらえているのか、この目でしっかり観察してやる。

最上はベッドから跳ね起き、タオルを摑んでバスルームに向かった。

一億総中流。

そんな言葉が、この国でまことしやかに語られた時代があったそうだ。最上が生まれた頃には、その言葉自体、過去の遺物として葬り去られていた。

少子化の波は止めようもなく、一億三千万人ほどをピークにして、日本の人口はいま一億人を割り込んでいる。人口が減っても、いったん膨らんだ社会生活を、これまでどおりに支えるためには、一定の人間の数が必要だ。人口が増えるにつれて新しい土地を開発し、拡散し続けてきた日本人が、急に生活の規模を縮小しろと言われても困る。そんなわけで、日本人が減少した分とほとんど同じくらいの、中国人、インド人、インドネシア人、フィリピン人など、主にアジア系の民族がさまざまな形で流れこんできた。

まだ、ジャパンマネーに対する信頼感が多少なりとも残っていた時代だ。一時の栄光は見る影もなかったが、円は相変わらず強く、日本で稼いで母国にカネを送れば、母国で働くよりも数倍儲かる——という神話は、根強く彼らの間に残っていた。パスポートや就労ビザを持つ者もいれば、持たない者もおり——特殊警備隊で言えば、張や尹などはかなり怪しい部類ではないかと見ている。

流入した外国人と日本人との間の混血児も増えた。彼らは日本国籍を持ち、日本人として育つ。外国人の子どもも生まれる。スラム街ばかりではない。金持ちやエリートの間でも、国際結婚は大いに流行。各地に、人種的に混沌とした街が生まれつつある。

——最上が生まれたのは、兵庫県の尼崎市だ。阪神間の住民が、「アマ」と後ろにアクセントを置く独特のイントネーションで呼ぶ街だった。県内で最も人口密度が高く、大きな工場地帯を持ち、かつては公害問題を抱えていた。

父親は、最上と同じように小柄な、ごく普通の会社員だった。尼崎にある鉄工所の営業だか事務だかをやっていて、忙しそうに、快活に行き来をしていたという記憶がある。営業成績はそこそこ良かったようで、よく社長賞の賞状をもらって帰ってきた。おそらく最上の両親の世代は、「中流」というクラス感の名残りを、多少なりとも記憶していた世代だったのではないか。

とはいえ、当時から既に、父親の給料だけではとても食えないので、母親も仕事に出ていた。ひとりっ子の最上を産んだ時も、一年間の育児休暇を取得して、すぐ会社に戻った母だ。システムエンジニアで、父親よりボーナスが良い時もあったらしい。

託児所や保育園の子どもたちの間で、小柄な最上はあらゆる面で不利だった。小さい頃から負けん気だけは人一倍に強く、喧嘩して負けた記憶がない。

最上が生まれる数年前には、東北地方で大きな震災があった。税金は上がり、それでも長年の間に積み上げた国の借金を帳消しするには足りず、失業率は高く、生活保護費は史上最高記録を更新し続けていた。年金は次々に破綻の兆しが見え始め、生まれるずっと前から、「時代の閉塞感」という単語が呪文のように囁かれていた。最上自身は、閉塞感という重苦しい印象の言葉が具体的に何を指しているのかよくわからなかったが、ただ社会全体が圧迫感にあえいでいるような時代だった。

気は強いが小柄、というハンディキャップは最上に常について回り、小学校は大過なく卒業したものの、中学校では気の強さが災いして野球部の先輩たちにさんざんいじめられた。高校に入学すると、もう野球はこりごりだから個人競技を選ぼうと思い、ボクシング部に入ったのだ。

「おお、いいねえ、ボクシング。俺もやってみたかったんだ」

父親は、あまりものごとに拘泥しない、よく言えばおおらか、悪く言えば軽いタイプの人で、最上の希望を聞くと、あっさり許可してグローブなどにも気前良く金を出してくれた。そんな感じで、悲壮感のカケラもなく、気楽に、のんきに、ボクシングに手を染めただけだったのだ。

最上の青少年期をひとことで表すなら、間違いなく――「フツウ」。普通とは何を指すのかと問われれば言葉に詰まるだろうが、休日に尼崎駅近くのショッピングモールをぶらつけば、おそらく何十人、いや百人単位で見つけられそうな、どこにでもいる青少年。適当に学校に行って勉強をして、女子ともふざけて、部活動には勉強より少し熱心。成績は中くらいか、中の上くらいの位置をうろうろしている。将来の人生設計を尋ねられれば、とりあえず親の受け売りで、安定した企業に就職して会社員になるとか、英語を猛勉強してグローバルな企業に勤めたいとか、漠然とした未来を語ることもできる。普通の子どもだから、仲間内でのいさかいや軽いはたき合い程度の喧嘩はあっても、本気で殴り合った経験なんかなかった。

そんな甘っちょろい小僧が、ただ見てくれがかっこよくて男らしいというだけの理由でボクシング部に入ったのだ。状況は推して知るべし。

――由利数馬と出会ったのは、そんな頃だった。

シルバーウイングで湾岸エリアを走りながら、最上は高校時代の由利を思い出す。

学校は別だった。最上は尼崎の公立高校に通っていて、由利は大阪の公立高校にいた。出会いのきっかけは単純で――要するに、練習試合でブッ飛ばされたのだ。それはもう、高校デビューでボクシングを始めた一年生を、さんざん――情け容赦なく、完膚無きまでに――ぶちのめしてくれた。最上は情報に疎くて知らなかったのだが、由利は同じ新入生ながら、中学時代から〈ベストキッド〉と呼ばれるボクシング界の超新星だったのだ。

いま思い出しても、悔しさではらわたが煮えくりかえる。身動きひとつできずに立ち尽くしていると、思いきり連打され、反射的に踏ん張ったらさらに強烈なアッパーを食らった。昔から足腰はやたら強かったのが災いしたのだ。血も涙もない練習試合だった。

まあ、こんなもんか？　みたいな上から目線を注いで由利が下がるのと、セコンドが大慌てでタオルを投げこむのと、レフェリー役の先輩が青ざめながら割って入るのとがほとんど同時だった。

先輩もコーチの先生も由利の実力を知っていたくせに、よくずぶの素人なぞ相手に出したものだ。今から考えると無責任すぎる。しかし、おかげで何かと燃えやすい最上の性格に火がついた。

試合はストップがかかっており、目の上からも唇からもだらだら出血しているくせに、いきなり由利に後ろから殴りかかろうとした最上は、「おまえアホか！」と怒鳴られながらコーチの先生に頭をどつかれた。第一印象はお互いに最悪だ。

そんなことを考えながらシルバーウイングを走らせていると、月島の高層ビル群が目の前に見えてきた。こうしてオートバイで走りながら見上げると、仕事中とは違う趣がある。今どきのスラムは、ひとつの街や通りを占める貧民街ではない。『はりぼてビル』のように、まともな借主がいなくなった賃貸物件や、所有者の相続問題がきっかけで権利関係が曖昧になり、係争中にいつの間にか善意の第三者が購入したことになっているビルなどが、スラムの温床だ。

高層ビルの隙間に、くすんだ青空が覗いている。冴えない色味の空を、高層ビルの屋上から屋上へ、タウンヘリが飛び交っている。犯罪者に狙われる恐れも少なく、渋滞に巻き込まれることもなく、あっという間に目的地まで運んでくれる快適な空の便だ。

最上が生まれた頃の日本では、多くの自動販売機が道路に面して設置されていたそうだ。海外で同じことをすれば、ひと晩で商品と売り上げを自動販売機ごと持って行かれてしまう――と驚かれたものらしい。今では国内でも、ビルの中など盗難を防止できる場所でなければお目にかかれなくなってしまった。

その代わり、裏通りに入ると、そこらじゅうに飲み物や食い物の屋台が出ている。香草を巻いて肉を焼いたり、パンを焼いたりする香りが混じって狭い通りにむっとこもる。客かと、期待に満ちた視線がいっせいにまとわりつく。

丸々と肥えた冬の蠅が、積み上げられた肉の上を緩慢に飛び回る。簡易なテーブルと椅子で、家族連れの客が食事を取っている。結婚して子どもができても仕事を続ける女性が増え、炊事の手間を省くために屋台の食事を活用するようになった。食品衛生に神経質な人には無理だろうが、安いし種類も豊富だ。

裏通りの雰囲気は、今年の初めまで最上がいたタイの貧民街とも似通っている。移民の流入が進み、この国も東南アジア文化圏に頭の先まで飲みこまれたような熱気だ。屋台のメニューも、シシカバブだのパッタイだの、香辛料のきいたアジアングルメが満載されている。売り子も移民が珍しくない。

こういう熱気も悪くない。

「しまった――こいつに乗ってきたのは、まずかったかな」

曲がり角にバイクを停め、頭を掻いた。通り過ぎる連中が、みな最上のシルバーウイングに鋭い視線を注いでいく。初めは、いいバイクに乗ってるなと物欲しそうな視線だが、ブラックホーク社のエンブレムを見たとたん、目つきが悪くなるのだ。中には、これ見よがしに唾を吐き捨てていく奴らもいて、来た早々に最上はげんなりし始めていた。

バイクを路上に停めて離れれば、戻った時にはエンブレムとナンバープレートを残して丸ごと消えているのがオチだろう。そんな当然のことにも気がつかずに飛び出してくるとは、愚かにもほどがある。

「何、アツくなってんだ。俺」

ひとりごちる。

間近で由利の顔を見た。口をきいたのは、何年ぶりだろう――。

会いたかった。それ以上に忘れたかった。裁判の後、自分は逃げるようにタイに渡った。何もなかったような顔をして、自分だけのうのうと生きることはできなかった。バンコクの安宿やムエタイを教える道場の宿舎で、ひとり毛布をかぶって眠る時にも、何かの拍子に由利の顔が浮かんで髪の毛をかきむしりたくなるほどの悔恨に襲われた。

日本に戻っても、出所した由利の消息は摑めなかった。まさか、クーガに入っていたとは。こんな形で再会していなければ、由利には言いたいことが山のようにあった。

――なんと言うつもりだ？

自分の中で尋ねる声に、最上は胸を詰まらせる。

「兄さん、喉渇いただろ。絞りたてのマンゴージュースがあるよ」

浅黒い肌をした目の大きなおばちゃんが、よく肥えた身体を揺すりながら勧めている。顔立ちを見ればフィリピン系だ。ブラックホークのエンブレムに気づいていないのかもしれない。最上はエンジンを停め、バイクを押して歩くことにした。

「一杯もらうよ」

小銭を用意すると、コップにジュースを注いでくれた。彼女が屋台を出しているのは天下の公道だが、目くじらを立てるのはお役所だけだ。区役所が警視庁の応援を得て、不法な屋台ビジネスを摘発するため乗り出すこともあるらしいが、どこから情報を得るのか警察が到着する頃には屋台も人も消えている。最上が子どもの頃の、日本の面影はもうない。

「おばちゃん、クーガって聞いたことある？」

最上は頼りない調子で尋ねた。

「なんだい、それ」

おばちゃんはニタニタ笑いながら首を振った。紙コップを受け取って離れる。鮮やかな黄色のジュースは甘くて口当たりが良かったが、冷えていなかった。こういうのは、冷えたやつに限る。

「あんた、背中から撃たれないように気をつけなよ」

後ろから、朗らかな調子でおばちゃんが叫んだ。振り返ると、底意地の悪い表情で笑いながら手を振っていた。――なんだ。やっぱり知ってやがるんじゃないか。こっちがブラックホークだと知って、遊んでやがったのか。怒りを覚えるよりも、自分の愚かさ加減にうんざりする。

屋台の売り子や、群がって食欲を満たしている客たちが、いっせいにこちらを向いてバイクに目を光らせるのがわかった。あのおばちゃん、ストリートの連中に適切すぎる警告を発したらしい。刺すような眼差しで観察してくる売り子たちは、もう最上に声をかけようとしなかった。

――ブラックホーク。

彼らの顔に、その文字が蔑《さげす》みとともに浮かぶ。最上は苛立ち、ひとりひとりの顔を記憶に焼きつけるように睨みながら通り過ぎた。

「度胸はいいけど、頭は良くないね」

ふいに足元から尖った声をかけられる。串焼きの屋台に隠れて、道路に毛布を敷いて座りこんだ老女が、日焼けして国籍不明の顔で、こちらを見上げていた。衣服は清潔できちんとしていて、ホームレスというわけでもなさそうだ。最上はバイクを横に停め、老女の前にしゃがみこんだ。

「おばあちゃんは、クーガを知ってるわけ」

「このへんで知らない奴がいたら、もぐりだろ。悪いことは言わないから、そのけたくそ悪いオートバイに乗って、さっさと出ていっちまいな」

よく見れば、毛布の上に投げ出した老女の右足は安物の義足だった。マネキンのようなプラスチックの肌が、左足より妙に若々しい色とつやをしている。

毛布の上に、麻雀牌がいくつか転がっていた。まさか、ここで打とうというわけでもあるまい。

「こいつはよく当たる。一回千円だよ」

老女が高い鼻の上に皺を寄せて呟く。なるほど、インチキ占い師か。麻雀牌を使うのは初めて見た。暇そうなのも当然だ。騙される客だって少ないのだろう。

「教えてくれよ。なんであんたたちは、そんなにクーガが大好きなんだ。あいつらは犯罪者で、人殺しだぜ。なんでかばうんだよ」

スラムは自分たちの味方だと吹聴した、由利の得意げな顔が目に浮かぶ。その言葉に嘘はないようだ。――しかし、なぜだ。

「この足、義足だって気づいたろ」

老女が、自分の右足をこつこつと指先で叩く。戸惑う最上に追い打ちをかけるように、くるぶしまであるぶかぶかのスカートを、膝のあたりまでたくしあげた。

「骨肉腫だったんだよ。カネがなくてさ。医者に診せた時には手遅れで、切らなきゃだめだったんだ。健康保険になんか入ってないし、手術を受けるようなカネもない。そんとき、クーガが支払いは自分らで持つからって、助けてくれたんだよ。あいつらは神様さ」

大真面目にそう言って、老女は安っぽいピンク色の肌を、いとしげに撫でた。

——いったい、何なんだ。

最上はしばらく呆然として、彼女の人工の足を見つめていた。

あいつらは何なんだ。ストリートでインチキ占いをやる老女の命は助けるくせに、マンションの管理人や警備員を平気で殺害する。カネがあるという理由で、脅迫し、強請り、カネを奪い、命を脅《おびや》かすのは何とも思わない。クーガは、スラムにとっては神や天使にも等しい存在だ。結果的にクーガの天敵、ブラックホークは悪魔だ。

「ブラックホークは私らの敵だ。さっさと出て行ったほうが、身のためだよ」

顔を上げると、そろそろ通りから叩き出すべきかどうかとこちらの様子を窺っている連中が、大勢いることに気がついた。老女はこれでも忠告しているつもりなのだと、改めてわかった。情けなくなってくる。

「最上。もう行くぞ」

背後から女の声がして、はじかれたように振り返った。艶やかなロングヘアが目に入る。

「いつまで遊んでる。行くぞ」

——柳瀬メイ。こいつだけは、どこにいようが、何をしていようが、変わらず無表情で何を考えているのかさっぱり読めない。

「——なんでおまえがここにいるんだよ」

悪戯《いたずら》を見つけられて教師の前に引っ張り出された小僧の気分で立ち上がると、肩をすくめてメイが歩きだした。しかたなく、シルバーウイングを押して後に続く。老女もメイには何も言わなかった。最上にはガンを飛ばしてきた連中も、そわそわと視線を逸らしている。

――貫禄が違うってか。

「おまえのシルバーウイングがこっちに向かったと、本部から斉藤副隊長に緊急連絡が入った」

このバイクは、GPS機能を備えている。本部には位置情報が筒抜けだ。もちろんそのことは知っているが、非番の時まで監視されているとは思わなかった。

――いや。妹尾や斉藤は、自分を特殊警備隊員として今までどおり迎え入れると宣言したものの、万が一最上が裏切った時のために、動きを逐一観察しているというわけか。

「なんで斉藤が来ねえんだよ」

最上はふてくされた。

「副隊長は娘さんを風呂に入れてるそうだ」

思わず脱力する光景が目に浮かぶ。斉藤の野郎、風呂の中からメイに自分の監視を命じたのか。

「最上のことだから、かっとなって余計なことをやってるんだろうと言っていた」

メイのシルバーウイングは、普通に路上に停められている。物欲しそうに見つめている人間は何人かいたが、決して手を出そうとはしなかった。そばまで寄って覗きこみ、慌てて飛びのく奴らもいた。見ると、シートの上に手鏡を載せて、「触ると撃つ」と口紅で書いている。

――恐ろしい女。

「おまえ、口紅なんか塗ってたっけ」

何気なく尋ねると、厳しい目で睨まれた。

「悪いか」

「悪くないけど」

失言を悔いながら目を伏せ、最上はようやく合点が行った。自分が見てきたメイは、婚約者を亡くして失意の底にあった彼女だったのだ。本来の彼女は、また別の顔も持っているはずなのだ。

「スラムでクーガの評判を聞くなんて、馬鹿馬鹿しい。絶賛するに決まっている。奴らは意図的にスラムにカネをばらまいているんだから」

「そうかもしれない。しかし、たとえ意図的なプロパガンダであったとしても、それで救われた奴がいるのなら――」

少しは、クーガを見直すべきなのだろうか。目的と手段の乖離はひどいが、崇高な目的のために手段は問わないと彼らは考えているのだろうか。

「甘ちゃんだな、最上」

メイがシルバーウイングに颯爽とまたがり、ヘルメットをかぶると、ついて来るように合図した。最上はもう一度通りを振り返り、敵意に満ちた視線を受けて、ため息をつきながらヘルメットをかぶった。――二度と来ねえ。

4

「敵の術中に、自分から飛びこんでどうする。クーガは奪ったカネの一部をスラムにばらまき、そこで得た人気を隠れ蓑にしているんだ」

交代時刻までに食事をすませなければいけない。メイに連れてこられたのは、新橋駅近くの中華料理店だった。店構えは古く、メニューも価格も庶民的だ。四川料理と書かれているところを見ると、辛味のきいた料理が出るのだろう。しばらくタイにいたせいか、最上もスパイス類は嫌いではない。

「ここは麻婆豆腐が美味しい」

そうメイが教えるので、頼んでみたら真っ黒な麻婆豆腐が出てきてびっくりした。舌を突き刺す辛さだが、確かに美味しい。仕事以外に何も興味がなさそうなメイだが、意外と美味しい食べ物にも関心があるのかと思うと愉快だった。

斉藤の指示を受けて、取るものもとりあえず飛び出したのか、メイは私服だ。メンズの白シャツにブラックジーンズ。飾りけのない服装が、よく似合う女だ。休んでいたところを自分のために来てくれたのかと思うと、申し訳ない気分になる。

「メイ。俺は、自分が正しいことをしていると信じたいだけなんだ。クーガはテロリストで、人殺しだ。恐喝を繰り返す犯罪者だ。間違いなく、正義は俺たちにあるはずだ。——そうは言っても、富の再分配をしているだけだと連中は言う。富が一部の人間に集中しすぎている。その状況を是正するだけなんだと。その考え方自体は、間違ってないんじゃないか」

「考え方は正しくても、手段が間違っている。そんなことは世の中にたくさんある」

「ブラックホークは金持ちを警護する。それは事実だろ。結果的に、富の集中を助けているだけじゃないのか。それは正義だと言いきれるのか」

担々麺をすすりながら、メイが首を傾げる。ここのは担々麺もかなり辛そうだ。鼻の頭に汗をかいている。

「おまえは簡単に他人の影響を受けるな」

言い返せない。由利に会ってからというもの、奴が指摘した、カネのある人間だけを警護するブラックホークという言葉が、脳髄に刺さった棘のように頭から離れないのだ。

「おまえは何も感じないのか、メイ。ブラックホークが正義だと、本気で信じられるのか」

スープを飲み干すと、メイがようやく箸を手放した。

「正義を信じたりはしない」

黒々と大きな目を、まっすぐこちらに向ける。ビークル・セクションを担当するメイの顔を、こうして正面から見ることはほとんどない。まつげの長さに気づいて胸をときめかせる。鼻筋のすっきりと通った、きれいな顔立ちに一瞬見とれた。

「生きていく限り、私たちは何かの立場を選ばざるをえない。それだけのことだ。誰かの母親、誰かの父親、誰かの夫や妻――あるいは何らかの職業という立場であり、役割だ。倫理も正義も、人間の数だけ存在するんだ」

それではまるで、正義になど意味がないと言っているようだ。メイが自分をはぐらかそうとしているように感じられて、最上はむっとした。

「私はブラックホークという立場を選択した。だから、その役割に沿って生きる」

なぜそんなふうに、良く言えば力強く、悪く言えば単純に割り切ることができるのか。

最上はグラスに注がれたウーロン茶に視線を落とした。仕事の前でなければ、ビールを頼みたい気分だ。

「最上」

メイの強い視線が、まっすぐ自分を射貫《いぬ》いていた。

「由利という男、おまえの何だ」

ひとことで答えられる相手なら、こんなに悩まない。そう言ってやれば良かった。

「妹尾さんも課長も説明しない。最上とクーガのナンバー2が、昔馴染みだということ以外は。彼らがそれでもかまわないというのなら、私たちがとやかく言うべきではないと思ったが、おまえの行動は普通じゃない」

「俺を疑っているのか？」

最上は顔をしかめた。似たような会話を以前メイと交わした記憶がある。今回は立場が逆だ。メイは静かに首を横に振った。

「疑うわけじゃない。しかし、チームの中に弱みを抱えるのは嫌いだ」

「つまり、安心して俺に背中を任せられないと言ってるわけだ」

自嘲気味に呟くと、メイが真顔で頷いた。

「そのとおりだ、最上。敵に弱みを握られた男が背後にいても、おまえは平気なのか？」

舌打ちしそうになった。長いまつげや、人目を引く美貌に見とれている場合ではなかった。この女はストレートで、そして正しい。

「──おまえの言うとおりだな」

「何もかも話せ。どうすべきか、それから考える」

「それほどたいした話じゃない」

最上は大きく息を吸い込んだ。

「昔のことだ。俺と由利は同世代の男たちと揉めた。俺がキレて連中に殴りかかった。多勢に無勢でやられそうになったところを、由利が助けてくれた」

「――それだけ？」

メイが長い髪をさらりとかき上げる。

「由利も俺もプロボクサーだった。由利はひとり殺して刑務所に入った」

「――最上は？」

「無罪放免」

最上が肩をすくめると、メイは椅子の背に深く背中を預けた。

忘れられるはずがない。あの当時、最上は小柄なままだったが、由利はどんどん上背も伸びて体格が良くなり、クラスもランクも上げていた。夜の盛り場で彼らに絡んできた連中は、由利の顔を知っていたのに違いない。プロのボクサーなら、多少絡んでも手を出さないだろうと弱みにつけこむつもりだったのかもしれない。

自分が耐え抜けば良かったのだ。不愉快な悪罵を投げられようと、由利を侮辱する言葉を聞こうと、下品な嘲笑を浴びようと、頭に血を上らせて飛び出したりしなければ良かったのだ。

法廷で、最上は何度も証人としてそう証言した。被告席に端然と座る由利は、いつも視線をまっすぐに据えていた。最上は熱心に訴えた。自分が愚かだった。彼は自分を助けようとしただけで、彼を裁くなら代わりに自分を裁くべきだ。あの夜、青年の死に責めを負うべきなのは自分だった。

――その確信とは裏腹に、最上の目に鮮やかに映る血まみれの由利の残像。

しなやかな筋肉に覆われた身体が、自在に優雅に飛び回る。

素手で容赦のないパンチを相手に叩き込みながら、由利は薄く笑っていなかったか。血しぶきを浴びて、はっきり快感を覚えていなかったか。自分の強さと、百パーセント解放した力の手ごたえに酔いしれていなかったか。

あの夜、誰もあいつを止められなかった。由利自身ですらも。

——由利、おまえはあの夜を楽しんだのか。

「誰も、他人の人生に責任なんて持てない」

ふいにメイが呟いた。

「おまえも、由利も」

最上は無言で顎を引いた。

あの夜を取り返すためなら、自分は何でもやるだろう。そう心の底から感じることが、一番の問題なのだ。

シルバーウイングを戻すためにいったん自宅に帰り、メイの運転する車で拾ってもらう。斉藤が後部座席で待ち構えていた。

「俺がエスコート・セクション？」

スラムに行ったことを叱責されるかと覚悟していたが、何も言わなかった。いつもどおり平然と構えている。メイが、スラムでの様子を説明してくれたのだろうか。

エスコート・セクションに入れという突然の指示に戸惑っていると、斉藤がクリップホルダーに留めた資料を見せた。牧原幹事長のスケジュールだ。

「今夜はこのまま民権党本部ビル内で打合せをして、自宅に戻るだけだ。若手にも経験を積まさなきゃいかんからな。俺と交代だ。この件については、妹尾さんはもちろん、須藤課長も了解済だ」

そう言われれば、断る理由もない。

張と早稲田をそれぞれのマンションで拾い、新宿の民権党本部ビルに向かった。先日の狙撃事件以来、本部ビルには警視庁の警備もついている。

「失礼します」

例の小部屋に通された。窓がなく圧迫感のある部屋に、牧原と民権党のスタッフ、ボディガードが入ると、ぎゅう詰めだ。牧原をエスコートしていた妹尾が、斉藤と引き継ぎを始める。

「最上。ＰＥＳもいい経験になるから、しっかりやるんだよ」

妹尾が力強く声をかけ、背中をどやしつけてきた。下手な男よりよっぽど男らしい。

「幹事長に交代の挨拶をしておきな」

牧原はソファに座り、こちらの会話には注意を払っていないようだ。選挙の票読みと党内人事について、入れ替わり立ち替わり訪れるスタッフと相談している。

最上は妹尾に指示されるまま牧原に近づいて、直立不動の姿勢をとった。

「本日、斉藤の代わりにエスコートさせていただきます、最上です。よろしくお願いいたします！」

牧原は若々しい顔を上げ、こちらを見つめた。おや、と思ったのは、淡い色つきのサングラスをかけていたからだ。屋内でサングラスとは、目を痛めたのだろうか。

「――ああ、わかりました。よろしく頼みますよ」

ほんのわずかな間、最上を観察するように見つめ、何事もなかったかのごとく打合せに戻った。

牧原はパソコンに向かい、スタッフの相談に短い言葉で応じている。

——どこかに違和感を覚えて、最上は牧原を見直した。

何かがいつもと違う。気のせいだろうか。

じっと見ていると、ようやく原因を摑めた。指が、せわしなくキーボードの上を行き来していないのだ。時おりマウスをクリックしたり、エンターキーを叩いたりする程度だった。今日はパソコンで別の作業でもしているのだろうか。

「それじゃ、あとはよろしく。また明日の朝八時に来るよ」

振り向くと、妹尾たちが部屋を出て行くところだった。なぜだかわからないが、妹尾に観察されていたような気がした。

最上を特殊警備隊の一員として認めると宣言した妹尾たちだが、それは表向きのことなのだろうか。ひょっとすると、手元に置いて監視するつもりかもしれない。

もしそうなら——。

牧原は、サングラスを鼻の上に押し上げながらパソコンの画面を睨んでいる。

「おう。三千万、持ってけ」

「ありがとうございます。幹事長、夕食はどうなさいますか。お弁当をお持ちしましょうか」

「いいよ。家に帰ったら、おにぎりでも食う」

「本当におにぎりお好きですね」

屈託なく交わされる会話を聞くともなく耳にしながら、最上は唇を歪めた。

夜十一時頃まで仕事をして、それから自宅へ。だいたい毎日、このパターンだ。仕事と言っても、他の政治家や財界人と料亭の個室で会食する日もある。そういう場面では、さすがに特殊警備隊も中までは入れず、店の外と個室の外の二段構えで警護する。

牧原はスタッフが冗談のネタにするぐらいの粗食派で、おにぎりと梅干し、玉子焼きがあれば大満足なのだそうだ。外でごちそうを食べ慣れているので、自宅では粗食が身体にいいと自戒しているわけでもないらしい。

「私は子どもの頃、東北の漁師町で育ってね」

自宅に向かうブラックホークの警護車輛の中で、誰に言うともなく牧原が話しだす。先ほどのおにぎり談義を意識したのかもしれない。

「魚の旨いところでな。子どもの頃から新鮮な魚ばかり食って育ったら、このへんで旨いと言われる寿司だの刺身だの食っても、ちっとも美味しいと感じないんだ」

「――なるほど」

後部座席に、早稲田とふたりで牧原を挟んで座る。斉藤と張は、自宅までのルートの安全を確保するために先行した。運転中のメイは会話に加わることができないし、口下手な早稲田は窓の外を警戒するふりをしているから、しかたなく最上が牧原の相手になって相槌を打った。

プリンシパルの世間話に付き合う義務はないが、これも円滑に業務を行うためだ。プリンシパルがボディガードに心を開いていれば、いざという時に連携プレーが可能になる。

「だから、おにぎりが大ごちそうだ。贅沢なメシなんか必要ない。人間、旨いもんを食ったからって賢くなるわけじゃないしな」

「まあ、確かに。おにぎりは俺も好きです」

本当の金持ちほど、粗食でケチだというジンクスは、牧原にも当てはまるようだ。

「そうだろう？」

牧原が満足げに頷く。

バックミラーで、メイがちらりとこちらを見たのに気づいた。最上ではなく、牧原に視線を走らせたようだ。彼女が後部座席の様子に関心を持つのは珍しいことだった。

牧原の自宅は、八重洲のタワーマンションだ。妻子は地元の宮城県に住まわせていて、牧原はここでひとり暮らしなのだ。先行して地下駐車場に乗り入れた張が、無線で進入可能のコードを読み上げた。何事もなく、マンションに戻ることができそうだ。

メイが、警護車輛を地下へ続くスロープに滑りこませる。彼女の運転は、機械のように正確無比だ。マンション住人のための駐車スペースは、一戸につき契約台数だけ割り当てられているが、牧原は車を所有しておらず、割り当てスペースがない。警護車輛はゲスト用の有料スペースに駐車することになっていた。メイはここで明日の朝まで待機だ。Aチームが送迎用の車輛を転がしてくるから、朝になればそいつでBチームを自宅に送り届ける。考えてみれば、送迎が仕事に含まれるだけ、ビークル・セクションは勤務時間が長い。よほど車が好きでなければ、やっていられない仕事だろう。

ちなみにこのマンションは、いわゆる〈超〉金持ち用。屋上にはヘリポートがあり、自家用機のための格納庫はもちろんのこと、住人が予約しておけば気軽に利用できる、操縦士つきのレンタルヘリも用意されている。何事によらず合理性を重視する牧原は、レンタルヘリの愛用者なのだそうだ。

牧原の警護にはブラックホーク社のヘリを投入することも考えたが、ニードルがロケットランチャーのような武器を使った場合、かえって危険だと判断され、車を使うことになった。敵がクーガだと、常識が非常識になることもある。

無線のやりとりを続けながら、牧原を駐車場からエレベーターに誘導し、安全を確認しつつ乗り込む。牧原の自宅は五十二階だ。自宅に入るまでの経路の安全確認も、張から終了の合図が出ている。牧原の自宅の玄関前で、張が見張りを続けていた。

「コード、イレブン－115」

プリンシパルが帰宅したと、室内にいる斉藤に連絡している。

「やっと帰れたな」

自宅に戻るとほっとするのか、牧原が明るい声をあげた。

「どうぞ中へ」

張がドアを支え、入室を促した。最上も玄関をくぐり居間に入り、習慣的に内部を見回して――絶句した。

目の前のソファにも牧原が腰掛けている。

向こうの牧原はカジュアルウェアを着てソファにゆったりと凭れ、うんざりしたような表情でこちらを眺めていた。その顔にサングラスはない。

思わず、今までずっと一緒だった背広姿の牧原を振り返る。

――どういうことだ。こっちの牧原は何だ。双子か？　そもそもどちらが本物の幹事長なんだ？

今日の午後八時以降、自分が警護してきたのは本物の牧原なのか、そうではないのか？

これはいったい、何の悪戯だ。

「やれやれ――こうも見事に騙されてくれるとはね」

ソファの牧原が眉を八の字に下げ、肩をすくめた。後ろには斉藤と妹尾の姿まである。

最上たちが送り届けた牧原は、サングラスをかけたまま黙って部屋の隅に行くと直立不動の姿勢で停止した。その動作を見て、最上にもようやく事態が呑みこめた。

あいつは牧原そっくりのロボットだ。騙された！　顔に血が上る。ボディガードが、プリンシパルとロボットの見分けもつかないようでは失格じゃないか。

同時に、夕方から何度か感じた違和感の正体も呑みこめた。普段はかけないサングラス。人間の眼球は常に液体で潤っている。近頃の人工眼球は、人間そっくりに液体を出すものもあるらしいが、光の加減で人工だと見抜かれる可能性もある。それから、パソコンの使い方。ロボットは、本物の牧原ほどパソコンを自在に使いこなすことができないのだろう。夕食を断ったのも、ロボットには食べることができないからだ。

斉藤がＰＥＳを担当しろと指示したのは、事情を知らない最上にロボットを警護させて、本人ではないと気づくかどうか試すためだ。自分は実験台に使われたのだ。

「自分でも気持ちが悪いくらいよく似ていることは確かだな。長い間見ていると、悪い夢を見そうだよ」

本物の牧原が、停止したロボットをつくづく眺めて嘆息する。彼の様子を腕組みして見守っていた妹尾が、口を開いた。

「幹事長。これは我々からの提案です。ご覧いただいたとおり、グッドフェロー工業と弊社が共同開発した遠隔操作型ジェミノイドは、プリンシパルの容姿だけではなく、動作のパターンも模倣可能です。音声は、マイクを使ってご自身でお話しいただくことができます。たとえば、立会演説会などの公開の場で、我々が幹事長の身柄を守りきれないかもしれないと危惧した場合でも、演説会を中止せず、このロボットを利用して、あたかも幹事長がそこにいて直接話しているかのように見せることが可能です。つまり、あれを影武者として使えます」

「彼は、たった数日しか私に会っていない。私のことなど知らないに等しいだろう。だから騙せたのだと思うがね」

牧原が最上を遠慮なく指差した。

「おっしゃるとおりです。民権党のスタッフにもロボットだったことを明かし、気づいたかどうか尋ねました。五人のスタッフ全員が何かおかしいと思い、ふたりはロボットじゃないかと疑ったそうです。一日だけでしたから、断定はできなかったと言われました」

「そうでなきゃ困るよ、妹尾くん。ロボットがいつの間にか私になりすましていても、誰も気づかないんじゃ困る」

牧原が苦笑している。

「もちろんです、幹事長。ですが、立会演説会の場で、幹事長と直接会ったことのある人間が何人いますか。その方が、スタッフの皆さんと同じくらいの時間、幹事長と過ごされたことはありますか。何度かお目にかかっただけの方なら、最上と大差ありません。最上も、何かおかしいとは感じた様子でしたが、ロボットだと断定するまでにはいたりませんでした」

妹尾が熱心に牧原を口説くのを見て、今回の身辺警護は本当に危険なのだと最上も改めて身に染みた。影武者ロボットを使わなければいけないほど――クーガのニードルは、手ごわい相手なのだ。二キロの距離をものともせず、的に当てる狙撃手。

ソファの中で腕組みし、視線を落として考えこんでいた牧原が、決然と顔を上げた。

「君たちの気持ちはありがたいし、提案の内容もよくわかったが――残念ながら、これを使うわけにはいかないよ」

「どうしてですか」

妹尾が本気で困惑しているのが、伝わってくる。

「君たちの話によれば、ロボットを使うのは、立会演説会のような――公衆の面前ということだ。要するに、一番危険な場面で使うということだろう」

「そうです」

妹尾がためらいがちに頷く。

「それが問題だ。立会演説会にいる私を、クーガの狙撃手が狙ったとしよう。影武者を使うほどなのだから、撃たれる可能性が高い――そういうことだね。聴衆は本物の私がその場で話していると信じている。そこで私が――私そっくりのロボットが――撃たれれば、何が起きると思う？」

妹尾と斉藤が、暗い目をして顔を見合わせた。彼らにも、牧原幹事長が何を言わんとしているのか伝わったのだろう。

「聴衆は、私が殺されたと思いこむかもしれない。しかし一番怖いのは、それがロボットだと知られてしまうことだ。牧原は脅迫を恐れ、命を惜しんで有権者の前にロボットを差し向けた。そう言われるのがオチだよ。それは、私を信じ、私の言葉に心を動かす有権者にとって、詐欺にも等しい行為だ」

牧原がきっぱりと言って、組んでいた腕を解き、ソファの後ろにいる妹尾を見上げた。

「危険な場所ではこのロボットを使うわけにはいかない。危険でない場所なら使ってもいいが、そもそも使う必要がない。――そういうことだ」

民権党の牧原幹事長は集金が上手なカネの亡者で、カネで権力を買っているのだと、巷《ちまた》ではよく囁かれる。しかし最上には、牧原の言葉が本心から出たもののように聞こえた。後になって、「自分は断ったが、警備会社が無理にロボットを使えと押し付けた」などと言い訳するために、芝居をしているようにも見えない。

「民権党の牧原は、馬鹿だが男なのだ。そう思って、諦めてくれたまえ」

妹尾が長いため息をついた。無理に勧めたところで聞き入れてくれるとは思えない。

「――わかりました。幹事長、我々がなんとしてもお守りします」

「無理を言ってるのは承知している。頼んだよ、妹尾くん」

そのやりとりで、妹尾や特殊警備隊は、前にも牧原の警護をした経験があるのじゃないかと気づいた。どうりで、牧原が妙に馴れ馴れしい口をきくと思った。

「では、私はこれで。斉藤、最上、ちょっと」

妹尾が帰り際に、彼らを手招きした。牧原に聞かれないようにとの心遣いなのか、いったん部屋の外に出る。外にいる張と早稲田も、妹尾に呼ばれた。

「今度の警護は、命懸けだ。全員、そのつもりで」

妹尾の低めた声に、最上は身体をこわばらせた。

「わかってますよ、隊長」

斉藤がわざと唇を「へ」の字に曲げながら呟いた。

「いつでも遺書の用意はできてます」

「まあ、特殊警備隊に入った時から。なあ」

「もちろん」

「できれば生きて帰りたいけどな」

張たちも肩をすくめ、軽口のように言い合っている。妹尾が最上を見つめた。その視線が、いつもよりずっと柔らかかった。

「――最上、どうする。特殊警備隊を外れるなら、今のうちだぞ」

手元に置いて監視したいなどと、自分の勝手な妄想だった。最上はやっとその確信を得た。斉藤を真似て唇を曲げる。

「遺書なんか書いてない。俺はきっちり生きて帰るよ」

その言葉だけで充分だったようだ。妹尾がにやりと笑い、頷いた。今度こそ、自分も特殊警備隊員として認められた。そう信じていいらしい。

5

「マングースから本部へ。ポイント12。コード8－11」

『本部、了解』

ヘッドセットのマイクに向かって、割り当てられたポイントが安全だと囁きながら、最上は柵越しにどこまでも広がる街並みを見渡した。

ＪＲ横浜駅前。寒々しい高層ビルの谷間に、目的の交差点はある。

「なにも、わざわざこんなに危険な場所を選ばなくてもな」

最上の呟きを張が聞きつけて肩をすくめた。ビル風がびょうびょうと吹きつける。張の坊主頭が寒そうだ。今日の午後一時半、民権党の牧原幹事長が中堅代議士の応援演説を行う。その場所が、まさに眼下にある交差点だ。

身代わりのロボットなどという姑息な手段を使わず、あくまでも生身の自分が有権者の前に立ち、自分自身の声で訴えかけねば意味がない。牧原はその主張を押し通した。与党の幹事長におさまるくらいで、そもそも我の強い男だ。

（ことさら危険な場所にお出かけにならなくとも、ネットを通じて有権者に訴えかけてはいかがですか）

ブラックホーク社側も、ボディガード業務を引き受ける限り、牧原の主張を唯々諾々と受け入れるわけにはいかない。万が一、危害を加えられればボディガード失格だ。本人が望んで危地に赴くとはいっても、その状態でプリンシパルの安全を確保することができてこその、ブラックホークだ。

妹尾は牧原に対し、さまざまな方法を提案して警護のレベルを上げようと腐心していた。

（ネットにもメリットはあるし、もちろん今回の選挙戦でも活用はする。しかし、私自身が有権者

の前に立ち、候補者を応援することに意味があるんだよ）

（ではせめて、車の中から話していただけませんか。防弾ガラスを使った、装甲車並みの特殊車輛をご用意しますから）

（妹尾くん、車の中に隠れて喋っても意味がない。私は堂々と有権者の前に姿を現したいのだ。逃げ隠れしない態度に意味があるのだから）

この頑固ジジイ、と口には出さないが妹尾の目は明らかにそう語っている。

（わかりました。演説の際には、幹事長と候補者の前面に透明な強化プラスチックの盾を立てます。それも許可していただけないのなら、我々はここから引き上げます）

こればかりは有無を言わせぬ口調で妹尾が脅すと、牧原はため息をついた。

（本来は、そういうものも置きたくないのだがね。有権者との間に壁を作るようじゃないか。だが、それが必要最小限の防衛装置だと君たちが言うのなら、我慢するよ）

そんなわけで、数時間後に始まる街頭演説では、選挙カーの上に透明な防弾盾を並べ、その後ろで牧原たちが演説する手はずになっている。

気がかりなのは、クーガの脅迫を受けて牧原が態度を硬化させていることだ。命を惜しむことが罪悪だと言わんばかりに、好んで危地に向かおうとしているように見える。気持ちはわからないでもないが、それはただの蛮勇であり、薄っぺらなヒロイズムであって、本当の勇気ではない。

「このビルは問題ないな。交差点に面する窓はすべて大手企業のオフィス内にある。クーガの狙撃手が入りこむ余地はないだろう」

屋上の点検を終えた張が、最上と同じように交差点を覗きこみ、豆粒サイズの車が整然と行進する様子を眺めた。二十階建てのビルの屋上から見れば、人間など蟻んこサイズだ。車も人も、どこに向かうのか知らないが、せわしなく動き回っている。

ブラックホーク社は、牧原ひとりのために水も漏らさぬ警備態勢を敷いた。

問題の交差点と半径二キロ以内の建築物を、コンピュータグラフィックスで立体映像として再現した。クーガの狙撃手ニードルは、射程距離二キロ以内なら目標に命中させることができる。交差点を狙える範囲にあるビルや、その屋上——ヒットポイントとしてコンピュータが算出した場所は、およそ八百か所。そのひとつひとつを手分けして丹念に調査し、該当する時間帯に営業しているオフィスなどは人目があるので問題ないが、屋上や無人のオフィス、マンションなどについては、必要に応じてブラックホークの警備員を配置する。須藤は警視庁や神奈川県警にも働きかけた。ただし、狙撃可能な位置には警察官を配置させない。ニードルが警察官に変装して位置についたりすれば、それこそ一大事だ。警察官は、ニードルが現れた場合に備えて付近の主要道路に検問を敷いているのだった。ブラックホークの警備員しか最後は信用しない。須藤のそういう姿勢が如実に反映されている。

クーガがなぜ牧原を標的にするのか、それはまだ特殊警備隊には知らされていない。

最上の脳裏には、いまだに昔の由利数馬の姿が浮かぶ。〈ベストキッド〉と呼ばれていた頃の、幼さの殻をくっつけた由利だ。

初対面でとことん殴り倒された後、何がきっかけで親しく話をするようになったのか、あまり覚えていない。——というのも、初めての練習試合の後、最上は何度か街で由利と行き合ったのだ。ゲームセンター。コンビニ。カラオケハウス。書店。ハンバーガーショップ。高校生が訪れそうなあらゆる店で、由利を見かけた。そのどこかで、すれ違いざまにどちらかが声をかけた。――そんな馴れ初めだっただろうか。

やがて同じジムに所属して、同い年の親友としてつるむようになり。

由利も最上も、鍛えていることが着衣の上からでもわかる身体つきだった。街では絡まれることもある。絡まれても喧嘩になっても、由利が手を出すことはなかった。腕をかばって身体の下に巻き込み、地面に這いつくばり、黙って殴られたり蹴られたりしていた。苦行僧のようだった。

(骨が折れたりするの、慣れっこだから平気だし)

由利数馬とはそういう男だ。そんな由利の姿が、どうしてもクーガのナンバー2だという現在のあの男と重ならない。

あの夜が由利を変えた、と思う。

あの夜、由利は自分の中に潜む魔性を解放した。鎖を解き放ち、吠え狂い誰かの喉笛に噛みつくのを許し、それを楽しんだ。

あの夜、由利は由利ではなくなった。それとも本来の由利になったのだろうか。そのきっかけを作ったのは、他でもない自分だ。その事実がたまらなく厭《いと》わしい。

「それじゃ、あとはよろしく頼むわ」

屋上の警備に駆り出された、ブラックホークの警備員ふたりに声をかける。

「了解です」

特殊警備隊は精鋭中の精鋭だ。ふたりの若手警備員は、緊張して肩を怒らせ最上と張に向かって頷いた。

「あ、ちょっと待った」

最上は、先日ついに特殊警備隊の全員に貸与されたオペロンをポケットから取り出した。何事かとこちらを見つめているふたりの写真を撮影し、会社のサーバーに送って照合させる。

『確認。ブラックホーク社員。警備部所属』

画面の文字を見て、最上も頷いた。

「よし、問題なし。頼んだぞ」

ブラックホークの警備部には、数百名の警備員がいる。特殊警備隊のメンバーも、全員の顔と名前を把握できているわけではない。把握しているのはコンピュータくらいのものだ。顔認証技術で本人確認をするしかない。万が一、ニードルやクーガのメンバーが警備員のふりをしてまぎれこんでも、確実に発見することができる。

「ここまでして、やらなきゃいけないほどごたいそうな演説なのかよ」

エレベーターで降りながら、最上は声に出して悪態をついた。聞いているのは張ひとりだ。

「まあ、そう言うな。牧原にだって意地があるんだろう」

警備に駆り出されたブラックホーク社の警備員は、およそ二百名。加えて、検問の警察官がおそらく数百名態勢。

——それだけじゃない。

クーガなら、軽飛行機やヘリコプターを使って空から狙撃する可能性もある。有視界飛行の軽飛行機やヘリコプターは、飛行場周辺や航空機が過密状態にある空域以外では、基本的に自由に飛ぶことができる。昨夕から、飛行場やヘリポートにおける発着情報が、飛行申請を元にして警察庁に集まるようになっている。それも須藤の提案だった。怪しい航空機やヘリの情報をいち早く摑むためだ。

クーガが使うテロの手段が狙撃だけとは限らない。先日、牧原が狙撃を受けたため、最重要視されているだけだ。近接しての刃物の攻撃なら、特殊警備隊員が牧原をエスコートしていれば避けられるだろう。しかし、爆発物を仕掛けられた場合はどうか。

交差点の周辺などは、あらかじめブラックホーク社の爆発物処理班が調査を済ませている。例を挙げるなら下水道の蓋。許可をもらって内部を点検し、問題がなければ演説終了まで誰も開けないように、特殊なテープを外から貼り付ける。無理に蓋を開けば、テープが破れて警備班が気づく仕組みだ。

そこまで予防しても、自爆テロを仕組まれれば防御は困難を極める。交差点の周辺を移動する人間や、車の列。その中に爆発物を抱えた人間がいればどうするか。

(怪しい人間は、挙動を見ていればわかる)

最上はブラックホークに入社して、そう教わった。確かにそのとおりだ。予備動作というものがある。通りすがりに誰かの背中にナイフを突き立てようと企む奴がいたとする。そいつは凶器をどこかに隠している。懐の中か、鞄の陰か。刺す前にそいつはナイフを取り出す。ナイフを握った手を隠しながら近づき、振りかぶる。特殊警備隊員は、その予備動作をしっかり見極め反応することができる。

(どうしても見抜けないケースもある)

善意の第三者をクーガが利用した場合だ。牧原幹事長の熱烈なファンが、今日の演説会に駆けつけるつもりだとする。彼——もしくは彼女——の鞄の中に爆発物を仕掛けられたらひとたまりもない。特に、そのファンが幹事長と顔見知りで、握手でもするために近づこうとしていれば——。最悪だ。

(応援演説のために、聴衆を危険にさらすことになりますよ)

妹尾隊長が半分脅迫めいたことを言ったのは、牧原を引き留めるためだ。クーガが爆発物を使えば、周囲の民間人も被害をこうむるのは間違いない。そう聞かされても、牧原は断固として首を縦に振らなかった。

(そのために君たちにボディガードを頼んでいるのじゃないか。君たちが守るのは私の命だけじゃない。有権者を含めての民権党であり、わが国の言論の自由そのものだ。クーガの暴力に屈してはいけない)

さすがの妹尾も、言葉を失くして黙りこんだ。この国の言論の自由をも守れとは、ブラックホーク特殊警備隊にも荷が重すぎる。そもそもそれは、一私企業に守らせるような代物じゃない。

妹尾の立ち直りは早かった。

(多少、いろんな意味で聴衆にもご面倒をおかけすることになるかもしれませんよ)

(ある程度はやむをえん)

とはいえ、すべての聴衆の持ち物をチェックするわけにもいかない。それでは、演説を妨害するようなものだ。苦肉の策で、ブラックホーク社は爆発物の信管に反応する装置を用意して私服警備員に持たせ、聴衆の間に配備する予定だった。

——妹尾と斉藤が用意した対策は、徹底している。

今日一日の身辺警護で、ブラックホーク社が牧原と民権党から得る警備費用は、数千万円にのぼる予定だ。警察官を動員するための費用は、国民の血税でまかなわれている。

牧原にも意地があるだろうと言う張は、あくまでも冷静だ。「意地」というのは、不法入国した夫婦の子どもとして苦労して育ったという張が、一番言いそうにない言葉だと思った。意地を張るより今日の飯。それが張の言いそうなことだ。

「似合わねえな。意地のために、命を懸けるのかよ」

最上の言葉を聞いて、張が唇の片側をきゅっと持ち上げた。

「考えてみろ。牧原幹事長はクーガに狙撃された。もし牧原がここで引き下がり、表舞台に立つことを避ければ、どうなると思う」

「それこそクーガの思うつぼ――か」

「そういうこと」

クーガは武力や銃器をもって気に入らない人間に退場を迫る。誰かが毅然とした態度を取らなければ、状況はエスカレートするばかり。クーガはやりたい放題だ。力で脅せば、自分の好きなように世の中を動かすことができる。クーガは脅迫に屈した企業からひそかにカネを受け取り、裏取引に応じている。大企業から見れば、クーガに支払う金などわずかな金額だ。はした金で、役員や社員の安全と企業のブランドイメージを守ることができるのなら、お安いご用だ。

ブラックホークの特殊警備隊にいると、いやでもそういう裏事情に通じてしまう。

「だからこそ、今回の警備は、何があっても失敗できない」

張が論すように言った。

カネで安全を買う。それなら、クーガに金を差し出すのと、ブラックホークを雇うのと、いったい何が違うのか。由利の奴なら、そんな理屈を並べ立てるだろう。

――虚しい。

正義がひとつでないのなら、自分たちはもう、それぞれの信じる正義のために、ひとりひとりがいがみ合い、戦うしかないのだろうか。二度と、たったひとつの正義を目標に、戦う日は来ないのだろうか。

エレベーターが一階に到着し、外に出る。降りる時にも、わずかな隙が命取りになる。折り畳み式の長い柄がついた鏡を先に突き出し、外で待ち伏せする奴らがいないことを確認すると、ようやく降りた。

スーツ姿の会社員たちがこちらを見守っていた。最上たちのきびきびした行動と制服の袖についたエンブレムを見て、感心したように何度も振り返っている。囁き交わす声が、「ブラックホーク」というのも聞いた。

面映ゆい。

「次、行こうぜ」

張が先に立ち、歩き出した。最上たちに割り当てられた確認対象は、まだいくつか残っている。

応援演説の開始時刻は、午後一時半。

午後一時十五分に、牧原を乗せたブラックホーク社のヘリコプターが、駅周辺の地上五十階建て高層ビル『マキナタワー』の屋上に到着する予定だ。現場周辺にとどまる時間は短いほどいい。

牧原が応援に駆けつけるのは、神奈川の選挙区から出馬する現職議員のひとりだ。橋川友幸《はしかわともゆき》、四十四歳。民権党の中堅議員だ。ポスターの写真にすると映えそうな、細面の引き締まった顔立ちをしている。彼はマキナタワーの途中階にある貸し会議室を借りて、今日の控え室にあてていた。このビルは、すべてのフロアが賃貸のオフィスとして提供されている。名前の通った大手優良企業が入居しているケースが多いが、一部は貸し会議室などとして中小企業や自営業者などにも利用されているようだ。

「防弾チョッキの着用はお済みですね」

斉藤が尋ねると、橋川は神経質に頷いた。ちょっと失礼しますと断り、斉藤がその肩に触れた。

「何をするんだ、君！」

びっくりしたように橋川が眉を吊り上げる。

「失礼しました。お客様の中には、防弾チョッキの着心地を嫌われて着用されない方がいらっしゃるんです。申し訳ありませんが、確認させていただきました」

斉藤が、こんなケースには慣れっこだと言いたげに宥めたが、気分を害したらしい橋川は、頬の片側を引きつらせながら斉藤を睨んだだけだった。

最上が見たところ、橋川は牧原の応援演説を迷惑がっているようだ。選挙に関してメリットはあるのかもしれないが、クーガに狙われている牧原が来れば自分も巻き添えを食う可能性がある。くわえてこの、ブラックホーク社と警察との厳重すぎるほどの警備態勢。

（東京の本部でおとなしくしていればいいものを。なぜわざわざ俺の応援演説なんかに来るんだ。はっきり言って、迷惑だ！）

口には出さないが、橋川がそう考えているのが目に見えるようだ。牧原が応援演説に駆けつけるのは、妹尾たちが必死になって引き留めた甲斐あって、わずかに三か所。狙撃の不安があるため、民権党の内部で話し合いが持たれ、立候補者側からは幹事長に応援演説を要請しないという暗黙の了解ができたらしい。つまり、その三か所については牧原幹事長の「応援の押し売り」なのだ。

「立会演説会の直前まで、おふたりの待機場所になる選挙カーは、防弾仕様の警備専用車です。演説の際には、おふたりの前面に透明な防弾シールドを立てます。盾のようなものですね」

斉藤が根気良く説明を始めた。

「そんなものを立てたら、有権者が変に思うじゃないか!」

こめかみに青筋を立てながら橋川が怒鳴った。牧原よりもはるかに肝が小さい。

「こうせざるをえないのです。おふたりの安全を守るためですから」

橋川の目が燃えている。やれやれ、と最上はひそかに唸った。こいつはまた前途多難だ。

「牧原幹事長からお話があると思いますが、この事態を有権者にも説明して、民権党はクーガの暴力に屈しないという気概を見せたいとのことです」

「――幹事長の勇気には敬服するが、私なら本部におとなしく引っ込んでますがね」

苛立ちのあまり橋川はうっかり斉藤にやり返し、しまった言いすぎた、という表情になった。

『テディベアからマングースへ。コード3－012』

「3－012、了解」

牧原をエスコートして、ヘリに同乗している妹尾から連絡が入った。ヘリの到着五分前に連絡する予定だった。張に目配せし、ふたりしてすみやかに席を外す。斉藤たちにも、今の会話は無線で聞こえている。

「屋上だな」

「あの橋川って議員、よっぽど応援に来て欲しくなかったんだろうな」

同じことを考えていたのか、張が面白そうに顔を緩めて囁く。誰が見ても橋川の内心は読み取れたということらしい。

屋上でエレベーターを降りると、浅井と早稲田、民権党のスタッフが数名先に来て待っていた。彼らは安全を確認した後、ヘリの到着まで寒風の吹きすさぶ屋上で待機していたのだ。

屋上には入り口が二か所ある。ひとつは地下駐車場から直通でここまで昇ってくるエレベーター。言うまでもなく、自家用ヘリを愛好する連中のための特別なエレベーターだ。もうひとつは、非常用の階段室につながるドアだった。こちらは、ブラックホーク社の警備員二名と、警視庁から警察官が二名、警備に張り付いている。

「お疲れ様です」

頭を下げたのは、民権党本部で幹事長の執務室にも出入りしていた、腹心のスタッフたちだった。女性が三名に男性がふたり。選挙運動の一環なのか、赤地に白い文字で「明日をひらく民権党」と印刷したTシャツを全員が着用している。

「来たぞ」

最上は東京方面からこちらに飛んでくるヘリを見守った。だんだん風が強くなってくる。スタッフにも合図して、ヘリの着陸予定地点から遠ざけた。ブラックホーク社の警備用ヘリ、六人乗り。操縦席に座るのは、妹尾の指示でメイだ。

（あれ？）

着地するヘリを見つめ、強風に煽られながら最上は首を傾げた。

――ヘリに乗っている人数が、予定より多い。

警護対象の牧原と、妹尾、尹、メイ。予定では、その四人が乗ってくるはずではなかったか。窓越しに見える人影は、ひとつ多い。

妹尾が先に降り、降りやすいよう牧原に手を差し伸べた。ヘリの乗降口には、ちょっとした段差がある。素直に妹尾の手に摑まり降りた牧原の顔を見て、最上は危うくあっと叫ぶところだった。

――牧原は、淡いグレーのサングラスをかけている。

「やあ、みんなご苦労だったね」

牧原がスタッフをねぎらった。そのスタッフたちも、何事かに気づいたように、一瞬表情をこわばらせた。

（こいつは、ロボットだ！）

外見は牧原にそっくりだが、サングラスをかけたままなのがその証拠だ。牧原幹事長本人がサングラスなどかけていたことはない。有権者の前ならなおさらだろう。牧原は妹尾の説得に負けて、演説会でロボットを使うことにしたのだ。

なんだ、と最上は肩の力を抜きそうになった。あれだけ力をこめて演説会には自分自身が出なければいけないと語っていたくせに、結局はこうなるのか。とにかく、これで警備はずっとやりやすくなった。妹尾たちも、それならそうと連絡してくれればいいものを。

いや――待てよ。

これまで妹尾たちには、最上自身が何度も騙されてきた。敵を欺くには、まず身内から欺け、というのが彼らの方針だ。ロボットだと見せかけて、やはり本物の牧原だということもありうる。

――いったい、どっちなんだ。

「それじゃ、後は頼んだよ」

妹尾が厳しい表情のまま告げる。

最上は張と目を見交わした。たとえ相手がロボットでも、仕事の内容が変わるわけじゃない。サングラスをかけた牧原を、妹尾がこちらに引き渡す。ここでいったん、エスコートの役割は最上と張が引き継ぐのだ。尹はヘリから降りることもなく、妹尾はすぐにヘリに戻った。顔をそむけるように座っている背広姿の男性が見えた。その後ろ姿に見覚えがある。やはり、こちらにいるのはロボットだ。――機内の男こそがまさしく、牧原幹事長本人に違いない。

待てよ、と最上はロボットに関するわずかな知識を掘り起こした。この屋上からでは、路上の選挙カーにいるロボットを遠隔操作するのは少々無理がある。遠すぎるし、できればロボットだけでなく、聴衆の様子も間近に観察しながら操作したいはずだ。

別途、選挙カーの近くに制御室を用意するつもりではないか。最上はサイエンス――長野の姿が見えないことにも気づいていた。制御室のセッティングに回っているのなら説明がつく。

「それでは――地下の駐車場に参ります。橋川議員は既にそちらに向かっていますので」

こちらがダミーだとしても、本物の幹事長らしく見せなければいけない。クーガの連中が見張っているかもしれないのだ。

「頼んだよ」

牧原が鷹揚に頷いた。サングラスのせいで眼球は見えないが、なめらかな皮膚には、産毛まで生えている。どこからどう見ても牧原にそっくりだ。まったく、よくできたロボットだった。

6

「今日この場で、皆さんにぜひともお伝えせねばならないと願うあまり、わたくしは文字どおり、命を懸けてここに参りました！」

民権党の牧原です、世の中ではどうやら、牧原はカネの亡者であると噂をされているようであります――という、半ば自虐気味の挨拶を幹事長が始めると、横浜駅前ロータリーの周辺には二千人を超える群衆がひしめき、微苦笑を浮かべて牧原の言葉に耳を傾けた。群衆整理の警察官も多数出ている。駅前は人の波で埋めつくされている。空から見れば、さぞかし壮観だろう。

「報道されているとおり、先日わたくしは、民権党本部ビルの自分の部屋に入ったとたん、何者かによって狙撃を受けました。幸い弾は逸れましたが、テロリスト集団クーガが犯行声明を出したことは、皆さんご承知のとおりであります。そんなわけで、本日わたくしがいっぷう変わったメガネをかけていることをお許しください。これは警備会社から支給された、特殊なサングラスなのです」

牧原の言い訳に、最上は内心ほくそ笑んだ。

選挙カーの上には、牧原幹事長と橋川候補が並んでいる。前面には例の透明な防弾盾を置き、斜め後ろには地味なスーツ姿の斉藤と浅井が秘書のように寄り添い、穏やかな笑みを浮かべて群衆の中に怪しい動きがないか監視している。斉藤はともかく、顔に大きな傷痕のある浅井が候補者と並んで立つことには、橋川候補の陣営が難色を示した。「とんでもない」というのが率直な意見だった。どうやったのか知らないが、いま浅井の顔に傷はない。特殊メイクで傷を隠した顔を改めて見たが、強面《こわもて》であることに変わりはなかった。

選挙カーの上には全方位カメラが設置され、撮影した映像をリアルタイムにブラックホーク社のサーバーに送信している。異変を見逃すことがないように、コンピュータにも監視させているのだ。牧原たちは、聴衆を車のすぐそばまで近づけたがったが、それればかりは妹尾が猛反対した。万が一の際に、聴衆が巻き込まれる事態を避けるためだ。それだけでなく、聴衆の最前列をブラックホーク社の私服警備員で固めるよう手配した。牧原が知ったら怒るかもしれないが、こちらも最善を尽くさねばならない。

最上と張、早稲田は車の脇に立ち、斉藤たちとは別の角度から聴衆の動きを監視している。場合によっては、最上たちが犯人を捕らえなければいけない。ボディガードは聴衆ひとりひとりを観察しているわけじゃない。群衆の動きを大きなひと塊りとして捉え、異常な行動を検知すると、意識をそちらに集中させる。

牧原のスタッフも車の脇に並んでいた。彼らが見ているのは牧原だ。あからさまな態度をとることはないいし、本物の牧原に対するのと同じように接している――あるいは、接しようとしている――のがよくわかる。彼らは民権党の本部ビルでロボットと一日過ごしている。だから、サングラスを見た瞬間にロボットだと考えたようだ。彼らの目の中には時おり、「最近のロボットってのはすごいな」とでも言いたげな、感嘆の色がひらめいた。

その程度は見逃してやらないとしかたがない。相手は素人だ。

「それではわたくしは、安全かつ暖かい民権党本部で、大好きなカネを抱えたまま昼寝でもしていれば良かったのか。——いいえ、そうではありません！」

牧原はこの非常時にも、ユーモアを交えながら熱弁をふるっている。ロータリーの群衆は、彼の愛嬌ある言葉にさざ波のように笑った。

「クーガは暴力で言論を封殺する。気に入らないことを言えば撃つというのです。そんなことが許されますか。とんでもない！　このような態度を決して許してはならないのです！　ひとたび彼らの脅迫に屈するならば、これから何度でも彼らの暴力に負け続けなければいけません。負けてはいけません！　言葉は自由であります。不肖牧原死すとも、自由は死せず！　わたくしは、命を賭《と》して彼らと戦う所存であります！」

牧原がどこかで聞いたような言葉を叫んで拳を振り上げると、小さくない拍手がそこかしこで沸いた。民権党が用意したサクラも、かなり混じっているのかもしれない。

牧原が肝心の立候補者について語り始めると、歩道橋や駅前ロータリーに鈴なりになった聴衆から、さらに盛大な拍手と声援が送られた。通り過ぎていく車の列の運転席や後部座席からも視線を感じる。橋川は地元に後援者の多い現職議員だ。

牧原の演説が、予定された十五分の終わりに近づいてきた。

（ニードルめ、俺たちの鉄壁の警護を見て諦めたか）

最上が勝利を意識した時だった。ぴくりと右手の小指が跳ねた。耳に飛び込んできた、かすかなサイレンの音。

（――救急車だ）

近づいてくる。緊急走行する救急車のサイレンを聞くと、一般車輌はみな左側に寄って一時停車をした。ニードルが車輌に乗って近づけないように、付近の主要道路では警察が検問を実施している。しかし、サイレンを鳴らす救急車まで、検問の列に並べとは彼らも指示しないのではないか。

（――まずい）

「救急隊の皆様、お仕事ご苦労様です」

救急車が交差点を曲がりこちらに向かってきた。サイレンの音に掻き消されるので、牧原が演説をいったん中止して救急車に声援を送る。斉藤が、そんな牧原をさりげなく防弾盾の奥へ押しやって、緊急の事態に備えた。

最上が見たのは、救急車の窓だった。わずかに開いている。分厚いカーテンの隙間に、黒光りする何かが覗いた。

「伏せろ！」

とっさに斉藤たちに向かって叫んだ。すれ違いざま、救急車の窓から白い閃光が散った。最上は選挙カーの陰に飛び込んだ。装甲車並みの鋼板と、防弾ガラスで強化した特別車だ。

射撃手が狙ったのは、選挙カーの手前の路面だった。グレネードランチャー。アスファルトがえぐれ、破片が聴衆の上に降り注いだ。もうもうと上がる白煙といがらっぽい臭いに悲鳴があがる。強化した選挙カーといえど、爆破の衝撃でぐらぐらと揺さぶられた。

救急車は駅前の角を曲がり、遠ざかっていく。後ろから、パトカーのサイレンが追いすがった。

『その救急車、止まりなさい！』

パトカーは、先ほど救急車が現れた方角から猛スピードでやってきて、同じようにサイレンを鳴らしながら走り去っていく。

「無事か！」

「おう」

斉藤は牧原をかばい、防弾盾の陰にしゃがませていた。橋川候補はと見ると、慌てたせいか、選挙カーの屋根から飛び降りて逃げようとして、路面に尻もちをついていた。たいした醜態だ。

『テディベアだ。奴ら、こっちに来た！』

無線に飛び込んできたのは、サイレンとかぶる妹尾の声だった。続いて拳銃の発射音。妹尾が鋭い声をあげながら撃ち返している。

まずい。クーガはこちらにいる牧原がロボットだと気づいたのだろうか。

拳銃の音は駅前まで響いてきた。ロータリーで立て続けに悲鳴があがる。先ほどの爆破、それに銃声とくれば当然だ。とにかくここから脱出しようと、人波をかきわける人々。この群衆が急に動くと、かえって危険だ。

牧原が斉藤を押しのけ、マイクを握った。

「皆さん、落ち着いて！　慌てずに、ゆっくりとここを離れてください！　慌てると怪我をしますよ！　大丈夫、近くの警察官や警備員の指示に従ってください。彼らはみんな、制服を着ているか、腕章を巻いている。皆さんを安全な場所に誘導してくれます。心配しないで！」

牧原が聴衆に訴えかけると、彼らの動きに節度が戻った。

「演説会はこれで中止します。皆さん、最後まで聴いてくださって、ありがとう！　どうか、橋川くんをよろしくお願いします！」

盛大な拍手すら沸き起こる。遠隔操作のロボットとはいえ、余裕たっぷりだ。肝心の橋川候補は、選挙カーの下に飛び降りて尻もちをついたまま、引きつった笑いを浮かべていた。前のほうにいる聴衆が、そういう情けない姿にカメラを向けていることにも気づいていないようだ。

――牧原は男を上げたが、橋川候補は選挙で落ちるかもしれない。

「最上！　ヘリに戻るぞ」

斉藤と浅井が両側から牧原を抱えるようにして降りてきた。

「妹尾さんたちは？」

「向こうは向こうだ。幹事長、車に乗ってください」

牧原を選挙カーの座席に押しこむ。妹尾たちが銃撃を受けているというのに、斉藤は落ち着いたものだ。それだけ妹尾隊長の腕前を信頼しているのかもしれない。

「早稲田は念のためにここに残って、橋川候補についていてくれ」

「了解」

「地下駐車場だ。急げ！」

ブラックホーク特製選挙カーに乗り込んだのは、牧原と斉藤、張、浅井と最上の五名だった。スタッフには別のミニバスが用意されている。浅井が強引にハンドルを握った。メイの運転は冷静で正確このうえないが、浅井が運転席に座ると、特殊警備隊はすぐさま車内のどこかに摑まろうとする。タイヤがアスファルトの上で唸った。最上は天井に頭をぶつけて唸った。

「こちらボンバー。襲撃を受けた。大至急、退避する」

斉藤が無線で連絡しているのは、屋上のヘリポートで待機しているメイだ。

「浅井、最上。俺たちがエレベーターに乗り込んだら、隊長の応援に行ってくれ」

「場所は?」

「今、そっちに転送する」

斉藤がオペロンを操作すると、最上の端末にも地図情報が表示された。妹尾たちの位置が、緑の光点となっている。牧原が演説したロータリーの近くにあるオフィスだ。すぐ近くにいてロボットを制御しているはずだという最上の勘は当たったようだ。

(――やっぱりこっちがロボットだったんだな!)

斉藤とふたりで挟み込むようにして守っている男の横顔を、そっと窺う。グレーのサングラス以外は、どこから見ても牧原本人だ。選挙カーに押しこまれてからは、牧原はずっと無口だった。

浅井はスピード違反でパトカーが飛んできそうな運転で、マキナタワーの地下駐車場に飛び込んだ。この界隈にはいま検問が敷かれていて、交通量は通常より目に見えて少ない。道が空《す》いているから、運転は楽々だ。

「こっちだ!」

ヘリポートへの直通エレベーターから、尹がこんな場所には似合わないくらい綺麗な顔を出し、手を振っている。斉藤と張が車を降りて周囲を警戒する。

「俺たちで、幹事長をヘリポートまでお連れする。あとは頼む」

「了解!」

最上はいったん車を降りて、手を貸して牧原を降ろした。ふう、と嘆息しながら駐車場に降り立った牧原が、額の汗を拭おうとしてサングラスに気づいたように、それをひょいと外した。黄色みをおびた白目に、潤いのある眼球。

――おいおい、どこが人工眼球だって。

ぽかんと口を開けて見守った。

「言っとくが、俺たちは嘘をついてないからな、最上」

斉藤がしれっとした表情で呟く。

「そう、サングラスをかけてみただけだから」

牧原が、にこやかに微笑んで同調する。

「有権者に対して話しかけるのは、私自身でなくてはいけないからね」

――ちきしょう。

何が起きても驚かなくなっている自分に気がついて、最上は舌打ちをした。

斉藤たちが、本物の牧原幹事長を連れてエレベーターに乗り込むのを見送っていると、背後からべりべりとやかましい音が聞こえてきた。浅井が、顔から肌色のテープを引き剝がしているのだ。冷ややかな表情になる。

「――なんだ。おまえも本物だったのか」

最上の嫌みに、浅井が牙を剝き出すように笑った。傷痕がなくとも強面だったが、傷痕が復活すると、もはややくざ以外の何者でもない。

「怒るなよ、最上。俺もどっちが本物だか、知らなかったんだ」

本当かどうか、怪しいものだ。

「こいつがないと、俺の顔らしくないからな」

バックミラーを覗きこみ、浅井が満足げに傷に触れる。

「登山の最中に切ったのか？」

最上は山に登ったことがないが、まるで刃物で切り付けられたような傷が、登山の最中についたとは信じ難かった。

「俺は昔、山岳警備隊にいたんでね」

浅井が再び選挙カーに乗り込んだ。最上も後に続く。車を出した。

「警察官だったのか」

「そうだ。雪山で男性三人のパーティが遭難したという連絡が入って、俺は仲間とともに救助に向かった。ところが遭難した連中は、ただの登山客じゃなかった」

妹尾の援護に駆けつけるにしては、浅井はのんびり喋っている。妹尾のことだから、とっくに犯人を片づけてしまっただろうと読んでいるのだ。でなければ、斉藤ももっと早く彼らを妹尾のチームに差し向けたはずだ。

「三人は銀行強盗だった。つい数日前に、銀行を襲撃して億単位の現金を奪った。山に入って警察の追跡を振り切ろうと考えたんだ。ところが雪山を知らず装備が甘く、遭難した」

「助けたのか？」

浅井はハンドルを切りながら薄く笑った。

「助けようとしたら、撃ってきた」

「警察官だもんな」

「目の前で仲間がやられた。連中はひとりだけ残して道案内をさせようと考えた。連中だけでは山を下りることもままならないからな」

「それがあんたか」

浅井の過去の話など聞くのは初めてだ。惹きこまれるように尋ねると、浅井が頷いた。

「そうだ。連中は俺を先に歩かせて、一緒に山を下りようとした。――途中に崖があってな」

急に、話の流れがきなくさくなった。そう感じて浅井を見やると、彼はまだ不敵な笑みを浮かべている。

「俺は奴らをうまく崖に誘導して、ふたりが足を滑らせて滑落した。残ったひとりはナイフを抜いて飛びかかってきて、顔を切られたけど最後は叩きのめしてやった」

「その時の傷か」

やはり刃物傷だったのか。

「山で負傷したんだ。嘘じゃないだろ」

浅井がにやりと笑う。

選挙カーが現場に近づくと、周囲に群がるように停まったパトカーと警察官が停車を求めてきた。

ブラックホーク社の警備隊員だと知ると、態度が変わる。

「襲撃犯は、そちらの隊長が捕まえましたよ」

「え？」

浅井と顔を見合わせた。無線にもまだそんな話は流れていない。

「ニードルと名乗る男を入れて、三人逮捕しました。今、事情聴取を行っています」

——ニードルが捕まったのか。

ロータリーにいた聴衆の一部が、そのまま野次馬になったのだろう。妹尾隊長たちがいるオフィスビルを覗き込むように、人だかりがしている。警察官が黄色いテープを張りめぐらせ、立ち入り禁止区域を設定して、物見高い人の波を押し返しているところだ。車を降りて警察官の先導で野次馬をかきわけ、襲撃現場まで通してもらう。

ビルの手前に、救急車とパトカーが停まっていた。襲撃に使われた救急車だ。本物のようだから、どこかで盗んだか奪ったものだろう。

襲撃現場は、何の変哲もないオフィスだった。襲撃の形跡は、壁の弾痕に残されている。激しい銃撃戦があったようだ。ブラックホーク社で訓練を受けた最上の目には、ブラックホーク特製の〈罠〉がいたるところに仕掛けてあることがわかった。誰かが通ると反応する赤外線センサー。身体の熱に反応する赤外線サーモグラフィ。妹尾は室内に身を潜め、敵の襲撃を待ち伏せていたのだ。網を張りエサを待つ女郎蜘蛛のように。

室内にいた妹尾と長野が振り向いた。隅の椅子にはマスクとサングラスで顔を隠した男性が座っている。——牧原のロボットだ。今はパワーオフの状態なのか、妙にしゃちほこばった姿勢で腰を下ろしたままだ。警察官に牧原そっくりな顔を見られるとまずいので、顔を隠しているのだろう。

——妹尾たちと牧原のロボットが、囮になったのだ。

ち、と小さく最上は舌打ちし、妹尾に駆け寄った。

「隊長！」

筋肉にみっちりと覆われた丸太のような腕を組んだ妹尾が、おもむろにこちらを見た。

「遅かったな」

「ニードルが捕まったと聞きましたが」

妹尾が厳しい視線を隣の部屋のドアに注いだ。その向こうにニードルがいると思うと、気持ちが引き締まった。

「最上、おまえは以前、ニードルらしい男を見かけたことがあったな。顔を見ればわかるか」

「同じ男かどうかはわかります。ただ、バイクのナンバーがニードルを意味するものだったから疑ったので、確証があるわけじゃない」

「それでいい。確認してくれ」

ドアの前に立つ警察官に事情を話し、許可を得て中に入る。逮捕された男は三人と教えられたが、中にいたのはひとりだけだった。手錠をかけられ、腰縄をつけた状態で虚空を睨んでいる。

「——違う」

ひと目見ただけで、最上は首を横に振った。

いかめしい眉と、分厚い唇。

ニードルは元警察官で、SPとして活動した経験もある。当時の顔写真は残っているが、警察を退職してクーガに入り、指名手配を受けた時点で整形手術を受けたそうだ。もともとの顔立ちは、目の前の男に似ていたはずだ。しかし、先日最上が見かけた男は、ほっそりした顎を持ち、唇の薄いぞっとするような美男だった。体格も似ても似つかない。

「確かか、最上」

最上は、目を吊り上げた妹尾によって部屋から引きずり出された。声が聞こえないよう、ドアを閉めてしまう。

「先日見た男とは別人です。――隊長、指紋を調べてみては」

「あの男、指紋を消している。酸で溶かしたんだろう。本物のニードルかどうか確認するためにはDNA鑑定を待たねばならない。それでは遅すぎる」

ニードルではない男がニードルを名乗って妹尾たちを襲撃したのなら、本物のニードルはどこにいるのか。

「斉藤はどうした」

「ヘリポートに向かうエレベーターに乗り込むところまでは確認しました。張と尹が一緒です。俺たちには、隊長の応援に向かえと」

妹尾がヘッドセットのマイクに向かった。

「こちらテディベア。ボンバー、応答しろ」

ボンバーこと、副隊長の斉藤からは返事がない。妹尾が繰り返すのを聞くうち、浅井の顔に見る見る緊張が浮かんでいく。自分の顔にも、おそらく同じものが貼り付いていることだろう。

「くそっ」

妹尾の反応は短く早かった。

「長野、念のためにこの場を頼む。浅井、最上、行くぞ!」

走り出す。

お互いに、相手の裏をかくつもりだったのか。妹尾たちは本物の牧原にサングラスをかけさせ、ロボットだと匂わせて堂々と表舞台に立たせた。ロボットのほうは、本物の牧原のふりをさせて、囮にする。

ブラックホークは牧原そっくりなロボットを用意した。その事実を、妹尾はわざとクーガにリークしたのかもしれない。数日前、ロボットを民権党本部で一日働かせた。あれがロボットだということはスタッフもうすうす気づいていたし、後で妹尾たちから説明を受けたはずだ。ということは、スタッフの中にクーガと内通している人間がいるのかもしれない。

そしてニードルは——妹尾の裏をかいてしまった。

クーガは妹尾とロボットの囮を狙っていると見せかける。捕まったクーガのメンバーは、自分がニードルだと名乗り、警察やブラックホークの特殊警備隊を油断させる。

——そして本物のニードルは、今もなおどこかに潜んで、本物の牧原を狙っている。

（俺たちが、ニードルが捕まったと聞いて気を緩めると思ったのなら、大間違いだ！）

妹尾に続いて走りながら、最上は唸った。

牧原を狙う場合、自分ならどうする。奴が得意とする戦法は、遠隔地からの狙撃だ。二キロ離れた場所を正確に撃てる、その卓越した狙撃力を利用して、離れた場所にある高層ビルの窓などから狙うのだ。

しかし、今回はその手を使えない。狙撃に利用される可能性のあるビルは、片っぱしから確認して封鎖した。万が一、ニードルがビルを封鎖している警備員または警察官を倒して、自分がなりすまそうとしたなら、数分後には警備員の身体にとりつけた、バイタルサインを送信する機器からの応答がないことに、ブラックホークの本部が気づく。

狙撃できないのなら――。

標的に近づくしかない。

（考えろ。俺がニードルならどうする？　ヘリポートにどうやって近づく？）

ヘリポートに近づく方法はふたつ。地下からの直通エレベーターと、下のフロアからの非常階段。

直通エレベーターは、ブラックホークの尹が安全を確保して牧原と斉藤たちを受け入れた。尹の奴は、ああ見えて中国拳法の達人だ。たとえニードル相手でも、へまをするとは思えない。

非常階段はどうだ。あっちは警備員と警察官が二名ずつ、常時警備についている。しかし――。

最上の脳裏にひらめいたのは、グレネードランチャーを撃った救急車だった。なぜ連中は、選挙カーを撃たずに、手前の路面を狙ったのか。ニードルなら言いそうじゃないか。

（俺の獲物を、取るなよ――）

あの襲撃は、ニードルが行動を開始するタイミングを合わせるためだったのではないか。

選挙カーを襲撃されれば、ブラックホークは急いで牧原をヘリポートに退避させるだろう。襲撃が合図だ。タイミングを合わせて、マキナタワーに潜んでいるニードルが動きだす。ビルの内部もチェックしたとはいえ、五十階建ての高層ビルを隅々まで確認するのは困難だ。チェックの後で、社員にまぎれて入り込んだ可能性もある。

「隊長！　非常階段だ」

人ごみをかきわけ、ブラックホークの特殊警備車に乗り込もうとしている妹尾に、最上は叫んだ。

「奴は、非常階段から入るつもりだ！」

そして、非常階段を守る警備員たちが、万が一ニードルにやられてしまったら。ヘリポートには牧原と、斉藤以下のブラックホークがいる。

イヤフォンから、電子的なサイレンが鳴り響いた。

『本部よりテディベアチーム。本部よりテディベアチーム。ポイントα警備中の警備員と連絡取れず。バイタルサイン確認できず。繰り返す、バイタルサイン確認できず！』

やられた、と最上は唇を嚙んだ。ポイントαは例のヘリポートだ。まさに最上が想像したとおりのことが、起きてしまった。

「急げ」

妹尾はただひとことだけを指示した。

7

特殊警備隊副隊長の斉藤ハジメは、最上に言わせれば「いい子ちゃん」だ。自分では組織に対する反抗心も持ち合わせているつもりらしいし、悪ぶって見せることもある。しかし、性格の根っこのところがひどく生真面目で、優等生的。なにもそいつが悪いと言ってるわけじゃないが、あまりに任務や上の命令に忠実だと、時にはそれが鼻につく。とはいえ、チームメンバーそれぞれに気配りして、面倒見がいいことも確かだ。

柳瀬メイは、第一印象が最悪だった。なにしろ、バイクレースのあげく最上を巴投げで宙に飛ばした女だ。いつだって無表情で、軽口のひとつも叩くわけじゃない。訓練だろうがなんだろうが、百パーセント本気で向かってくる。そんなメイの強気な印象も、近頃は少しずつ軟化しつつあった。

殺された恋人の円道を、いまだ忘れていない。そういう健気さに、最上も惹かれつつある。

常に頭を剃り上げている張は、不法入国した中国人を両親に持つ苦労人だ。

優男の尹は、女形にもなれそうな独特の容姿を活かして、他の隊員には入れないような場所にも平然と入り込む特技がある。

――彼らに、ニードルが接近している。

ひやりと、冷気が最上の背中を這い上がった。自分はボディガードとして未熟だ。なぜ今、プリンシパルのことだけを考えないのか。仲間の心配をしていて、ボディガードがつとまるのか。

寒気がするのは、自分の変化に気づいてしまったからかもしれない。単身タイに渡り、ムエタイで稼いでいた頃には、自分ひとりの食いぶちや行末だけを心配していればよかった。他人の心配などする必要はなかった。

しかし今は、たとえば斉藤をおおらかな美人の嫁さんと、愛らしい娘が待つ家に帰らせてやりたいと思う。メイとまた飯でも食べに行きたいと思う。これがメイに対する愛情なのかどうか、まだ自信はない。円道の存在に勝てる自信もない。メイが円道を忘れる日は来ないかもしれないが、人生の長さに思い至る日が来れば、自分にだって少しは可能性が残されているかもしれない。

自分は、大切な仲間と、気になる女を持ってしまった。もう元の気楽な自分には戻れない。

「ボンバー、応答せよ」

妹尾隊長はしばらく呼びかけていたが、斉藤から応答はない。回線を閉じ、妹尾は自分から呼びかけるのをやめてしまった。

「バイタルサインが消えれば、本部から連絡があるさ。つまり、連中は生きてるってことだ」

最上の焦りを見抜いたのか、運転席に座る浅井がハンドルを機敏に操作しながら囁く。マキナタワーまでは、数分とかからない。

「警備員がやられたのなら、業務用無線機をニードルに盗まれた可能性もある。その時点で、斉藤なら無線を閉じるはずだ」

浅井の言葉を補強するかのように、妹尾が補足した。ブラックホーク社が採用しているのは、暗号処理をかけたデジタル無線だ。盗聴は不可能とされているが、社員が持つ無線機――最上も仕事中は常に着用しているヘッドセットを盗まれれば、簡単に無線の内容を知られてしまう。

「ニードルは、殺した警備員のヘッドセットを装着しているかもしれないってことか」

最上の問いに、妹尾が意味ありげに頷いた。

「しかし、無事なら――なぜ斉藤たちは、さっさとヘリに乗り込んで、プリンシパルを連れて逃げ出してしまわないんだろう」

「飛んでいる最中に撃たれると無防備だからな。それに、斉藤なら――」

妹尾は言葉を濁したが、何を言おうとしたのか最上にもわかった。斉藤ならニードルを自分の手で捕まえようとするはずだ。これはブラックホークにとって、めったにないチャンスなのだ。

マキナタワーの薄暗い地下駐車場に、浅井が果敢に車の鼻面を突っ込ませる。装甲車並みの防御力を誇る特殊車輛の内部にいる間は安全だ。

「テディベアから本部。これよりポイントαに向かう」

『本部了解。今、警察と他のチームがそちらに向かっています。ビル内部の民間人には退避するようアナウンスしました』

盗聴されている恐れがあるというのに、妹尾が本部に無線連絡を入れた。もちろん、何か考えがあってのことだ。

「ふた手に分かれますか」

浅井が尋ねる。屋上へリポートへの出入り口は二か所だ。地下からの直通エレベーターは、速いが危険を伴う。エレベーターのかごが屋上に到着して、ドアを開いたとたんにニードルと鉢合わせする可能性だってある。

「浅井、私と来られるか」

「もちろん」

妹尾が浅井ひとりを連れてエレベーターに乗り込むつもりだとわかっても、それほどショックは受けなかった。この隊長はそういう人だ。一番危険な場所に、自分が真っ先に飛び込んでいく。そういう時に、新人を連れてはいかない。

「すねるな」

妹尾がこちらを見て、にやりと笑う。

「最上にも、重要な役目がある」


きっかり七分後、最上はマキナタワー内部の別のエレベーターを使って、最上階の三階下――四十七階にいた。あとは非常階段を使って上がる。

退避命令が出たせいで、オフィスにいた連中が慌てて非常階段やエレベーターで撤収をはかり、大混乱を巻き起こしていた。それも、主に下のほうの階だ。四十七階まで来ると、オフィスワーカーたちはとっくに逃げ出した後だ。フロアはもぬけの殻だった。

遠くかすかに、パトカーのサイレンが聞こえる。遠くに聞こえるのは地上四十七階という高さのせいだろう。既にパトカーはこのマキナタワー周辺を取り巻き、検問を敷いているはずだ。

ニードルを逃がさないために。

（ニードルの奴）

階段室の重い鉄扉を、わずかに開いて内部の様子を窺う。人の気配はない。少なくとも、飛び出してくる人間もいなければ、誰かの息遣いが聞こえるわけでもない。

音をたてないように、そろりと鉄扉の内側に滑りこむ。ブラックホーク社特製のワークブーツは、足を引きずりでもしないかぎり、ほとんど音をたてない。足音を吸収してしまう素材で作られているのだ。

右手には拳銃を握っている。とっくに安全装置を外した。

（今回は、絶対に迷うな）

妹尾にはそう厳しく指示された。フラッシュこと、由利に再会した時に最上が撃たなかったことを言っているのだ。今回は、迷えば命がない。

（十分後にヘリポートで会おう）

無線を使うと危険だ。お互いの時計を正確に合わせる。無線機の電源を切っておくよう妹尾に約束させられた。

（いいな。絶対に無線を使うな。今からは電源を入れることも禁止する）

前後に注意を払いながら、非常階段を飛ぶように駆け上っていく。一階上るたびに、フロアにつながる扉を開けて、ニードルが近くに潜んでいないことを確認した。

四十九階を過ぎて踊り場に到達した時、階段にだらりと力なく垂れた手が見えた。四十九階と五十階の間に、制服姿の警察官がふたり折り重なるように倒れている。あたりには、まだ生乾きの血痕が飛び散っていた。金臭い臭気に、最上は吐き気を催して顔をしかめた。――ひどい。

それがニードルの変装などではなく、ふたりとも完全にことときれていることを確認して、最上はオペロンを取り出した。ふたりの顔写真と現場写真を撮影し、本部と妹尾に送信する。四十九階と五十階の間にある踊り場、と場所も指定する。

これが妹尾の指示のひとつだった。途中で誰か見つけたら、写真を撮って送れと言われた。どんな意味があるのかわからない。しかし、最上も少しずつ妹尾流――いや、ブラックホーク流に染まりつつある。命令は確実にこなさなければならない。きっと意味のあることなのだ。

写真を撮影した後、ニードルがどうふたりを殺したのか調べた。階段の上から転がり落ちたのか、そこらじゅうに血の跡がある。警察無線を持っていたはずだが、影も形もない。拳銃も消えていた。犯人が持ち去ったのだ。

（頸動脈を一撃で割いている）

そんな至近距離にまでどうやって近づいたのか。警察官は全員防弾チョッキを身につけ、拳銃を携帯していただろう。ニードルが現れるかもしれないと、この持ち場にいた人間なら強い緊張感を持っていたはずだ。部外者がやすやすと近づけるはずがない。

彼らの顔をよく観察すると、額にぽつりと赤い点があった。針を突き刺した後のようだ。麻酔銃を使ったのかもしれない。

（ニードルめ、バイタルサインがすぐに消えないよう考えたな）

麻酔銃で身体の自由を奪い、無線機を奪う。本部に連絡する暇を与えない。まだ生きているから、バイタルサインを送り続ける。タイミングを見て、頸動脈を割く。本部では、彼らの命が途切れるまで、あるいは定時連絡の時刻になるまで、彼らに何かが起きたことに気がつかない。

――もうあまり時間がない。

ニードルの手口はわかった。後は、斉藤たちが同じ手口に引っ掛かっていないことを祈るのみだ。気は進まなかったが、遺骸を乗り越えて最上は前進した。血でぬるぬるとぬめる階段を、転ばないように足元を確かめながら上がっていく。

屋上に出る階段の下で、ブラックホークの警備員がひとり死んでいた。階段室側を守っていた警備員だ。殺しの手口は警察官と同じだった。上着がはぎ取られていることに、最上は注目した。ニードルが奪ったのかもしれない。この男の顔写真も撮影し、本部に送る。拳銃とヘッドセットも奪われている。ざっと階段室を探したが、どこにもなかった。

（もうひとりの警備員は――非常階段にはいない。あとはヘリポートに出るドアを開くしかない）

写真に添えて、そう書き送った。妹尾と約束した時刻まで、あと一分。

何か忘れてはいないか。

最上はここに来るまでの経路を思い起こす。特にない。三人の男が頸動脈を切られて死んでいた。

――何かが最上の記憶を刺激した。

最上の住むマンション。由利が訪ねてきたあの日、管理人や警備員を含む三名が、喉を切り裂かれて殺された。由利のしわざだとばかり考えていたが――由利の性格から見て、ああいう残忍な殺し方を選ぶだろうか。あれは、ニードルのやり口ではないのか。

あれが由利の犯行でないのなら――まだ少しばかり救いはある。

(ニードルだけは絶対に逃がさない。何がなんでも捕まえて、吐かせてやる)

屋上の構造は、広くて少し複雑だ。マキナタワーの、フロアまるごとの広さ。サッカーのコートがすっぽり入るサイズだ。中央には、給水塔とエレベーターの制御室が邪魔な遮蔽物のように突き出ている。非常階段から屋上に出ると、そこは給水塔の裏側だ。ヘリポートとは反対側なのだ。妹尾たちが乗り込んだ直通エレベーターで屋上に出ると、ヘリポートのすぐ前に出る。

――時は金なり。

金持ちは、時間を節約するのが好きなのだろう。

(扉を開けると、目の前にニードルがいたらどうする?)

こめかみから汗が滴り落ちた。最上は銃把を握った手の甲で汗を拭った。

無線が使えない状況が、こんなに厳しいとは想像もしなかった。普段洪水のように浴びている情報から遮断されると、孤島にひとり取り残された気分だ。妹尾たちはヘリポートに向かって上昇中なのだろうか。斉藤たちは生きているのか。何でもいいから情報を得るために、ヘッドセットに手をやって、電源を入れてみたくなる誘惑にかられる。

――ダメだ。妹尾の命令は絶対だ。

時計に視線を落とす。あと十秒。

(――六、五、四、三、二、一!)

猛然と扉を押し開けた。何かが扉を邪魔している。その正体を知って、ぎくりとした。ブラックホークのもうひとりの警備員だ。扉の向こうに、長々と横たわる身体の一部が見える。ニードルが生かしておいたとは思えない。

（——悪いな！）

銀色の球をポケットから取り出し、扉の隙間から投げ込んだ。そいつは屋上で軽くバウンドし、ぽんぽんと跳ねながら進み始めた。球が動いていることを確認して、しっかり扉を閉める。オペロンを取り出して画面を呼び出すと、そこには屋上の風景が映っていた。

今のは緊急用の〈眼〉だ。人質の救出時など、特殊な場面で警備員が突入しなければならない時に使用される。三百六十度全方位カメラを組み込んでおり、ゴム毬《まり》のように跳ねたり転がったりするだけで進む。前に進まなくなると、ガスを噴射してまた飛び出す。ただし、噴射用のガスは三回分しかもたない。構造は単純だが、意外に効力を発揮するのだ。

これが、妹尾のふたつめの指令だった。

跳んだり転がったりするカメラが撮影した映像を見ても、目が回らないようにコンピュータが補正して届けてくれる。〈眼〉は跳ねるのをやめ、給水塔の周囲に沿って転がっているようだ。誰もいない。——そんなはずはない。

最上はオペロンの画面に目を凝らした。同じ映像を、今ごろ妹尾たちも見ているはずだ。万が一、ニードルが目の前の扉を開けて入ってきてもいいように、拳銃はずっと握ったままだった。

「くそ、停まった。一回め！」

〈眼〉のガス噴射装置にオペロンから指令を送る。ぽーんと再びはずんだ〈眼〉が、いっきに給水塔を回りこんでヘリポート側に転がりこんだ。

——ヘリが見える。

カメラのピントが一瞬ぼやけ、夢から覚めるようにまた焦点が合った。ヘリの中に、人影が見える。運転席にひとり。メイだ。生きている。いつもと様子が違うと思えば、ヘッドセットを外している。後部座席に、もうひとりいる。姿勢を低くしているので、〈眼〉が高くはずんだ瞬間だけ映った。牧原だ。後部座席にうずくまっている。

(斉藤の奴、牧原をヘリに隠したな)

ブラックホークの警護用ヘリなら、銃撃を受けてもしばらくは耐えられる。ニードルが接近中だと知って、牧原を守るためにヘリに押し込んだのに違いない。

(斉藤は？　斉藤とあとのふたりはどこだ)

画面を操作して画像の表示範囲を切り替える、右、左、ぐるりと仰向けになって上方——澄んだ空が映り、一瞬またピントがぼけた。目標によって焦点深度を自動的に変更するので、ピントの調節にタイムラグがある。

〈眼〉のカメラが給水塔の屋根をとらえかけた時、わずかな間だけ誰かの顔が映った。

(ニードル！)

ピントがぼけていても、特徴のある顔だ。

ニードルがにやりと笑ったようだった。抱えているのはグレネードランチャー。ランチャーが火を噴くのが見えた次の瞬間には、カメラの映像は行き過ぎて空を映した。

鋭い破裂音とともに画面が真っ暗になった。カメラもやられたらしい。

(撃ちやがった！)

あいつ、ヘリにグレネードランチャーを撃ちやがった。

「くっそう!」

最上は扉にとりついた。煮えたぎった血が頭に上る。最上ちょっとは落ち着け、とたしなめる妹尾や斉藤の声が、耳の奥で聞こえるような気がしたが、知ったことじゃない。

(これが落ち着いていられるか!)

ニードルは給水塔の上にいる。今しかない。ニードルが移動する前に、奴を見つけるのだ。今なら、ヘリのふたりを救出できるかもしれない。

半開きの扉に身体を滑りこませ、倒れた警備員をまたいで屋上に飛び出す。ニードルは給水塔の上で、斉藤たちや、妹尾隊長たちが顔を出すのを待っているのに違いない。たぶん、ヘリの中で恐怖にさらされている牧原やメイを見て楽しみながら。

ニードルは生まれついての狙撃手なのだ。待つことは苦にならない。むしろ喜び。

上だ、上、上。

外に飛び出すと、すぐそばでヘリのプロペラ音がいくつか重なって聞こえた。どうやら新聞社や通信社の取材ヘリのようだ。牧原の演説やその後の騒動を取材しているのだろう。大きなカメラが窓越しに見える。

最上は給水塔の下に走り込んだ。背中をぴったりとつけて、屋根に上る鉄梯子《てつばしご》を探した。警備計画書に貼付されていた屋上の見取り図によれば、給水塔とエレベーターの制御室との間に挟まれるように、鉄梯子が設置されているはずだ。

(片手じゃ登れない)

拳銃をホルスターに納めない限り、鉄梯子は登れない。ニードルの奴は、そこまで計算して給水塔に上がったのだろうか。ヘリポートは見えないが、誰かの叫び声は聞こえた。焦げ臭い匂いがここまで漂ってくる。

「消火器だ！　消火器持ってこい！」

斉藤が怒鳴っている。奴も無事らしい。

ヘリポート側に走り込んでみようか。しかし自分は、ニードルが非常階段を使って脱出を試みた場合に備えてここにいる。手柄を焦ってはいけない。

深く息を吸い、長々と吐いた。

ニードルを捕らえるのは、自分でなくてもいいのだ。誰かが、あいつを捕まえればいい。あるいは——永久に葬れば。

それに、もうじき警官隊とブラックホークの応援が駆けつけるはずだ。

「よう、ブラックホーク」

その声は、あんまり自然に上から投げかけられた。とっさに横に跳びのかなければ撃たれていた。給水塔の屋根から、拳銃を握ったニードルの手首から先だけが見えている。銃口からうっすら煙が上っている。ニードルの手はすぐに引っ込んだ。

「あほうだね、あんたも。顔を出さなきゃ、俺が撃てないとでも？　俺だってＣＣＤカメラぐらい扱えるんだぜ」

ニードルの声は、陰気な美男には似合わず野太くおおらかだった。

「牧原の護衛はよくやったな。この俺が攻めあぐねて、こんなに長時間ここに居座ることになるとはね。――もう限界だ。残念だが牧原は諦めた。俺はそろそろ帰るとするわ」

ここにいたのでは、ニードルに狙い撃ちにされる。さっきの非常階段まで退避して、ニードルを階段室に誘いこむべきか。ニードルが階段室に入ってくれれば、撃てるかもしれない。万が一こっちが撃たれても、頭には防弾ヘルメットをかぶり、身体は防弾チョッキで守られている。手足をやられる可能性はあるが――命に別状はない。たぶん。

こいつだけは、絶対に逃がさない。

声をたよりに、最上は給水塔の屋根めがけて一発、見もせず弾を撃ち込んだ。牽制だ。

非常階段に向かって飛び出す。

「そういうの、無駄弾っていうんだよ」

背後でニードルの銃口がこちらを狙っている気配がした。

――撃たれる。

半ば目を閉じた。

なぜかとっさに「ごめん」と呟いた。誰に向かって言ったのか、自分でも判然としなかった。ただ最期を覚悟した。危険に身をさらしている仲間。自分と関わったばかりに人生を狂わせた由利。期待を裏切り続けてきた両親。――これから育てていくはずだった自分の未来。

突然、背後ですさまじい爆音がした。マキナタワーの屋上から、ロケットでも発射したのかと思うような轟音だった。驚愕して振り向くと、よろめくように立ち上がりかけたニードルが頭を両手で抱えてふらつき、給水塔の屋根から力なく転がり落ちてきた。ブラックホークのヘッドセットが、ニードルの頭から落ちて転がる。

——いったい何が起きたんだ？

茫然と見つめて立ちすくんだ。

しかし、チャンスだ。気を取り直し、急いで銃を構える。ニードルの頭に照準を合わせ、じりじりと近づいていく。ニードルはコンクリートの床に長々と伸びて、拳銃を握った腕を無防備に横に垂らしている。

「——なんだこいつ」

最上は唸り声を上げた。つま先で肩を蹴っても、ぴくりともしない。ニードルの奴、目を開いたまま気絶していやがる。

「最上！　大丈夫か」

妹尾の声が聞こえた。走ってくる。斉藤たちも一緒だった。

「耳はやられてないようだな。ということは、命令を守ってヘッドセットは切っていたか」

最上の頭部を素早く視線で走査し、妹尾がにやりと笑う。その横で、斉藤がさっさとニードルのそばに跪《ひざまず》き、武装解除する。

「いい子にしてたおかげで命拾いしたな、最上」

「今のは何が——」

爆音の直後に、突然ニードルが気絶して転がり落ちたのだ。撃たれた様子もなければ、手榴弾などが爆発した様子もない。あれほど勝ち誇っていたニードルを、一瞬で昏倒させたものは何なのか。

「あれだよ」

妹尾の指が、ニードルの頭から落ちたヘッドセットを差した。

「百三十デシベルの爆音を、イヤフォンから流してやった」

ジェット機のエンジン音が、およそ百二十デシベル。スタングレネードや、音響手榴弾に使われる爆鳴は、およそ百二十から百三十デシベル。手榴弾は五メートル程度離れた相手にも影響を及ぼすことを前提に開発されている。その音を、イヤフォンを通じて直接耳に注ぎこんだというのか。

「音ってのは怖いんだ。一定以上の騒音に常時さらされていると、気がおかしくなることもある。人間の身体は、意外とやわにできてるからな」

斉藤がニードルの両手をぐいと摑み、手錠をかけた。ポケットを調べると、次から次へと武器が転がり出る。分解したライフル銃の一部と思われるものまで出てきた。

「――ったく、こいつは歩く武器庫かよ」

斉藤がぼやくのも無理はない。

「浅井、みんなにもうヘッドセットを装着しても大丈夫だと伝えてくれ。それから張とふたりで念のため屋上を制圧。最上、ヘッドセットの電源を入れていいぞ」

妹尾がてきぱきと指示を下していく。最上はヘッドセットのスイッチを入れて、ほっとした。

『こちら尹、装着完了』

『こちらメイ、装着完了。ヘリの消火も完了です。プリンシパルはご無事です。血圧が少し高い。念のため降圧剤を用意してください』

『本部、了解。救急班を向かわせます』

これだ。この無線が戻ってきた。こいつのない世界は――なんというか、まるでこの世にひとりぼっちで取り残されたような気分だった。

「無線で連絡できなかったのに、よく誰もヘッドセットを装着してなかったもんだ。もし装着していたら」

言いかけて、最上ははっとした。違う。妹尾はみんながヘッドセットを外しているという確信があったのだ。

「この手法は、まだブラックホークの正式な戦闘方法としては採用されていない。だが、斉藤とは何度か話し合ったことがある」

妹尾が床に伸びたニードルを見下ろして、ふんと鼻を鳴らした。

「ヘッドセットや無線機を奪われた場合の戦い方を、研究する必要がある。ブラックホークのデジタル無線には、およそ数十億円の開発研究費がかかっている。盗まれたからといって、それですむ問題じゃない。暗号化のコードを変更すればすむ話ではあるが、暗号化と復号化のための装置が、ヘッドセット側に仕込まれているからな」

警備員のバイタルサインが消え、殺害された可能性があると知った時点で、ニードルはヘッドセットを奪って無線を盗聴するのではないかと妹尾たちは考えたわけだ。敵は通信を盗聴する手段を手に入れたが、それを逆手にとって武器にしたのだ。

「斉藤とは無線連絡が取れなくなった。ところがバイタルサインは消えていない。つまり、斉藤も無線の盗聴を懸念しているということだ。次にすべきことは、ニードルが本当にヘッドセットを装着しているか確認することと、斉藤たちがヘッドセットを外すか、無線のスイッチを切っていることを確認することだ。この周波数を利用しているすべてのブラックホーク社員にも、無線の周波数を変えさせなければならない。そしてもうひとつ、これが肝心なテクニックだが、ニードルにヘッドセットから流れる音声を聞き続けようと思わせるために、適宜偽の情報を流し続けなければいけない」

妹尾は指を折りながら、にやりと笑った。

「殺された警備員の写真を送れと言ったのは？」

最上は妹尾の指示を思い出して尋ねた。

「ニードルが確かにヘッドセットを奪ったことを確認し、カメラを屋上に入れた。すぐ撃たれたが、一瞬だけニードルの頭部が映った。コンピュータに画像処理させると、ヘッドセットをかぶっているのがはっきり見えた」

「そして、メイはヘッドセットを外していた」

その時点で、妹尾は斉藤が自分と同じ結論に達したのだという確信を得たのだ。

「でも——もし、斉藤たちの誰かがまだヘッドセットをつけていたら」

一時的な戦闘能力を奪われるだけではすまないかもしれない。後遺症が残るかもしれず、そうなれば特殊警備隊員として勤務することもできなくなる。それほどリスクの高い賭けだというのに。

——みんな、けろりとしていた。

自分たちは以心伝心で、おまえはまだその域に達していないのだと言われているようで悔しい。

「最上がこんな危険な場面で勝手に動き回るとは、誤算だったがね」

妹尾の、意地の悪い笑みが針のように突き刺さる。ここは知らん顔をすることに決めた。だいたい、いつものことだが、そういう計画があると最上にも教えてくれればいいのだ。——そんな時間はなかったと言われれば、そのとおりなのだが。

特殊警備隊に所属するということは、敵だけではなく仲間も読まねばならないということか。

「それにしても、斉藤たちはよくニードルから隠れていられたもんだ。どこにいたんだ？」

「エレベーターの制御室があるだろ。あの陰にいて、様子を見てたんだ。妹尾さんたちが到着すれば、必ず音響爆弾の実験をすると思ったからな」

「実験？」

問い返すと、口が滑ったとでも言いたげに肩をすくめる。こんな状況でも実験のつもりだったのか。確かに、新しい戦法を開発するなら、実地試験が必要だ。ニードルはまたとない実験材料には違いない。

斉藤はぐいとニードルの身体を引き起こした。ニードルは死んだブラックホーク警備員の上着を失敬したらしい。牧原を始末した後は、警備員に化けて逃げるつもりだったのだろうか。

「こら、起きろ！」

斉藤は無体なことを大声で怒鳴って、ニードルの身体を揺すった。ようやく意識を取り戻したらしいニードルは、眼球が乾いたのかしきりに目を瞬き、きょろきょろと周囲を見回した。酔っぱらったように身体がふらついている。その視線が、自分の両手首にはめられた手錠に落ちた。頭痛がするのか、顔をしかめて何度も首を振っている。

「ニードルだな。俺たちはブラックホークの特殊警備隊だ。これから警察におまえの身柄を引き渡す。覚悟しろよ」

斉藤はニードルの耳を摑んで怒鳴るように言った。まだ聞こえにくいのかもしれない。ひょっとすると難聴、どころか鼓膜がやられている可能性もある。

ニードルの目の焦点が合った。顎の骨を削るなど、大がかりな整形手術を受けたようだ。警察官時代の写真とは似ても似つかない。

「へえ」

うすら笑いを浮かべると、ニードルは自分の首から下に目をやった。両手には手錠、武器は丹念にチェックして取り上げられた後だ。

「すっかりやられちまったな」

この男は、自分の命や将来にも興味がないのだろうか。いかにも周囲を軽んじ、斜めに構えた表情をしている。

「ニードル！」

この男には、どうしても聞いておきたいことがある。顎をわずかに上げて目を細めると、ニードルの顔はずいぶん傲慢だ。自分の手のひらに他人の命を握ったつもりでいる、皮肉屋の殺人鬼だ。

この男が昔は警察官だったことを思い出し、最上はほんの一瞬ひるんだ。ＳＰとして勤務するほど優秀な警察官だった男が、なぜ今はテロリストの狙撃手なのか。

「田町のマンションで三人殺したのは、おまえなのか？」

斉藤が、「よせ」と短く言って制止しようとしたが、最上はそれを無視した。ニードルが観察するようにこちらの顔を覗きこみ、何かに気づいたような意味ありげな表情を作った。

「あんた、実におめでたいな」

「なんだと！」

殺人犯が由利であって欲しくない。自分のひそかな願いを読み取られたようで、最上は背筋に冷たいものが走るのを感じた。言葉よりも、ニードルの視線にこめられたねっとり絡みつくような軽侮の色にかっとして、摑みかかろうとする。妹尾の強い腕にはじかれた。

ニードルが口を開けて笑いころげると、誰かの血を吸ったのかと思うほど赤く尖った舌が覗いた。

「ああ、俺だとも。好きなんだよ、喉を割くのが。刃物を当てると、恐怖で頸動脈がびくびく波打つのがわかるんだ。そいつを切り裂くのがたまんねえ」

その瞬間、自分を襲ったのは深刻な怒りだったのか、それともめまいを感じるほど強烈な安堵だったのか。

――由利ではなかった。

あの男はそこまで堕ちてはいなかった。まだ望みはあるのかもしれない。昔の由利、正義感の強かったあの男を取り戻す方法はあるのかもしれない。

はじけるようにニードルが笑う。けたたましく爆発する死神の笑い声。

「良かったな。殺《や》ったのが由利でなくて」

今度こそ、最上は相手に飛びかかった。妹尾や斉藤が制止する声など聞く耳を持たない。笑い続けるニードルを床に引き倒し、のしかかって二、三発殴りつけたところを、斉藤に羽交い絞めにされて引き離された。

「気持ちはわかるが、そのへんにしとけ」

手錠をかけられたままふらついているニードルを、妹尾たちが抱え起こしている。尹と張が、手錠の具合をチェックして、逃げ出さないようにしっかり両側から腕を摑んだ。

「おまえが殴ってくれて、こっちもすっきりしたけどな。今度お礼に一杯奢る」

ニードルに聞こえないように、斉藤がこっそり耳打ちした。肩で息をつきながら振り向くと、にやりと笑ってウインクする。その言葉と笑みに救われた気がして、最上は喘ぎながら頷いた。

「幹事長を安全な場所にお連れする」

妹尾が無線で本部と連絡を取り合っている。ブラックホークのヘリは、火災による被害を点検しないことには飛ばせない。

『こちら本部。警視庁のヘリが、幹事長収容のためにそちらに向かっています』

本部オペレーターの無機質な声が聞こえる。

「警視庁？」

『特殊警備隊による牧原幹事長の警護命令は、ただ今をもって解除されました。幹事長周辺の危険は取り除かれたと判断しました。今後は警視庁の指示に従ってください』

妹尾が眉をひそめた。軽い火傷《やけど》をしたらしく、メイの手当てを受けていた牧原も、どことなく不安げに顔を上げ、周囲を見渡した。マキナタワーはこの界隈で最も高いビルだ。近づいてくるヘリがよく見える。

「あれか」

妹尾の呟きに応じるように、警視庁のヘリはまっすぐこちらに向かって飛び、ブラックホークのヘリと並んで着陸した。すぐ飛び立てるようプロペラを回転させたまま、開いたドアから現れた女性を見て、驚いた。

「長久保警視！」

少年のように短い髪に、相変わらずほとんど化粧もしていない。特殊警備隊に気がつくと、「またか」と言いたげな表情でつんと顎を上げる。そのまま、憂鬱そうに牧原に近づいていった。牧原はくたびれきった顔で彼女を見た。

「やあ、長久保くん」

「――幹事長」

牧原の顔だけを見ていれば、四十歳そこそこにも見える。しかし、七十代という本来の年齢は、そのくたびれきった表情に出ていた。

長久保が手にした鞄から書類を取り出し、牧原に見えるよう広げた。

「牧原幹事長。金融商品取引法違反で、あなたに逮捕状が出ています」

牧原が長いため息をついた。先ほど、駅前で二千人を超える聴衆を相手に行った演説よりも、ため息のほうが雄弁だったかもしれない。

「――やれやれ。こんな爺《じじい》を逮捕するのかね。在宅起訴でも充分じゃないかね」

「お気の毒ですが。手錠はかけませんのでご安心を」

さほど気の毒そうでもない口調で長久保は言い放った。長久保の部下たちが、メイの手から奪うように牧原の身柄を確保し、ヘリに連れて行く。ずいぶん荒っぽいやり方だ。あらかじめ本部から指示が出ていなければ、特殊警備隊と警察の間で戦争が始まるところだ。

「あんたらはまったく、最後に美味しいとこばっか持って行くんだね」

妹尾が不機嫌に吐き捨てた。長久保が細い眉を撥ね上げて妹尾に歩み寄った。

「脅迫事件の前に幹事長を逮捕せずに、ブラックホークにも点数を稼がせてあげたんだから、喜んでもらいたいわね」

「何を言ってやがる。そっちは幹事長を餌に、ニードルをおびき寄せただけだろう」

「あら、そういう見方もできるのかしら」

「幹事長より、あっちを先に連れて行ってもらいたいんだけどね」

妹尾が太い腕でニードルを差すと、長久保警視は華奢な肩をすくめた。

「私の管轄外よ。下にいる県警の所轄に引き渡してちょうだい」

妹尾や斉藤を始め、特殊警備隊の面々が不満を露わに睨む中、長久保警視は得意げに顎を上げて、知らん顔でヘリコプターに乗り込む。ヘリの中から牧原が顔を覗かせ、こちらに手を振った。

「妹尾くん！　世話になったね。ありがとう」

「幹事長――」

妹尾が何か言いかけて、ぐっと呑みこむように唇を閉じた。大柄な体軀に活力をみなぎらせ、かっちりと再び敬礼する。

「それでは、これにて失礼いたします！」

きびきびとした妹尾の宣言に続いて、特殊警備隊の面々はぴしりと敬礼を行った。

ドアを閉めてヘリが屋上から飛び立つと、激しい風が巻き起こった。髪を乱されながら、最上は警視庁のヘリを見上げた。あっという間にそれは東京に向かい遠ざかっていく。

「いったいどうなってるんだ？」

「インサイダー疑惑だ」

斉藤が苦い顔で答える。最上が驚いたことに、ニードルが勝ち誇った表情でこちらを振り向いた。

「おいおい、その新米は何にも知らないのか、ブラックホォォォォク！」

馬鹿にしたように語尾を伸ばすと、切れ長の目をきらめかせる。

「教えてやれよ、ホークの皆さんよ。牧原の奴は、自分が社外取締役を務めている企業の株を、インサイダー情報を得て有利に売買しやがったんだ。簡単に尻尾を掴まれないように別名義でな。おかげで牧原は大儲け、民権党は大躍進というわけだ」

悪意が滴るようなニードルの言葉に、最上は眉をひそめた。

「おまえがどうしてそんなことを知ってる？」

「馬鹿か、おまえは」

ニードルは答えなかったが、その先は最上にも読めるような気がした。クーガは牧原を強請ろうとしたのだ。牧原は過去にもたびたび特殊警備隊の警護を受けている。インサイダー疑惑の情報を掴んだクーガの脅迫を受けるたび、牧原はブラックホークに助けを求めた。

クーガのいつもの手口だ。多くの場合、恐喝の被害者はクーガにカネを支払って手打ちとする。テロリストに支払う金額などたかが知れたもので、企業イメージの低下を避けられるなら安いものだからだ。

妹尾が腕組みし、ニードルを睨んだ。

「脅迫を受けるたび、幹事長はそれを突っぱねてブラックホークに警護を依頼した。クーガが握った疑惑の証拠も決定的ではなかった。民権党の幹事長クラスになれば、警察もなまじっかな証拠では動けないからな。これまではなんとか逃げきってきた」

「今回は逃げきれなかったのか」

複雑な胸中を隠して最上は呟いた。牧原に対して、好感を抱くようになっていたのかもしれない。

カネの亡者だと言われるだけのことはあるし、どう見てもクリーンな政治家などではないと思っていたが、どこか憎めない男だった。

「そうだ。こいつらが摑んだ証拠が確実なものだった」

「それでも幹事長はクーガ《クーガ》と手を握らなかったんだ」

「今回は脅迫を受けてすぐ、こいつに狙撃された。――おそらく幹事長は、それで後に引けなくなってしまったのだと思うよ」

インサイダー疑惑の証拠だけなら、クーガと取引してやってもいい。しかし、狙撃されて暴力に屈したと後ろ指を差されるくらいなら、逮捕されたほうがましだ。――それが牧原の出した結論だというのか。

「馬鹿な真似をしたな、ニードル。おまえが手を出さなければ、幹事長はクーガにカネを出し、何もかも丸く収まったかもしれないのに」

妹尾の冷ややかな言葉に、ニードルはふと真顔になり、それから盛大に吹き出した。おかしくてしかたがないことを聞いたように、馬鹿笑いが止まらない。

「何がおかしい」

妹尾が瞳に物騒な光を湛《たた》えてニードルを睨んでいる。彼女が本気で怒るところなど見たこともなかったが、虎の尻尾を踏みつけて怒らせたように不機嫌極まりない顔だ。

「わかってねえな」

ニードルが、息も絶え絶えになりながらようやく笑いおさめ、笑いすぎて涙を浮かべながら平然とうそぶいた。

「牧原がカネを払っても、払わずに刑務所に行っても、どちらにしても俺たちの勝ちだ。むろん、俺が撃ち殺しても」

ブラックホークの面々は、冷ややかにニードルを見守った。

「クーガに負けはない。おまえらが死んでくれれば、もっと嬉しかったがね」

腹に据えかねたらしい張が、ニードルの足を激しく払って床に転がした。背中からどうとコンクリートに倒れこんだニードルは、それでもなお、何がおかしいのか忍び笑いを続けている。この男は人間として大切な何かが壊れているのに違いない。

「――よせ。こいつには何を言っても無駄だ。さっさと警察に引き渡そう」

妹尾が張を押し止めた。珍しく、妹尾の表情にも嫌悪感が滲み出ている。ニードルという男には、皮膚感覚的に耐えがたい、異界から来た生物の薄気味悪さが付きまとっている。

いびつな笑みで勝ち誇るニードルの正面に、妹尾が立ちふさがった。

「いささか自信過剰だったようだな、ニードル。おまえが捕まった時点で、その理屈は崩れたようだ」

「――へえ？」

張がニードルの腕を掴み、引きずるようにして立ち上がらせる。ニードルが突然、がくりと頭をのけぞらせ、胸を反らして天を仰いだ。

「おまえら本気で、俺がまったく保険を掛けずにここまで来たと思ってるのか？」

妹尾が目を細める。ニードルは青空を振り仰いだまま、にんまりと赤い唇を歪めた。

「誕生日は八月七日。髪の毛は栗色で、目はどちらかと言えば濃い茶色――ほとんど黒に近かったな。肌は小麦色でほっぺたはピンクだが、右の太もも内側に小さなホクロがある」

最上は、途中から斉藤がぎくりと身体をこわばらせたことに気づいていた。それはたぶん、独身者以外の特殊警備隊員たちが、常に抱えて克服しようとしている不安のひとつに違いない。

「――あの子は八月七日生まれなのか？」

最上が小声で尋ねると、斉藤はかすかに頷いた。傍目にもそれとわかるほど青ざめている。ニードルが頭を起こし、斉藤に向かって嫣然と微笑みかけた。

「そうだ、アイラだ。母親に似て可愛い子じゃないか。小学一年だったな」

「何が言いたい」

「家に電話しろよ」

牛を追うようなのどかな声で、ニードルが言った。

斉藤は固く握り締めた拳を震わせながら、奥歯を嚙み締めて動こうとしない。動けばニードルの術中にはまる。そう考えて耐えているのだ。そう見て取り、妹尾が眉間に深い縦皺を刻む。

「落ち着け。いいから電話してみろ」

妹尾に促され、震える指で電話をかけ始めた。何度か切り、かけ直す。

「――呼び出してるが誰も出ない」

青ざめた茫然自失の表情を見れば、それがただ事ではないのだとわかる。ニードルともあろう男が、こんな時にただのハッタリで逃げられると考えているはずもない。――アイラは敵の手中にあるのだ。

斉藤家に招待された時に見た、陽光に愛されて育ったような肌の、可愛らしい少女の顔が目に浮かび、最上は拳を握った。ニードルの奴、子どもをだしに使うとは許せない。

「ニードル。おまえ、我々を本気で怒らせる気か」

妹尾もまた一児の母だということを、最上は思い出した。低く抑制のきいた声が、妹尾の深甚な怒りを表しているようだ。

「へえ？」

ニードルが無邪気な子どものように笑う。

「隊長、ここで怒っちゃう？　いいけど、俺に何かしたら子どもの安全は保証しない。無事に助けたかったら、このまま俺を解放することだ」

「馬鹿言うな。このビルは既に警察とブラックホークが完全に包囲している。我々が見逃したところで、おまえは逃げられない」

「そんなことはない。おまえたちは所詮ブラックホークだ。俺を捕まえるなんてハナから無理だったのさ。そう諦めな」

ニードルがくるりと斉藤に向き直った。存外、真面目な顔つきだった。

「斉藤と言ったな。あの子を助けられるのはあんただけだ。子どもが可愛ければ、俺と一緒に来い」

こいつ、と最上が前に足を踏み出しかけると、斉藤の腕に止められた。斉藤は鼻の頭に汗をかいていた。内心の葛藤が、苦渋に満ちた目に表れている。

「――俺が行けば、あの子を助けるか」

低く尋ねた。

「二言はない」

ニードルの目はすべてを飲み込む漆黒の闇のようだ。

「斉藤！」

よせ、と言う暇もない。次の瞬間には、斉藤の手にグロックが握られている。ぴたりと妹尾の眉間に照準が合っている。渋い顔をする張からニードルを引きはがし、尹に手錠の鍵をよこせと命じた。

「後悔するよ、あんた」

嫌々ながら尹が鍵を投げる。本当に撃つと考えているわけではないだろう。斉藤の意志を尊重しただけだ。もし本気で制止するつもりなら、斉藤ひとりぐらい特殊警備隊全員で抑え込めば何とかなる。こっちは妹尾を始め、六人もいるのだ。

「頼む、みんな。見逃してくれ。ニードルは普通の人間じゃない。こいつは本気で娘を殺しかねない」

「わかってるじゃないか」

ニードルが高らかに笑う。斉藤の顔は汗でびっしょり濡れていた。尹に指摘されずとも、嫌というほどわかっているはずだ。こんな真似をして、たとえ家族に危険が及んだためとはいえ、ブラックホーク社に残れるはずがない。それどころか、彼自身も罪に問われる可能性がある。冷静になって考えろと、最上も言ってやりたかったが、どうしても言葉にならなかった。ニードルを逃がしたところで、子どもが無事に戻るとは限らない。

妹尾はむっつりと分厚い唇を閉じて、斉藤を睨んでいる。自分の眉間を銃口が狙っていることなど、気にも留めていないかのようだ。自分が撃たれることを恐れているわけじゃない。妹尾は、斉藤が取り返しのつかない罪を犯すことを恐れているのだ。

「やるなら、後悔するな」

妹尾が厳しい口調で諭すように言った。妹尾と斉藤の視線がしっかりと絡み合う。斉藤が唇をわななかせた。すまない、と震える声で叫んだ。

「必ず無事に連れて帰る！」

ヘリのプロペラ音が大きくなった。最上はビルの周囲を見渡した。新聞社の旗をなびかせたヘリが一台、後部座席のドアを開け放った状態で、こちらに近づいてくる。妹尾の命令があれば、いつでも撃てるようにヘリの運転席に狙いをつけたが、妹尾は腕組みしたまま無言でニードルを睨むばかりだ。

ヘリが近づくと、腕で遮らなければ、とても目を開けていられないほどの風が巻き起こった。

「乗れ！」

ビルの屋上にヘリを浮かせたまま、後部座席から黒衣の男がニードルに向かって手を振った。由利ではない。

「おまえが先だ！」

斉藤を先に乗り込ませ、続いて両手が自由に使えないニードルを引っ張り上げる。ヘリに乗り込むと、ニードルは斉藤のヘッドセットを取り上げて、外に投げ捨てた。

「伏せろ！」

黒衣の男が握っている銃を見て、妹尾が叫んだ。身体を隠すものもない屋上で、これでは狙い撃ちだ。銃声は二度聞こえた。姿勢を低く保ち、最上はヘリを見上げた。

ドアを閉めたヘリが離れていく。窓からニードルが薄気味悪いほど美しい勝ち誇った笑顔を覗かせる。

「このまま行かせるのか？」

最上は妹尾に向かって叫んだ。これほど苦労してようやく捕らえたのに、ニードルを行かせてしまうのか。しかもこれでは斉藤まで人質に取られてしまう。みんな茫然とヘリを目で追っている。目の前で起きていることが、まだ信じられなかった。

「おい、浅井？」

張の声に振り向くと、浅井が右腕を押さえながら立ち上がるところだった。右手の先から血が滴り、コンクリートに血溜まりを作る。

「しくじった」

撃たれた浅井が蒼白な顔色で唸る。メイがすぐ止血帯を取り出した。

「隊長！」

妹尾は彫像のように、分厚い胸を反らせて微動だにせず沈黙している。ヘリがビルから離れて見えなくなると、ようやく無線のスイッチを入れた。

「本部、テディベアだ。斉藤の家族のバイタルサインと現在位置を調べられるか」

『奥さんと子どもさん、どちらですか』

「両方だ」

『お待ちください』

妹尾の目が燃えている。隊員の家族、それも幼い子どもを人質にしたニードルに、妹尾の怒りは深刻だ。特殊警備隊員の中で家族を持っているのは、最上が知る限り妹尾と斉藤のふたりだけだった。他は、独身者か訳あって独り暮らしをしているようだ。妹尾の家庭は夫も米軍の特殊部隊に所属しているそうだから、心配事は少ないのかもしれない。ごく普通の家族を持っているのは斉藤だけだった。クーガは、特殊警備隊の弱みを正確に突いてきたのだ。

妹尾は自分のオペロンを取り出して何やら操作した。

「今、みんなの端末に斉藤のGPS情報を送った。行き先から目を離すな」

「これは——」

特殊警備隊は全員GPS機能のついたオペロンを貸与されている。斉藤の位置を表す光点は、なぜかふたつになっていた。新たに表示された光点は、どうやらオペロンとは別の機器から発信されているようだ。妹尾が地下駐車場直通のエレベーターに走りながら説明した。

「斉藤と私は、万一のことを考えて体内にGPSの発信機を埋め込んでいる。オペロンはクーガの奴らが気づけば捨てられるだろうが、体内の発信機には気付かないだろう。——降りるぞ！」

ふと、妙な気がした。突然、斉藤の裏切りに直面したにしては、妹尾はずいぶん落ち着きはらっている。

「隊長、まさか」

最上と同じことを考えたのか、尹が妹尾の横顔に視線を走らせた。エレベーターが来る。乗り込みながら、妹尾は平然とオペロンを腕に装着した。

「ニードルにアジトまで案内させてやる」

最上は尹と顔を見合わせた。娘を拉致されたと知った時の斉藤の表情が、演技だったとはとても思えない。妹尾は突発的な事態を利用してクーガを一網打尽にする勝機を探すつもりなのか。

『本部からテディベア、お待たせしました。斉藤モネ、アイラ。ともに生命反応あり。モネは自宅ですが、アイラは移動中です。時速九十キロ、高速道路を車で走っています。GPSデータを転送します』

「子どもにまでGPS発信機を？」

愛想のないオペレーターの声に、最上は顔をしかめた。斉藤や妹尾はともかく、小学生の子どもにまで発信機を埋め込むとはひどくないか。

「特殊警備隊、唯一無二のウイークポイントだからな」

妹尾が無表情に応じる。

「クーガが斉藤の家族を狙う可能性は、前々から考慮していた」

「だったら！」

防ぐ方法はいくらでもあったはずだ。

「ボディガードの家族にボディガードをつけろとでも？」

冷ややかな声に、それがどれだけ馬鹿げた考えか思い知らされる。ボディガードだってコストパフォーマンスとは無縁ではいられない。家族にボディガードが必要なボディガードなど、事業として成り立たないだろう。ブラックホークは、防犯対策の行き届いたマンションを社宅として用意している。特殊警備隊は、自宅から仕事先に送迎してくれる。通常の会社員より、ずっと高いコストを払って安全に留意しているが、それでも百パーセントの安全はありえないのだ。

エレベーターが地下駐車場に到着すると、妹尾が声を張り上げた。

「テディベアから本部へ。クーガが斉藤アイラを拉致した。大至急応援を要請する。子どもを無事に確保してくれ」

『本部、了解。緊急応援要請を発動します』

「ニードルは現在ヘリで逃走中。斉藤が奴に張り付いている。クーガのアジトに案内させてやる」

ヘリの特徴を無線で詳しく伝える。白地に赤のラインが入った、目立つ機体だった。すぐに発見されそうだ。地下駐車場には、神奈川県警の警察官とブラックホークの警備員たちが待機していた。確保されたニードルはどこにいるのかと視線で探す警察官たちに、冷たく言い捨てる。

「慌てるな。ニードルは今、アジトに向かっている。我々から遅れずついてきてくれ」

『テディベア。須藤だ』

無線交信に須藤課長の声が割り込んできた。

『斉藤の娘さんは必ず救出する。君の自宅にも人をやった。息子さんについては安心してくれ』

「ありがとうございます。うちのは日頃から仕込んでありますから、問題ありません」

これはブラックホークとクーガの総力戦なのだ。そう、最上は理解した。ニードルはブラックホークに対して、ついに全面戦争を挑んだ。そうなると、由利も出てこざるをえない。

画面から、斉藤のオペロンが消えた。ニードルが処分したのだろうか。――残る光点はあとひとつ。

「都内に向かってる」

「この時間帯、高速も混んでるぞ」

張と尹がこもごも嘆いている。こんな場合、ヘリコプターは厄介な相手だ。飛行機は物理的に降りる場所を選ぶが、ヘリは法律を無視する気なら、ほとんどどこにでも降りられる。しかも、直線で空を飛べる分、道路網に縛られるこちらよりもずっと速い。ヘリを燃やされたのは痛かった。

「浅井はここに残れ」

反発して猛然と何か訴えようとした浅井の右肩を、妹尾が軽く叩いた。激痛に呻く浅井に、苦笑いを見せる。

「いいところを見せたいなら、次の機会があるさ」

無念そうな浅井に、最上も親指をぐいと立てた。

「あんたの分まで、がんばるよ」

「言ってろ、新人！」

「乗って！」

メイがブラックホークの警護車輛に飛び込み、運転席に座った。妹尾たちに続き、最上も置いていかれないよう急いで乗り込む。今日は誰もシルバーウイングで来ていないのが残念だ。車よりオートバイのほうが動きやすい。

メイが車輛を急発進させる。曲がりくねる迷宮のような地下道を抜け、地上に飛び出す。

「こいつ、いきなりプロペラが出て飛んだりしないのか？」

メイの運転が、珍しく荒れている。最上は慌ててシートベルトを締めながら、軽口を叩くつもりで言った。ブラックホークの特殊車輛ならやりかねない。

「飛ぶもんか」

メイが冷ややかに言い捨てる。

横浜駅前のマキナタワーを出た車輛が、東京方面に行かず向かう先を見て、最上は目を丸くした。まさか、この車は――。

「摑まって！」

メイの言葉とともに、車輛はガードレールを突き破り、運河に向かってジャンプした。着水の衝撃と同時に、モーター音が唸り始める。窓の外を覗くと、車輪がスライドして本体に格納されつつあった。

「ギブス社の水陸両用車、フィビアンをベースに開発した高速水陸両用車だ。防弾の特殊装甲を付けた分、重くなったが」

妹尾が冷静に解説する。わずか十秒でタイヤを格納し、モーターボートのエンジンを始動させると、メイはすぐさまギヤを全速前進に入れた。波を白く蹴立て、車輛の鼻先がぐっとせり上がる。

――この先に、由利がいる。

最上は窓の下まで押し寄せる水を見つめた。運河の水は、生活排水や工場から出る水で汚れているせいか、濃い灰緑色をしている。暗い波が、自分の胸中に淀む水のようだった。

8

光点が、東京の湾岸――佃島界隈に向かっているのは明らかだった。そのあたりにはスラムも多く、クーガを支持する貧困層の割合が高い。ニードルはそこに逃げ込もうとしているのか。

『須藤だ。斉藤の娘さんは無事確保した』

須藤から無線で朗報が届けられたのは、メイがお台場海浜公園に無理やり水陸両用車を突入させて、陸に揚がった時だった。飛び込んだはいいが、どこから上陸するのかと最上が不安になり始めた頃だ。海浜公園にいたカップルや観光客が、突然水しぶきを上げて浜辺に上陸した水陸両用車を茫然と眺めている。近くにいた連中は、悲鳴を上げて逃げて行った。陸に揚がるとボートのスクリューを停止し、再びタイヤを出して走り出す。海水が車輛の底から流れ落ちる。

「ありがとうございます。奥さんも無事ですか」

『薬物で意識を失っていたが、無事だ。特に怪我もない。念のため、ふたりとも病院で手当てを受けてもらう』

妹尾の表情が、目に見えて和らいだ。あの朗らかな栗色の髪のモネと、つぶらな目を輝かせたアイラが無事救出されたと聞いて、最上もほっとした。とりあえず、最悪の事態は避けられたようだ。特殊車輛は有明から豊洲まで走り抜ける。メイの運転は、よくここまで集中力が持つものだと感心するほど、機械のように正確無比だった。

『斉藤の乗ったヘリは、まだ視認できていないが、現在位置はこちらでも追っている』

光点は佃島に到着するところだった。さすがにヘリのほうが船よりも速い。

『佃島で暴動が発生した。先ほど、警視庁が佃島の出入り口を封鎖した』

「我々は入れるんでしょうね」

妹尾が確認する。

『これは警備会社の仕事ではない。入るなと言いたいが』

須藤の声は、どこか倦み疲れたようだった。

『人質の子どもが救出されたことは、クーガも知っているだろう。連中は斉藤を人質にするはずだ。――私が行くなと言っても、行くのだろうな』

「実はそうです」

『シルバーウイングと装備を用意した。私が、企業人としてできることはここまでだ』

一度確保したニードルを取り逃がしたのは、ブラックホーク社として痛手だし、評判に傷をつけることにもなるだろう。とは言え、牧原を警護するという当初の目的は、立派に果たしたのだ。特殊警備隊がニードルを追っているのは、斉藤を救出するためでもあり、ただの意地でもある。負け知らずの特殊警備隊が、クーガにしてやられて黙って引き下がるわけにはいかない。

しかし、企業としてのブラックホークには、別の行動規範がある。クーガのアジトに突入する特殊警備隊を護衛するため、警備員をかき集めて危険地帯に突入させるわけにはいかない。長野と早稲田の合流を待つ暇もない。自分たちはこの五名で、クーガに立ち向かわなければいけない。

「充分です、課長。お気遣いありがとうございます」

須藤が何か言いかける気配がした。しばしの沈黙の後、彼はその言葉を呑み込んだらしい。

『本社で吉報を待ってるよ』

交信が終了した。

「検問だ」

島に渡る橋の上に、警視庁の警備車輌が検問を敷いている。その向こうに、見慣れたオートバイが並んでいた。スラムに突入するなら、身軽なオートバイのほうが何かと都合がいい。全員が一台の車に乗っていたのでは、万が一爆破でもされるとおしまいだ。

須藤から話が伝わっているらしく、検問の警察官たちは妹尾たちの身分証明書を確認すると、即座に通してくれた。

「島内で、暴動が発生しています」

警察官の言葉に足を停める。ニードルを安全な場所に逃がすため、クーガが背後でスラムの住民を操作して混乱状態を作り出しているのだろう。クーガはどこまでも彼らを利用するつもりなのだ。

「暴動はどのあたりだ」

妹尾が広げた地図で、暴動の発生区域を確認した。通常装備の警察が鎮圧に赴いたが、火災の発生や投石を受けて退却し、今は機動隊の応援を待っているのだという。警察官の言葉を裏付けるかのように、佃島の中から白い煙がいく筋もたなびいている。消防車輛すら出動できないのだろうか。

「中に入られるなら、安全は保証できません。機動隊の到着を待ったほうが」

警察官の言葉に、妹尾がにやりと笑った。

「人生に保証なんてあるもんか」

機動隊を待つ時間もない。行くよ、と妹尾が顎をしゃくった時には、最上はシルバーウイングに跨《また》がりヘルメットを装着していた。須藤が用意してくれた突入用の機材は、特殊車輛に積み込んだ。斉藤を表す光点は、先ほどよりずっと遅い速度で移動している。ヘリを降りて、徒歩で動いているようだ。

——必ず助ける。

「私は車で行こう」

メイはシルバーウイングに乗り換えず、特殊車輌のハンドルを叩いた。

妹尾が先陣を切って走りだす。張、尹、最上、殿《しんがり》にメイと続いた。島に入ると、どこから湧いたのかと思うほど多くの人々が、路上に停めてある車輌をひっくり返したり、ビルの窓に石を投げたり、窓やシャッターをこじ開けた民家や商店から品物を略奪したりしている。この状態では機動隊でもなければ事態の収拾がつけられないだろう。そこここで悲鳴があがり、火炎瓶が飛び、薬品が燃えるような刺激臭の強い煙が充満する。無線を通じて、妹尾の舌打ちが聞こえた。これは本来、ブラックホークの仕事ではない。しかし、今は見て見ぬふりで通り過ぎなければいけないことが辛い。

シルバーウイングと特殊車輌が通りかかると、路上に溢れた彼らはわざと前に出てバイクを停めようとしたり、鉄パイプで乗り手を叩き落とそうと試みたりした。そんな連中も、妹尾が拳銃を空に向かって撃ちながらスピードを落とさず突っ込んでいくと、さすがに逃げ出した。妹尾が相手では分が悪い。メイも特殊車輌の窓から銃を突き出して威嚇する。

道路の向こうに、ひしゃげたプロペラが見えてきた。ニードルたちが乗って逃げたヘリの残骸だ。佃島に降りたものの、暴力行為に酔った人々に壊されたらしい。ニードルなら、その狂乱状態を喜んだかもしれない。最上はヘリの中を覗きこみ、人間の姿がないことを確認してほっとした。

「逃亡の足にできただろうに、壊すとはな」

呆れたように口にした尹の言葉に、最上も同感だった。どのみち、このヘリの存在は警察にもブラックホークにも知られている。二度と使えないと読んで破壊したのだろうか。

妹尾がバイクを停め、オペロンの画面を覗いた。

「――あの建物だ」

光点は、道路からやや距離を置いた、五階建ての古びたマンションの位置で点滅を繰り返している。取り壊しの前に不法占拠され、いつの間にかスラムの住民の塒《ねぐら》になった建築物のひとつだろう。

一階と二階の窓はガラスが破れたまま放置されている。昨日や今日、割れた雰囲気ではない。三階以上の窓には、ガラスの代わりに板が打ちつけられたり、分厚いカーテンが引かれたりしているところを見ると、あのどこかにニードルたちはいるのだろう。

「暴動を起こしたところで、この島はすっかり包囲されている。いずれ機動隊が投入されれば、逃げられるはずはないのに」

張がぼそりと呟いた。警察が退却し、無法地帯と化した今の状況は一時的なものだ。放水車やガス銃などで武装した機動隊が到着すれば、数時間後には暴徒は鎮圧されるだろう。いかに追い詰められたとはいえ、ニードルがここに逃げ込んだのは上策とは言えない。妹尾が首を横に振った。

「いや、暴徒がいつまでも島の中に留まっているとは限らない。むしろ、早いうちに検問を突破して島の外に向かおうとするだろう。じき、日が暮れる。クーガの連中は夜陰に乗じ、暴徒にまぎれて脱出するつもりだ」

島のあちこちが燃え、建築物が壊されているというのに、このマンションを含む一帯は、台風の目のように泰然と静まりかえっている。妹尾の言葉どおり、太陽は西の地平に沈みつつあった。夕映えが赤々と街を照らし、まるで街全体が燃えているかのようだ。

「クーガが反政府組織だということを忘れていたな」

最上は古びたマンションの、とうに時代遅れになった意匠を見上げた。資金集めに血眼になるクーガを見るうち、彼らの主義主張を忘れかけていたのだ。どちらが彼らの本質なのか。テロを起こすためにカネが必要だったのか。民権党の牧原からカネを巻き上げそこねて、自棄《やけ》を起こしたのか。

「両隣はオフィスビル、裏もマンションだ。地図で見る限り、隙間はわずかだな。窓もない」

「正面にしか出入り口はないというわけですね」

「そのようだ」

妹尾と尹が地図を確認しながら話し合う。

「どこかに逃走用の車があるはずだ。周辺を探そう。ふたりここに残って見張りを頼む」

妹尾が自分を指名しかけたのを見て、最上は首を横に振った。

「俺も一緒に行く」

ニードルがここに来たのなら、きっと由利もいる。そんな直感が働いた。ニードルは、ナンバー2の由利に戦利品を見せびらかしたいはずだ。そして、由利は自分がここに来ていることを知っている。理由はわからないが、なぜかそう感じる。

妹尾が目を細めてこちらを見つめ、頷いた。

「――いいだろう。メイと尹は残ってくれ。メイ、あのマンションの設計図か見取り図を手に入れられないか、須藤課長と交渉してくれ。地下室があるかどうかも知りたい」

「了解」

内部の構造がわからないまま、やみくもに突入するわけにもいかない。ブラックホークには、こんな場合に備えて東京二十三区の半数以上の建築物について設計図を集めたデータベースがあるという噂だ。

「張は右側からブロックを回って周辺を見てきてくれ。最上は私と一緒に左からだ」

妹尾の指示で二手に分かれる。いつも堂々と特殊警備隊を指揮する妹尾だが、今日は時おり浮かぬ表情を見せた。

「――油断するな。どうもきなくさい」

通りはこの周辺だけ、別世界のように静かだった。暴動の余波がここまで及んでいないのか。どちらを向いても崩れかけたようなビルや、朽ちかけた民家が目に入る一角だ。暴徒の喚声や、ガラスが割れたりシャッターに物が叩きつけられたりする荒々しい物音が、はるか遠くに聞こえる。

車輛など、影も形もなかった。ビルやマンションの地下にある駐車場に車を停めているのだろうか。クーガがこの一帯からの脱出を決意したのなら、武器や荷物を積み込む大騒ぎが始まっていてもいいはずだ。

「静かすぎる」

妹尾が遠い喧騒に耳を澄まし、首を傾げた。

「クーガの連中は、とっくに脱出した後じゃないのか。ニードルは本当にここに来たんだろうか」

「――しかし、ヘリがあった」

「ヘリはな」

「途中でニードルを降ろす余裕はなかったはずだ」

斉藤の身体に埋めたＧＰＳ発信機は、ここに来るまで停まることはなかった。

「最上、逃げるためなら、ニードルはわざわざこんな場所に飛ぶ必要はなかった。どこにでもヘリを下ろして、さっさと逃げれば良かったんだ。なぜここに来たんだ？」

途中で鉢合わせした張も、車輛など見なかったと言った。

「――罠かな」

張が、剃りあげた頭を撫でて飄然《ひょうぜん》と呟く。もはや、最上にもそれしか考えられなくなっていた。ニードルはあのビルに特殊警備隊を誘導したのだ。斉藤のオペロンを捨てたのはポーズだったのか。特殊警備隊なら、必ず追ってくると考えていた。

そもそも、牧原を仕留めるために、ニードル自身がマキナタワーに現れたのはなぜだ。特殊警備隊の目の前にちらつかせる餌だったのか。

クーガにとって、ブラックホーク、とりわけ特殊警備隊は天敵だ。排除する機会を狙っていたことは間違いない。特殊警備隊がいなければ、クーガはやりたい放題に「商売」ができるのだ。

「行くか」

考えていても始まらない。敵が罠を仕掛けて待つなら、乗り越えて進むまでだ。

マンションの前に戻ると、メイたちが熱源トレーサーを準備して待っていた。マイクロ波を照射して、壁などの遮蔽物の向こう側にある物体の温度を計測することができる。壁に向けてマイクロ波を当てれば、モニターに室内の温度の状態が表示される。人体の体温に近い物体があれば、サイズを見て人間かどうか判別する。

「須藤課長から、マンションの見取り図が届きました。各自のオペロンに転送しています。副隊長のバイタルサインは変化ないそうです」

メイの報告を聞いて、妹尾がわずかに顎を引いた。斉藤は生きている。

「地下室はないが、屋上に出入り口があるな」

見取り図をざっと調べた妹尾がマンションを見上げる。両隣のビルを見比べた。

「私と張は、右側のビルの屋上に出て、問題のマンションの屋上に移る。上から侵入しよう。尹と最上は下から突入だ。メイはここに残って、クーガが出てきたら遠慮なく撃って」

「了解」

ラフな突入計画でも、即座に行動できるのは普段の訓練の賜物《たまもの》だ。妹尾と張が熱源トレーサーを一台抱え、隣の雑居ビルに乗り込んでいく。ひびの入った外壁といい、割れたままの窓ガラスといい、いかにも使われていない建物のようだ。彼らが屋上に出てこちらに手を振るまで待った。雑居ビルから、マンションの屋上に飛び移る。貼り付くような近さで建設された古いビルだ。

「行こう」

妹尾と張がマンションの屋上に降り立ったのを確認し、最上は尹とともに玄関に走った。熱源トレーサーは尹が首から提げた。サブマシンガンでも欲しいところだが、あいにくブラックホークは、警備員にそこまで派手な武器を与えてくれない。マシンガンを扱う練習もない。使いなれない武器ほど危険なものもない。

「一階は熱源なし」

エントランスは灰色の空洞だった。日が沈み、照明もないマンションの内部は薄暗い。ヘッドセットの暗視スコープを使うかどうか迷ったが、しばらくこのままで行くことにした。エレベーターは動いていない。電気も来ていないようだ。エントランス奥の非常階段を上がっていく。

『こちらテディベア。屋上から五階に降りる階段を確保した』

無線で妹尾が知らせてくる。

「マングース了解。こちらは二階に上がるところだ」

「二階、熱源なし」

尹は真剣な表情で熱源トレーサーを壁に当て、向こう側に誰かいないか探っている。

二階には三戸の住宅があったようだが、今では玄関の扉がすべてもぎ取られ、中が丸見えになっている。熱源なしとの声に、最上はひとつの住宅の玄関から中を覗いてみた。基本的にすべてのフロアが同じ間取りになっているので、三階以上の構造がわかって役に立つだろうと考えたのだ。覗いて驚愕した。三戸の住宅を隔てていたはずの、壁がない。誰かが内壁を破ったのだ。それぞれの住宅は、バスルームとキッチンのついたワンルームだったようだが、バスルームの壁さえ取り払われ、中に設置されていたはずの器具なども、きれいさっぱり持ち去られていた。わずかなカネと引き換えに、誰かが盗んで売ったのかもしれない。おかげで、もし敵が熱源トレーサーから隠れる方法を知っているのだとしても、内部に誰もいないことは一目瞭然だった。

「ひどいな。これは」

最上は舌打ちして階段に引き返した。

『五階も熱源なしだ』

張の声が無線に入る。残るは三階と四階。ニードルたちは本当にここにいるのだろうか。足音を忍ばせて三階に上がる。ガラスの破片が階段を埋め尽くしていて、どんなにそっと歩いても足の下で砕ける音がした。

「おい」

尹の潜めた声に呼ばれ、最上ははっとして熱源トレーサーのモニターを覗いた。オレンジ色の濃淡がふたつ、三階右端の室内に見えている。三階の住宅はまだ扉が残っていて、内部を見ることはできない。

「サイズは」

「一メートル七十と、一メートル二十程度。ひとりは座ってるようだな」

他の部屋に熱源はない。

「マングースからテディベア。三階にふたりいる」

『テディベアからマングース。四階にもふたりだ』

「踏み込むか」

全部で四人とはいかにも少ない。妹尾が指摘したとおり、クーガはとうにアジトから逃げた後だったのだ。無線の向こうで、妹尾が迷ったのは一瞬だった。

『よし。行け！』

尹が重い熱源トレーサーを床に下ろす。頷き交わし、熱源を感知した部屋の外に立ち、最上がドアのノブに手を伸ばした。

「ノックはどうした」

部屋の内側からかけられた声に、身体が硬直する。まぎれもない、由利の声だ。由利が中にいる。

「さっさと入って来いよ。相変わらず甘ちゃんだな。ええ？」

尹と視線を見交わし、頷く。

扉に手を掛け、ぐいと手前に開いた。室内は薄暗い。キャンプで使うようなＬＥＤのランタンがひとつ、壁に掛けられている。それが唯一の明かりだった。

「両手を上げろ！　武器から手を離せ！」

室内に飛び込んで銃を向ける。人間はふたり。ひとりは椅子に腰かけ、後ろ手に縛られている。スウェットの上下を着ているが、体格から誰だかすぐにわかった。

「斉藤！」

尹が叫び、ぐったりと頭を前に垂らした斉藤に駆け寄る。最上の目は、閉め切ったカーテンの前で腕組みして立つ男にくぎ付けになっていた。

「由利」

「やっと来たな、最上」

由利の身体は、暗い室内でもはっきりと見えた。分厚い胸の前で腕を組み、傲岸不遜な態度でこちらを見つめて微笑している。銃口を向けたまま、最上は身動きが取れなくなった。

「強がるなよ、最上。俺たちと一緒に来い。その男はおまえと引き換えに返してやる」

頭の中が痺れたようだ。腕がこわばり、血の気が顔から引いているのがわかる。

「馬鹿言うな」

最上は呻いた。

「武器を捨てて両手を上げろ」

「俺がおまえに無理強いしたか？　俺は知ってる。おまえだって本当は俺と一緒に来たいはずだ」

由利が腕をほどき、両手を開いた。

「取り戻そうぜ。俺たちの時間」

いっそ無理強いしてくれれば良かった。それなら言下に否定できた。全身が麻痺したように動かなくなったのは、由利の目を見てしまったからだ。深い悲しみに満ちた、昔の由利だった。あんな事件さえなかったら、由利と自分はプロボクサーとしての数年間を、どんなふうに過ごしたのだろう。プロのスポーツ選手が現役でいられる時間は決して長くない。それでも、短くて充実した濃い数年間を、自分たちはともに生きたはずだった。

あの夜、自分の軽はずみが死なせたのは、相手の男性や、由利と自分のボクサーとしての未来だけではなかった。自分たちがともに生きるはずだった時間も、殺してしまったのだ。

「何やってる、最上！」

尹が怒鳴った。しかし由利は武器も手にしていない。そんな人間を撃つことはできない。

『斉藤を発見』

無線から流れた妹尾の声に、最上は飛び上がった。尹も驚愕して斉藤の肩を抱き、無線に応答した。

「斉藤はここにいる！」

爆発音が響いたのはその直後だった。

地響きがし、ビルが地震のように揺れた。最上は背後に気配を感じて銃口を向けた。黒ずくめの若い男が、こちらにショットガンの筒先を向けていた。クーガだ。

――撃て！

妹尾の声を聞いた気がした。考える暇はない。迷わず引き金を絞る。男の肩に当たり、よろめきながら後ろに倒れる。はずみで引き金を引いたらしく、最上の耳をかすめて散弾が背後に散った。

振り向くと、由利の姿がゆらりと揺らいで消えるところだった。立体のホログラフ映像だ。

――由利じゃなかった。

三階には熱源がふたつ。最初から、ショットガンの男と斉藤しかいなかったのだ。

『何の音だ！』

地上にいるメイが無線に割り込む。

「妹尾さん！　張！　応答してくれ」

尹の叫び声で我に返る。静まりかえった無線からは、呻き声ひとつ聞こえない。

「くそっ」

ショットガンの男は意識を失っている。肩の出血がひどく、もう戦力にはならないだろう。念のため、ショットガンを取り上げて肩に掛ける。斉藤の身体を尹と両側から抱え上げ、外に出た。

「上を見てくる」

斉藤を床に下ろし、最上は階段を駆け上がった。煙と、硝煙の臭いが窓のない四階に充満している。

「隊長！」

四階の中央の住宅は、扉が爆風で吹き飛んでいた。煙に咳きこみながら、じりじりと中に進む。

「張！」

明かりがない。気づいて、ヘッドギアの暗視スコープを下ろす。煙の影に、倒れている人影が見えた。ブラックホークの制服にぎょっとして確認すると、見たこともない男だった。きっと特殊警備隊を騙すため、斉藤の制服を着てここにいるよう指示されたのだ。手首を身体の後ろで縛られている。

誰かの呻き声が聞こえた。

そろそろと進み、大柄な体のそばにしゃがみこんだ。

「隊長！」

妹尾だ。首筋を探ると、指先にまだかすかに脈が触れた。暗視スコープ越しではっきり見えないが、制服に触れると生温かい血で濡れている。意識はない。生きていてくれ、と全身で願った。

もうひとりの男と、張の身体も見つけた。ふたりとも脈が取れなかった。

『ニードルがいる！』

無線に飛び込んできたメイの声に、最上ははっとして駆け出した。

「マングースから本部！　妹尾隊長と張が爆破に遭った。隊長はまだ息がある！」

無線に向かって叫びながら階段を駆け下りる。尹とメイが息を呑むのがわかる。三階で尹と合流し、斉藤はひとまずそこに残して階下に駆け下りた。

『本部からマングース。ドクターヘリを現在位置に送ります』

「斉藤も救出したが、意識がない」

『了解』

マンションの外から銃声が絶え間なく聞こえている。メイが特殊車輛にたてこもり、ひとりで防戦しているのだ。離れた場所に車を停め、陰に隠れてこちらを攻撃しているのはニードルらしかった。

「ざまあみろ、ブラックホーク！」

ニードルは馬鹿笑いとともに引き金を引く。その背後に立つ大柄な体軀を見て血の気が引いた。

「由利！　貴様」

最上が叫ぶと、由利の顔に静かな微笑が浮かぶのが見えた。

「おまえの仕業か」

「だったらどうする」

言葉は浮かばなかった。とっさに、クーガの男から取り上げたショットガンを構え、由利に向けて引き金を引いた。銃口は反動で跳ねあがり、弾は明後日の方角に飛び散った。

「――それが答えか」

破片で切った頰の血を手の甲で拭い、由利が冷ややかに吐き捨てる。

「車に乗れ！」

最上は尹に引きずられるように特殊車輛の後部座席に飛び込んだ。由利を撃った、と心の中で繰り返した。あの妹尾と張の姿を見てしまった今、自分を制止することはできない。

遠くからサイレンの音が響く。機動隊が到着したのかもしれない。

由利とニードルも４ＷＤの車輛に乗り込み、逃げ出した。メイが即座に銃を置いてハンドルを握った。尹も彼女も、妹尾たちがどうなったか尋ねない。今はその時ではない。

由利の車は中学校の前を走り抜け、北側の中央大橋に向かっている。機動隊から逃げてきたのか、暴徒が南から押し寄せ、道路を埋め尽くすほどになっていた。橋を封鎖する警察の部隊と競り合っているが、これだけの人数になるとバリケードも心もとない。

「前に進めない！」

メイがハンドルを殴りつける。車を走らせようとすると、スラムの住民を轢《ひ》いてしまいそうだ。由利たちの車を見ると、暴徒は進んで避け、通してやっている。つまり、最初からクーガとは話がついているわけだ。前の車との距離が開いていく。

最上は窓を開け、拳銃を空に向けて撃った。銃声に驚いた人々が、車を避ける。由利の車にまっすぐ銃口を向けると、二台の間にいた人々は、海水が分かれるようにさっとふたつに分かれた。こちらを見て、目を丸くする彼らの表情まで冷静に見て取れた。

「由利――――！」

タイヤを狙って撃つ。

前の車からニードルが顔を出した。自分の命すら命とも思わない男が、笑いながら引き金を引く。最上は乗り出していた身体を中に引き入れた。狂犬じみたニードルが相手では分が悪い。

「両側から行こう」

尹が後部座席の窓を開いた。

「恨みっこなしだぜ」

「外すなよ」

「1、2、3！」

窓から身を乗り出したふたりに、ニードルが逡巡した。最上はタイヤに向けて、残る弾を撃ち込んだ。ぐらりと前方の4WDが傾き、バランスを崩す。

そのまま橋の上を滑り、欄干に衝突して、回転しながら橋を飛び出した。ニードルの驚く顔が4

ＷＤの窓から覗く。ハンドルを握る由利は、歯を剝き出して笑っているように見えた。

――おまえが正義になるつもりか、ブラックホーク。

由利の唇がそう言葉を紡いだように見えた。

ゆっくり運河に落ちて行く。

「停めてくれ！」

最上は転がるように車を降り、彼らが落ちた橋の欄干にしがみついた。暗い運河のどこに落ちたのか、とうに水底に沈んだのか、車の影も水しぶきすらも見えない。

「由利！」

消えた男に向かって叫ぶ。答えはない。

路面を踵で蹴った。火花が散りそうなほど、激しい音がした。

――何という遠くまで、自分たちは来てしまったのか。

いつの間にか、自分はブラックホークを選びとっていた。誰でもいつかは、何かを選ばなければいけない。永久に迷い続けるわけにはいかない。迷っている間に、人生は尽きてしまう。

迷いという名の殻を脱ぎ捨てて、自分は名実ともにブラックホークになる。

――由利、俺は正義にはならない。俺は正義を疑い続ける。

尹とメイが背後に来ていた。静かに寄り添うふたりの影を、最上は振り向いた。

ヘリの爆音が聞こえる。あれはブラックホークのドクターヘリだろうか。サイレンの音は四方から近づいている。不穏な夜の気配が、そこらじゅうに満ちている。

それとも、満ちているのは力だろうか。

「——行こう」

メイの手のひらが、肩に置かれた。

炎と煙を上げて燃える街に戻るため、踵を返して彼らは歩き続けた。

〈著者紹介〉
福田和代　1967年兵庫県生まれ。2007年『ヴィズ・ゼロ』でデビュー。その他の著書に『TOKYO BLACK OUT』『迎撃せよ』『タワーリング』『怪物』『リブート！』『ヒポクラテスのため息』など。最新刊は『スクウェア』。

GENTOSHA

特殊警備隊 ブラックホーク
2012年6月25日 第1刷発行

著　者　福田和代
発行者　見城 徹

発行所　株式会社 幻冬舎
〒151-0051 東京都渋谷区千駄ヶ谷4-9-7

電話：03(5411)6211(編集)
03(5411)6222(営業)
振替：00120-8-767643
印刷・製本所：中央精版印刷株式会社

検印廃止

Printed in Japan
ISBN978-4-344-02201-0 C0093
幻冬舎ホームページアドレス　http://www.gentosha.co.jp/

この本に関するご意見・ご感想をメールでお寄せいただく場合は、comment@gentosha.co.jpまで。